KB253657

전설 속의 사랑

THIS FIERCE SPLENDOR

by
Iris Johansen

Copyright ⓒ 1988 by Iris Johansen
All rights reserved.

Korean Translation Copyright ⓒ 2001 by Big Tree Publishing Co.
Korean edition is published by arrangement with Bantam Books,
a division of Bantam Doubleday Dell Publishing Group
through Imprima Korea Agency.

전설 속의 사랑

아이리스 요한슨
나채성 옮김

This Fierce Splendor

큰나무

나 채 성

이화여자대학교 졸업. 역서로
『내가 사랑한 악당』, 『당신 품에 안겨』, 『거부할 수 없는 유혹』,
『다이아몬드 슬리퍼』, 『꿈이 시작되는 곳』, 『운명보다 깊은 사랑』,
『에메랄드 백조』, 『라이언의 딸』, 『내 사랑 영원히』 외 다수

전설 속의 사랑

초판 인쇄 / 2001년 9월 5일
초판 발행 / 2001년 9월 10일

지은이 / 아이리스 요한슨
옮긴이 / 나채성
펴낸이 / 한익수
펴낸곳 / 도서출판 큰나무

등록 / 1993년 11월 30일(제5-396호)
주소 / 120-837 서울시 서대문구 충정로 3가 3-95 2층
전화 / 02) 365-1845 · 1846   팩스 / 02) 365-1847
e-mail / btreepub@chollian.net
홈페이지 / www.bigtreepub.co.kr

값 9,000원

ISBN 89-7891-121-8 03840

특별하고, 신선하고, 매혹적인 작품이다.
책을 다 읽고 나서도 손에서 놓고 싶지 않았다.
—조안나 린지

엘스페스의 노력이 가슴 아팠다.

강해져야 한다. 이전의 모습을 버려야 한다. 새로운 자아를 찾으려는 힘겨운 노력이었다. 하지만 마음먹은 대로 되질 않는다. 지금껏 들러붙었던 자신의 모습이 쉽게 버려지지 않는다.

엘스페스는 앞으로 더 나아질 거라고 자신을 추스른다. 바보 같은 모습, 약해빠진 모습, 열등감에 사로잡힌 자신을 버리기 위해서 끈질기게 버텨본다. 다른 사람의 눈에 보이는 자신의 아름다움을 그녀만이 보지 못한다. 그녀만이 알지 못한다. 그녀는 가엾은 올빼미였다. 독수리처럼 보이려 안간힘쓰는 힘없는 올빼미.

하지만 그 노력이 과연 허사였을까? 아니었다. 그녀는 서서히 변해 갔다. 진짜 용감한 독수리로. 진짜 아름다운 여인으로. 그리고 그녀가 가장 바래왔던 용기 있는 한 인간으로……

그녀의 몸부림이 안타까웠다. 그리고 사랑스러웠다.

결국 그녀는 바라던 모든 것을 쟁취했다. 새로운 자아를 찾았고, 자신의 자아를 되찾기 위해 간절히 소망하던 칸타란도 직접 보았다.

또한 꿈꿔보지도 못했던 사랑까지 얻었다. 그녀의 진실한 모습을 알아주고 그 전의 모습까지도 사랑해줄 수 있는 남자를.

아이리스 요한슨의 다른 작품들이 그렇듯이 이 작품에도 운명이라는 단어에 지속적인 물음표를 던진다. 각 사람마다 운명이 예정되어 있는 걸까? 운명이 있는 거라면 그 운명을 뛰어넘을 수 있는 걸까? 아니면 운명의 손에 이끌려 무기력하게 걸어가야 하는 것일까?

어쩌면 엘스페스가 새로운 자아를 찾은 것이 그녀의 운명이었는지도 모른다. 아니면 그녀가 운명을 극복한 것일지도 모른다. 또 아니면 사랑이 그녀의 운명을 바꿔주었는지도…….

그녀는 강하지 않았다. 하지만 필사적으로 강해지려 했다. 그리고 결국은 강해졌다.

그 모습을 보는 나 또한 강해지고 싶을 만큼.

나채성

프롤로그

1517년 여름, 멕시코의 칸타란

태양의 아이가 떨고 있다.

샌들 밑으로 느껴지는 움직임이 거의 시작과 동시에 사라졌다. 미리 예견하지 않았더라면 아마 알아차리지도 못했으리라.

사얀은 술잔을 꽉 움켜잡았다. 그녀도 떨고 있었다. 두렵지 않을 것 같았는데, 운명을 받아들인 이상 위엄 있게 맞설 수 있다고 생각했는데…… 어차피 고통스런 죽음도 아니리라. 깨어나지 않을 잠 속으로 평화롭게 끌려들어가는 것뿐. 이 지구상에서는 깨어나지 않을 꿈속, 불길이 타오르는 그곳, 찬란함이 있는 그곳으로…….

그녀는 술잔의 독한 옥수수주를 꿀꺽 삼켰다. 그 액체가 목을 타고 흘러내려가 몸 속에 뜨끈한 온기를 전했다. 이젠 그리 춥지 않았다. 크라이라나에게 내려질 운명을 경건하게 받아들여야 하리라. 그녀는 천천히 벽에 걸린 청동거울로 다가갔다. 그 은은한 빛의 원형이 거울 앞 탁자의 비취 꽃병과 진홍색 꽃송이들, 그리고 그녀의 영상을 비추었다.

오늘밤 그녀는 자신감을 북돋기 위해 세심하게 차려입었다. 가장 좋아하는 예식용 로브, 일출의 망토를 걸쳤다. 햇살 같은 비단주름이 금빛과 아이보리와 장밋빛 폭포수처럼 어깨에서 흘러내렸고, 목 부분에 커다란 황다이아몬드 잠금장식이 달려 있었다. 그 안에 입은 아이보리색 가운은 그저 얇은 옷감일 뿐 그녀의 풍만한 젖가슴과 허벅지 윤곽을 고스란히 드러냈다. 최소한 겉모습은 크라이라나처럼 보였다. 의심을 품지 말아야 하리라. 때가 되면 필요한 용기가 생기리라. 어쩌면 지난 며칠 간의 고독보다 죽음이 더 편할지도 모른다.

사제들이 선택한 처벌은 너무나 현명했다. 그녀에게서 빼앗아간 것 하나 없이, 오로지 그녀에 대한 믿음을 지워버리고 떠나 버렸을 뿐이었다. 처절한 외로움의 시간들이 그녀를 겁쟁이로 만들어버린 모양이었다. 인간은 원래 고독한 영혼이라는 걸 알면서도 한마디의 말이나 누군가의 손길이 그리워지는 이 감정은……

"눈부시군."

사얀은 빙글 돌아서서 문가에 서 있는 사내를 바라보았다.

"안 돼요! 떠나라고 했잖아요. 떠나 달라고 애원했잖아요. 당신도 그러겠다고 약속했잖아요. 그런데 왜 아직 여기 있는 거예요, 달카?"

"거짓 약속이었어."

그가 우아하고도 날렵하게 방으로 들어섰다. 대리석 타일 위로 그의 샌들이 소리 없이 미끄러졌다. 구릿빛 얼굴에 하얀 이를 반짝이며 그가 미소지었다. 그 미소가 방금 마신 독주보다 더 무모하고 뜨거운 열기로 그녀의 몸 속에 흘러들었다.

눈부신 사람은 그였다. 거대한 재규어처럼 탁월하게 단련된 몸, 유머와 생명력으로 빛나는 검은 눈동자. 엉덩이에 걸쳐진 갈색 가죽을 제외하고는 털이 수북한 가슴과 근육질의 허벅지가 그대로 생생하게 드러났다. 샌들의 가죽끈들이 발목에서부터 종아리까지 교차돼 올라왔다. 터키석을 박은 은목걸이가 목에 걸리고, 네 갈래 강줄기의 교차 지점이 새겨진 동그란 메달이 가슴 한복판에 자리잡았다. 잘생긴 얼굴은 아니었다. 짤막한 코와 넓은 광대뼈. 하지만 그런 건 상관없었다. 그는 라(Ra, 태양신)의 신전에 있는 천연자석처럼 여자들을 끌어들였다. 그가 그녀에게 접근하기 이전부터 그에 대한 소문들을 알고 있었지만, 그것으로도 결과를 바꿀 순 없었다. 그의 남성적인 힘과 쾌활한 웃음이 그녀를 사로잡고 마음까지 얻어냈다.

지금도 그는 웃고 있었다.

"날 믿지 말았어야지. 크라이라나를 더럽힌 사내는 어떤 죄든 저지를 수 있는 거요."

그가 은술병을 집어들어 한 잔 따르고, 술잔으로 건배하는 시늉을 해보였다.

"난 당신이나 이 칸타란을 떠날 마음이 추호도 없소. 당신이 있으면 나도 있는 거요."

"당신은 죽으면 안 돼요. 당신은 살아야 해요. 달카, 내 말을 믿으세요. 곧 그 일이 닥칠 거예요."

그녀의 눈에 차마 떨구지 못하는 눈물이 글썽거렸다.

"제발 내 말을 믿어요. 신성한 불에서 그걸 봤어요, 진실한 환상이었다구요. 내가 불경을 저질렀는데도 라께서 내 능력을 앗아가지 않으셨어요."

그의 미소가 흐려졌다.

"그건 불경이 아니었소. 사제들한테 추방당했다고 해서 우리의 행동이 잘못이었던 건 아니오. 당신이 크라이라나가 아니었다면, 난 당신을 내 아내로 청했을 거요. 그 거만한 멍청이들과 그들의 구시대적인 미신들을 무시하고 우리가 기쁨을 누렸던 것은 옳았소."

그녀는 고개를 저었다.

"아뇨, 그건 잘못이었어요. 내가 서약을 깨뜨리지 않았다면 백성들은 내 말을 믿고 칸타란을 떠났겠지요. 오늘밤 희생을 드리러 태양의 아이로 오르지도 않았을 거예요."

그가 눈살을 찌푸렸다.

"후회하는 거요?"

"물론이에요. 가장 위대한 문명이 파멸될 테니까요."

그녀의 절망적인 시선이 그의 얼굴을 살폈다.

"당신도 내 말을 믿지 못하나요?"

그는 어깨를 으쓱였다.

"난 신비주의자가 아니라 무사요. 보이는 것, 만질 수 있는 것, 그리고 우리가 함께 한 것만 믿소."

"내 말을 믿어야 해요. 제발 칸타란을 떠나세요, 달카."

"쉬이."

그가 부드럽게 그녀의 입술에 손가락을 올렸다.

"내가 무엇을 믿든 중요치 않소. 이제 곧 라께서 불비를 내려 세상을 멸망시킨다 해도 난 여기 남을 거요."

"불은 없을 거예요."

그녀가 눈을 감았다.

"이번에는 아니에요, 앞으로 올 네 사람이 칸타란 거리를 걷기 전까지는."

달카의 등줄기로 차가운 전율이 흘렀다. 그녀의 확신에 찬 단언이 그의 믿음을 뒤흔들었다. 하지만 다음 순간 그는 짐을 벗어던지듯이 어깨를 움직였다. 언제나 현재의 순간만을 위해 살아온 그였다, 그리고 사얀이 그의 인생에 가장 절묘한 순간들을 부여해 주었다. 지난 며칠 간 어쩔 수 없이 그녀와 헤어져 있으면서 그녀 없는 미래는 무의미하다는 것을 절실하게 깨달았다. 사얀의 예언이 맞는다 해도, 마지막 순간을 함께 할 상대로 사랑하는 이보다 더 나은 상대가 있겠는가. 하지만 온순하게 죽음의 가능성을 받아들이는 건 그의 성격에 어울리지 않았다.

"당신은 나와 함께 떠날 수도 있소. 다른 곳에서 새로운 인생을 찾을 수도 있소."

"난 떠날 수 없어요."

그녀가 슬픔어린 눈을 들어올리자 똑같은 슬픔과 사랑의 감정으로 그의 목도 메어 왔다.

사랑. 이 순간까지 그녀를 얼마나 사랑하는지 미처 깨닫지 못했었다. 그녀는 정열이자 집착이고 도전이었다. 언제나 도전을 즐거워하던 그에게 사얀은 가장 어렵고도 자극적인 도전이었다. 솔직히 그녀를 유혹하게 된 계기가 금지된 여자라서였는지 아니면 진심으로 그녀에게 반해서였는지 알 수 없었다. 하지만 그들이 여기까지 이르게 된 경위는 더 이상 중요치 않았다. 그들의 미래가 피할 수 없이 함께 얽혀 있다는 것, 그것만이 확실했다.

"그럼 나도 떠나지 않겠소."

그의 손가락이 그녀의 뺨을 어루만졌다.

"당신은 똑똑한 여자이니 무익한 언쟁으로 시간 낭비하지 말길 바라오."

그가 놀리듯이 미소지으며 그녀의 팔꿈치를 잡아 발코니 쪽 문으로 끌어당겼다.

"특히나 남은 시간이 별로 없다고 확신하는 듯하니…… 우리 태양의 아이로 오르는 행렬이나 지켜봅시다. 볼 만할 거요. 추방당한 게 한 가지 유익함은 있군. 희생 제단까지 올라갈 필요 없이 여기서 볼 수 있소."

그가 가는 은줄로 빽빽이 장식된 묵직한 커튼을 젖인 후 그녀를 위해 옆으로 비켜섰다.

"어쩌면 그 희생으로 라의 분노가 진정되어 우리 죄를 용서하실지도 모르오."

"그럴 리 없어요."

그녀의 등뒤로 은장식 커튼이 스르륵 제자리를 되찾았다. 오늘밤은 뜨겁고도 철저하게 고요했다, 묵지근하게 내려앉은 공기에 숨쉬기조차 힘이 들었다.

"그건 죄악이었어요. 라께서 내 환상을 가져가지 않은 걸 보면 그분에 대한 죄는 아니었을지 모르죠. 하지만 내 백성에 대한 죄악이었던 건 분명해요. 내가 더 책임 있게 행동했어야 했어요. 규율을 지켰어야 했다구요."

그는 그녀의 날씬한 허리를 감아안으며 귓가에 입술을 스쳤다. 벌거 벗은 상체에 그녀의 긴 머리결을 느끼며 섬세한 체취를 들이키는 것만 으로도 사타구니가 죄어들었다.

"당신보다 더 책임감 강한 사람은 없을 거라오, 사얀. 그리고 규율 이란 깨지라고 있는 거요."

그의 강인함과 온기가 느껴졌다. 그녀는 그에게 등을 기대며 한숨지 었다.

"당신을 사랑해요. 왜 이렇게 사랑할 수밖에 없는 걸까요?"

대답을 바란 질문이 아니었고, 그도 대답하지 않았다. 그의 시선은 도시를 둘러싼 산들 중 가장 높은 산봉우리인 태양의 아이에 고정되었 다. 산허리로 수천 개의 횃불들이 점점이 박혀들었다. 칸타란의 시민 들이 정상으로 향하는 중이었다.

"이 도시를 사랑해요."

사얀이 속삭임처럼 중얼거렸다. 그녀의 시선은 산이 아니라 아래쪽 버려진 도시로 향했다. 당당한 피라미드들과 납작한 지붕의 대리석 건 물들, 그 건축물들과 완벽한 조화를 이루어 달빛에 반짝이는 네 갈래 의 강줄기…….

"칸타란보다 더 아름다운 곳이 있을까요?"

"없소."

그의 목소리에도 그녀와 똑같은 자부심이 깃들었다. 그건 놀라운 일 이었다. 투쟁과 건설을 원하는 그에게 칸타란의 완벽함은 항상 불만의 대상이었다. 그래서 평화를 숭배하는 이 땅에서 무사가 되기로 결심했 던 터였다. 하지만 오늘밤에는 왠지 고향의 아름다움이 가슴 깊이 스 며들었다.

"카드라보다는 우리가 더 편안할 거예요. 난 여길 떠나서 야만인들

속에 섞여 살 자신이 없어요."

"카드라를 떠나 보냈소?"

"적어도 그는 내 환상을 믿었어요. 떠나고 싶어하지 않았지만, 이게 라의 뜻이라고 내가 설득했어요. 누군가 칸타란의 이야기를 전하고 앞으로 올 네 사람을 불러야 한다고."

"그를 어디로 보냈소? 테노치티틀란?"

"미쳤어요?"

그녀의 목소리가 갑자기 거칠어졌다.

"몬테주마(아즈텍의 마지막 황제)는 작년에 5백 명의 인신공양을 바쳤어요. 케찰코아틀(날개 달린 뱀, 태양·바람·영혼·문명의 신)의 진정한 길을 저버렸다구요. 내가 카드라나 칸타란을 그들 제단에 희생양으로 바칠 것 같은가요?"

그가 킥킥 웃음을 터트리며 그녀의 뺨에 입술을 부볐다.

"그럼 그를 어디로 보냈소?"

"북쪽으로요. 개화된 문명을 저버린 괴물들과 같이 사느니 차라리 미개인들과 어울리는 게 나아요."

그녀가 떨리는 숨을 들이켰다.

"이곳에서 우린 많은 걸 이루었어요. 근원지보다 이곳이 더 훌륭해요. 칸타란이 바로…… 라예요."

그가 그녀의 귀에 입술을 대고 부드럽게 웃음지었다.

"질투가 나는군, 나에게 안겨 있으면서 칸타란만을 생각하다니. 다시 날 사랑한다고 말해 보시오. 말해 주겠지, 사얀?"

"그걸 의심하는 건가요? 우리가……."

문득 그녀의 몸이 뻣뻣하게 굳어졌다.

"왜 그래?"

그가 위험을 찾아 아래쪽 거리를 훑어보았다.

그는 발 밑의 진동을 느끼지 못한 듯했다. 하지만 그녀가 아까 느꼈던 것보다 더욱 강해졌다. 그녀의 시선이 밤하늘에 솟아 있는 태양의 아이로 날아갔다. 아무것도 없었다. 화산 입구에서 피어오르는 연기한 줄기 없었다. 아직은 아니었다. 아직 시간이 있었다.

그녀가 몸을 돌려 그의 어깨에 뺨을 묻었다.

"제발 떠나세요. 제발 날 두고 가세요, 달카."

"그만하시오."

그는 그녀의 검은 머리칼을 부여잡아 얼굴을 들어올렸다. 이번만은 그의 눈에 웃음기가 담기지 않았다. 그 대신 솔직함과 진지함과 애정이 담뿍 담겼다. 그녀는 마치 라께서 햇빛으로 밤을 밝히듯이 빛의 흐름 속에 떠다니는 느낌이었다.

"난 당신의 환상이나 당신의 신들에 대해 아는 바가 없소. 내가 아는 건 우리가 함께 있다는 것뿐이오. 난 당신 곁을 떠날 수 없소."

그가 내 곁을 떠나지 않으려 한다. 고통과 기쁨과 후회의 감정들이 복잡하게 그녀의 마음에 뒤엉켰다.

"알았어요."

"됐소."

그의 표정에서 진지함이 사라지고 다시 한 번 미소가 떠올랐다.

"이젠 날 사랑한다고 말해 주겠지?"

"사랑해요. 이 땅에 태양과 달이 없어질 때까지 사랑할 거예요."

"나의 엄숙한 사얀, 너무 거창하군. 우리의 남은 평생을 약속하는 것으로 난 족하오."

사얀은 그가 그녀의 말을 믿지 않는 게 안타까웠다. 하지만 이제 그를 설득시키기 위해 시간을 낭비하지 않을 것이다. 남은 시간이 너무나 소중했다.

"나와 같이 누워요."

그의 얼굴에 놀라움의 표정이 스쳤다.

"결합하고 싶소?"

그녀가 고개를 흔들었다.

"당신 품에 안겨 눕고 싶어요."

떨리는 입술로 애써 미소지었다.

"결합 없이 함께 누운 적이 없었잖아요. 오직 부드러움과 사랑으로 당신에게 안겨 있고 싶어요."

그는 한동안 대답하지 않았다. 그리고 그녀는 태양의 아이가 진동하는 걸 감지하는 것만큼이나 명료하게 소용돌이치는 그의 감정들을 감지할 수 있었다. 그가 뒤로 한 걸음 물러났다.

"나도 그러고 싶소, 내 사랑."

그리곤 그녀를 위해 은 커튼을 젖혀 주었다.

"비록 이 밤이 가기 전에 결합하지 않겠다고 약속할 수는 없지만."

그런 약속은 필요치 않았다. 때가 가까웠다. 그녀는 망토를 벗어 등 없는 의자에 걸쳐놓은 후 방 가운데의 긴 소파가 있는 곳으로 걸어갔다. 그가 두 팔을 벌려 그녀를 끌어안았다.

"꼭 안아주세요, 달카."

그가 부드럽게 그녀의 관자놀이에 흩어진 머리카락을 어루만졌다. 그녀는 더 이상 두렵지 않았다. 사랑이 두려움을 쫓아 주었다. 독액 같은 후회감이 엄습했지만 그것 또한 사라져 갔다. 이것은 끝이 아니었다. 사랑은 끝나지 않으리라……

그녀의 시선이 꿈꾸듯이 은빛 커튼에 고정되었다. 그 커튼이 남색의 밤하늘을 배경으로 양초 불빛 속에서 빛을 뿜었다. 무거운 커튼이 괴기스런 돌풍에 휘말린 것처럼 흐릿하게 후루루 후루루 소리를 냈다. 바람 한 점 없는 뜨거운 여름밤인데도…… 바람의 흔적조차 없는데도.

1

1870년 6월 12일, 애리조나주 헬즈 블러프

"멈춰! 가진 거 다 내놔!"

고함소리에 이어 네 발의 총성이 울려퍼졌다. 그 중 한 발이 모자챙을 스쳐가자 벤 트래비스는 명령에 따라야겠다고 결정했다. 마부석 옆에 놓인 엽총을 열망하듯이 쳐다본 후에 마지못해하며 말들을 멈춰 세웠다. 길 한가운데 버티고 선 홀홀단신 강도의 앞에.

마차 안에 타고 있던 엘스페스 맥그리거는 공포에 떨며 무의식적으로 까만 손가방을 움켜쥐었다. 이 돈을 빼앗길 순 없었다. 도미닉 딜레이니가 이곳에 없다면 그를 찾으러 또다시 여행을 떠나야 한다. 그를 찾기까지 얼마의 시간이 걸릴지, 얼마의 비용이 들지 누가 알겠는가.

"두려워하지 마시오, 마드무아젤."

오늘 아침 일찍 투손에서 함께 이 마차를 탔지만 맞은편에 앉은 젊은 사내의 목소리를 들은 것은 이번이 처음이었다. 그는 줄기차게 조는 듯했고, 엘스페스도 혼자 생각에 빠질 수 있어서 내심 그것이 다행스러웠었다. 그런데 지금, 그 남자의 눈동자는 흥분으로 번들거렸다.

"이런 무법자들 얘기는 많이 들어봤소. 일종의 규칙이 있다더군요. 당신처럼 정숙한 레이디는 건드리지 않는답니다. 돈만 가져갈 뿐이지요."

돈만? 엘스페스는 어이가 없어 웃음이 터질 뻔했다. 그녀처럼 평범하게 생긴 여자들은 강간당할 위험이 거의 없었다, 그러니 그런 식으로는 겁나지 않았다. 하지만 돈을 빼앗기는 건 공포스러웠다. 도미닉 딜레이니를 찾을 때까지 살아남으려면 이 돈이 필요했다. 트렁크에 작은 금조각 한 개를 숨겨놓긴 했지만, 대부분의 자금이 이 가방 속에 들어 있었다.

"무기 있으세요?"

그가 눈을 깜박였다. 맞은편 여자는 자그맣고 연약해 보이는 외모였다. 가장 비리비리한 남자한테 덤벼든다 해도 승산이 없을 텐테 하물며 강도한테 대적을 하겠다니. 두려움 때문에 제정신을 잃은 것이 분명하다고 판단하며, 그가 달래듯이 입을 열었다.

"이런 녀석들에게 대항하는 건 현명치 못하오. 대단히 위험할 수도 있소."

그가 어깨를 으쓱였다.

"당연히 당신이 없었으면 내가 이 무법자들과 맞서 싸웠을 테지만 말이오."

"당연히요."

그녀가 메마르게 되뇌었다. 이 남자는 작금의 강도질을 당연하게 받아들이려는 모양이었다, 오히려 즐거워하는 것 같기도 했다. 완벽하게 맞춤한 부츠와 값비싼 옷차림으로 보건대, 지금 가진 돈을 잃어버린다 해도 하등 문제될 게 없는 듯했다. 하지만 그녀는 달랐다.

"권총 있으세요?"

그가 다소 불쾌한 표정을 지었다.

"물론 있소. 아주 근사한 데린저식이오."

“제게 빌려주시겠어요?”

“총 쏘는 법이나 알고 이러는 거요?”

“그런 거 몰라요, 하지만 적어도 그걸로 강도들을 위협할 순 있잖아요.”

그녀가 씩씩하게 장갑 낀 손을 내밀었다.

“부탁드려요.”

“내 생각에는…….”

그의 말은 마부의 험악한 고함소리로 인해 중단되었다.

엘스페스는 눈살을 찌푸렸다. 그녀의 아버지와 그 제자들이 사용하는 욕설들을 자주 들어보긴 했지만, 지금 마부가 퍼붓는 욕설은 전혀 이해되지 않았다. 그녀는 고개를 갸우뚱하며 벤 트래비스의 목소리에 유심히 귀기울였다.

“네놈 머리통에 내 총알이 날아갔으면 어쩔 뻔했냐, 이 깡패 녀석, 총 맞아 죽어도 싼 빌어먹을 자식아.”

“벤, 유머감각은 다 어디 갔어요? 말발굽이 하나 빠져서 마을까지 갈 길이 막막했다구요.”

강도의 어조는 이제 낮고 불길한 것이 아니라, 유쾌한 농담조였다.

“아저씨가 항상 불평했잖아요, 투손에서 헬즈 블러프까지 오는 길이 너무 지루하다구요. 그래서 내가 조금 재밌게 해준 거예요.”

“강도행세를 해서 말이냐? 이 얘길 하면 네 할애비가 뭐라고 할 것 같으냐?”

“마차를 세울 방법이 달리 없잖아요. 아저씨는 항상 마을까지 남은 길을 바퀴가 부서져라 달리는 걸요.”

엘스페스의 긴장이 풀어지기 시작했다. 위험한 상황이 아닌 듯했다. 젊은 남자가 요상스런 장난기를 발휘한 것뿐이다.

“뭐라고? 이런 개망나니, 개똥구리 같은 자식.”

마부가 벼락같이 고함을 친 다음 다시 일련의 낯선 욕설들을 풀어놓았다.

"네놈 발은 왜 달고 다니는 거냐? 걸어서 가면 되잖아."

"탈 게 있을 때 걸어 다니는 카우보이 보셨어요? 이 고물 마차라도 걷는 것보다는 낫죠."

"뭐가 어쩌구 어째? 이건 콩코드에서 나온 최고급 마차다, 너같이 어제 젖 떼고 나온 안짱다리 소몰이꾼이나 가치를 알아보지 못하는 거야."

"미안해요, 벤."

여전히 웃음기 섞인 목소리로 남자가 사과했다.

"그 콩코드에서 나온 최고급 마차에 절 좀 태워 주실래요?"

"절대 안 돼!"

잠깐의 침묵이 흐르다가 다시 욕설이 터져나왔다.

"네놈을 여기 놔두면 또 어떤 짐수레에 대고 미친 짓을 해댈지 알 수 없지. 하지만 내 옆에는 안 태울 거다. 그 빌어먹을 말은 뒤에다 묶고 마차 안으로 타, 네놈 꼬라지 안 보이게."

"고마워요, 벤."

"얌전하게 굴어. 오늘은 숙녀분이 타고 계신다구."

"헬즈 블러프에 숙녀가요?"

그 깊은 목소리가 낄낄거리며 차츰 가까워졌다.

"시력은 온전한가요, 벤? 어떤 미친 숙녀가……."

마차문을 여는 순간 그가 엘스페스의 모습을 알아차렸다. 그는 재빨리 모자를 들어올렸다.

"안녕하세요, 마담. 소란 일으켜서 죄송합니다."

맙소사, 기껏해야 열여덟이나 열아홉 살 정도밖에 안 된 소년이었다. 짙은 밤색의 머리카락에 드문드문 빨간빛이 섞였고, 갈색 눈동자엔 아직까지도 웃음기가 서려 있었다. 그가 다시 한 번 새롭게 그녀에게 미소짓고 있었다.

"네, 안녕하세요."

그 턱의 한가운데 움푹한 것이 보조개일까 궁금해하면서 그녀가 나지막이 인사를 받았다.

"전 별로 안녕 못해요. 목장으로 돌아가던 중이었는데 말발굽이 빠져버렸거든요."

그가 마차로 올라, 그녀의 맞은편에 코트를 입은 퉁퉁한 사내 옆으로 자리잡았다.

"그건 헬즈 블러프의 대장장이한테 가봐야 한다는 뜻이고, 내일까지 킬라라에 돌아갈 수 없다는 뜻이기도 하죠."

그가 인상을 찡그렸다.

"할아버지한테 뼈도 못 추리게 생겼어요."

그녀는 자신도 모르게 미소지었다. 이 젊은이를 만나면 대부분의 사람들이 미소짓게 될 것 같았다.

"상황을 이해해 주실 거예요."

"내 소개를 하겠소."

퉁퉁한 사내가 넋 나간 듯 적갈색 머리의 카우보이를 바라보았다.

"난 안드레 마조노프 백작이오, 브라도스 영지의 후계자이며 최근 성 페테르부르크에서 여기까지 왔소. 만나서 반갑소."

젊은 카우보이는 한동안 멍하니 그를 쳐다보았다.

"아, 안녕하세요. 난 패트릭 딜레이니예요. 킬라라의 분명한 후계자지만 쌍둥이 여동생과 사촌 한 명, 다섯 명의 삼촌들과 함께 그 영광을 나눠야 하니 당신한테는 나의 위치가 그리 인상 깊지 않을 것 같군요."

엘스페스의 몸이 긴장되었다. 딜레이니, 우연의 일치는 아니리라. 헬즈 블러프와 이렇게 가까운 곳이니 단순한 우연은 아니리라.

안드레 마조노프가 고개를 끄덕였다.

"나 또한 돈궤를 움켜쥐고 있는 사촌형이 있소. 우리에게 다른 공통점도 더 있을 것 같군."

"글쎄요, 전 별로……."

패트릭 딜레이니의 시선이 엘스페스에게 옮겨졌다.

"당신은 어느 왕국을 다스리시나요, 공주님?"

"난 엘스페스 맥그리거예요."

패트릭 딜레이니가 즐거운 음악을 듣듯이 고개를 기울였다.

"스코틀랜드인이군요, 그렇죠? 투손에서 당신같이 말하는 사람을 만난 적 있어요."

그가 씨익 웃었다.

"음, 당신하고 똑같지는 않았어요. 당신 발음은 하프소리 같은데 그 남자는 쿵쿵대는 백파이프 소리였거든요."

그녀가 미소지었다.

"에든버러 출신이에요. 상속받을 건 별로 없구요. 내 아버지는 고대 유물학 교수로서 지식밖에 생각지 않는 학자였어요. 한 가지 궁금한 게 있는데, 혹시 당신하고……."

갑자기 마차가 달리기 시작하면서 그녀의 등이 가죽시트에 세차게 부딪혔다. 아까 패트릭 딜레이니에게 퍼부었던 욕설보다는 아주 다소 얌전해진 마부의 욕설소리가 들려왔다. 입을 열 때마다 꼭 욕설이 들어가야 하는 걸까.

"불쾌해하지 마세요."

패트릭이 그녀를 바라보며 말했다.

"사나운 사람은 아닌데, 단지 단어를 골라 쓰지 않을 뿐이에요. 그런 면에서는 우리 모두 당신한테 험악해 보일지도 모르겠어요. 헬즈 블러프에는 숙녀들이 별로 없거든요."

"불쾌한 건 아니고, 그냥 조금 놀랐어요."

그녀가 살피듯이 패트릭의 얼굴을 응시했다.

"헬즈 블러프에 도미닉 딜레이니를 만나러 가는데 그 사람과 혹시 아는 사이인가요?"

그의 느긋한 자세는 바뀌지 않았지만 사뭇 긴장하는 듯했다. 패트릭은 발목을 꼬며 먼지 낀 부츠 끝을 내려다보았다.

"헬즈 블러프에 사는 사람치고 도미닉을 모르는 사람은 없죠."

"성이 같잖아요. 혹시 친척이에요?"

"도미닉 딜레이니."

안드레 마조노프의 눈이 놀라움과 흥분으로 커다래졌다.

"그 총잡이가 지금 헬즈 블러프에 있단 말이오?"

"도미닉은 총잡이가 아니에요."

패트릭이 신중하게 말을 골랐다.

"물론 자기를 모욕한 놈들을 몇 번 해치운 적은 있었죠. 그리고 그가 제일 모욕적으로 받아들이는 말 중 하나가 그 총잡이라는 말이에요."

패트릭의 의미심장한 위협은 그 러시아인에게 그다지 영향을 미치지 못했다. 오히려 열성적인 반응이 뒤를 이었다.

"조심하겠소. 그러니 그 사람 좀 소개시켜 주겠소?"

엘스페스는 놀라워하며 그를 응시했다. 얼마나 이상한 사람인가, 방금 도미닉 딜레이니가 몇 사람 죽였다는 말을 들었으면서도 마치 그를 올림푸스의 신처럼 숭배하는 듯하지 않은가. 그녀는 다시 패트릭 딜레이니 쪽으로 시선을 돌렸다.

그는 상형문자를 연구하던 때나 아니면 그녀의 결점을 하나하나 지적하던 때의 아버지에게서 수천 번 보았던 그 표정으로 분석적이고 날카롭게 그녀를 관찰하는 중이었다. 순간, 그는 더 이상 소년이 아닌 완벽하게 위협적인 남자처럼 보였다.

"당신도 그를 소개받고 싶은가요, 맥그리거 양?"

그녀는 아랫입술을 축이며 한순간 과거로 되돌아갔다. 아버지의 책상 앞에 서서 이유도 없이 죄책감에 시달리며 당황스러워했던 어린아이로.

"그래요. 아뇨, 그게 아니라……."

패트릭은 애꿎은 강아지를 걷어차 버렸을 때처럼 죄스러워졌다. 꽤나 침착하고 자신만만해 보이던 여자가 이젠 그보다 나이만 몇 살 많을 뿐, 자신감이 결여된 소녀 같았다. 마차 안에 풀어진 야생짐승이라도 보는 듯 그 두꺼운 안경을 통해 그를 힐끔거리고 있었다.

삼촌에 대한 질문으로 바짝 긴장하지만 않았더라면 이렇게 날카로워지진 않았으리라. 다른 가족들과 마찬가지로, 그도 도미닉 삼촌을 보호하는 데 익숙해져 있었다. 하지만 엘스페스 맥그리거가 삼촌에게 위협적인 존재일 리는 없었다. 아무리 상상력을 동원해 보아도 그 여자를 도미닉의 적들이 보낸 데릴라로 착각할 수는 없었다.

우선은 그다지 예쁘지 않았다. 비록 뺨의 홍조가 처음 보았을 때보다 좀더 매력을 덧붙이긴 했지만, 작은 콧날과 분홍색의 모양 좋은 입매는 그저 평범한 수준이었다. 그러나 무엇보다도 그녀의 얼굴에서 가장 큰 문제점은 표정과 생동감의 결여였다. 그녀는 마치 예배당의 성모 마리아 상처럼 창백하고 절제되어 있었다. 그녀의 눈동자는 두꺼운 안경알로 가려져 그 색깔을 확신하기 힘들었다. 연한 갈색머리는 단정하게 뒤로 잡아당겨 머리 위에 돌돌 말아놓았고, 목까지 뒤덮은 까만 옷 또한 너무 헐렁해서 그녀의 빈약한 몸매를 드러내 주었다. 분명 데릴라의 요건은 갖추지 못했다. 또한 도미닉의 여자들 중 하나도 아니었다. 도미닉 삼촌은 요즘 요조숙녀 같은 타입에 흥미를 갖지 않았다.

그가 긴장을 풀어내며 미소지었다.

"도미닉은 내 삼촌이에요. 당신이 원한다면 기꺼이 소개시켜 드릴 수도 있죠. 괜찮다면 무슨 볼일인지 물어 봐도 될까요?"

그의 태도는 은혜를 베풀 듯이 너무 관대하고 너무 친절했다. 엘스페스는 짜증스러움과 자기 혐오감으로 눈물이 터지려 했다. 어른스럽게 굴 생각이었는데, 위협의 기미가 보이자마자 침착함을 잃어버렸다. 패트릭 딜레이니와 그녀의 아버지는 비슷한 점이 전혀 없었다. 그런데 대체 왜 그녀의 자신감을 송두리째 흔들어놓는 그 기억이 떠올랐던 걸까?

아버지가 생각했던 그런 무기력하고 하찮은 여자로 남진 않을 것이다. 이젠 새로운 인생이었다, 새로운 엘스페스 맥그리거였다. 그녀가 깊이 숨을 들이키며 턱을 치켜올렸다.

"당신 삼촌에게 제안할 사업이 있어요. 난 그 사람을 만난 적이 없지만 내 아버지와는 아는 사이였어요."

"이 마을은 숙녀분이 드나들 곳이 아닌데요. 당신 아버님이 직접 오실 걸 그랬어요."

엘스페스는 무릎 위의 손가방으로 시선을 내렸다.

"아버진 4개월 전에 돌아가셨어요."

"유감이군요. 그럼 달리 부탁할 사람도 없었나요?"

그녀가 고개를 흔들고 그의 눈을 마주 보았다.

"난 이제 혼자예요. 혼자가 아니라 해도 어쨌든 내가 왔을 거예요. 잘 모르시는 모양인데, 여자들도 자기 일을 직접 처리할 능력이 있답니다. 와이오밍주 여자들도 당당하게 투표권을 따냈어요. 그러니 다른 사람한테 의지할 이유는 없어요, 딜레이니 씨."

눈보라 속에서 갓 태어난 망아지 같으면서. 패트릭은 그렇게 생각하면서도 신중하게 내색하지 않았다.

"물론 그러시겠지요. 하지만 당신의 원칙에 그리 위배되지만 않는다면 제가 호텔로 모셔다드리고 싶군요."

진지하게 말하려 노력하면서도 어쩔 수 없이 그의 입술이 뒤틀렸다.

"와이오밍주 여자들한테는 절대 말하지 않을게요."

그가 이젠 그녀를 비웃고 있었다. 화가 나야 마땅하리라, 그런데 왠지 화가 나지 않았다. 너무 밝고 태평스런 태도라서일까? 그녀는 그저 미소지었다.

"그 정도 위험은 기꺼이 감수할 수 있어요. 하지만 한시라도 빨리 당신 삼촌을 만나보고 싶군요, 그분도 호텔에 머무시나요?"

"음, 그렇진 않아요."

패트릭은 오늘 아침, 삼촌에게 작별인사하기 위해 리나의 방에 고개를 들이밀었을 때 본 광경을 떠올렸다. 리나의 기분이 너그러웠던 모양이었다. 삼촌이 리나 말고도 금발머리 여자를 또 하나 끼고 누워 있었다. 이 엘스페스라는 이름의 조그만 올빼미가 그 방탕의 현장을 목

격한다면 얼마나 재미있는 상황이 벌어질까. 하지만 삼촌은 그리 재미있어하지 않을 것이 분명하리라.

"그냥 내가 당신 호텔로 삼촌을 데려갈게요. 삼촌은 돌아다니는 데도 많고 마을 외곽에 한두 군데 광산 작업을 하거든요."

"광산이요?"

그녀도 헬즈 블러프가 금이 발견된 후로 번창한 신흥도시라는 걸 알고 있었다. 도미닉 딜레이니가 벌써 금광을 찾아낸 것일까? 실망감이 밀려들었다, 그녀에겐 앞으로의 부유함밖에 제안할 것이 없는데 그가 이미 부자가 되어버렸으면 어쩌지?

"그분이 금광을 소유하고 있나요?"

"아뇨, 몇 퍼센트 먹기로 하고 돈을 좀 대는 거예요. 아직은 사금 몇 부대밖에 나오지 않았어요."

그가 어깨를 으쓱였다.

"여기 산타 카탈리나에는 금이 아주 많아요. 삼촌 금광에서 노다지가 나오는 건 시간 문제죠."

엘스페스는 자신도 모르게 참고 있었던 숨을 토해냈다. 그렇다면 아직 거래할 게 남아 있는 셈이다.

"도미닉 딜레이니가 카슨 시에서 두 명을 쏴 죽였다면서요."

안드레 마조노프가 불쑥 끼어들었다.

"그 후로 텍사스 보안관들한테 쫓긴다는 게 사실이오?"

둘 다 그 러시아인의 존재조차 잊고 있었는데, 그는 지금껏 패트릭 딜레이니의 말을 갈급하게 주워듣고 있었던 모양이었다.

"아뇨, 지금은 쫓기지 않아요. 5개월 전에 사면됐죠."

패트릭의 목소리가 위험스럽게 낮아졌다.

"여기선 과거를 들추는 걸 아주 싫어해요. 온전하게 살아 나가고 싶으면 우리 관례를 지키는 게 좋을 겁니다."

마조노프는 분개하는 표정이었다가 다음 순간 비위를 맞추듯이 미소지었다.

"모욕적으로 들렸다면 미안하오. 난 사실 당신네 서부인들에게 대단히 감탄하고 있소. 내 나라 코사크인들과 비슷한 점이 있거든. 내 사촌 니콜라스만 해도 모계 쪽으로 대초원 지대의 가장 강력한 족장인 이고르 다볼과 친척뻘이라오."

"대단하군요."

딜레이니가 예의 바르게 대꾸했다.

"그런 이름은 들어본 적이 없지만요."

그가 눈에 담긴 장난기를 숨기려 재빨리 시선을 내리깔았다.

"우리 딜레이니 가에도 몇몇 유명한 친척들이 있어요. 제임스 형제 얘기 들어봤겠죠? 제시와 프랭크 말이에요."

마조노프의 눈이 휘둥그레졌다.

"제시 제임스(살인, 약탈, 은행강도, 열차강도 짓을 수없이 저질렀던 무법자) 말이오?"

"내 사촌뻘이에요, 물론 모계 쪽으로."

패트릭은 양심적으로 마조노프의 들뜬 얼굴을 바라보지 않았다.

"호아퀸 뮤리에타도 있죠. 딜레이니 가문의 캘리포니아파 수장이에요. 아참, 빌 삼촌도 아주 유명하겠군요."

"빌?"

마조노프가 흥분으로 몸서리를 쳤다.

"빌 히콕('와일드 빌'로 알려진 악명 높은 악당) 말이에요. 하지만 유명하다기보다는 악명 높다고 해야겠군요. 하지만 그 삼촌 앞에서는 그런 말을 하면 안 돼요. 명예를 아주 소중히 생각하거든요."

"와일드 빌 히콕."

러시아아인이 넋 나간 듯이 중얼거렸다.

여전히 진지한 표정임에도 패트릭의 어깨가 들썩거리기 시작했다. 엘스페스도 웃음을 참기가 힘들어졌다.

"아, 졸립다. 좀 걸었더니 피곤하네요."

패트릭 딜레이니가 거의 숨넘어가는 목소리로 중얼거리며 카우보이

모자를 눈 위로 내려뜨렸다.

"아쉽게도 난 그런 친척들만큼 터프하지가 못해요."

엘스페스는 그가 얼마나 터프한지는 몰라도 장난기만큼은 그 '친척'들을 능가하고도 남음을 알 수 있었다.

그녀는 좌석에 등을 기대고 앉아 맞은편의 두 남자를 쳐다보았다. 통통한 러시아인은 그녀와 비슷한 스물두 살쯤의 나이로 판단되었다. 그의 고급스런 도회적 옷차림이 어린 카우보이보다 더 자신감을 풍겨야 마땅하리라. 그런데 그렇지가 않았다. 낡은 청바지와 먼지투성이 갈색 셔츠에 가죽 조끼, 햇빛에 퇴색되어 얼룩덜룩해진 까만색 카우보이 모자 차림인데도, 패트릭의 강인한 신체에서 우러나오는 태평스런 태도가 안드레 마조노프로서는 따라갈 수 없는 우아함을 풍겨 주었다.

그녀는 흘깃 창 밖을 내다보았다. 산들이 이 거친 지형에 걸맞게 험준하게 솟아올랐다. 그녀의 고향땅에 자리잡은 안개 덮인 산들과 얼마나 다른 모습인가. 에든버러를 떠난 지 불과 몇 주일밖에 안 됐는데도 몇 년이나 여행해 온 듯했다. 목표가 가까워진 지금은 더욱 초조해졌다. 그녀의 시선이 패트릭 딜레이니에게로 옮겨졌다. 다음 순간 살며시 미소지으며 조금쯤 느긋하게 눈을 감았다.

그는 투박한 카우보이였다. 아버지가 보셨으면 그의 태도와 배경 모두 못마땅해하셨을 것이다. 하지만 그녀는 이곳에 도착하여 그의 협조를 받을 수 있게 된 것이 기뻤다. 그래, 정말이지 기뻤다.

도미닉 딜레이니는 카펫 깔린 계단을 극히 조심스럽게 내려갔다. 한 걸음 내딛을 때마다 광부의 날카로운 곡괭이가 머리를 쪼아대는 것 같았다. 그 빌어먹을 곡괭이질을 달래보려 노력하느라 목 근육뿐만 아니라 몸 전체가 뻑적지근했다.

빨간색. 젠장할, 리나는 대체 왜 이렇게 빨간색을 좋아하는 거야? 창녀집이라고 굳이 창녀집처럼 꾸밀 필요는 없다고 그렇게 말해 주었는데도. 로비에서 요란하게 번쩍이는 꽃무늬 벽지까지도 마치 멀미를 일으키듯 그의 속을 뒤집어놓았다.

현관문이 활짝 열리고 오후의 햇살이 쏟아져 들어오자 그는 움찔하며 눈을 가늘게 좁혔다. 문 앞의 그 낯익은 실루엣을 알아차렸을 때에도 그의 짜증은 가라앉지 않았다.

"빌어먹을 문 좀 닫아."

계단 밑으로 내려서면서 그가 으르렁댔다.

"날 장님으로 만들 셈이냐?"

"죄송해요."

패트릭이 쾌활하게 대꾸하며 안으로 들어서서 문을 닫았다.

"몰골이 형편없군요. 그만한 정력이 없으면 단식 경기로 만족했어야죠. 이젠 팔팔한 청춘이 아니잖아요, 삼촌."

"너 같은 건방진 코흘리개 정도는 한 주먹 거리도 안 될 만큼은 팔팔해."

도미닉이 천천히 부엌 쪽으로 복도를 걸어갔다.

"내 정력엔 아무 문제 없어. 위스키 탓이라구. 젠장, 커피 한 잔 마셔야겠다. 넌 여기 웬일이냐, 킬라라로 돌아간 줄 알았는데."

그가 와락 고개를 돌리다가 관자놀이를 거쳐 눈까지 관통하는 고통에 욕설을 중얼거렸다. 그리곤 패트릭에게 퉁명스런 시선을 쏘아보냈다.

"여기 남을 생각은 말아라. 가끔 술잔치 벌이는 것쯤은 괜찮아, 하지만 창녀집이나 술집에 오래 매달려 봤자 좋을 거 하나 없어."

패트릭의 입술이 뒤틀렸다.

"나한테 죄악의 끝을 보여주려고 이렇게까지 수고하시는 거예요, 삼촌?"

"내일 킬라라로 돌아가."

도미닉이 단호하게 말했다.

"헬즈 블러프가 파멸의 구렁텅이라면 삼촌도 나랑 같이 돌아가는 게 낫지 않겠어요?"

패트릭이 이제 웃음기 사라진 얼굴로 도미닉의 눈을 마주 보았다.

"집으로 가자구요. 할아버지가 왜 날 자주 보내주시는지 알아요? 삼촌 소식을 듣고 싶어서예요. 삼촌을 집으로 데려오길 바래서라구요."

도미닉은 시선을 피해버렸다. 어젯밤의 환락과 아무 관련 없는 곳에 고통이 느껴졌다. 소속감. 어딘가에 소속되어 본 지가 얼마나 오래 되었던가. 지난 9년 동안 여러 번 고문에 가까울 정도로 극심하게 집이 그리웠다.

"나중에."

"언제요? 이젠 쫓기는 몸도 아니고 킬라라를 사랑하잖아요. 지금 상황이 별로 안 좋아요. 킬라라엔 삼촌이 있어야 돼요."

도미닉은 주먹으로 얻어맞은 것처럼 움찔했다.

"그 상황이 안 좋은 게 누구 탓이냐? 빌어먹을, 내가 킬라라를 망쳐 놨어. 가서 그 일을 마저 끝내란 말이냐? 내가 왜 돌아갈 수 없는지 알잖아. 이제 그만해라, 패트릭."

"삼촌……."

패트릭은 말을 멈추고 서서히 고개를 가로저었다.

"잘못 생각하시는 거예요. 삼촌은 우리 딜레이니의 일원이에요. 서로를 지켜 주는 게 가족이라구요……. 할아버지는 삼촌이 돌아오길 바라세요."

"날 지키려다가 코트나 신, 네가 끝장나면 어쩔 테냐? 그런데도 날 받아주겠냐?"

"당연하죠, 삼촌도 잘 알잖아요."

그래, 아버지가 가족을 위해서라면 어떤 희생도 감수하리라는 걸 그도 잘 알았다. 그걸 알기 때문에 더 고통스러웠다.

"난 너희들 누구도 희생시킬 생각이 없어. 이미 킬라라에 너무 많은 짓을 저질렀다."

그가 과격하게 부엌문을 열어젖혔다.

리 통이 스토브에서 떨어져나와 도미닉의 얼굴을 훑어보고 나서 간단히 고개를 끄덕였다.

"앉으세요, 딜레이니 씨."

도미닉은 푸른 체크무늬천이 깔린 테이블 앞에 털썩 주저앉아 다시금 패트릭에게 냉소적인 시선을 던졌다.

"할아버지한테 난 괜찮다고 말씀드려라. 더 바랄 게 뭐가 있겠냐? 너깃의 포커판에서 쓸 돈을 벌어들여 낮에는 종일 잠잘 수 있고 밤에는 마음껏 즐길 수 있어."

리 퉁이 도미닉 앞에 김이 피어오르는 커피잔을 내려놓으며 패트릭에게 묻는 듯한 시선을 보냈다. 패트릭이 고개를 저어 보이자 말없이 스토브 쪽으로 되돌아갔다.

도미닉은 일부러 대화의 주제를 바꿨다.

"덜시랑은 어때, 재미 좀 봤냐?"

"괜찮았어요."

패트릭이 어젯밤 같이 잤던 빨간머리 여자를 떠올리며 도미닉에게 씨익 미소지었다.

"삼촌도 한 번 시도해 보시죠. 그 축 늘어진 물건을 되살리려고 다양하게 애쓸 거 없다구요. 양보다 질을 생각하세요."

"축 늘어진 물건!"

도미닉이 커피를 한 모금 들이키고 나서 피식 웃었다.

"너도 좀더 나이가 들면, 진짜 사나이한텐 가끔씩 도전이 필요하다는 걸 알게 될 거다."

다음 순간 인상을 찡그렸다.

"어젯밤에는 진짜 도전이었어."

"여자들이 좋아하던가요?"

"기억 안 나. 하지만 그랬던 거 같아, 아니면 리나가 나중에 잔소리를 해댈 테지."

패트릭이 낄낄거렸다.

"맞아요, 리나는 불평거리가 있으면 못 참는 성격이잖아요."

하지만 리나 브래드쇼가 그런 성질을 도미닉에게 터트린 적은 없었다. 그 여잔 침대 안이나 밖에서나 가능한 한 자주 도미닉과 함께 있고 싶어했다. 패트릭이 의자의 앞다리를 들어 흔들어대며 카우보이 모자를 머리 뒤로 밀었다.

"삼촌 말이 맞을지도 몰라요. 그리 재미없는 인생은 아닌 것 같아."

도미닉이 그를 똑바로 쳐다보았다.

"그런 생각일랑 말아라. 넌 내일 아침 킬라라로 돌아가는 거야."

"그래야 하나요? 내가 여기 남아서 삼촌과 같이 환락을 즐길 생각이라면 어쩔래요?"

"네놈을 늘씬하게 두들겨 팬 후 말등에 묶어 킬라라로 보내버릴 거다. 그 다음에는 헬즈 블러프에 있는 술집, 창녀집, 일반 가게든 어디든 널 받아주는 곳은 나한테 혼줄이 날 거라고 선언해 놓을 테다."

그가 위협적으로 미소지었다.

"한 번 시험해 볼 생각이냐?"

패트릭이 낮게 휘파람을 불며 고개를 저었다.

"별로요. 어차피 내일 집으로 돌아갈 작정이었거든요. 사실 말굽이 빠지지만 않았어도 벌써 집에 가 있었을 거예요."

"진작에 그 말을 했어야지."

패트릭이 씨익 웃었다.

"그럼 위험스런 도미닉 딜레이니를 자극해 볼 기회가 없어지잖아요. 삼촌은 너무 제멋대로라구요. 삼촌의 하늘 높은 자존심을 깎아내 말뚝 정도로 만들어 줄 사람이 있어야 돼요."

"넌 그 일을 너무 잘해 내. 네가 줄창 이 근처에 있는 게 아니라서 다행이다, 안 그랬으면 난 말뚝 정도가 아니라 벌써 이쑤시개처럼 쪼그라들었을 거야."

그가 남은 커피를 마저 마셨다.

"흐음, 약간은 타락의 맛을 보여줘도 되겠군. 너깃에 가서 게임 한 판 할래?"

"나중에요. 호텔에 가서 밥이나 먹자구요. 거기 삼촌을 만나겠다는 사람이 있어요. 바로 몇 시간 전에 이 마을에 도착한 여자예요."

"여자?"

도미닉이 실실 웃음을 흘렸다.

"네 녀석이 이렇게 금방 다른 여자를 꿰찬 거라면 덜시의 기술이 별로였던 모양이구나."

"그런 게 아니에요, 그 여자는 삼촌을 만나러 왔다던 걸요. 삼촌한테 제안할 사업이 있대요."

"리나가 내 기찬 솜씨를 떠벌리고 다녔나? 그 여자가 날 기둥서방으로 모시고 싶어하더냐?"

패트릭이 눈살을 찌푸렸다.

"농담 말아요, 그런 여자가 아니라구요. 그 여잔…… 숙녀예요."

"너한테 엄청 좋은 인상을 심어줬나 보군. 예쁘냐?"

"아뇨."

패트릭이 고개를 설레설레 저었다.

"라이징 스타가 목장에 온 후로 우리하고 같이 살았던 그 선생 있잖아요, 그 여자처럼 생겼어요. 두꺼운 안경을 쓴 데다 새침해 보여요. 그 여자 말로는, 삼촌이 자기 아버지 에드먼드 맥그리거를 안다고 하던대요."

"빌어먹을, 그 귀찮은 자식을 털어버린 줄 알았는데."

"털어버리긴 했어요, 이 세상을 떠나서 좀더 좋은 곳으로 갔다니까. 그 사람이 누군데요?"

"아주 미치게 집요하고 짜증스런 작자야. 목사의 처녀 딸처럼 앞뒤가 꽉꽉 막혔어."

"목사 딸이라고 다 꽉 막힌 건 아니에요. 내가 작년에 투손에서 만난 여자는……."

"그 여자가 왜 날 찾는다더냐?"

"몰라요, 삼촌이 직접 물어 봐요."

"절대 그럴 순 없지."

도미닉이 의자에 기대앉아 뺨을 문질렀다. 하루 사이에 자라난 턱수염이 꺼칠하게 느껴졌지만 면도할 마음은 없었다. 지금은 살갗 어디에도 깃털보다 더 거친 물건은 갖다대지 않을 것이다.

"그 여자한테 전해, 내가 새로운 사업 때문에 아주 바쁘다고. 그러니까 내일 투손행 마차나 집어타라고."

"한 번 만나 봐요. 대양을 건너 대륙까지 거쳐온 것 같던데 무슨 일인지 들어보기나 해야죠."

도미닉은 셔츠 주머니에서 담뱃가루를 꺼내 종이에 말기 시작했다.

"들어보나마나야, 무슨 일인지 알 만해."

"무슨 일인데요?"

도미닉은 얇은 종이에 침을 발라 마감한 다음 불을 붙였다.

"그 아비가 바라던 그 일이겠지. 헬즈 블러프의 모든 작자들이 바라는 거, 떼부자로 만들어 줄 노다지."

"투기꾼으로 보이진 않던데."

"두고 보면 알 거야."

도미닉이 담배를 깊이 빨아들였다.

"아니, 네가 알아봐라. 난 그 여자와 얘기할 생각 없으니까."

"그래도 난 삼촌이 한 번 만나줬으면 좋겠어요. 손해날 거 없잖아요, 그 여자는……."

"그 여자가 뭐?"

패트릭이 머뭇거렸다.

"자기를 독수리라고 생각하는 작은 올빼미 같아요."

도미닉이 껄껄 웃음을 터트렸다. 그의 얼굴에서 냉소와 단호함이 사라지자 한순간 패트릭만큼이나 젊어 보였다.

"맙소사, 엄청 시적이구나. 라이징 스타도 너만큼은 못할 거다."

패트릭은 다소 수줍은 표정이었다.

"하여튼 그 표현이 맞다니까요. 작은 올빼미 하나쯤 떼어내는 게 삼촌한테 뭐가 어렵겠어요? 한 번 만나줘요."

조카에게 애정어린 눈빛을 보내며 도미닉의 표정이 기적적으로 부드러워졌다.

"그 표현 틀렸으면 각오해라. 킬라라로 엉금엉금 기어가서 다시는 헬즈 블러프에 발도 들이지 못하게 해줄 테다."

패트릭이 고개를 끄덕였다.

"호텔 응접실에서 기다리겠다고 했어요."

도미닉이 의자를 밀치고 일어나다가 끼익 의자 긁히는 소리에 몸서리를 쳤다.

"모자 가져올게."

그가 문 앞에서 흘깃 뒤돌아보았다.

"라이징 스타는 어떠냐?"

패트릭의 얼굴이 즉시 무표정해졌다.

"괜찮아요. 임신 7개월쨌데 아주 행복해해요."

그가 테이블보를 내려다보며 손가락으로 푸른 사각형을 그려나갔다.

"그렇게 보여요…… 만족하는 것처럼요."

"다행이구나."

도미닉은 몇 마디 해주려다가 이내 입을 다물었다. 자신이 무슨 자격으로 충고할 수 있겠는가. 그가 불쑥 부엌문을 나섰다.

"금방 내려오마."

2

"맥그리거 양, 이분이 내 삼촌 도미닉 딜레이니예요."

도미닉 딜레이니는 그녀의 예상을 한참 벗어났다. 아버지가 묘사했던 투박한 야만인도 아니었고 그의 옆에 서 있는 패트릭과도 그리 닮지 않았다.

오히려 바이런 같은 매력을 지닌 아름다운 사내였다. 창으로 스며드는 저녁 노을이 깔끔하게 깎은 머리와 그 끝부분의 미약한 곱슬거림을 강조해 주었다. 다소 길쭉한 얼굴 양쪽으로 구레나룻이 나 있고 짙은 구릿빛 피부가 스페인계의 인상을 풍겼다. 허리까지 오는 까만 태킷과 하얀 리넨 셔츠에 끈 넥타이 차림이었다.

그가 살짝 고개를 숙였다.

"맥그리거 양."

패트릭과 도미닉 딜레이니는 둘다 180센티미터가 넘는 장신에 호리호리한 체격이었다. 하지만 닮은 점은 그것이 전부였다. 도미닉 딜레이니의 어깨와 가슴이 더 넓고 허벅지의 근육도 더 두꺼웠다. 걸음걸이조차 조카와 달랐다. 마치 폭발하려는 에너지를 억누른 것처럼 불안정한 우아함을 품고 있었다. 그러면서도 그리 위협적으로 느껴지진 않았다.

하지만 그가 좀더 가까이 다가오자 엘스페스의 판단은 바뀌었다. 푸른빛 회색의 눈동자는 날카롭고도 너무나 차가웠다. 턱에 난 수염자국과 냉소적인 미소도 결코 부드럽다 할 수 없었다. 허리춤에 늘어뜨린 권총 또한 몸의 일부분처럼 딱 어울렸다. 이제야 그녀는 단호하고 무자비한 사람이라던 아버지의 표현을 이해할 수 있었다.

묘하게 숨이 가빠지는 걸 느끼며 그녀가 한 손을 내밀었다.

"와주셔서 감사합니다, 딜레이니 씨."

맙소사, 자신의 목소리가 어린애 소리처럼 들렸다. 그녀는 깊이 숨을 들이키고 난 뒤, 다시 말을 이었다.

"제가 직접 찾아뵈려고 했는데 조카분이 당신을 모셔오겠다고 해서 이런 결례를 범하게 됐어요."

도미닉이 흘깃 패트릭에게 조롱 섞인 시선을 던졌다.

"이 녀석이 왜 그랬을까요? 당신이 왔으면 우리 모두의 시간과 노력이 절약되었을 텐데."

이 새초롬한 여자가 리나네 응접실로 들어서는 모습을 상상해 보았다. 옷이라고 할 수 없는 네글리제 차림의 여자가 드러누운 걸 슬쩍 보는 것만으로도 당장 다음 번 배를 예약해서 스코틀랜드로 도망쳤으리라.

그가 그녀의 작은 손을 예의 바르게 잡았다가 놓았다.

"괜한 헛고생을 하신 것 같소, 맥그리거 양. 난 당신을 도와줄 수 없소."

"제 아버지 생각은 다르셨어요."

그녀가 꿋꿋하게 그의 시선을 받아냈다.

"당신이 마음만 먹는다면 도와주실 수 있다고 생각하셨죠. 우선 앉으시겠어요?"

몇 발짝 떨어진 소파를 손짓하고 나서 도미닉이 자리잡는 걸 보며 그녀는 내심 안도의 한숨을 내쉬었다.

"전 아버지처럼 포기하고 돌아가지 않을 거예요, 딜레이니 씨. 그러니 당신도 어리석은 짓 그만하고 분별력을 찾으세요."

서 있던 패트릭에게서 묘한 소리가 터져나왔다.

"흐흠, 난 식당에 가 있을게요. 이따 봐요, 삼촌."

"안 돼요."

엘스페스의 명령이 패트릭의 발길을 붙잡아 놓았다. 젊은 딜레이니의 존재가 얼마나 자신감을 북돋아 주었는지 깨달으며 그녀는 갑작스런 공포에 휩싸였다.

"내 말은…… 나갈 필요 없다는 거예요. 어차피 친척지간이잖아요."

엘프페스의 얼굴에서 핏기가 사라져 피부가 실크처럼 부드럽고 투명해 보였다. 도미닉은 거의 홀린 듯이 그녀를 지켜보았다. 조그만 올빼미라고 했던가. 그래, 커다랗고 엄숙한 눈을 지닌, 까만 깃털을 부스럭대는 올빼미였다. 그녀의 관자놀이에서 맥박이 빠르게 고동치는 것도 알아차렸다. 문득 그 맥박치는 부분에 손을 뻗어 매끈한 피부를 만져보고 싶었다. 그는 서둘러 시선을 돌렸다. 젠장할, 왜 이러지? 찰나적으로 강렬한 욕망의 신호가 사타구니에 뭉치는 게 느껴졌다. 패트릭의 조그만 올빼미가 그런 욕망을 자극할 리 없는데.

"그래, 여기 있어라, 패트릭. 오래 걸리진 않을 거다."

그녀는 그의 분노를, 그에게서 발산되는 긴장감을 감지했다. 어떻게 달래야 하는 걸까? 오, 맙소사. 또다시 동요돼 버렸다. 이 딜레이니 가의 남자들은 그녀의 자신감에 치명적인 영향력을 지닌 모양이었다. 그 자신감이 아직 칭얼대는 유아기라는 걸 생각하면 그리 놀랄 일도 아니리라.

그녀는 소파로 다가가 도미닉의 옆에 앉았다. 똑바로 등을 세우고 치맛단 속으로 발을 집어넣었다.

"생각보다 오래 걸릴지도 몰라요, 딜레이니 씨. 전 쉽게 포기하는 여자가 아니거든요."

그녀의 스코틀랜드식 억양이 나지막한 음악처럼 들렸다. 저 안경알 속의 눈이 무슨 색깔일까? 갈색, 처음엔 그렇게 짐작했었지만 그는 이제 그 속에 초록빛도 포함되었다고 확신했다.

"아니라고?"

도미닉의 방심한 어조에 패트릭이 놀라운 듯 눈썹을 들어올리며 창턱에 기대앉았다.

엘스페스가 고개를 끄덕였다.

"지금처럼 중요한 목적이 있을 때는 그래요. 전 수중의 돈을 다 긁어모아서 이 여행에 나섰어요."

그녀가 깊이 심호흡을 하고 나서 단도직입적으로 털어놓았다.

"절 칸타란으로 데려다 주세요, 딜레이니 씨."

그는 그 짜증스럽게 두꺼운 안경알을 꿰뚫어보려는 노력을 그만 두었다.

"이럴 줄 알았어."

패트릭이 낮게 휘파람을 불어대며 자세를 고쳐 앉았다.

"칸타란? 그건 전설에나 나오는 이름이잖아요."

엘스페스는 고개를 흔들면서 필사적으로 도미닉을 바라보았다.

"절 꼭 거기 데려다 주셔야 해요. 몬테주마의 테노치티틀란보다 더 배울 게 많은 도시예요."

"전설일 뿐이오."

"실존 도시예요. 확실해요, 내 아버지가 15년 간이나 멕시코와 그 주변 인디언 부족의 전설들을 연구하셨어요. 모두 애매하고 신뢰할 수 없는 내용이었지만 한 가지만은 분명했어요. 아파치족에서 시작된 전설, 신성한 신탁으로 몇 백 년을 거쳐 전해진 전설. 부족의 치료사에게만 은밀하게 전해진 진짜 전설이죠. 그들만이 칸타란의 정확한 위치와 진정한 역사를 알고 있어요."

"그런 얘긴 전에도 들었소. 그리고 난 당신 아버지한테 뜬구름 잡을 생각이 없다고 분명히 말했지. 잃어버린 황금도시의 전설들이 수백 개도 넘지만 난 그 중 어느 하나도 믿지 않소.”

“칸타란에는 어마어마한 금과 보석들이 숨겨져 있어요. 그게 다 당신 몫이에요. 난 그 폐허를 연구하고 싶을 뿐이에요. 작은 탐사대를 만들 자금만 있으면 돼요. 당신은 엄청난 부자가 될 거라구요.”

“칸타란이 실제로 존재하고 그걸 찾을 수 있다는 가정 하에서.”

도미닉이 비판적으로 대꾸했다.

“실제로 존재해요.”

그녀가 떨리는 손을 무릎 위로 틀어쥐며 앞으로 몸을 기울였다.

“난 어릴 적부터 칸타란 얘길 들었어요. 아버지의 탐험을 위해서 방대한 자료를 모아들였고 고대 문명에 대한 서적도 빠짐없이 읽었어요. 단순히 아버지의 말만 앵무새처럼 흉내내는 게 아니라구요. 칸타란은 아버지의 희망이었을 뿐 아니라 내 희망이기도 해요. 난 그 꿈을 포기하지 않을 거예요.”

패트릭이 불쑥 입을 열었다.

“어째서 도미닉 삼촌이 도와줄 수 있다고 확신하나요?”

“화이트 버팔로, 아파치의 치료사가 아버지한테는 정보를 주지 않았어요. 감질나게 귀띔만 했죠. 도와줄 수 있는 사람이 딱 두 명 있는데 그 중 하나가 도미닉 딜레이니라고 했어요. 다른 사람 이름은 말하지 않았구요.”

“화이트 버팔로.”

패트릭이 화들짝 도미닉에게 시선을 돌렸다.

“그 사람 라이징 스타의 부족 치료사죠?”

도미닉이 고개를 끄덕였다.

“그럼 삼촌이 정말로…….”

“난 아무것도 몰라.”

도미닉이 거칠게 가로막았다.

“조슈아가 라이징 스타하고 결혼했을 때 일주일만 거기 있었을 뿐이라구. 그것도 14년 전 일이야. 화이트 버팔로가 네 개가 하나로 합쳐

진다 어쩐다 중얼대면서 축복해 주긴 하더군. 하지만 칸타란 얘긴 꺼
내지도 않았어."

"틀림없이 다른 말도 했을 거예요."

엘스페스가 그의 얼굴을 뚫어져라 응시하자 도미닉의 눈동자에 순
간적으로 무언가가 스쳐지났다.

그녀는 도미닉 딜레이니가 무언가를 알면서도 말하지 않는 것이라
고 확신했다.

"무슨 말인가 했을 거예요. 왜 날 도와주지 않으려는 거죠?"

"고향으로 돌아가시오, 맥그리거 양. 황금의 도시 따윈 없소. 엘도라
도는 없소, 당연히 칸타란도 없고."

그녀가 미소지었다.

"엘도라도나 다른 도시에 대해선 몰라요. 진짜일 가능성이 있다는
것만 알죠. 언젠가 그 진실을 밝혀보고 싶기는 해요. 하지만 지금 당장
은 칸타란을 찾는 것이 내 목표예요. 우리가 그걸 함께 찾을 수 있어
요, 딜레이니 씨."

빌어먹을, 고집불통이로군. 도미닉은 자리에서 일어나 정중하게 고
개를 숙였다.

"안녕히 가시오, 맥그리거 양. 이것이 우리의 마지막 대화요. 맥그리
거 가의 부녀에게 난 이미 시달릴 만큼 시달렸소. 내 입장을 분명히
밝혀두는데 다시는 당신을 만나지 않을 것이고 당신과 얘기하지도 않
을 거요. 당신이 말을 걸어도 대꾸하지 않겠소. 나한테 얻을 게 전혀
없을 테니 헬즈 블러프에서 다른 즐거움이나 찾고 떠나길 바라겠소."

그가 패트릭에게 돌아섰다.

"가자."

패트릭이 동정적으로 엘스페스의 얼굴을 응시했다.

"삼촌 먼저 가세요. 이따가 너깃에서 만나요."

도미닉은 짜증스러움과 정확히 규명하고 싶지 않은 또 다른 감정을
느꼈다.

“마음대로 해.”

엘스페스는 성큼성큼 나가버리는 그를 지켜보며 두 손을 힘껏 틀어쥐었다.

“너무 완강하군요.”

“그럴 수밖에요. 거의 10년 간이나 도망다녔는 걸요. 강해지지 않으면 자신이 죽었을 거예요. 더빈이라는 자가 삼촌을 잡으려고 총잡이들을 수없이 보냈어요. 보안관들도 총동원시켰구요.”

“더빈이 누구예요?”

“찰스 더빈. 삼촌이 내 나이쯤이었을 때 더빈의 아들을 쏴 죽였어요. 그건 공정한 결투였어요. 도미닉이 조금 빨랐을 뿐이죠.”

“그런데 왜 무죄선고를 못 받았나요?”

“재판까지 가지도 못했어요. 더빈은 투손의 은행가인데다가 엄청난 재력가예요. 자기 아들이 무장도 안 한 상태에서 삼촌 총에 맞았다고 증언할 놈 셋을 사들였죠. 도망치지 않았으면 아마 교수형 당했을 거예요.”

“그런 얘길 왜 하는 건가요? 당신 삼촌이 범법자이든 아니든 나하곤 상관없어요. 내가 그 사람한테 바라는 건 단 한 가지예요.”

“그래서 얘기하는 거예요. 삼촌이 승낙하지 않을 거라는 점을 알려주려구요. 하도 험한 인생을 살아왔기 때문에 삼촌한테 부드러움이란 게 남질 않았어요. 요즘엔 뭐든지 하고 싶은 대로 하고 살아요. 잃어버린 도시 따윈 찾아가고 싶어하지 않죠.”

그녀는 아랫입술을 깨물며 잠시 입을 다물었다. 그런 다음 씩씩하게 일어섰다.

“그 마음을 내가 바꿔놓을 거예요. 그 사람 어디서 살죠? 내일 아침에 찾아가야겠어요.”

“그건 안 돼요.”

“안 될 이유 없어요. 그 사람 어디서 살아요?”

“숙녀가 출입할 만한 곳이 아니에요.”

패트릭이 불편하게 몸을 들썩였다. 그녀가 당혹스레 쳐다보자 잠시 후 체념적인 한숨을 내쉬었다.

"삼촌이 사는 곳은 창……. 정숙하지 않은 집이라구요."

"아."

그녀가 멍하니 중얼거렸다.

"그럼 날 데려다 주기가 어색하겠군요."

"그래요, 어색하죠."

그녀는 다시 힘을 냈다.

"그래도 하루 종일 거기 있는 건 아니잖아요. 다른 데서 만나면 돼요."

"그래 봤자 무슨 소용이겠어요? 삼촌이 다시는 당신을 만나거나 얘기하지 않겠다고 했잖아요."

"처음엔 그럴지 몰라도 결국 맘이 바뀌게 될 거예요."

그녀는 자신 있는 척 미소지었다.

"날 만나줄 수밖에 없게 될 거예요. 내가 그렇게 만들 거예요. 어쨌든 친절하게 도와줘서 고마워요, 딜레이니 씨."

"패트릭으로 부르세요. 강도 역할까지 한 놈한테 예의를 차릴 필요 없어요."

그녀가 고개를 끄덕였다.

"그럼 당신도 날 엘스페스로 불러줘요. 내일 또 볼 수 있을까요, 패트릭?"

그가 머뭇거리다가 천천히 머리를 흔들었다.

"동트기 전에 목장으로 출발해야 돼요."

그가 심란한 표정으로 일어섰다.

"이번 토요일 밤에 다시 올 건데, 그때까지 당신이 헬즈 블러프에 있진 않겠죠?"

그것이 그의 희망사항이었다. 지금의 상황전개가 마음에 들지 않았다. 도미닉 삼촌은 공격대상이 되는 걸 절대 좋아하지 않았다. 그런데

이 작은 올빼미는 그런 공격적인 방법을 계획하는 듯했다.

"내가 내일 아침 마차를 예약해 드릴까요?"

"아뇨, 이번 토요일까지 여기 머물게 될 거예요. 하여튼 고마워요, 패트릭."

그녀가 단호하게 대답했다.

"별 말씀을요."

할 수 있는 일은 다 했다. 이제 패트릭은 삼촌이 너무 과격하게 반응하지 않기만을 바랄 뿐이었다.

패트릭이 걸어나갈 때까지 그녀의 얼굴엔 미소가 달라붙어 있었다. 하지만 그의 뒤통수가 시야에서 사라지는 즉시 그 미소는 사라졌다. 눈을 감고 떨리는 숨을 토해냈다. 무릎이 후들거리고 손바닥도 축축했다. 예상했던 것보다 훨씬 힘겨운 만남이었다. 앞으로는 더 용기를 낼 수 있으리라. 평생 지녀왔던 습관을 깨기란 간단치가 않았다. 그리고 도미닉 딜레이니 같은 남자가 그 첫번째 상대였음이 그녀의 불행이었다. 그가 방으로 들어선 순간부터 몹시도 불안하고 초조했었다. 퉁명스런 거절의 말을 듣기 전부터 그의 적대감을 알아차렸다. 그는 왜 그렇게 적대적이었을까? 마치 그녀의 살 속까지 꿰뚫어보려는 것처럼 훑어보았다. 대체 무엇을 찾고 있었던 걸까?

약점. 그녀는 그가 자신의 외모에 끌렸다고 생각할 만큼의 바보가 아니었다. 아버지가 얼마나 누차 강조했던가, 무관심보다 더한 관심으로 그녀를 바라보는 남자는 없을 거라고. 그래, 도미닉 딜레이니는 반갑지 않은 상대를 손쉽게 털어버리려고 그녀의 갑옷에 난 구멍들을 찾았던 것이리라.

"괜찮으십니까, 마드무아젤?"

퍼뜩 눈을 떠보니, 안드레 마조노프 백작이 문가에 서 있는 게 보였다. 진줏빛 회색의 완벽하게 맞춤한 코트가 아침에 입었던 코트보다 뚱뚱한 허리 둘레를 더 강조하고 있었다.

진심으로 걱정하는 듯한 백작의 모습에 그녀는 애써 미소지었다.

“좀 피곤할 뿐이에요. 방에 가서 쉬어야겠어요.”

“뭐 좀 드시고 올라가시지요. 저와 함께 저녁 식사하실까요?”

“배고프지 않은 걸요.”

음식 생각만 해도 뱃속이 메슥거렸다. 하지만 그의 실망스러워하는 표정에 재빨리 한마디 덧붙였다.

“다른 약속 없으시면 아침 식사는 같이 할 수 있어요.”

그의 얼굴이 환하게 밝아졌다.

“좋지요. 난 헬즈 블러프에 아는 사람이 하나도 없거든요.”

“그럼 여긴 왜 오셨어요?”

“흥분되는 장소잖소. 애리조나에서 여기가 가장 터프한 동네라던데. 아주 흥미로운 사람들을 만나게 될 것 같아서……. 당신의 동업자 도미닉 딜레이니를 나에게 소개시켜 줄 수 있겠소?”

“그 소개는 다른 사람한테 부탁하셔야 할 거예요.”

그녀가 코를 찡그렸다.

“딜레이니 씨가 내 제안을 좋아하지 않던 걸요.”

“오, 이런…… 그럼 달리 부탁할 사람을 찾아봐야겠군. 그 사람 전문적인 도박꾼이라던데…….”

“사람을 쏴 죽이지 않을 때 말인가요?”

그녀가 시큰둥하게 물었다.

“그 사람은 살인자가 아니오. 여기 총싸움은 유럽의 결투만큼이나 명예로운 거요.”

이 남자는 왜 이렇게 서부 총잡이들한테 푹 빠져 있는 걸까? 하지만 문득 그녀는 그의 어린애 같은 흥분 속에 가엾다 싶을 만큼의 연약함을 알아차렸다.

“그렇군요. 제가 듣기로는 오늘밤 딜레이니 씨가 너깃이라는 곳에 가시는 것 같았답니다.”

“고맙소.”

그가 열성적으로 문을 쳐다보았다.

“그럼 푹 쉬어요. 내일 아홉 시에 식당에서 만날까요?”

그가 아침 식사 약속을 기억한다는 것 자체가 놀라웠다. 도미닉 딜레이니를 찾고 싶어서 안달이 난 것 같은데.

“좋아요.”

그는 인사말을 우물거리며 서둘러 문 밖으로 뛰어나갔다.

몇 분 후, 엘스페스는 방문을 닫으면서 안도의 한숨을 토해냈다. 이젠 긴장을 풀 수 있었다. 약함이나 불안감을 들킬 염려가 없었다. 이 미국이란 나라는 성급하고 충동적인 사람들로 가득한 이상한 곳이었다. 보이는 것 모두가 낯설고 불편했다. 아버지와 함께 대륙과 극동지역까지 여행하긴 했지만 그때는 상황이 전혀 달랐다. 아버지의 잔심부름을 도맡아하느라 외국땅에서의 감정적인 어려움에 처할 겨를이 없었다. 그것이 한편으로는 실망스럽기도 했지만 한편으로는 다행스러웠다.

그런데 이곳은 호텔방마저 이상했다. 지금껏 다녀봤던 호텔방들과 달랐고, 그녀가 자라왔던 작은 2층집의 침실과도 너무나 달랐다. 소나무 판자의 마룻바닥엔 아즈텍의 모자이크 그림을 연상시키는 화려한 러그가 깔려 있었다. 머리받이도 없는 침대, 그 위의 낡은 퀼트 이불, 침대 옆으로 작은 탁자가 하나 붙어 있고 흔들의자가 창가 왼쪽으로 자리잡았다. 마호가니 옷장과 아무리 닦아도 지워지지 않을 듯한 때가 낀 세면대, 그 위의 꽃무늬 대야와 물병. 비인간적이고도 맥빠지는 환경이었다. 빌릴 만한 방이 이런 것뿐이라면 도미닉 딜레이니가 다른 곳에서 사는 것도 이해할 만했다.

문득 그녀의 뺨에 홍조가 떠올랐다. 딜레이니 같은 남자는 잠자리를 구하기 위해서가 아니라 여자들 때문에 그런 숙소를 구했으리라. 엘스페스도 남자의 육체적인 욕구와 그들의 해결방안을 익히 알고 있었다. 고대 유물연구의 부산물로서 매춘부와 그들의 봉사에 대해서 많은 지식을 가지고 있었다.

봉사. 그 단어는 도미닉 딜레이니와 어울리지 않았다. 너무 밋밋했다. 매 순간순간 생명력과 강렬함을 발산해 내는 남자에게 어울리지 않았다. 가만히 있을 때조차 그에게선 꺼져버릴 듯한 무언가가 느껴졌다. 숙소의 그 여자들과 같이 있을 때는 그게 깨질까? 그의 표정이 훨씬 강렬하게 변하면서…….

그녀는 화들짝 정신을 차리고 단 한 개 있는 창문 쪽으로 종종걸음 쳐 갔다. 무슨 상관이람? 그 남자가 매춘부들과 어떤 짓을 하든 그게 무슨 상관인가? 장밋빛 옥양목 커튼을 옆으로 젖혀 창 밖을 내다보았다. 볼 만한 것이 없었다. 뒷골목 쪽으로 나 있는 창문이라서, 발코니를 떠받친 하얀 기둥과 거리로 연결된 계단들이 웅장한 산의 풍경을 가로막았다. 유일하게 눈길을 끄는 것은 거리 끝 부분에 당당히 서 있는 참나무 한 그루였다. 대단히 오래된 고목. 모든 것이 새롭기만 한 이 마을에서 그것만이 옛 분위기를 풍겨주고 있었다.

그녀는 커튼을 제자리로 내리고 돌아섰다. 풍경 따위도 상관없었다. 이 방에 있을 시간이 많지도 않을 테니까. 도미닉 딜레이니를 설득하는 데 모든 시간과 에너지를 집중시켜야 했다. 하지만 그 일을 어떻게 하지? 얘기도 않겠다는 사람에게 하기 싫어하는 일을 해달라고 어떻게 허락을 받아낼 수 있을까? 방법을 찾아봐야 했다.

하지만 지금 당장은 아니었다. 지금은 너무나 지쳐버렸다. 침대에 누워 한두 시간 낮잠을 청하리라. 도미닉 딜레이니에 대해서는 잊어버리고 그 대신 앞으로의 탐험과 그 연구성과를 생각하자. 어쩌면 칸타란의 꿈을 꾸게 될지도 모를 일이다.

3

패트릭의 발이 물컹한 것 속으로 푹 빠져들어갔다. 그것의 정체가 퇴비더미라는 걸 알아차리는 순간 끄응 하고 신음이 터져나왔다. 그는 다시 걸음을 옮겼다. 이곳 마구간 앞마당은 빌어먹게도 어두웠다. 찰리에게 아침 일찍 출발할 거라고 말해 놓았는데, 최소한 랜턴 하나쯤 켜둘 수도 있었잖은가. 마치 오물통에서 발을 굴러대는 말이 된 기분으로 퇴비 묻은 신발 밑창을 땅에 북북 닦았다.

"패트릭?"

순간 그는 대장간의 지붕 밑 어둠 쪽으로 빙글 몸을 돌리며 본능적으로 권총을 거머쥐었다. 다음 순간 생각이 본능을 앞서자 긴장이 풀렸다. 부드럽고도 불안해하는 목소리였다. 엘스페스 맥그리거. 권총을 내려놓으며 그는 쿵쾅대는 심장박동을 진정시키려 애썼다.

"간 떨어질 뻔했잖아요. 여기서 뭐하는 거예요?"

"당신을 기다리고 있었어요."

엘스페스가 처마 밑으로 빠져나왔다.

"몇 시간이나 지난 것 같아요. 동트기 전이라는 게 몇 시쯤일지 몰라서…….”

그녀가 숨을 가다듬기 위해 말을 멈췄다. 불안한 기색을 보이면 안 돼, 그냥 너무 어두운 곳에 혼자 있었기 때문이야.

“이런 데 혼자 나다니면 안 돼요.”

패트릭이 날카롭게 말했다.

“잠깐 기다려요. 마구간 안에 랜턴이 있을 거예요. 금방 가져올게요.”

그가 몇 분만에 랜턴을 찾아 불을 밝히고 되돌아왔다. 엘스페스는 까만 옷차림과 창백한 얼굴로 초조하게 손가방을 틀어쥐고 있었다.

겁을 먹은 거야. 겁이 나는데도 필사적으로 내보이지 않으려 하는 것이다. 패트릭의 짜증이 슬그머니 사그라들었다.

“여기 있으면 안 돼요. 내가 호텔까지 바래다 줄게요.”

그녀가 고개를 저었다.

“마음을 정했어요. 당신 삼촌이 날 가볍게 물리친 건 아마도 내가 얼마나 심각한지 모르기 때문일 거예요. 내 결심을 분명히 전달해 물러나지 않는다는 걸 보여줘야 해요. 정숙하지 않은 집이라고 해서 가지 않겠다고 한 건 너무 겁쟁이 같은 태도였어요. 그래서…….”

“잠깐만요.”

패트릭이 한 손을 들어올렸다

“여기서 리나네 집 얘기가 왜 나오는 거죠?”

“그게 거기 이름인가요? 내가 거기 가기로 결정했기 때문에 말하는 거예요. 내가 그런 곳까지 찾아가면 당신 삼촌도 내 제안을 신중하게 생각해 줄 것 같아서요.”

“리나네 집에 가겠다구요?”

그가 멍하니 그녀를 바라보았다. 이 여자가 리나네 집에 들어가는 상상을 한 것하고 진짜로 현실이 되는 것하고는 전혀 다른 차원의 일이었다.

“안 돼요! 숙녀는 그런 창…… 그런 곳에 가지 않는다구요.”

“알아요, 하지만 예법을 접어둬야 할 때도 있는 거예요. 지금이 그럴 때구요. 당신 삼촌에게 내가 만만치 않은 상대라는 걸 알려야 해요."

"이런 방법으로는 안 돼요. 다른 방법을 생각해 봐요."

"걱정할 거 없어요. 당신한테 폐 끼치진 않을 테니까요. 이른 아침에 그를 찾아가는 게 가장 좋을 것 같아요. 그곳은 이때쯤이 제일 한가할 시간이잖아요. 그렇겠죠?"

"그렇긴 하죠."

패트릭이 힘없이 대답했다.

"그럴 줄 알았어요. 그런데 그곳의 위치를 모른다는 게 문제더라구요. 다른 사람한테 물어 보면 오해의 소지가 생길 수도 있기 때문에 당신에게 거기 위치를 물어 보려고 기다렸어요."

패트릭은 놀라워하며 고개를 흔들었다. 위치를 물어 보는 건 내키지 않으면서도 리나네 집으로 쳐들어갈 계획이라 이건가? 이 여자가 그의 흥미와 보호본능을 동시에 불러일으켰다.

"이건 깊이 생각해야 할 문제예요. 당신 평판이 회복 불가능하게 손상될 수도 있어요. 리나네 집에 들어갔다는 자체로…… 오해의 소지가 충분해요."

"난 학자예요. 다른 사람들 입방아에 신경 안 써요. 소문쯤이야 별것도 아니죠, 칸타란보다 중요한 건 없어요. 그러니 부디 리나네 집으로 가는 길을 알려주세요."

그는 무기력하게 그녀를 응시했다. 그녀의 얼굴에 단호한 결의가 깃들어 있었다. 제기랄, 이 여자가 진짜로 쳐들어갈 모양이었다.

"내가 무슨 말을 해도 소용없을까요?"

그녀가 고개를 끄덕였다.

"오랜 고민 끝에 내린 결론이에요. 쉬운 결정이 아니었어요. 난 사실 그렇게 용감하지 못하거든요."

"거기 들어가서 어떻게 삼촌을 찾을 생각이에요?"

그녀가 눈살을 찌푸렸다.

"그냥 찾아봐야죠."

엘스페스 맥그리거가 리나네 집 여자들과 그 고객들 사이를 헤집고 다니는 모습을 상상하자 피식 웃음이 터져나왔다.

"쉽지 않을 텐데요."

그는 그 작은 올빼미를 응시하며 마지막으로 한 번 더 노력해 보았다.

"내가 삼촌을 설득해서 다시 만날 자리를 마련해 볼게요."

"소용없을 거예요, 아주 단호하던 걸요."

패트릭도 같은 의견이었다. 하지만 지금 이 여자를 혼자 남겨두고 떠나버릴 수도 없는 노릇이었다. 젠장할, 삼촌을 찾아내기 이전에 온갖 곤경에 처할 것이다. 설사 그를 찾아낸다 해도 가장 무시무시한 곤경이 이 여자를 기다리고 있을 것이다. 도미닉 삼촌이 폭죽처럼 꽝 폭발해 버릴 수도 있다. 그 부분에서 패트릭의 생각이 멈칫했다.

바로 그거야! 삼촌이 펄펄 뛰긴 하겠지만 그 정도는 감수할 만해. 그는 나지막이 웃기 시작했다.

"뭐가 그렇게 재밌어요? 난 아주 심각하다구요."

엘스페스가 분연히 물었다.

그의 갈색 눈동자가 랜턴 불빛 속에서 반짝거렸다.

"방금 대단히 재미있는 생각이 떠올랐어요. 당신 문제를 일부 해결해 줄 수 있겠어요. 가요, 내가 리나네 집으로 데려다 줄게요."

그녀가 반대하려 하자 그가 재빨리 손을 들어올렸다.

"걱정 말아요, 끼어들지 않을 테니까."

그리곤 또다시 낄낄대며 웃었다.

"삼촌 상대하는 건 당신한테 맡길게요."

'옆에서 지켜보게만 해준다면요.'

그가 마음속으로 한마디 덧붙였다.

그녀는 의심스레 그를 살펴보았다. 마조노프 백작에게 새빨간 거짓말을 늘어댈 때와 똑같은 장난스런 표정이었다.

그가 그녀의 팔꿈치를 잡았다.

"어서 가자구요. 동트기 전에 도착해야 돼요."

"여기서 멀어요?"

그의 넓은 보폭을 따라잡기 위해 그녀는 뛰듯이 걸어가야 했다.

"아뇨, 15분 정도밖에 안 걸려요. 하지만 중간에 잠깐 들를 데가 있어요."

"어디요?"

"샘 리의 목욕탕, 거기서 가져갈 게 있거든요."

"폭죽?"

엘스페스는 경악스레 도화선이 달린 나무토막들을 쳐다보았다. 담요로 덮인 그 커다란 꾸러미가 무얼까 계속 궁금했지만, 설마 폭죽 같은 해괴한 물건일 줄은 상상도 못했다.

"그걸로 뭘 하려구요?"

패트릭은 도화선들을 연결하느라 분주했다.

"삼촌의 관심을 끌어서 결의를 밝히고 싶다면서요."

그가 고개를 들고는 씨익 웃었다.

"이걸로 아주 기똥차게 알려줄 수 있다구요."

그녀는 거리 맞은편의 하얀 집을 흘깃 쳐다봤다. 세련된 2층 목조 건물로, 차양과 둥근 지붕 아래쪽으로 길고 우아한 베란다가 펼쳐졌다. 현관문 양쪽에 두 개의 랜턴이 은은하게 밝혀져 있을 뿐 창문들은 모두 캄캄했다.

"난 좀더 점잖은 방법을 쓰고 싶은데요."

"최대한 빨리 삼촌을 방에서 끌어내고 싶은 거 아녜요?"

그의 날렵한 손가락이 폭죽의 두 번째 줄로 옮겨갔다.

"이게 내가 생각할 수 있는 최선의 방법이에요."

"최선인가요, 제일 재미있는 방법인가요? 내 생각엔 당신이 너무 즐기려는 것 같아요."

"당연하죠. 난 항상 화끈한 쇼가 좋거든요."

패트릭이 세 번째 줄을 연결하기 시작했다.

"더 효과적인 아이디어가 있으면 말해 봐요. 그럼 이거 그만 두고 당신 계획에 따를 테니까."

다른 계획이 생각난다면 얼마나 좋겠는가.

"당신 삼촌이 아주 화낼 텐데요."

"그렇겠죠."

"하지만 어쨌든 내가 온 걸 갖고 화내긴 할 거예요."

"맞아죠."

"그 사람은 너무 편협하고 비협조적이에요. 이게 얼마나 중요한 과업인데. 이 일이 지식의 폭을 넓혀 줄 테고……."

그가 소리 죽여 키득거렸다.

"합리화하려고 엄청 애쓰시는군요."

그녀도 피식 웃음을 터트렸다.

"할 만큼은 한 것 같아요."

그녀가 그의 옆에 무릎 꿇었다.

"내가 도와줄게요."

"다 됐어요."

그는 시시각각 환해지는 하늘을 올려다보았다.

"지금이에요. 리 통이 깨서 소란을 피우면 곤란해요."

"리 통이라뇨?"

"여기 허드렛 일꾼이에요. 이거 받아요, 두 다발을 가져가서 현관부터 거리로 늘어놔요. 난 안에 들어가서 이층 복도부터 현관까지 설치할게요."

"안 돼요."

그가 시선을 들어올렸다.

"뭐라구요?"

"안 된다구요. 이건 내 일이에요. 안에다 폭죽 설치하는 건 내가 맡을래요. 당신이 날 들키지 않게 하려는 건 알지만요."

"난 당신이 너무 충격받을 까봐 그런다구요. 내 말대로 밖에서 기다려요.”

“싫어요.”

그녀가 더 커다란 폭죽 더미를 빼앗아 들었다.

“하나하나 불을 붙여야 하는 건가요?”

그가 포기한 듯이 한숨 쉬었다.

“제일 긴 도화선에만 붙이면 돼요. 그건 이층 복도 끝에 놔둬요. 현관홀까지 내려올 시간은 충분할 거예요.”

“아주 효과적인 계획이로군요.”

엘스페스는 책망하는 투로 고개를 흔들었다.

“전에도 폭죽을 다뤄본 적이 있는 모양이죠?”

“작년에 친구놈들하고 너깃에 놀라움을 선사한 적이 있었죠. 하지만 이번 게 훨씬 재밌을 거예요.”

그가 일어서며 그녀도 일으켜 세웠다. 그의 홍분이 전염돼서일까, 엘스페스의 불안도 홍분 속으로 빨려들어가기 시작했다.

“문이 열려 있을까요?”

“거긴 밤이든 낮이든 열려 있어요.”

“그럼 아무 문제 없겠군요.”

그녀는 잠시 망설이고 나서 어깨를 쭉 펴고 걸어가기 시작했다.

“한 가지 문제가 있겠는데요.”

패트릭이 불러세우자 엘스페스가 화들짝 뒤돌아섰다.

“무슨 문제요?”

“성냥.”

그가 주머니에서 상자 하나를 꺼내 던져주었다.

“그게 없으면 도화선에 불붙이기 힘들 걸요.”

그녀가 성냥갑을 받아들고는 쾌활하게 미소지었다. 이렇게 짜릿한 기분은 처음이었다.

“앞으로는 꼭 기억할게요.”

십분 후, 그녀는 마지막 폭죽을 현관홀에 설치하고 있었다. 퇴창으로 어슴푸레한 새벽빛이 스며들 뿐, 집 안은 아직까지 어둡고 고요했다. 따뜻하고 비좁은 공간에 향수와 시가 냄새가 뒤섞여났다.

좀더 밝으면 좋을 텐데. 사창가의 내부가 어떤 모습일지 보고 싶었다. 폭죽이 터지면 살펴볼 기회가 생길지도 모른다.

현관문이 조용히 열리며 회색 하늘을 배경으로 패트릭의 머리 윤곽이 나타났다.

"다 했어요?"

"네, 당신 말대로 첫번째 도화선에 불을 붙여놨어요. 지금쯤 터져야 하는 거 아닌가요?"

"금방 터질 거예요."

그가 문을 닫고 들어섰다.

"이젠 어떻게 해요?"

그가 계단에서 가장 먼 구석으로 그녀를 이끌었다.

"멀찌감치 물러나서…… 기다리기만 하면 돼요."

오래 기다릴 필요도 없었다. 패트릭의 말이 끝나기가 무섭게 폭발음이 일어났다!

엘스페스의 몸이 화들짝 튕겨올랐다. 엄청난 굉음이었다. 조용한 집 안에 대포알이 파고 들어온 것처럼 쩌렁쩌렁 메아리쳤다. 첫번째 폭발음에 이어 두 번째 쾅, 그리고 세 번째. 이젠 그 소리가 집 안 전체를 뒤흔들었다. 여자들의 비명소리와 남자들의 고함소리. 위층 문들이 벌컥벌컥 열리고 폭죽의 매운내가 사방으로 진동해댔다.

패트릭이 즐겁게 웃으면서 중얼거렸다.

"어때요, 화끈하죠?"

첫번째 폭발음이 도미닉의 잠을 깨웠다. 총소리. 바깥 복도에서 들려온다. 그는 지난 십 년 간 단련된 본능으로 움직였다. 두 번째 폭발음이 났을 때쯤 권총을 찾아들고, 세 번째 폭발음이 터졌을 땐 이미 문 앞에 서 있었다.

“도미닉.”

리나가 졸음에 겨워 일어나 앉으며 헝클어진 머리를 긁어올렸다.

“무슨……..”

또 한 번의 굉음에 그녀가 퍼뜩 정신을 차렸다.

“안 돼, 나가지 말아요.”

그녀가 침대에서 뛰어내려 레이스 실내복으로 손을 뻗었다.

하지만 도미닉은 그 말을 듣지 않았다. 복도의 위험에만 온 신경을 기울였다. 빌어먹을, 이런 짓거리는 지긋지긋했다. 어느 때고 총소리가 들려올까 봐 긴장하며 잠드는 건 지긋지긋했다. 문을 홱 밀어젖히며 재빠르게 총알세례를 피해 옆으로 비켜섰다. 굉음이 계속되긴 했지만, 바닥이나 나무판자에 푹푹 박히는 총탄들은 없었다. 그가 조심스레 문짝 옆을 내다보았다. 복도에 뿌연 연기가 가득했다. 그리고 그는 줄지어 늘어선 폭발물들을 멍하니 노려보았다.

“폭죽이잖아!”

리나가 그의 옆으로 다가섰다.

“폭죽? 누가 이런 짓을 했을까요?”

누군지 알아채는 데는 채 일분도 걸리지 않았다. 패트릭과 그 일당이 너깃의 문틈으로 폭죽을 던지고 달아날 때 도미닉도 그 자리에 있었다.

“패트릭에겐 매일매일이 축제의 연속이야. 녀석의 작별 인사법인지도 모르지. 하지만 난 녀석을 알아, 이런 구경거리를 놓치고 떠났을 리 없어.”

그가 허탈하게 입을 열었다. 그리고는 늘어선 폭죽들을 따라 성큼성큼 복도를 걸어갔다.

“녀석을 잡아서 그놈 꼬리에 폭죽을 매달아 주겠어.”

계단 위쪽의 폭죽이 터졌을 때 그도 그곳에 도착했다. 아래쪽 어둠 속으로 도미닉이 소리쳤다.

“패트릭, 머리 가죽을 벗겨버릴 테다.”

계단을 타고 내려가는 폭발음들 너머로 웃음소리가 들린 것 같았다. 한달음에 뛰어내려가고 싶었지만 폭죽의 느린 진전을 따라 천천히 걸어가야 했다.

"불이라도 나면 어쩔 뻔했나? 성급한 놈이 총부터 갈겨버렸으면 어쩔 뻔했어?"

"패트릭 잘못이 아니에요, 딜레이니 씨."

엘스페스가 계단 발치로 모습을 드러냈다.

"전적으로 내 생각이었어요."

간신히 그 말만 내뱉은 후 그녀는 넋을 잃고 그를 응시했다. 여태까지 진짜로 살아 있는 남자의 나체를 본 적은 없었다. 그런데 도미닉 딜레이니는 대담하고 뻔뻔스럽게도 완벽한 나체였다!

미켈란젤로. 플로렌스 박물관에서 보았던 미켈란젤로의 조각상 같은 강인한 어깨와 탄탄한 근육, 군살 없이 조여진 뱃가죽과 단단하게 뭉친 허벅지에 종아리. 차갑고 하얀 대리석 대신 따뜻한 구릿빛으로 색깔만 다를 뿐이었다. 짙은색 털이 가슴과 다리에 수북했다. 그리고 또 다른 곳에도……. 그녀의 눈이 휘둥그레졌다. 그녀가 본 조각상들은 대개 그 신체의 일부를 무화과 잎으로 가렸거나 조그맣게 묘사되어 있었다. 그런데 그 두 가지 다 아니었다. 그녀는 허겁지겁 그의 얼굴로 시선을 들어올렸다.

"다시 한 번 부탁드리려 왔어요."

그의 놀라워하던 표정이 포악하게 바뀌었다.

"집어치워."

도미닉은 그녀를 향해 계단을 내려왔다.

"난 남자의 사생활에 침입하는 여자를 싫어해. 뒤통수를 치는 여자도 싫어하지, 아주 싫어해."

"당신이 날 만나 주지 않겠다고 했잖아요. 그래서 다른 방도를 찾아야 했어요."

"내 말을 알아듣지 못한 거라면 다시 말해 주지, 그 일은 거절이야."

연기 속에서 그의 푸른빛 회색 눈동자가 과격하게 번쩍였다.

"그래도 신중하게 재고해 주시길 바래요."

"돔, 왜 그래요?"

레이스 실내복 차림의 갈색머리 여자가 계단 위에서 물었다. 그녀의 시선이 엘스페스의 검은 형체로 떨어졌다.

"맙소사, 무슨 일이야?"

"상관 말고 방으로 돌아가, 리나."

도미닉 딜레이니의 눈은 엘스페스에게서 떨어지지 않았다.

난간 위로 다른 얼굴들이 드문드문 나타났지만 엘스페스는 그걸 거의 알아차리지 못했다. 자신에게 다가서는 벌거벗은 남자에게만 온 신경이 집중되었다. 허벅지 근육의 역동적인 움직임, 숨쉴 때마다 들썩이는 가슴의 동작. 분노와 거만함, 그리고 또 다른 무언가로 번득이는 묘한 눈동자…… 그의 모든 것이 강렬하게 의식됐다.

그가 마지막 계단에 멈춰 섰다. 그녀는 숨조차 쉴 수 없었다. 현관에서는 여전히 폭죽소리가 쾅쾅 이어졌지만 그저 먼 나라 일인 것 같았다. 오로지 무기력하게 자신의 시선을 붙잡아놓는 이 남자의 존재밖에 느낄 수 없었다.

"창녀집에 들어와 있다는 건 알겠지, 맥그리거 양? 여기 들어오는 여자한테는 한 가지 목적밖에 없어, 남자를 즐겁게 해주는 거."

그의 집게손가락이 천천히 그녀의 뺨을 매만졌다. 그녀는 날카롭게 숨을 들이켰다. 접촉된 살갗이 불타는 것 같았다. 말도 안 돼, 상상일 뿐이야.

"그러니 당신도 그 목적으로 여기 왔다고 짐작할 수밖에 없겠지."

도미닉의 손이 그녀의 목으로 미끄러지며 엄지손가락으로 격하게 두근대는 심장을 찾아냈다.

"나도 갑자기…… 즐기고 싶어지는군."

"아니에요, 내가 여기 온 건……."

"그만해요, 삼촌."

패트릭이 한 걸음 나섰다.

도미닉이 부드럽게 엘스페스의 목을 손으로 쓰다듬었다. 손바닥 밑으로 퍼득임이 느껴졌다. 그녀의 숨결이 얕고 가파르게 변해 가고 있었다. 입술이 살짝 벌어져 감질나게 혀를 드러내 보였다. 저 입 속으로 혀를 들이밀면 이 여자가 어떤 반응을 보일까.

"네 녀석이 근처에 있을 줄 알았어, 패트릭. 이런 쇼가 아무리 재미있더라도 나한테는 못하게 말렸어야지, 난 좀 짜증이 났다."

"조금 정도가 아니겠죠. 하지만 충분히 겁줬으니까 그만하세요."

이 행동의 목적이 과연 이 여자를 겁주려는 것뿐일까? 처음 시작했을 때는 그런 의도였다. 하지만 이제는 확신이 들지 않았다. 엘스페스 맥그리거는 대단히 자극적이었다. 손바닥이 얼얼해지고 사타구니가 욱신거렸다.

"이 일은 우리 둘한테 맡겨놓는 게 어떠냐? 넌 킬라라로 돌아가."

"그녀를 놔줘요, 삼촌."

패트릭의 어조가 단호해졌다.

"내가 데려왔으니 내 책임이에요. 보고만 있을 순 없어요."

"내 일에 끼어들 참이냐?"

도미닉의 딱딱한 시선이 패트릭의 얼굴로 옮겨졌다. 빌어먹을, 이놈이 진심이로군. 이 작은 올빼미를 보호하기 위해 총이라도 꺼낼 태세였다. 육체적인 욕구불만이 새로운 분노를 자극해댔다. 이런 욕구불만쯤은 쉽게 가라앉힐 수 있어, 그가 자신을 다독거렸다. 이 삐쩍 마른 안경쟁이보다 리나나 다른 여자들이 훨씬 재미있다구……. 그런데 기가 막히게도 리나나 다른 여자가 아닌 바로 엘스페스 맥그리거를 갖고 싶었다. 별거 아니야. 이 여자가 눈앞에서 사라지는 즉시 이런 욕망도 흔적 없이 사라질 거야. 그리고 그런 상황은 빠르면 빠를수록 좋았다.

그의 손이 엘스페스의 목에서 떨어졌다.

"좋아, 그만하기로 하지. 이거 받아라."

그가 손에 들고 있었던 권총을 패트릭에게 던졌다.

"이제 문 열어."

패트릭은 재빠르게 명령에 따랐다. 도미닉 삼촌이 엘스페스를 쉽게 놔주지 않을까 봐 진심으로 걱정스러웠는데……. 그가 이 작은 올빼미한테 흥분하리라고 누가 짐작이나 했겠는가? 그가 흥분했다는 사실은 벌거벗은 상태로 인해 분명하게 보여졌다. 패트릭이 활짝 문을 열어젖혔다.

"열었습니다, 각하."

도미닉이 대뜸 엘스페스를 어깨에 들쳐 멨다.

"내려줘요!"

엘스페스가 황망하게 소리치며 몸부림쳤지만 그는 아랑곳하지 않고 성큼성큼 문 밖으로 걸어나갔다. 걸을 때마다 그의 벗은 등에 그녀의 입술이 부딪혔다. 배에 닿은 그의 어깨와 무릎을 끌어안은 팔뚝에서 뜨거운 열기가 느껴졌다. 두려움, 그녀의 심장이 이리도 격하게 고동치는 건 필시 두려움 때문이리라. 그가 계단으로 곧장 나아갔다.

"놔줘요!"

"놔줄 참이었어."

다음 순간 그녀의 몸이 미끄러져 까만 비단과 페티코트 더미가 날리며 땅바닥에 내동댕이쳐졌다.

도미닉 딜레이니가 양발을 벌리고 우뚝 서서 그녀를 바라보았다.

"똑똑히 들으시오, 맥그리거 양. 결과를 감수할 생각이 없는 한 여자가 넘지 말아야 할 선들이 몇 가지 있소. 당신은 오늘 그 선을 넘었소. 이번엔 사소한 수치와 얼굴에 흙 묻는 것쯤으로 끝났지만, 다음 번에는 절대 오늘처럼 운이 좋지 않을 거요."

그가 돌아서서 현관 앞에서 멍하니 쳐다보고 있는 군중들을 헤치고 걸어갔다. 그녀는 무릎 꿇고 일어나며 소리쳤다.

"난 포기하지 않아요. 당신이 내 말을 들어줄 때까지 계속 시도할 거예요."

그는 뒤돌아보지도 않고 순식간에 집 안으로 사라졌다.

패트릭이 그녀를 일으켜 세워 자신의 빨간 스카프로 뺨의 얼룩을
털어 주었다.

"삼촌 말이 맞아요. 이런 데서는 규범에 따르는 여자만 숙녀 취급을
받는다구요. 다른 데처럼 규범이 많은 건 아니지만, 그래도 제한선은
분명 존재해요."

"포기하지 않을 거예요. 다른 방법을 찾아볼 거예요."

그녀의 목소리에 필사적인 기색이 서렸다.

패트릭이 한숨을 내쉬었다.

"그럴 줄 알았어요. 하지만 부디 내가 없는 동안에는 리나네 집에
들어가지 말아요. 그 정도는 해줄 수 있겠죠?"

"알았어요."

그쯤은 쉽게 약속할 수 있었다. 그 어두운 공간에서 도미닉 딜레이
니의 손에 닿았던 순간만큼 공포스러웠던 적이 없었으니까.

"다신 거기 안 들어갈게요."

패트릭이 스카프를 바지 뒷주머니에 쑤셔넣었다.

"가자구요, 호텔에 바래다 줄게요."

"이제 떠날 건가요?"

"그래야죠."

그 전에 엘스페스의 처녀적인 순진함과 여성자주 독립에 관한 그
특이한 사고방식을 몇 마디 퍼트려 놓아야 할 것이다. 거기다 자신이
떠나 있는 동안 이 여자를 건드리는 사람은 즉각적인 살인이나 거세
위험에 처할 거라는 으름장도 덧붙여야 하리라. 그 정도면 리나네 집
에 찾아갔던 스캔들이 얼마쯤은 상쇄될 수 있을 것 같았다.

그 작업을 끝내려면 오전 시간이 전부 날아가 버릴 텐데. 그건 곧
오늘밤 늦게나 킬라라에 도착하리라는 뜻이었다. 제기랄, 할아버지가
미쳐 날뛸 거야. 그는 엘스페스의 팔꿈치를 붙잡고 걸음을 재촉했다.

"어서 빨리 떠나야겠어요."

4

그녀가 또 그곳에 있었다.

도미닉은 진심으로 저주어린 욕설을 뇌까렸다. 리나가 문득 그의 시선을 따라가 보다가 거리 맞은편의 까만 옷차림 여자를 알아보고는 키득거렸다.

"들어와서 레모네이드 한잔하라고 할까요, 저 뙤약볕에서 아주 더워 보이는데."

"웃기지 마."

도미닉의 목소리엔 웃음기가 없었다. 그는 응접실 창문의 빳빳한 커튼을 움켜쥐었다. 진짜로 저 여자, 몹시도 더워 보였다. 턱에서부터 구두 끝까지 처음 보았을 때와 비슷한 검은색 옷으로 덮여 있었다. 머리엔 작은 챙이 달린 모자를 쓰고 턱 밑으로 리본을 묶었다. 장갑 낀 손이 까만 양산을 쥐고 있었지만 햇빛은 조금이나마 가려질지언정 열기까지 막진 못할 것이다.

"이번엔 저러고 있은 지 얼마나 됐어?"

"아침 열 시부터라고 하더군요. 리 통이 식품점에 갈 때도 거기 있었대요.”

리나가 검은색 일색의 여자를 비판적으로 살펴보았다.

“어휴, 끔찍한 차림새야. 허수아비 같아요. 그나마 해질녘에는 떠나 줘서 다행이죠. 안 그랬으면 우리 손님들이 다 도망쳤을 거라구요.”

그리고는 흘깃 도미닉에게 시선을 던졌다.

“자기, 저 여자의 끈기에 감탄하는 거죠?”

“집어치워.”

지난 삼 일 간 그 여자의 집요함이 그를 미치게 몰아갔다. 리나네 집에 쳐들어왔던 날 했던 위협도 효과가 없었다. 단지 적극적인 공격성에서 소극적인 필연성으로 방법만 바뀌었을 뿐이었다. 시선을 돌리는 곳 어디든 저 여자가 눈에 띄었다. 단 한 번도 말을 걸어온 적은 없었지만, 점점 그녀를 무시하기가 불가능해졌다. 매일 똑같은 장소에 서서 그를 기다렸고, 그가 리나네 집에서 나갈 경우에는 신중하게 거리를 둔 채 뒤를 따랐다. 이발소에 들어가면 밖에서 기다리고, 말을 타고 광산에 나갈 때에는 마구간 앞 건초더미에 앉아서 돌아올 때까지 기다리겠다는 식으로 정중하게 미소지었다. 식사하러 호텔에 갈 때에도 어김없이 옆 테이블에 나타났고, 심지어 저녁 무렵 너깃에 갈 때조차 그의 뒤를 따라와 밖에 서 있고는 했다.

리나의 말대로 해진 후에는 더 이상 달라붙지 않았지만, 저녁 내내 사내들 입방아에 시달려야 하니 밤새도록 따라붙는 것이나 마찬가지였다. 젠장할, 그는 이제 이 빌어먹게 작은 마을에서 관심의 주인공이었다. 주민 전체가 그녀를 딜레이니의 ‘그림자’라고 불렀다. 등뒤에서 킥킥대는 것이 면전에서 조롱하는 것만큼이나 짜증스러웠다. 그리고 가장 그를 미치게 만드는 건 그 여자의 소극성이었다. 저쪽에서 행동을 취하지 않으니 먼저 뭘 할 수도 없는 노릇이었다. 그녀는 그냥 거기 있을 뿐이었다.

“금방 포기하고 떠날 거예요.”

리나가 도미닉의 팔에 팔짱을 꼈다.

"이렇게 무시당하기만 하는데 어떻게 더 버티겠어요."

하지만 도미닉은 그런 확신이 들지 않았다. 놀라울 만큼 강한 결의를 보여준 여자가 아니던가. 대담성이나 파격이란 용어에 전혀 어울리지 않은 것 같았던 여자가, 지극히 대담하고 파격적인 방법으로 그를 궁지에 몰아넣었다. 그 여자가 리나네 집에서 당한 일로 무척이나 겁을 먹었던 것은 분명했다. 그런데도 포기하질 않았다. 그 용기가 가히 감탄스러울 지경이었다.

빌어먹을, 이런 식으로 나가다가는 조만간 저 여자한테 미안한 마음까지 생길지도 몰랐다. 그럴 수야 없지. 저 여잔 그를 웃음거리로 만들었을 뿐 아니라 눈곱만큼도 할 생각이 없는 일을 강요하려 들고 있었다. 저 여자가 성공을 거머쥐게 놔두진 않으리라. 좋아, 누구 고집이 더 센지 겨뤄 보고 싶어한다면 기꺼이 응해 주지. 그는 저 '그림자'보다 훨씬 오래 버틸 수 있었다.

미안함을 느끼진 않을 것이다. 어떤 고생을 한다 해도 모두 저 여자 자신이 자초한 일이다.

"어떻게든 쫓아버릴 거야…… 조만간."

마지막으로 엘스페스의 고독한 형체를 노려보았다. 막대기처럼 꼿꼿하게, 너무도 꼿꼿하게 서 있었다. 그는 저렇게 경직된 자세가 무얼 뜻하는지 알고 있었다. 그도 도망 다니는 동안 며칠이고 쉴새없이 말을 달렸던 때가 있었다. 육체적인 힘이 한계에 다다랐을 때 지금의 엘스페스 맥그리거처럼 등이 뻣뻣해졌었다. 조금이라도 완전히 무너져 버릴 것이기 때문에.

이 응접실 안은 숨막힐 듯이 뜨거웠다. 그의 등으로 땀이 배어들었다. 이글거리는 태양볕이 내리쬐는 밖은 훨씬 지독할 것이다. 엘스페스는 빌어먹을 양산에만 의지한 채 무기력하게 서 있었다. 양산의 작은 그림자 속에서 그녀의 목이 끔찍이도 연약해 보였다. 저 연약한 목, 또다시 손바닥에 그녀의 매끈한 감촉이 느껴지는 것 같았다.

"미치겠군."

그가 잇사이로 중얼거렸다. 멍청한 여자 같으니. 진작에 쓰러지지 않은 게 기적이었다.

"리 통한테 의자하고 물 좀 갖다주라고 해."

그가 리나의 몸을 밀어내고 짜증스럽게 발을 굴리며 응접실에서 빠져나갔다.

"맥그리거 양."

문을 나서려다 말고 그녀가 갸우뚱 뒤돌아보았다. 호텔 주인인 저드킨스 씨가 심란한 표정으로 쳐다보고 있었다.

"네?"

"마담, 이런 밤 시간에 나가시면 안 됩니다. 혼자서는 안 돼요, 우리 애들 중 한 명을 데려가세요."

그녀는 감사의 미소를 지어 보였다.

"그럴 필요 없어요. 오래 걸리는 일도 아닌 걸요. 게다가 헬즈 블러프의 모든 분들이 지금껏 대단히 친절하셨어요. 서부 사람들이 거칠다는 얘기는 다 과장이었던 것 같아요. 여기 밤거리보다 에든버러의 낮거리가 더 무서워요."

"거긴 여자들이 많으니까 그렇죠. 너무 많아서 소중함을 잊어버린 거예요. 하지만 여기선 여자가 금쪽처럼 귀합니다."

"그러니까 더 걱정할 필요 없지 않겠어요?"

"마담, 말짱한 정신의 사내들이 들러붙을까 봐 걱정하지는 않습니다. 당신 같은 숙녀를 모욕하는 놈은 그 즉시 모가지가 비틀어질 테니까요. 하지만 싸구려 위스키는 그런 생각들을 마비시키는 경향이 있답니다."

"금방 돌아올게요."

그녀가 다시 한 번 그를 안심시켰다.

"무슨 문제가 생긴다 해도 틀림없이 당신처럼 친절하신 분이 근처에 있을 거예요, 저드킨스 씨."

그녀가 미소를 보내며 마호가니 문을 열었다.

보도로 만들어진 나무판에 그녀의 발소리가 또각또각 자신감 있게 울려났다. 저드킨스 씨에게 자신 있게 말한 것처럼 마음에도 자신감이 넘친다면 얼마나 좋겠는가. 그녀의 장갑 안 손바닥은 이미 식은땀으로 축축해졌다. 당장 방향을 돌려 안전한 방으로 달려들어가고 싶어 미칠 지경이었다.

지난 며칠 간 이 작은 마을에 많이 익숙해지긴 했지만, 지금의 어두운 밤거리는 마치 처음 보는 듯 낯설었다. 가게와 은행 모두 어둠에 잠겼고, 불빛과 소음이 살아 있는 곳은 거리 귀퉁이의 술집뿐이었다. 회전문 위로 너깃이라는 커다란 빨간 글씨가 솟아 있었다. 삼 일 내내 해질 때까지 그곳을 지켜보았다. 도미닉 딜레이니에게 어디에 있든 그녀를 피할 수 없다는 걸 알려주기 위해서다.

하지만 안전한 바깥에 서 있는 것과 안으로 들어가는 것은 전혀 별개였다. 오늘밤에는 그가 자신의 영역으로 믿고 있는 금지구역까지 들어갈 계획이었다. 더 이상 오래 끌 만한 경제적 여유가 없었다. 최소한 도미닉 딜레이니와 얘기할 기회라도 만들어야 했다.

두려웠다, 소름 끼치게 두려웠다. 하지만 불가피하게 받아들여야 할 모험이었다.

너깃의 앞쪽 난간에 몇 마리 말들이 묶여 있었다. 좀더 가까이 다가가자 회전문 너머로 왁자지껄한 웃음소리와 대화소리가 들려왔다. 문득 걸쭉한 욕설소리에 그녀의 귀가 쫑긋해졌다. 벤 트래비스, 저렇게 다채롭고 상스러운 단어 실력을 지닌 사람은 그 마부밖에 없으리라.

그녀는 회전문 밖에서 멈춰 섰다. 공포감이 치밀어올랐다. 깊게 심호흡을 하고 나서 어깨를 쭉 폈다. 겁쟁이가 되지 말자. 새로운 세상에서는 낡은 습관을 버려야 한다. 그녀는 문을 밀치고 안으로 발을 들였다.

소용돌이치는 연기가 그녀의 몸을 휘감으며 폐 속으로까지 스며들었다. 시큼한 맥주와 위스키 냄새, 땀냄새와 램프의 등유냄새가 뒤섞여 코를 공격했다. 요란스런 소음도 냄새 못지않게 공격적이었다. 게다가 남자들, 남자들이 너무나 많았다. 셔츠와 바지 차림의 지저분한 광부들이 맞은편 길다란 바(bar)와 여기저기 흩어진 테이블에 앉아 있었다. 에든버러 거리에서 흔히 볼 수 있는 리넨 셔츠와 끈 넥타이, 길다란 코트 차림의 남자는 아주 극소수였다.

두 명의 여자를 발견한 것이 그나마 다행스러웠다. 얼굴에 진한 화장을 하고 충격적일 만큼 살을 드러낸 옷차림이었다. 히티어러(옛 그리스의 첩, 창녀)들일까?

문득 그들에게 호기심이 솟아났다. 가까이 접근해서 그 직업에 관련된 몇 가지 질문을 해보고 싶었다. 여성학자에게 이런 기회는 흔치 않았다. 한 남자에게 웃음을 지어 보이고 있는 금발머리 여자가 적당할 것 같았다. 엘스페스는 충동적으로 한 걸음 내딛었다가 불쑥 멈춰 섰다. 남자의 손이 여자의 깊이 패인 보디스 안에서 젖가슴을 주물럭거리는 중이었다. 여자는 전혀 불쾌해하지 않았다, 아니 오히려 더 신나게 웃어젖혔다. 저 여자가 좀…… 덜 바쁠 때까지 기다리는 편이 나을 것 같았다.

"어이쿠, 대체 여기서 뭐하는 거요?"

그녀의 시선이 네모나고 못생긴 벤 트래비스의 얼굴로 향했다. 지금 이 순간에는 그 험악함에도 불구하고 천사처럼 아름다워 보였다.

"아, 트래비스 씨. 만나서 반가워요."

"난 별로 반갑지 않수다. 말썽 나기 전에 어서 나가슈."

"말썽 일으킬 생각 없어요. 앉을 자리만 마련해 주시면, 아주 조용히 있을게요."

"꿈 깨쇼, 당신이 손가락 하나 까딱하지 않아도 말썽나게 돼 있다구. 얼른 나가시오."

"그럴 수 없어요."

그녀가 단호하게 그의 시선을 붙잡았다.

"난 잠시 여기 있어야 돼요. 절 좀 도와주세요."

“이 아가씨 말 되게 안 듣네…….”

트래비스의 시선이 문득 가늘어졌다.

“도미닉 딜레이니 때문인가? 당신이 망아지처럼 쫄래쫄래 따라다닌다는 얘긴 들었는데, 그래서 여기 온 거요?”

“그 사람 여기 있겠죠?”

그녀의 목소리에 불안감이 서렸다. 그 남자가 여기 없다면 이 고생스런 모험도 말짱 헛수고였다.

트래비스는 구석 쪽 테이블로 고갯짓했다.

“저쪽에. 아직 당신을 못 봤수다, 보는 날에는 절대 좋아하지 않을 걸.”

“알아요, 하지만 어쩔 수 없어요.”

“어째서?”

“그건 딜레이니 씨와 나의 사적인 일이에요.”

그가 잠시 말없이 노려보았다.

“리나네 집에서 벌인 소동은 그리 사적이지 않았잖수. 정신 차리고 나가기나 하라구.”

그녀가 천천히 고개를 저었다.

다음 순간 그가 홱 돌아서서 몇 걸음 떨어진 곳의 테이블로 다가갔다.

“샘, 하이럼하고 딴 데다 궁둥이 붙여. 여긴 숙녀한테 내드리구.”

샘이라 불린 사내가 씨익 웃었다.

“내 무릎에 앉으라고 해. 내가 정성껏…….”

그의 시선이 트래비스의 건장한 어깨를 지나 엘스페스에게 닿았다.

“맙소사, 그 그림자잖아!”

그가 구석 쪽으로 흘깃 시선을 던지고 나서 심술궂게 미소지었다.

“당연히 숙녀에게 자리를 내드려야지. 가자, 하이럼.”

두 사내가 맥주잔을 움켜쥐고 비좁은 바 쪽으로 걸어갔다.

벤이 의자 하나를 꺼내 엘스페스에게 앉으라고 손짓했다.

“고마워요, 트래비스 씨.”

그녀가 자리에 앉아서 장갑 낀 손을 흠집 난 테이블 위로 마주 잡았다. 그런 다음 떨리는 미소를 전했다.

“호텔에서 나설 때, 저드킨스 씨한테도 당신처럼 친절한 분이 있을 거라고 말씀드렸답니다.”

트래비스는 연기 자욱한 구석 쪽 테이블을 흘깃 보고는 입술을 굳혔다.

“당신이 계속 도미닉을 괴롭히면 친절보다 더한 게 필요할 거요. 바보가 되는 걸 참지 못하는 사내라구.”

“그를 바보로 만들려는 게 아니에요.”

“그럼 무슨…… 상관없어, 어차피 대답을 들을 것 같지도 않구만.”

그가 의자 하나를 빼내 맞은편에 자리잡았다.

“여기 앉아서 다른 놈들이나 막아 주겠수다.”

그녀가 고개를 흔들었다.

“아뇨, 나 혼자 있는 모습을 보여야 해요. 이 일을 빨리 끝내고 싶으시면, 내가 여기 있다는 걸 저 사람에게 알려주세요.”

도미닉은 하트 10을 내놓고 느긋하게 의자에 기대어 러시아인을 쳐다보았다. 마조노프의 표정을 읽기란 어렵지 않았다. 텅 빈 위스키잔만큼이나 뻔히 들여다보이는, 한마디로 형편없는 노름꾼이었다. 매일 밤 적지 않은 액수를 잃어가면서도 계속 도전해 오는 녀석의 속셈을 도대체 알 수가 없었다. 이놈 걱정을 할 이유가 뭐란 말인가. 한재산 탕진해도 상관없는 부자라던데.

“도미닉.”

도미닉이 시선을 들어올리다가 피식 웃었다.

“한판 끼고 싶은 거요, 벤?”

트래비스가 머리를 가로저었다.

“자넬 찾아온 사람이 있어.”

도미닉이 대뜸 긴장했다. 더빈의 하수인일까? 아니면 더빈 그놈일까?

"누구?"

트래비스가 문 옆의 테이블로 고갯짓했다.

"저 여자."

한순간 도미닉은 믿을 수가 없었다. 평소처럼 까만 옷차림의 엘스페스가 온순하게 두 손을 마주 잡은 채 새침하게 앉아 있었다. 그의 시선을 감지한 것처럼 그녀가 고개를 들어 마주 보았다. 그 차분한 시선에 온순함 따윈 없었다. 직선적인 도전뿐이었다.

그제야 믿어졌다, 분노가 치밀어올랐다. 그는 방 안을 둘러보았다. 시선이 닿을 때마다 능글맞은 웃음기들이 하나씩 사라져갔지만 그의 시선이 다른 곳으로 옮겨지는 즉시 웃음기가 살아나리라.

"여잔 이런 데 들어오면 안 된다구."

트래비스가 투덜거렸다.

"맞아, 들어오면 안 되지."

엘스페스에게 눈길을 고정시킨 채 도미닉이 나지막이 중얼거렸다. 그는 자신의 카드를 테이블에 엎어놓았다.

"난 그만하겠어."

그가 의자를 밀치고 일어났다.

엘스페스의 테이블로 향하면서 그는 왼쪽도 오른쪽도 보지 않았다. 보지 않아도 지나쳐 가는 얼굴들 위에 흥미진진한 미소가 떠올라 있음을 알 수 있었다. 상관없었다, 더 이상은 상관없었다. 지금 중요한 건 저 검은 옷의 마녀가 그에게 도전장을 던졌다는 사실뿐이었다. 격한 분노가 가슴을 틀어막으면서도 한편으로는 포악한 만족감이 생겨났다. 저 여자가 다시 한 번 경계선을 넘은 이상 이제 응수해 줄 수 있었다. 마지막으로 기회를 주긴 할 테지만, 그녀가 항복한다면 대단히 실망스러울 것이다.

그녀의 테이블 앞에 멈춰 섰다. 술집 안의 대화소리도 멎어버렸다. 그는 그녀에게만 들리도록 목소리를 내리깔았다.

"헬즈 블러프에서 사라져. 두 번 다시 이런 기횐 없을 거요."

이 남자가 말을 걸었어! 엘스페스의 마음에 희망이 번득 스쳤다가 그 즉시 불안감으로 바뀌었다. 그의 푸른빛 회색 눈동자가 너무 이상했다. 격렬하게 타오르면서도 얼음처럼 차가웠다. 목이 죄어들면서 호흡이 멈추려 했다, 일 분이 흐르고 나서야 그녀는 간신히 입을 열어 속삭였다.

"싫어요."

그러자 믿을 수 없게도 그가 미소지었다. 야만적 기쁨으로 사악한 아름다움을 뿜어내는 미소였다.

"좋았어."

그가 빙글 방향을 바꾸어 술집의 회전문으로 나가버렸다.

5

"여기까지 오지 말았어야죠."

엘스페스는 흔들거리는 회전문에서 시선을 떼어내 앞에 선 안드레 마조노프를 바라보았다. 심각하고 걱정스런 얼굴이었다.

"그 사람, 당신한테 화가 많이 났어요. 내 사촌 니콜라스가 생각날 정도였다구요. 그런 남자를 건드리는 건 지극히 위험해요."

그녀는 미소지으려 애써보다가 그제서야 자신의 입술이 떨리는 걸 알았다. 심장 또한 공포스레 쿵쾅거렸다. 도미닉의 눈빛이 너무나…… 이상했다.

"이젠 엎질러진 물이에요."

그녀가 자리를 털고 일어났다.

"주워담을 수 없어요. 두고 볼 수밖에요."

흘깃 술집 안을 둘러보았다. 벤의 낯익은 모습은 보이질 않고 낯선 사내들이 거만하게 기대감어린 표정으로 그녀를 바라보고 있었다. 갑자기 소름이 쫙 끼쳤다. 그 어느 얼굴에도 친절함은 찾아볼 수 없었다. 그녀는 재빨리 회전문 쪽으로 몸을 돌렸다.

“호텔로 돌아가야겠어요.”

“내가 같이 가줄게요. 더 여기 있어봤자 재미있을 것도 없고, 당신 혼자 보낼 수도 없어요.”

“그래 주시면 감사하겠어요.”

숭배의 대상이 사라진 지금 이곳을 떠나는 건 안드레에게 큰 희생이 아닐 터였다. 그래도 그녀는 그의 제안이 감사했다. 혼자 호텔로 돌아가야 했다면 그 길이 막막하고도 끔찍했을 것이다.

회전문을 나서자 뜨거운 밤의 정막이 새롭게 그녀에게 들이닥쳤다. 그녀의 뒤로 술집 안에서 한꺼번에 웃음과 대화소리가 터져나왔다.

안드레 마조노프가 그녀를 거리로 이끌었다.

“숙녀에겐 지켜야할 규율이 있어요. 성 페테르부르크에서 당신처럼 행동한 여자가 있었으면 당장 사회뿐만 아니라 가족한테도 다 배척당했을 거예요.”

“그럼 거기서 태어나지 않은 게 행운이로군요.”

이젠 안드레에게 다소 짜증이 났다. 그의 설교가 없더라도 지금 그녀는 충분히 동요한 상태였다. 하지만 지난 며칠 간 거친 서부인들 속에 끼어들고 싶어하는 그의 열정에 동정심이 생기기 시작했었다. 왜 고향으로 돌아가지 않는 걸까? 십 년을 여기 머문다 해도, 아무리 닮아보려 애써도 결코 도미닉 딜레이니 같은 남자는 되지 못할 텐데. 그런데도 그는 모든 면에서 도미닉을 닮으려고 안간힘을 쓰고 있었다. 우아한 도회적 옷을 벗어던지고, 딱 달라붙는 바지에 하얀 셔츠, 까만 끈 넥타이를 했으며 회색 재킷까지도 처음 소개받을 당시 도미닉이 입었던 것과 흡사했다.

“왜 집으로 돌아가지 않죠? 당신은 여기 사람들과 전혀 다른 삶을 살아왔어요. 익숙한 사람들, 익숙한 장소가 더 편하지 않나요?”

“난…… 거기서 편한 적이 없었어요.”

그가 그녀의 시선을 외면하며 고개를 흔들었다.

“거긴 언제나 니콜라스가 있었어요. 나랑은 비교도 안 되죠. 사격솜

씨, 승마솜씨 모두 굉장해요. 술시합에서도 진 적 없고 어떤 여자든 맘만 먹으면…… 음, 여자들하고도 아주 잘 지냈다는 뜻이에요.”

“그렇군요.”

“니콜라스는…… 완벽해요. 그 녀석하고 떨어져 있으면 나도…… 적어도 여기선 내가 바라는 남자가 될 수 있을 것 같았어요.”

하지만 안드레는 죽었다 깨어나도 니콜라스나 도미닉 딜레이니 같은 남자가 되지 못할 거야, 그녀는 슬프게 생각했다. 압도적인 존재로부터 도망쳐 온 사람이 그 비슷한 사람과 마주치다니 참으로 묘한 일이었다. 니콜라스에게 도망치려고 세상의 반을 돌아왔는데 그와 똑같은 타입의 도미닉에게 끌렸으니 얼마나 당황스럽고 불행할까.

“뜻대로 되길 바랄게요, 안드레.”

“아, 그렇게 될 겁니다. 매일 사격연습을 할 뿐만 아니라 열심히 보고 듣는 중이죠. 아주 많이 배워가고 있어요.”

사실 그녀는 안드레를 걱정할 처지가 아니었다. 돈 많은 집안 출신에 더구나 남자라는 사실 하나만으로도 그녀보다 훨씬 나은 조건이었다. 그에 비해 그녀는 지금 커다란 난관에 봉착해 있었다. 너깃으로 들어간 모험이 잘못이었다고는 생각지 않았다. 도미닉 딜레이니에게 반응을 이끌어 냈으니까. 하지만 그 반응의 성질이 과연 어떤 것일지는…….

그녀의 걸음이 무의식적으로 빨라졌다. 어차피 내일이면 결과를 알게 되리라. 하지만 지금은 방으로 도망쳐 들어가 자신감을 갉아먹는 이 두려움을 차단해 버리고 싶었다.

방 안에 누군가 있었다!

어두워서 아무것도 보이지 않았지만, 문을 닫자마자 가벼운 숨소리와 분명한 사람의 존재를 감지할 수 있었다. 그녀의 심장박동이 날뛰기 시작했다. 획 돌아서서 미친 듯이 문고리를 찾아헤맸다.

구석 쪽 흔들의자에서 낮은 웃음소리가 들려왔다.

“이제 와서 도망치면 안 되지.”

조롱 섞인 도미닉 딜레이니의 목소리였다.

“예의가 아니잖아, 난 당신 호출에 응한 것뿐이라구. 날 지독히도 만나고 싶어하는 것 같아서 말이야.”

문고리를 잡은 그녀의 손이 얼어붙었다. 맙소사, 두려웠다. 이런 식으로 겁먹을 필요 없는데도, 도미닉이 더 이상 자신을 무시하지 않으니 이 기회에 대담하게 얘기하면 될 터인데도……. 그런데도 전혀 대담한 기분이 들지 않았다. 이 도전을 맞아들이기에는 자신이 너무 작고 불안하고 부적당한 느낌이었다.

“당신을 만나고 싶었어요, 딜레이니 씨.”

목소리를 진정시키려 안간힘썼다.

“이유는 아실 거예요……. 우선 불을 켜는 게 낫겠어요.”

“난 어두운 게 좋아. 은밀한 분위기를 만들어 주거든.”

흔들의자가 삐걱거리는 소리로 그가 일어났음을 알 수 있었다.

“불 켜는 것도 이점이 있긴 해. 촛불 빛을 받으면 여자의 살결이 사랑스럽게 반짝이지.”

그가 어느 사이엔가 소리 없이 그녀의 옆으로 다가와 말을 이었다.

“당신 살결이 아주 부드러웠던 게 기억나, 엘스페스. 따뜻하고 매끄러웠다구. 당신 심장이 얼마나 빠르게 고동쳤는지, 어떤 눈으로 날 쳐다봤는지도 기억나. 당신은 뭘 기억하지?”

그의 커다란 몸에서 발산되는 열기를 느낄 수 있었다. 위스키와 담배 냄새도 풍겼다. 그녀는 초조하게 입술을 축였다.

“아무것도 기억 안 나요.”

“그럼 내가 기억을 일깨워 줘야겠군. 난 다 벗은 상태였어, 당신은 다 입은 상태였고. 내가 다소 불리한 입장이었지, 난 그런 입장을 싫어해. 이번엔 공평한 게임을 해야겠어.”

“그게 무슨 뜻이에요?”

“무슨 뜻인지 알 텐데. 당신이 자청한 일을 매듭지으려는 것뿐이야.

손 내밀어.”

“왜……? 뭐하는 거예요?”

그가 그녀의 손목을 와락 움켜쥐고 그 위로 밧줄고리를 걸어 잡아당겼다. 고리가 죄어드는 걸 느끼면서 무기력감이 공포스레 찾아들었다.

“풀어 주세요.”

“그럴 순 없겠는걸.”

“소리지를 거예요.”

“나라면 다시 생각해 볼 거야. 여자한테 손찌검하는 습관은 없지만, 당신을 기절시켜야 할 테니까.”

그의 어조가 위협적으로 낮아졌다.

“하지만 당신한테는 폭력의 즐거움을 배워볼 의향도 있어. 아까 너깃에서는 목을 졸라 버리고 싶더군.”

“왜 이러는 거예요?”

어쩌면 겁만 주려고 하는 건지도 모른다. 그렇다면 이미 충분하게 성공적이었다. 묶여 있다는 무기력감과 아무것도 보이지 않는 어둠 속에서 떨고 있으니까.

“제발 풀어 주세요.”

“조금 있다가.”

그가 잠시 멀어지더니 금세 그녀의 망토를 갖고 돌아와 어깨에 걸치더니 더듬더듬 단추를 채워 주었다. 그의 손가락이 목을 스치는 순간 그녀가 날카로운 숨을 들이켰다.

“거짓말이었군, 엘스페스. 그날 아침 일을 당신도 분명히 기억하고 있어.”

묘하게 뜨거운 감각이 일어나려는 찰나 그의 손길이 떨어져 나갔다.

“약간 덥긴 하겠지만 밧줄을 숨겨야 돼, 다른 사람과 마주치게 될 경우를 대비해서.”

그가 그녀의 머리 위로 두건을 씌웠다.

“의외로 너무 침착하군. 납치당한 적이 많았었나, 엘스페스?”

“아뇨.”

그녀의 꽉 막힌 목에서 어렵사리 목소리가 새어나왔다.

“침착한 게 아니에요. 난 용감한 사람이 아니에요, 지금 겁에 질려 있다구요.”

한순간 망설임과도 같은 침묵이 흘렀다.

“날 달래 보려는 건가? 너깃에서 이미 대답을 듣긴 했지만, 다시 한 번 기회를 줘볼까?”

“대답은 똑같아요. 선택의 여지가 없다구요. 나 혼자 떠날 순 없어요, 칸타란을 찾아야 해요.”

“이번 주말쯤이면 마음이 바뀔 거야. 저 침대 위에 나하고 도망친다는 내용의 쪽지를 남겨놨어. 며칠 간 집요하게 날 따라다녔으니 당신이 나한테 홀딱 반했다는 점을 의심하는 사람은 없을 거야.”

그의 입술이 비틀렸다.

“나한테 감히 거짓말쟁이라 말할 사람도 없을 테고. 다시 헬즈 블러프에 돌아왔을 때는 이 마을이 전처럼 편하지 않을 거야. 리나네 집으로 가거나 술집에서 봤던 사내들 중 한 명의 호의를 받아야 할 테니까. 이 호텔은 정숙한 숙녀만 받아주거든.”

“돌아오다뇨? 날 다른 데로 데려가려는 건가요?”

“리나가 싫어할 테니 그리 데려갈 수는 없어. 내가 하려는 일을 이렇게 공개적인 호텔방에서 해치울 수도 없고. 당신을 깊은 산 속 오두막으로 데려갈 거야. 거기 사는 친구는 지금 탐사하러 떠났으니 방해할 사람은……”

그가 성마르게 몸을 돌렸다.

“내가 왜 일일이 설명해야 하지, 어차피 금세 알게 될 텐데. 가자구, 밖에 말들을 묶어놨어.”

그가 그녀의 팔꿈치를 붙잡고 열린 창문으로 이끌어갔다.

“계단은 피해야겠지. 누구라도 만나게 되면 당신이 비명을 지를지도 모르니까. 난 오늘밤 총을 쏠 기분이 아니라구."

총 쏠 기분? 엘스페스의 등줄기로 전율이 흘러내렸다. 그럼 그녀 때문에 누군가 피를 흘리게 될 수도 있다는 뜻일까?

"비명 지르지 않을게요, 사람을 다치게 할 마음은 없어요."

"대단히 자비롭군. 하지만 그런 가능성조차 만들지 말자구. 이 일은 우리 둘 문제야."

"그래요."

이 떨림이 멎어 준다면 좋으련만. 그의 말대로, 이 일은 다른 누구도 아닌 그들 둘만의 문제였다. 이 남자는 그녀의 행동에 화가 나서 그 벌을 내리려는 것이다. 그를 조롱하는 게 위험스럽다는 건 알고 있었지만 그녀는 그 일을 저질렀다. 이제 와서 겁쟁이가 되진 말아야 했다. 이 남자의 처벌이 지독해 봤자 얼마나 지독할 수 있겠는가? 어쩌면 겁만 줘서 이 마을을 떠나게 유도하려는 것뿐일지도……. 그렇다면 이 남자와 함께 있는 시간을 이용할 수 있을지도 모른다. 그를 쫓아다닐 필요 없이 충분히 얘기할 수…….

그의 커다란 손이 허리를 감아 창문너머 발코니로 옮겨놓았다. 그 순간 그녀의 생각들이 가을 하늘의 새처럼 날아가 버렸다. 허리에 감긴 그의 손은 단호했고 달빛에 비친 얼굴도 부싯돌만큼이나 단단해 보였다. 그녀는 자신이 처한 입장과 여자로서의 무기력함을 다시 한 번 절감해야 했다.

그의 시선이 그녀의 얼굴을 살폈다.

"겁먹었군."

도미닉의 입술이 야만적인 만족감으로 휘어졌다.

"좋았어, 당신 무릎을 후들거리게 만들고 싶었지. 잡아먹힐까 봐 두려워하는 시선으로 날 쳐다보게 하고 싶었어. 당신이 떠는 걸 느껴보고 싶었다구."

그녀는 떨리는 숨을 깊이 들이켰다.

"그럼 원하는 걸 얻으셨군요, 그렇죠? 하지만 당신이 알아야 할 게 하나 있어요.”

그가 냉소적으로 미소지었다.

“과격한 오빠들이라도 있나? 그들이 어린 여동생에게 가한 나의 충격적인 비행에 복수하려고 달려올까?”

“아뇨, 날 지켜 줄 사람은 아무도 없어요.”

도미닉의 단호한 얼굴에 무언가가 스쳤다 사라졌다.

“날 위해서는 매우 다행이로군. 그럼 내가 알아야 할 게 뭐지?”

“나, 말 탈 줄 몰라요.”

마침내 도미닉이 말을 멈춰 세운 곳은 바위투성이 협곡의 가파른 비탈, 말 그대로 얹혀져 있는 오두막 앞이었다. 헬즈 블러프에서 16킬로미터쯤 떨어진 곳으로, 도착했을 때쯤 엘스페스는 자신의 몸에 멍들거나 긁히지 않은 곳이 남아 있을지 심히 의심스러웠다.

“이렇게 빨리 달릴 필요 없었잖아요.”

그녀가 뻣뻣하게 입을 열었다.

“나한테 약간 화가 났다는 건 알지만…….”

“약간 정도가 아니야.”

도미닉이 까만 종마에서 내려와 밤색 암말에 앉은 그녀를 들어올렸다.

“하지만 내가 말한테 당신 처벌을 맡길 생각이었으면 속보 정도만 시켰을 거야. 그게 더 고통스럽거든.”

“설마요.”

“설마가 아니야.”

그는 민첩하게 그녀의 손목에서 밧줄을 풀어내고 나서 차갑게 내려다보았다.

“다음엔 더 편하게 해줄게…… 더 재미있게.”

그녀의 손목을 움켜잡고 그가 작은 통나무 건물로 끌어갔다. 오두막이라기보다 오히려 헛간에 가까웠다. 좀더 가까이 다가섰을 때는 이곳

저곳 어설피 맞춰진 통나무들이 날림으로 지어진 헛간임을 드러냈다.

도미닉이 문을 열고 어두운 오두막 안으로 그녀를 끌어들인 다음 손목을 풀어놓았다.

"여기 있어."

마룻바닥으로 그의 부츠소리가 저벅저벅 멀어져갔다.

테이블 위에서 기름 램프가 밝혀지자, 엘스페스는 오두막의 내부가 외부만큼이나 매력 없다는 걸 알게 되었다. 듬성듬성 틈새가 나 있는 마룻바닥은 물론이고 납작한 지붕 또한 나무틈 사이로 별들이 내다보였다. 가구라고 할 만한 것들도 거의 없었다. 아마도 침대인 듯한 말총 매트가 구석에 놓였고 소나무 테이블은 다리 하나가 짧아서 그 옆의 조잡하게 만들어진 의자로 뒤집어질 듯 기울어져 있었다. 문 옆으로 단 하나 있는 창에는 유리가 아닌 누런 신문지들이 매달려 있었다.

"여기서 정말 사람이 살았나요?"

엘스페스가 어이없어하며 물었다.

"짐은 집에 머무는 시간이 얼마 안 돼, 그러니 이런 곳이 제격이지."

도미닉의 하얀 이가 램프빛 속에서 번득였다.

"우리가 있기에도 제격이고. 이제 곧 주위 환경엔 신경 쓰이지 않을 거야."

그가 문 쪽으로 걸음을 옮겼다.

"난 말안장 풀고 물을 먹여야겠어. 도망칠 생각은 안 하는 게 좋아. 근방 8킬로미터 이내에는 사람의 흔적조차 없을 테고 이 산엔 뱀과 전갈들이 우글거리거든. 기껏해야 절벽으로 떨어지거나 짐승들의 장난감이 될 뿐이야."

그가 문 앞에서 멈춰 돌아보았다.

"그리고 어차피 나한테 붙잡힐 거야. 여기까지 데려오느라 이 고생을 했는데 그냥 놔줄 수는 없잖아."

뱀들. 엘스페스는 끔찍한 뱀들을 생각지 않으려 애쓰며 콧잔등으로 안경을 밀어올렸다.

"도망치지 않을게요. 그건 어리석은 짓이겠죠. 난 이런 산이나 뱀이나…… 또 뭐라고 했죠? 하여튼 그런 것들에 대해 전혀 몰라요."

"전갈."

그가 미동 없이 서서 그녀를 노려보았다.

"왜 그렇게 얌전한 거야? 왜 반항하지 않는 거지?"

"반항해 봤자 소용이 있을까요? 그럼 당신 마음이 바뀔까요?"

"아니."

"그럴 줄 알았어요."

그녀는 방을 가로질러가 나무의자에 앉아 똑바로 등을 세우고서 무릎 위로 두 손을 엮었다.

"당신이 단호한 사람이긴 하지만 잔인하진 않을 것 같아요. 여기서 기다릴게요. 나중에 우리 문제에 대해서 얘기하기로 해요."

그는 복잡한 감정이 뒤섞인 표정으로 그녀를 응시했다. 그런 다음 좌절스럽고 격앙된 욕설을 터트리며 오두막에서 빠져나갔다.

엘스페스는 긴 한숨을 토해내며 의자에 축 늘어졌다. 도미닉이 방 안에 있는 동안 마치 야생 짐승과 함께 우리에 갇힌 듯한 기분이었다. 바보 같은 생각이야. 야수와 같이 갇혀 본 적도 없었으면서. 그녀는 위험스런 짐승이나 위험한 남자에 대해서 아는 바가 없었다. 그렇다면 여기서 대체 뭘 하고 있는 거지?

그 즉시 해답이 전해졌다. 칸타란, 칸타란을 찾기 위해서이다. 이제 와서 포기할 수 없었다. 지금까지 잘해 오지 않았는가. 말 타느라 고생했던 것 외에는 다른 고통이나 불편함을 당하지 않았다. 도미닉도 위협적인 말 몇 마디만 했을 뿐이다. 어쩌면 이것으로 끝내 줄지도 모른다. 그녀는 다시 등을 세우고 조심스레 침착을 되찾았다. 전에 아버지가 했던 말과는 상관없이, 두렵다고 인정하는 건 수치가 아니었다. 오히려 두려움을 직시하지 못하는 위선이 수치였다.

문이 열리고 도미닉이 들어옴과 동시에 쾅 닫혔다.

그는 바짝 긴장한 그녀를 무시한 채 말총 매트로 걸어가 깨끗한 모직담요를 활짝 펼쳤다.

그녀에게 돌아서면서 그가 입술 끝을 살짝 들어올렸다.

"내가 얼마나 사려 깊은지 알겠지? 당신 피부가 더러워질까 봐 말이야."

"고마워요."

그의 미소가 흐려지며 다시 분노가 드러났다.

"빌어먹을, 싸우라구!"

그는 두 걸음만에 다가와 그녀를 와락 일으켜 세웠다.

"당신을 여기 데려온 목적은 단 하나야. 난 그 목적을 기필코 이룰 거야, 알아들어?"

그녀가 고개를 끄덕였다.

"날 벌주고 싶은 거잖아요. 그렇게 소리 지를 필요 없어요. 당신 뜻은 분명히 알아들었어요."

"소리 지르지 않았어!"

"나한테는 그렇게 들렸는데요. 하지만 내가 너무 겁에 질려서 판단력이 흐려진 건지도 모르겠군요."

갑자기 그녀의 두꺼운 안경알 뒤에서 눈동자가 휘둥그레졌다.

"뭐하는 거예요?"

그가 뒤로 물러나 코트를 벗고 있었다.

"옷 벗는 거야. 당신을 먼저 벗겨야 하겠지만, 일단 시작하면 기다릴 수 없을 것 같아서."

그가 셔츠와 벨트를 테이블에 내려놓았다. 그녀의 얼굴을 응시하면서 까만 바지 허리춤으로 손가락을 옮겨갔다.

"그날 이후로 그 옷 속의 피부가 얼마만큼 부드러울까 궁금했었어. 그런 궁금증이 남자를 얼마나 불타게 만드는 줄 아나?"

그가 첫번째 단추를 풀어냈다.

"보여줄까?"

그녀가 고개를 흔들었다.

"날 위협하려는 거죠? 당연히 날 겁탈할 생각은 아닐 거예요. 당신이 왜 그러겠어요? 난 남자들이 원할 만한 타입이 아닌 걸요. 당신도 날 원할 리 없어요."

"원할 리 없다?"

그가 흐릿하게 미소지었다.

"그럼 내가 아주 특이한 취향인 모양이군. 난 그런 기분이 들었고 그럴 작정이거든. 그러니 당신은 이제 겁탈당하기 일보 직전이야. 그렇지 않고서야 당신을 왜 여기까지 데려왔겠나?"

그녀의 눈이 당혹스레 커졌다.

"날 원한다구요? 그런 건 상상도 안 해봤는데. 그럴 리가 없을 텐데요. 난 당신이 창피를 주거나 때리려는 건 줄 알았어요. 하지만…… 이런 일은…… 생각 좀 해봐야겠어요."

"조금 늦었어. 생각은 나중에 하라구, 지금은 아주 바빠질 테니까."

그의 손이 그녀의 망토에 닿아 하나뿐인 단추를 풀어내고는 그것을 어깨 뒤로 밀어 뒤쪽 의자로 떨어뜨렸다.

엘스페스는 숨죽인 채 똑바로 앞만 노려보았다. 그의 수북한 가슴털과 그 속에 거의 가려진 젖꼭지가 눈에 들어왔다. 그의 모든 것이…… 낯설지 않았다. 그의 벌거벗은 신체 구석구석이 그녀의 기억 속에 각인되어 있었던 듯했다.

"날 봐."

그가 그녀의 턱을 들어올렸다.

"옷 벗기는 동안 당신 얼굴을 보고 싶어. 당신의 느낌을 알아야겠어."

그녀가 꿀꺽 침을 삼켰다.

"말하면 되잖아요."

"아니, 그걸로 충분치 않아. 당신이 얼마나 무기력한지 알게 해줄 거야."

그녀는 눈을 감았다.

"내가 잘못 판단했나 봐요. 당신은 잔인한 사람일지도 모르겠어요."

그의 손가락이 턱에서 떨어져 다음 순간 왼쪽 귀에 가벼운 손길이 닿았다. 그리고 오른쪽 귀에 또 다른 손길이 닿았다. 그 순간 그가 뭘 하려는지 알아차렸다. 그녀의 안경을 벗겨내고 있는 것이다. 그녀의 눈이 화들짝 뜨였다.

"안 돼요!"

"맙소사!"

그녀는 눈동자를 숨기려고 다급하게 시선을 내리깔았다.

"안경 돌려주세요. 그걸 벗으면……."

"날 쳐다봐. 내 말 안 들려? 날 쳐다보라구, 제기랄."

그녀는 마지못해 시선을 들어올렸다.

도미닉은 방금 전과 똑같은 충격에 빠져들었다. 그녀의 눈동자는 갈색이 아니었다. 짙은 초록색의 동공이 황갈색 금빛에 둘러싸여 있었다. 눈꼬리가 살짝 치켜올라가고, 길고 짙은 속눈썹이 감싸고 도는 커다란 눈이었다.

"이젠 안경 돌려주실래요?"

그가 고개를 저었다.

"난 초록눈을 좋아해. 한동안 이걸 치워버려야겠어."

그가 자신의 셔츠 위로 안경을 던졌다.

"초록색이 아니에요."

그녀는 그의 가슴 한복판만 응시하며 웅얼거렸다.

"아무 색도 없어요. 마녀의 눈이에요, 고양이 눈이에요."

"흥미로운 표현이군. 당신의 지난 행적을 봤을 때 적절한 것 같기도 하고."

그녀의 창백한 뺨에 흐린 홍조가 나타났다.

"흉하고 괴상해요."

"그래서 안경을 끼고 다니는 건가?"

그의 손가락이 머리채 속 핀들을 뽑아내기 시작했다.

"흉한 꼴 안 보이려고?"

"물론 아니에요. 난 그 정도로 허영적이지 않아요. 필요해서 쓰는 거예요. 학자로서 책을 많이 읽다 보니 시력이 나빠졌어요. 맥그리거 가문의 유전이기도 하구요. 일곱 살 때 아버지가 안경을 사 주셨어요."

도미닉이 테이블에 핀들을 던져놓았다. 연한 갈색 머리채가 그녀의 등허리까지 쏟아졌다. 또 하나의 놀라움이었다. 촛불 빛 속에서 그 갈색 머리에 섞인 연한 금발이 드러났다. 머리를 쓰다듬어 두 갈래 머리채를 가슴 앞으로 늘어뜨렸다. 얼어붙었던 감각이 되살아나는 것처럼 손가락이 따끔거렸다. 그 비단 같은 머리카락들이 달콤한 꿀처럼 손가락 사이로 흘러내렸다.

"왜 그래요? 헝클어졌어요?"

그녀가 눈살을 찌푸렸다.

"당신 잘못이에요. 핀을 빼지 말았어야 했는데."

"그럴지도 모르지."

그 따끔거림이 손목과 팔뚝까지 번져갔다. 사타구니가 욱신거리고 뱃가죽이 탱탱해졌다. 이 여자로 인해 이다지도 다급해질 줄은 몰랐었다. 마치 미성숙한 사내아이처럼 몸이 떨렸다.

"하지만 이대로 놔두자구. 앉아."

그녀가 당황스레 그를 바라보았다. 황금빛에 감싸인 에메랄드처럼 그녀의 특이한 눈동자가 반짝거렸다. 또다시 그녀의 머리를 매만지고 싶어졌다. 손가락에 그 비단결을 감아보고 싶었다. 그는 충동적으로 손을 뻗었다가 얼른 옆구리로 떨어뜨렸다. 나중에, 나중에 즐길 시간이 있으리라. 지금은 가장 급한 굶주림부터 채워야 했다.

"앉아!"

그녀가 뒤쪽의 나무의자에 앉자 그는 그녀 앞에 무릎을 꿇고 앉아 그녀의 왼발을 붙잡고 까만 치맛자락과 크리놀린(치마를 부풀게 하기 위해 쓰던 딱딱한 천) 페티코트를 무릎 위로 밀어올렸다. 그녀가 작은 목소리로 반항하며 치마를 끌어내리려 했다.

“안 돼!”

그의 손이 즉시 그녀의 손목을 그러쥐었다.

“또 이러면 옷을 갈가리 찢어버릴 거야. 헬즈 블러프에 맨몸으로 돌아가고 싶은가?”

그녀는 불안하게 아랫입술을 잘근거렸다. 이 남자는 진심인 것 같았다. 그녀의 손이 마지못해 무릎에서 떠나 옆쪽의 테이블을 긴장되이 부여잡았다.

그가 흐릿하게 미소지었다.

“현명하군.”

그의 손가락이 발목까지 오는 부츠로 돌아가 옆부분의 단추를 풀기 시작했다. 손이 떨리고 있음을 짜증스럽게 알아차렸다. 똑바로 노려보지 않고서는 이 빌어먹을 단추를 풀어낼 수조차 없었다. 까만 면 스타킹에 감싸인 날씬한 다리와 무릎 위로 평범한 가터가 보였다. 리나의 가터는 언제나 뉴올리언스산 푸른 새틴으로 여성적이었지만 지금처럼 미친 듯이 벗겨보고 싶었던 적은 없었다.

그는 왼쪽 부츠를 벗겨내 옆으로 던졌다. 그녀의 오른쪽 부츠를 허벅지에 괴고서 다시 단추를 풀어나갔다. 가슴이 턱턱 막혀 공기를 끌어들이기 위해 입을 벌려야 했다. 까만 가터 위의 보드라운 허벅지를 흘깃 보는 것만으로도 뱃속에 칼날이 파고든 것처럼 욕망이 퍼득거렸다.

“괜찮으세요?”

엘스페스가 심란하게 그를 내려다보았다.

“아픈 사람 같아요. 필요한 거 있으세요?”

그의 손놀림이 멈칫했다. 빌어먹을, 도대체 어떻게 생겨먹은 여자야? 하지만 이내 오른쪽 부츠마저 옆으로 던져버렸다.

“그래, 아주 아파. 당신이 그걸 낫게 해줄 수 있어. 방법은 알고 있나?”

거칠게 까만 가터를 풀어내고 단번에 스타킹 두 개를 벗겨냈다. 시선을 들어올리며 그녀의 맨발을 자신의 욱신거리는 사타구니로 이끌어갔다.

"이렇게."

그녀의 하얀 발바닥을 열망적으로 자신의 그곳에 문질렀다.

"날 만져 주는 거야, 나도 당신을 만지고. 그 다음에 난 당신 안으로 들어가고 당신은 날 받아들이는 거야. 당신을 이용해서 이 통증을 달래 볼 거야. 그 후에는 또 날 아프게 하는 법을 가르쳐 줄게."

그의 단단한 물건이 그녀의 발바닥에 닿아 불타고 있었다. 그녀의 종아리 근육이 죄어들었다. 너무 외설스러웠다. 충격적이었다. 낯선 열기가 온몸을 휘감으며 머리 끝까지 뜨거워지는 느낌이었다. 의자에서 떨어질 것처럼 그녀의 몸이 부들거렸다.

"놔…… 놔주세요."

"이젠 알겠나? 당신은 지금 한가롭게 소풍 나온 게 아니야. 오늘밤 내 여자가 되는 거라구."

"진심이었군요. 난 설마……."

그녀는 경이롭게 그를 바라보았다.

그가 그녀의 발을 풀어놓고 일어섰다.

"허풍은 포커판에서나 치는 거야, 엘스페스."

"날 겁탈하려는 거군요. 그거…… 아플까요?"

"반항하지만 않으면 괜찮을 거야."

그게 아플까? 그는 처녀를 가져본 적이 없었으니 그런 일을 생각해 본 적도 없었다. 첫경험이 아프다는 얘기는 들었는데…… 그는 단호하게 그 생각을 막아버렸다.

"내가 조심해서 하면……."

"타락한 여자가 된다는 말이 그 뜻이었군요, 그렇죠? 히티어러처럼."

"히티어러가 뭐야?"

그가 그녀를 일으켜 세워 재빠르게 앞자락 단추들을 풀어나갔다.

"고대 그리스의 여자들, 남자를 즐겁게 해주는 방법들을 배운다
고……."

그녀가 날카롭게 숨을 들이켰다. 옷자락이 어깨에서부터 허리로 그
후에는 바닥으로 미끄러져, 그녀의 몸에는 이제 슈미즈와 크리놀린 페
티코트만이 남았다. 그녀는 계속 앞만 쳐다보았다. 그녀의 남은 옷가
지마저 첫서리에 떨어지는 낙엽처럼 사라져갔다. 그녀는 질끈 눈을 감
았다.

"맙소사!"

그의 입에서 탄성이 터져나왔다. 완벽했다. 어린 비너스 여신처럼
완벽한 좌우대칭을 이룬 섬세한 몸매였다. 오똑한 분홍색 젖꼭지와 탱
탱하게 자리잡은 젖가슴, 그 밑으로 홀쭉한 배와 가느다란 허리가 이
어지고, 그 아래로 동그란 엉덩이가 활짝 펼쳐졌다. 그의 시선이 뽀얀
허벅지로 흘러갔다가 그 윗부분의 황갈색 털로 다급하게 올라갔다. 숨
이 턱 막히고 혈관 속으로 핏줄기가 용솟음쳤다.

"내가…… 다 벗은 건가요?"

그녀는 여전히 눈을 감은 채 속삭였다. 한순간 그는 마음이 녹아내
리는 듯했다. 너무나 연약한 여자, 왜 이렇게 연약해 보인단 말인가?
이 여자를 보는 것만으로도 갖고 싶어 미칠 지경인데, 그와 동시에 섬
세한 연약함이 죄의식을 불러일으켰다. 젠장할, 이 여자한테 흔들리지
않으리라. 이 여자가 그를 놀림거리로 만들어서 상황을 이렇게까지 충
동질했으니, 온전하게 풀어 주지는 않을 것이다. 선택의 여지가 있는
것도 아니었다. 지금 이 여자를 갖지 말라고 자신을 설득할 방법은 전
혀 없었다.

"이 사악한 세상에 태어난 그날처럼 벌거벗었어."

그녀가 혀로 입술을 축였다.

"지금까지는 그리 힘들지 않았어요. 앞으로 힘들어지나요?"

또다시 그의 마음에 부드러움이 밀려들었다. 게다가 죄의식과 욕구
불만까지 뒤죽박죽되었다.

"아니, 더 기분 좋아질 거야."

그는 그녀를 안아들고 매트 쪽으로 향했다.

"훨씬 좋아질 거라구."

벌거벗은 몸과 벌거벗은 몸의 접촉. 엘스페스의 젖가슴 옆으로 그의 가슴털이 느껴졌고, 그녀의 벗은 등에 그의 근육질 팔이 닿았다. 왜 아무런 생각이 떠오르지 않는 걸까? 이제 곧 히티어러가 되고 말 텐데. 그것이 과연 그렇게 끔찍한 운명인 것일까?

하지만 생각을 해야 했다. 지금은 그녀의 인생에서 대단히 중대한 시점이었다. 이런 입장에 놓일 줄 전혀 짐작할 수 없었기 때문에 아무런 준비도 되어 있지 않았다.

"그만 좀 떨어."

도미닉이 신중하게 그녀를 매트 위로 내려놓았다.

"조심하겠다고 했잖아."

그럴 여력이 있다면 말이다. 그녀의 감촉이 그를 미친듯이 몰아가고 있었다. 하지만 그녀가 새처럼 떨자 또다시 부드러움이 밀려들었다. 그녀에게 아픔을 주고 싶지 않았다. 우선 정열적으로 맞아들일 수 있도록 준비시켜야 하리라. 빌어먹을, 얼마나 오래 참을 수 있을까. 그가 길게 숨을 토해냈다.

"나한테 맡겨. 아프지 않게 노력해 볼 테니까."

그녀의 눈이 스르르 열렸다.

"더 이상 날 벌하지 않겠다는 건가요?"

"그래, 이젠 아니야."

그의 목소리가 참으로 이상하다고 그녀는 몽롱하게 생각했다. 하지만 그녀를 바라보는 시선이나 그 살갗의 열기가 그보다 훨씬 이상했다……. 모든 게 너무나 괴상하고, 낯설었다. 생각할 수가 없었다.

그의 손이 그녀의 배를 느릿하게 어루만졌다. 꽃송이에 닿는 나비의 날개처럼 가볍게. 하지만 나비의 날개는 꽃송이에 이런 불길을 남기지 않을 거야. 이게 겁탈당하는 것일까?

그의 손가락이 위로 움직여 젖가슴을 가볍게 어루만지고 쇄골뼈 밑의 민감한 살갗과 목덜미로 기어올랐다.

"엘스페스?"

"네?"

그의 손가락이 그녀의 아랫입술 곡선을 그려나갔다.

"지금의 이런 일에 대해서 얼마나 알고 있지?"

그녀의 뺨으로 뜨거운 기운이 치솟았다.

"그림을 본 적은 있어요……. 폼페이 벽에 그려져 있다는 그림과 인도의 성전에서 본 조각상도……."

도미닉은 더할 수 없는 안도감을 느꼈다. 적어도 그녀가 완벽하게 무지한 상태는 아니었다.

"아주…… 불편해 보였어요."

그의 입술에 흐릿한 미소가 번졌다.

"전혀 불편하지 않아. 두고 보면 알거야, 엘스페스. 대단히 괜찮을 거라구."

달래듯이 속삭이며 그의 손이 다시 한 번 그녀의 배로 움직여갔다. 그의 손가락이 그 아래쪽의 황갈색 털을 쓰다듬자 갑작스레 그녀의 허벅지 사이로 뜨거운 기운이 뭉쳐들었다.

괜찮을 거라고? 하지만 어떻게 그럴 수 있을까? 모두들 죄악이라고 말하는 행위인데. 잘못된 행동일 텐데, 여자가 되는 일에 대해서 좀더 배워두었다면 좋으련만. 그녀의 아버지는 그녀처럼 평범한 여자한테 그런 일이 생길 리 없다는 말만 하셨을 뿐 아무것도 가르쳐 주지 않았다. 그들의 집에 고용되었던 가정부들도 요리하고 빨래하는 일에만 신경 썼을 뿐 엘스페스에게 시간을 할애하지 않았다.

클라라만이 예외였다. 클라라는 다른 가정부들보다 더 젊었고 어린 아들을 데리고 있었다. 친절하게도 그녀의 아버지가 학교에 나가신 동안 바비와 같이 정원에서 놀도록 해주기도 했다.

'바비.'

엘스페스의 몸이 화들짝 굳어졌다. 정원에서 함께 놀았던 그날의 기억이 떠올랐다. 철문에 얼굴을 들이대고 놀려대던 다른 아이들. 아비 없는 후레자식, 그들이 바비를 그렇게 불렀다. 그 어린아이에게 잔인하게 조롱을 퍼부었다.

"안 돼!"

그녀는 있는 힘껏 도미닉을 밀쳐내고 벌떡 일어나 방을 가로질러 거리를 두었다. 그가 눈살을 찌푸렸다.

"이리 돌아와, 엘스페스."

"싫어요. 당신, 끔찍한 사람이군요. 어떻게 이럴 수 있어요?"

그녀의 목소리가 떨려났다.

"날 겁탈하는 것만으로도 충분히 사악해요. 하지만 어떻게 아이한테까지 잔인한 짓을 하려는 거죠?"

"아이?"

그가 멍하니 되물었다.

"날 겁탈하면 아이가 생길 거잖아요. 그걸 부인할 셈인가요?"

그녀가 의자 위의 망토를 집어들어 어깨에 걸쳤다.

"내가 히티어러가 되는 건 참을 수 있어요, 하지만 아이는요? 사생아로 태어난 아이는 가혹한 세상을 견뎌야 해요. 자라면서 계속 놀림받고, 돌팔매질당하고…….."

그녀의 뺨으로 주르륵 눈물이 흘러내렸다.

"잔인해요, 너무 잔인해요. 난 당신한테 겁탈당하지 않을 거예요."

그녀가 빙그르 돌아서서 문으로 달려갔다. 문이 열리는가 싶더니 순식간에 그녀가 사라졌다.

6

아이.

도미닉은 매트에서 천천히 일어나 셔츠로 손을 뻗었다. 스코틀랜드 마녀가 그를 미치게 만들 작정이라는 건 의심의 여지가 없었다. 처벌받아 마땅한 죄인처럼 온순하게 운명을 받아들이는 듯하더니, 아이에게 생길 피해를 생각하자마자 미친 여자처럼 뛰쳐나갔다. 그들의 아이?

빌어먹을, 도미닉 자신도 미쳐가는 모양이었다. 그 여자에게 제대로 손도 대지 않았는데 벌써부터 자신의 정액이 그녀의 자궁에 뿌려져 아이가 생겨나는 걸 상상하고 있었다.

셔츠 단추를 잠그고 그 자락을 바지춤으로 집어넣었다. 그녀는 대체 자신을 어떤 놈으로 생각한단 말인가? 지금까지 아이 아빠가 돼본 적은 없지만, 자기 아이를 모른 체 내팽개친다는 건 있을 수 없었다. 엘스페스를 잘 보살폈을 테고 그 아이 또한……. 빌어먹을, 또 시작이로군!

그는 문 밖으로 나가 좁은 길을 살펴보았다. 보름달이 떠올라 구불구불한 길이 또렷하게 드러났다. 하지만 그 어디에도 엘스페스의 모습은 없었다.

멀리 가진 못했으리라. 그녀는 망토만 걸친 데다가 신발도 신지 않았다. 몇 백 미터 가기도 전에 발바닥이 날카로운 돌에 찢길 것이다. 여기서 그녀가 패배를 시인하고 되돌아올 때까지 기다려야 할까?

그는 즉시 그 생각을 밀어냈다. 엘스페스가 얼마나 단호할 수 있는지 알고 있지 않은가. 그에게 도움을 청하러 돌아오느니 차라리 엉금엉금 기어서라도 마을까지 가는 길을 택하리라. 여하튼 그 여자를 찾아내야 했다. 아직껏 그의 팽창된 욕망이 수그러들지 않았다.

그는 말을 묶어두었던 곳으로 오두막을 돌아갔다. 말을 타고 나가면 금세 따라잡을 수 있으리라. 그녀가 길에서 벗어났다 하더라도 숨을 곳은 많지 않았다. 협곡 양쪽이 바위투성이로, 기껏해야 큰 선인장이 드문드문 서 있을 뿐이었다.

'넓은 망토 밑으로 흐트러진 뽀얀 팔다리. 어두운 바위 틈으로 떨어진 인형 하나.'

"맙소사…… 안 돼!"

협곡 아래쪽의 얕은 시냇가에 그 형체가 드러나 보였다. 그는 가파른 비탈길로 미끄러지듯이 내달려갔다.

엘스페스의 몸이 꼼짝하지 않았다. 머리 반쪽은 물 속에 다른 반쪽은 울퉁불퉁한 돌들 위에 얹혀져 있었다. 그가 조심스럽게 돌려 안았지만 그 몸은 축 늘어진 채였다. 달빛 속에서 그녀의 피부가 묘지 비석처럼 창백하게 반짝였다. 그는 섬뜩함에 몸서리쳤다. 죽었을 리 없다. 몇 분 전만 해도 팔팔하게 그의 품안에서 떨고 있었는데. 빌어먹을, 이 여자를 죽게 할 순 없었다.

망토를 펼쳐 그녀의 젖가슴에 귀를 대보았다. 불규칙하게 쿵쾅대는 심장박동이 자신의 것인지 그녀의 것인지 파악할 수 없었다. 재빠르게 그녀의 팔다리를 더듬어 보았다. 부러진 데는 없는 듯했다. 하지만 어떻게 확신할 수 있겠는가? 서둘러 의사에게 보여야 하지만 헬즈 블러

프까지 가기엔 너무 멀었다. 오두막으로 데려가도 괜찮을지조차 알 수
없었다. 그렇다고 이 빌어먹을 개울가에 내버려 둘 수는 더더욱 없었
다.

"뱀들이……."

거의 들리지 않는 목소리였지만, 그 한마디가 그에게 현기증이 일어
날 정도로 안도감을 안겨주었다. 그녀는 살아 있다.

그는 부드럽게 그녀의 관자놀이에서 머리를 쓸어 주었다. 그런데 손
가락에 핏물이 묻어났다. 그녀의 머리에서 피가 흐르고 있었다.

엘스페스의 미간이 공포스레 찌푸려졌다.

"뱀들이…… 저것 좀 치워줘요……."

뱀. 맙소사, 그녀를 위협하려고 써먹었던 한마디가 이렇게 무기력하
게 누워 있는 지금 그녀의 기억 속에서 되살아났단 말인가.

"걱정 마, 내가 지켜 줄게. 날 믿어."

그녀는 그의 말을 들은 것 같지 않았다.

"저, 저 뱀이……."

그녀의 목소리가 공포스레 높아졌다가 뚝 끊겼다. 그리곤 그녀의 몸
이 맥없이 늘어졌다.

오두막 문이 과격하게 열렸다.

패트릭이 문 앞에 서 있었다.

"나쁜 놈, 양심 한 조각 없는 망할 자식. 도대체……."

그의 시선이 엘스페스의 미동 없는 몸뚱이에 닿았다.

"맙소사, 이 여자한테 무슨 짓을 한 거죠?"

"보면 모르겠냐?"

도미닉은 굳이 돌아보지도 않고, 엘스페스의 머리에 감긴 붕대를 매
만지고 나서 목까지 이불을 덮어 주었다.

"내가 이 여자를 거의 죽일 뻔했어."

그가 엘스페스를 응시한 채로 일어났다.

"죽을지도 몰라. 이틀 동안 할 수 있는 일은 다 해봤는데 나아지질 않아."

"삼촌이 이랬어요?"

패트릭이 천천히 그의 옆으로 다가와 엘스페스를 내려다보았다. 창백한 뺨과 목에 난 칙칙한 멍자국들, 머리의 피묻은 붕대. 마치 무자비하게 두들겨 맞은 어린아이 같아 보였다. 그가 격렬한 시선으로 도미닉을 쏘아보았다.

"얼마나 자랑스러우실까요, 이렇게 미친 짓을 해놨으니."

도미닉은 힘없이 뒷목덜미를 문질렀다.

"그래, 내가 미쳤던가 보다. 나가서 얘기하자. 간신히 재워놨어, 우리 얘기소리에 깨면 안 돼."

"생각도 깊으셔라."

패트릭이 빙글 돌아서 성큼성큼 걸어나갔다.

"실컷 패서 죽기 직전까지 만들어 놓고, 이젠 잠에서 깰까 봐 걱정이로군."

그는 오두막에서 몇 미터 떨어질 때까지 쉬지 않고 걸어갔다. 가엾은 올빼미. 맙소사, 힘없는 자에게 잔인하게 구는 인간은 절대로 참을 수 없었다. 그런데 도미닉 삼촌이……. 그가 이글거리는 시선을 삼촌에게 돌렸다.

"재미있던가요? 저렇게 조그만 여자한테……."

그가 오두막 쪽을 손가락질했다.

"왜요? 도대체 왜 그랬어요? 그 여자가 삼촌을 짜증나게 쫓아다녔다는 건 알아요. 마을에서 다 들었어요. 하지만 꼭 이렇게까지 해야 했어요?"

도미닉이 물끄러미 아래쪽 협곡을 내려다보았다.

"화가 났어. 그 여자를 갖고 싶었고. 지난 십 년 간 죄다 빼앗기기만 한 것 같아 원하는 게 있으면 그냥 움켜잡는 게 상책이라고도 생각했어."

그의 입술이 뒤틀렸다.

"젠장할, 화났다는 건 핑계인지도 몰라."

패트릭의 시선도 협곡 쪽으로 향했다.

"그 여자를 강간했어요?"

"아니, 하지만 시도하지 않았던 건 아니야. 굴러 떨어지기 전에 그 여잘 붙잡았으면 아마……."

"굴러 떨어져요?"

패트릭의 시선이 재빠르게 삼촌의 얼굴로 날아갔다.

도미닉이 협곡 쪽으로 고갯짓했다.

"저리로 떨어져서 바위에 머릴 부딪혔어. 여기 온 날 밤에 일어난 일이야, 그 여자가 내게서 도망치다가."

그가 패트릭의 눈을 마주 보았다.

"그래, 내가 그랬어. 그 여자가 다친 건 내 잘못이었어. 그 여자가 죽는다면 그것도 내 잘못이야."

그제서야 패트릭은 도미닉의 눈 밑에 자리잡은 반달 모양의 검은 그림자와 거뭇거뭇한 턱수염을 알아차렸다. 벗은 상체를 바라보면서 엘스페스의 머리에 감겼던 리넨 붕대가 셔츠 조각이었음도 알아차렸다.

"상태가 그 정도로 안 좋아요?"

"하루 종일 잠만 자, 깨어날 때는 제정신이 아니고. 네가 나타나길 기다리던 참이었다."

도미닉이 웃음기 없이 피식거렸다.

"그 여자 호텔방에 놔둔 메모를 네가 믿을 리 없으니 곧장 달려올 걸로 짐작했다. 이젠 당장 마을로 가서 벨링스를 불러와."

패트릭이 고개를 저었다.

"어젯밤 너깃에서 떡이 되도록 퍼마시는 걸 봤어요. 술 깰 때까지는 아무 소용 없을 거예요. 게다가 그렇게 늙은 돌팔이는 믿을 수 없어요."

“데려오기나 해. 내가 정신 바짝 나게 해줄 테니까.”

도미닉이 험악하게 뇌까렸다.

지금의 도미닉을 보기만 해도 늙은 벨링스에게 얼음물 한 양동이의 효과가 나타나리라는 건 믿어 의심치 않았다. 하지만 여전히 패트릭은 망설여졌다.

“실버를 불러올까 봐요. 그 마을이 헬즈 블러프보다 더 가깝고, 그녀가 전투 상처에 대해서도 많이 알잖아요.”

도미닉의 몸이 움찔했다. 전투 상처. 그래, 엘스페스의 상처에 그게 딱 들어맞는 단어이리라.

“실버가 와줄까?”

“실버의 행동을 누가 짐작할 수 있겠어요, 코요테처럼 사나운걸. 그래도 시도해 볼 가치는 있어요.”

“그럼 데려와. 설마하니 나보다야 못하겠냐.”

갑자기 찢어질 듯한 비명소리가 정적을 내갈랐다.

“맙소사, 무슨 소리예요?”

패트릭이 껑충 튕겨올랐다.

“엘스페스야. 또 꿈을 꾸는 거야.”

도미닉이 무거운 짐을 진 사람마냥 어깨를 구부린 채 오두막으로 돌아가기 시작했다.

“제발, 실버 좀 빨리 데려와.”

패트릭은 오두막을 응시하며 멍청하게 고개를 끄덕였다.

“공포에 질린 것 같아. 대체 무슨 꿈을 꾸길래 저래요?”

“뱀. 계속 뱀 꿈을 꿔.”

도미닉이 오두막 안으로 사라졌다.

엘스페스는 잠들어 있지 않았다. 매트 옆의 벽 쪽으로 몸을 웅크리고 번들거리는 눈으로 마룻바닥의 한 지점을 노려보고 있었다. 그녀가 다시 비명을 질렀다. 그 소리가 가혹한 채찍처럼 도미닉의 마음을 후려쳤다.

“뱀은 없어. 내 말 들려, 엘스페스? 뱀은 없다구.”

그가 단호하게 말하며 그녀를 품에 안고 흔들어 주었다. 민들레 한 송이보다도 더 빈약한 느낌이었다. 지난 이틀 동안 간신히 물만 몇 방울 받아먹었을 뿐 음식은 단 한 조각도 삼키지 못했다.

“이젠 안전해. 걱정하지 마.”

“내 눈으로 봤다구요.”

그녀가 그의 가슴에 주먹질을 해대며 몸부림쳤다.

“똑똑히 봤어요. 저 구멍 속으로 들어갔어요.”

마룻바닥의 벌어진 틈새를 떨리는 손가락으로 가리켰다.

“코브라였어요. 쉭쉭거리면서 머리를 흔들어댔어요. 너무 흉측했어요. 다음엔 우유 잘 마실게요. 잘못했어요, 저 혼자 두지 마세요. 저것 좀 치워 주세요, 아빠. 제발 저것 좀 치워 주세요.”

“코브라는 없어.”

그가 그녀의 얼굴을 감싸쥐고 그녀의 눈을 똑바로 응시했다.

“여긴 코브라가 없어. 다른 때, 다른 곳에서 본 거라구. 여긴 아무것도 없어, 엘스페스.”

뱀으로 그녀를 위협했던 것이 얼마나 딱 맞아떨어졌단 말인가. 그녀는 필시 어린 시절 뱀에게 놀란 적이 있었던 게 틀림없었다. 끊임없이 코브라와 유모, 그 아버지에 대한 헛소리들이었다. 그 잘난 척하던 개자식이 자기 딸에게 코브라만큼이나 매정한 냉혈 동물이었던 것이다. 도미닉은 부드럽게 그녀의 턱과 뺨을 쓰다듬었다.

“난 당신을 혼자 두지 않아.”

“아니에요, 아니에요.”

그녀가 숨가쁘게 흐느껴 울었다.

“당신이 없을 때마다 그게 돌아온다구요, 그게 돌아온다구요.”

“쉬이, 이제부터는 꼭 옆에 있을게. 그놈이 오면 내가 쫓아 줄게.”

그는 침을 꿀꺽 삼켜 메어오는 목을 진정시켰다. 그런 후 그녀를 매트에 눕히고 자신도 누워서 보듬어 안았다.

“이제 눈을 감고 자. 겁낼 거 없어.”

그녀의 눈꺼풀이 서서히 내려앉으며 긴장이 풀려나갔다.

“겁내지 않도록 노력할게요. 겁쟁이가 되지 않도록 노력할게요. 자랑스러운 딸이 되도록 노력할게요.”

지난 이틀 간 그는 어린 엘스페스의 모습을 똑똑히 알게 되었다. 단 한 번의 약함이나 실수도 용납하지 않는 아버지에게 칭찬받기 위해 몸부림치는 어린아이.

“난 당신이 자랑스러워, 언제나.”

“정말요?”

잠 속으로 빨려들어가는 흐릿한 질문이었다.

“그런 줄 몰랐는데, 난…….”

엘스페스는 다시 잠이 들었다. 그의 어깨에 가벼운 숨결이 부딪혀 왔다. 품안의 그녀는 미약한 압력으로도 부서져버릴 듯이 가냘팠다. 이 여자의 연약함을 왜 미처 몰랐을까? 그 동안 그는 욕망과 자존심, 분노에만 매달린 장님이었다. 하지만 패트릭은 알아차렸다. 자신을 독수리로 생각하는 조그만 올빼미. 그래, 이 여자는 매번 포악한 독수리보다 더 강한 용기로 그에게 대항하려 애썼던 작고 연약한 올빼미였다.

그의 손이 부드럽게 그녀의 머리를 쓰다듬었다, 올빼미의 깃털을 어루만지는 것처럼. 언제부터 이 여자에게 부드러움이 생겨버렸는지 알 수 없었다. 다른 여자에게는 이런 적이 없었는데. 어느 순간까지는 그저 엘스페스였다가 다음 순간 그의 엘스페스가 되어버렸다. 그의 상처받은 아이……. 그리고 그건 그의 책임이었다.

도미닉은 눈을 감았다. 너무나 피곤했다. 엘스페스를 오두막으로 데려온 날부터 잠들지 못했다. 잠깐이라도 눈을 붙이고 싶었지만 그녀가 깨어나 그를 알아본다면 꿈속의 코브라보다 더 그를 두려워하며 도망치려 들지도 몰랐다. 천천히 눈을 뜨며 조심스럽게 그녀를 풀어놓았다. 일어나 앉아 그녀의 머리맡에 코트를 괴어 주고 나서 어깨 위로 담요를 끌어올렸다. 그녀가 불편하게 꿈틀거리는 순간 그의 손길이 얼어붙었다. 하지만 다시 그녀의 숨결이 깊어졌다.

그는 방 안을 둘러보았다. 무엇이든 하지 않으면 잠들어 버릴 것 같았다. 밖으로 나갈 수도 없었다, 엘스페스에게 옆에 있겠다고 약속했으니까. 그의 시선이 엘스페스가 손가락질했던 구멍에 고정되었다. 빌어먹을 짐 녀석, 왜 이런 구멍들을 메워 놓지 않은 거야? 오래 걸리지도 않았을 텐데. 왜 뻔히 아는 질문을 해대고 있는 거지? 황금에 대한 탐욕, 사이렌의 노랫소리처럼 황금이 불러대고 있는 때에 일상적인 잡일에 신경 쓸 여유가 어디 있겠는가.

하여튼 엘스페스가 깨어나 또다시 그 구멍에 소름 끼쳐 하길 바라지는 않았다. 그것이 또 다른 악몽의 방아쇠를 당길 것이다. 그는 뻣뻣한 등을 움직여 보았다. 그리고는 벌집처럼 나 있는 구멍들을 틀어막기 위해 마땅한 재료를 찾아보았다.

은빛 눈동자가 강렬하게 그녀를 응시하고 있었다.

엘스페스는 자신을 내리누르는 무거운 압박에서 빠져나가려 했다. 은빛 눈동자. 낯이 익었다. 기억해야만 하는 무언가인 듯했다. 도미닉 딜레이니? 아니, 지금의 눈동자에는 푸른빛의 흔적이 없다. 날렵하게 휘어진 눈썹 밑으로 까만 속눈썹에 감싸인 순수한 은색이 빛났다.

"누구……?"

엘스페스는 간단한 말조차 내뱉기 힘들었다.

"실버 도브. 다쳤던 거 기억나요?"

집요하게 달라붙는 어둠을 뚫어보려 애쓰며 엘스페스의 눈살이 찌푸려졌다.

"내가…… 달려가고 있었는데…… 바위에 미끄러져서 굴러떨어졌어요."

찢어질 듯한 고통이 기억났다, 그 후에는 새카만 어둠이었다.

"머리를 부딪힌 것 같아요."

"다행히 미치진 않았군요. 일단 한시름 덜었어요."

"실버, 방금 정신차린 사람한테 무슨 소리야."

갑자기 패트릭 딜레이니가 엘스페스의 시야 안에 나타나서 그녀를 내려다보았다.

"무식한 인디언에게 뭘 기대하겠어? 난 백인들과 달리 진실만을 말해."

"제발 그만 좀 해. 누굴 바보로 알아? 네가 무식하지 않다는 거, 맘에 있는 말은 다 해버리는 인간이라는 걸 안다구. 네 헛바닥이 진실뿐 아니라 개 뒷다리처럼 구부러진 얘기까지 지껄이는 것도 알아. 하지만 엘스페스는 네 청중이 될 만한 상태가 아니야."

"난 이 여자가 정신차릴 때까지 간호해 줬어, 그걸로 충분하잖아. 내가 아닌 날 기대하지는 마."

실버 도브의 음악 같은 목소리가 갑자기 과격해졌다.

"상냥한 사람을 원했다면 라이징 스타를 부르지 그랬어. 나한텐 그런 성질 없어."

실버 도브의 강한 목소리가 엘스페스의 몽롱한 기운을 날카로운 가위처럼 잘라냈다. 그녀는 이제 옆에 앉은 여자에게 초점을 맞출 수 있었다. 놀랍게도, 실버 도브는 여자가 아니었다. 열다섯이나 열여섯 살쯤밖에 되지 않은, 하지만 대단히 묘해 보이는 소녀였다. 까만 머리가 청록색 구슬띠에 매달려 등까지 흘러내렸다. 갸름한 얼굴에 가무잡잡한 피부, 그 안에서 번득이는 은회색 눈동자. 마른 몸에 빨간 얼룩무늬 치마와 짐승가죽으로 만든 크림색 튜닉을 걸치고 있었다. 신발은 무릎까지 올라온 가죽신이었다. 야만인일까? 그녀의 옷차림은 인디언과 비슷했다.

"네가 라이징 스타보다 더 가까이 있었잖아."

패트릭이 퉁명스럽게 대꾸했다.

"나도 수틀릴 때마다 심장을 파내버리겠다고 위협하지 않는 쪽이 훨씬 좋다구."

"날 여기 데려온 건 당신이야. 날 알면서도 데려온 거잖아. 그럼 다른 걸 기대하지 말았어야지."

엘스페스의 머리가 지끈거렸다.

"당신……."

더 이상 말을 잇지 못했다. 자신을 간호해 준 사람에게 야만인이냐고 물어 볼 수는 없는 노릇이었다.

실버 도브가 그녀를 노려보았다.

"아파치. 인디언. 내가 겁나나요, 백인 여자? 난 항상 단검을 갖고 다니죠. 지금까지 그걸 세 번 써봤어요."

패트릭이 한숨 쉬며 인디언 여자의 어깨에 손을 내려놓았다.

"이쪽은 내 사촌 실버예요. 보이는 것처럼 과격하진 않아요."

"난 당신 사촌이 아니야. 늙은이가 인정할 때까진 아니라구."

실버 도브가 폴짝 일어났다.

"하지만 그 늙은이는 결코 인정하지 않을 거야. 딜레이니 인간들은 자기 가문에 인디언은 한 명만으로 족하다고 생각하거든."

그녀가 검은머리를 반짝이며 흔들어댔다.

"도미닉 여자 봐주는 거 지겨워. 난 딜레이니 가한테 불려왔다가 쫓겨가는 노예가 아니야. 도미닉이 돌아올 때까지 당신이 직접 간호해. 난 갈 거야."

그녀가 휙 돌아서서 우아하고 가벼운 몸놀림으로 걸어갔다.

이 상황을 따라잡기는 힘들었지만 엘스페스는 일단 감사를 표시하고 싶었다.

"실버."

인디언 여자가 빙글 돌아보았다.

"고마워요."

실버는 무슨 말인가 하려는 듯하다가 다시 입을 다물고 오두막을 나가버렸다.

패트릭이 매트 옆으로 무릎 꿇고 앉았다.

"정신차리자마자 실버를 봐서 놀랐겠죠? 하지만 그 동안 실버가 당신한테 잘해 줬어요. 밤낮으로 간호해 줬죠. 그녀가 당신 생명을 구한 거나 마찬가지예요. 돔 삼촌은 당신한테 아무것도 먹이질 못해서 걱정이 이만저만 아니었죠."

그가 씨익 웃었다.

"그런데 실버가 그걸 해냈어요. 당신 코를 틀어막고 입을 벌렸을 때 죽 한 숟가락씩을 퍼 먹였죠. 삼촌은 그녀가 당신 숨을 틀어막는 줄 알고 호통을 쳐댔다구요. 그랬더니 실버가 더 점잖게 먹일 방법이 없으면 오두막에서 나가라고 퍼부었어요. 그래서 내버려 둘 수밖에 없었죠."

도미닉. 도미닉과 비탈에서 굴러떨어졌던 그날 밤에 대해서 기억해야만 하는 것이 있었다. 하지만 그녀의 기억은 자꾸만 피해 달아났다. 금방 생각이 나리라, 지금은 노력하는 것조차 버거웠다. 완전히 기력을 회복한다는 것이 불가능할 것만 같았다.

"내가…… 완전히 회복될까요?"

패트릭이 고개를 끄덕였다.

"실버가 몇 주일쯤 걸릴 거라고 했어요. 하지만 괜찮을 거예요. 당신이 헛소리를 하길래 우린 머리를 다친 줄 알고 많이 걱정했어요."

그녀가 희미하게 미소지었다.

"미친 여자가 될까 봐요?"

"삼촌은 뭐든지 다 걱정했어요. 감기, 폐병, 미치광이 등등. 실버가 삼촌을 오두막에서 내쫓았을 땐 나도 진짜 한시름 놓았다니까요."

그가 분개하듯이 눈살을 찌푸렸다.

"하지만 나까지 걷어차 낼 필요는 없었는데, 난 이성적인 사람이라구요."

그녀는 필사적으로 생각해 보려 애썼다. 회복될 때까지 몇 주일이 필요하다고? 그렇게까지 기다릴 시간은 없었다. 남은 돈이 다 떨어지기 전에 칸타란으로 출발해야만 했다.

“오래 누워 있을 수 없어요. 칸타란에 가야 돼요.”

패트릭이 그녀의 찌푸린 이맛살을 부드럽게 손가락으로 풀어냈다.

“걱정해 봤자 득될 거 하나 없어요. 기운 차릴 생각만 하세요. 삼촌이 아침쯤에 돌아올 테니까 그때 얘기해 봐요. 식량하고 약을 좀 구하러 마을에 내려갔어요. 당신이 정신차린 걸 알면 아주 행복해할 거예요.”

“그럴까요?”

그녀는 도미닉에 대한 얘기를 듣고 싶지 않았다. 의식 밖으로 그를 밀어내려는 노력만으로도 벅찼다. 그 단호하면서도 부드러웠던 눈동자가 계속 아른거렸다. 달래 주는 깊은 목소리도 계속 들려왔다……. 아니, 꿈이었을 뿐이야. 도미닉은 부드럽게 달래줄 만한 남자가 아니었다. 더구나 자신에게 그럴 리는 절대로 없었다.

“킬라라에 가보지 않아도 되요? 당신 할아버지가 걱정하실 텐데요?”

“아마 진작에 날 찾으러 누군가 사람을 보냈을 거예요. 그리고 내가 돔 삼촌 뒤를 쫓아간 걸 들었겠죠.”

또 도미닉이로군. 그녀는 그 이름이 불러일으킨 영상을 몰아내기 위해 눈을 감았다.

“이젠 잘래요. 아주 피곤해요.”

“그래요.”

패트릭이 일어서는 듯 바스락 소리가 들렸다.

“필요한 거 있으면 날 불러요. 내가 당장 대령할게요.”

“나가, 그 여자가 피곤해하는 거 안 보여?”

실버 도브의 목소리였다. 엘스페스는 눈을 떠 문 앞에 서 있는 인디언 소녀를 바라보았다.

패트릭의 입가에 피식 미소가 번졌다.

“돌아왔군. 네가 왜 그런 결정을 내렸을까, 실버?”

실버는 경멸스런 시선을 던졌다.

“난 이 여자를 치료하려고 귀중한 시간을 소비했어. 그런데 백인 사내놈이 말아먹는 걸 두고 볼 수 있겠어? 당신들은 일주일 안에 이 여자를 죽거나 미치게 만들 거야.”

“그럴지도 모르지.”

패트릭의 표정이 진지해졌다.

“그러니 네가 옆에 남아서 나와 돔 삼촌으로부터 환자를 보호해 주는 게 낫겠어. 그렇지, 사촌?”

실버는 눈살을 찌푸리려다가 살짝 마지못한 미소를 드러냈다.

“그럴 생각이야…… 사촌.”

그녀가 미끄러지듯이 앞으로 나와 엘스페스의 옆에 앉았다.

“나가, 이 여자한테 방어능력이 생길 때까지 내가 지켜 줄 거야.”

방어능력? 참으로 묘한 말이었다. 실버는 인생을 항상 방어해야 할 전쟁으로 보는 것일까? 얼마나 가혹한 인생이었기에 그런 견해를 갖게 됐을까. 엘스페스는 부드럽게 미소지어 보였다.

“돌아와 줘서 고마워요.”

“당신하곤 상관없는 일이에요. 내가 돌아온 이유는 말했잖아요. 이제 눈감고 잠이나 자요. 내 작업을 망칠 셈이에요?”

엘스페스는 고분고분하게 눈을 감았다.

“그럴 마음은 추호도 없어요. 난 하루 빨리 일어나야 돼요.”

실버의 손이 그녀의 머리에 닿았다, 그리곤 놀라울 정도로 부드럽게 쓰다듬었다.

“그럼 푹 자요. 나도 좀 쉬어야겠으니까.”

7

"그녀가 깨어났어요!"

패트릭이 환하게 미소지으며 도미닉의 말 옆으로 다가섰다.

"어젯밤 늦게."

도미닉은 말등에 올라앉은 채 멈칫했다.

"어때?"

"괜찮아질 거예요."

패트릭이 묵직한 가죽 가방을 들어 바닥으로 내려놓았다.

"좀 흐리멍텅하긴 하지만, 그 정도야 당연하잖아요."

"확실해?"

"아플 시간이 없다면서 빨리 칸타란으로 가야 된대요. 회복 의지가 꽤나 강한 것 같더라구요."

"그런 것 같군."

도미닉의 몸으로 아찔한 안도감이 번져나갔다. 오, 하나님. 그녀가 괜찮아질 거랍니다!

"지금 깨어 있어?"

패트릭이 고개를 저었다.

"실버가 목욕시키고 머리 감겨 주고 죽을 조금 먹였어요. 그 후에 다시 잠들었어요. 벨링스한테 뭘 좀 얻어왔어요?"

"수면제만 약간. 꿈이라도 쫓아볼 수 있을까 해서. 하지만 이젠 필요 없을지도 모르겠군."

"그럴걸요. 이젠 제발 이 일이 다 끝나 줬으면 좋겠어요. 할아버지한테 소식 있었어요?"

도미닉이 땅으로 내려섰다.

"뻔하지. 코트가 이틀 전에 마을로 와서, 만나는 사람마다 널 보는 즉시 킬라라로 돌려보내라고 했대."

"삼촌한테 남긴 전갈은요?"

"없어."

"상황을 아시고 나면 할아버지가 무슨 말씀이든 하실 거예요."

"여자 때문에 납치 수법까지 동원했다고 한심해하실 거다."

"아니에요, 예전보다 이해심이 많아지셨는 걸요."

도미닉의 입술에 씁쓸한 미소가 서렸다.

"그래서 아마 내가 그 동안 끼친 피해까지도 용서해 주시려는 건지 모르지."

패트릭이 눈살을 찌푸렸다.

"삼촌은 어쩔 수 없는 상황이었어요. 우리 모두 그걸 알아요."

"우리 모두? 오두막에 있는 여자도 그걸 이해해 줄까? 난 그 여자를 강간하려 했어, 거의 죽일 뻔했고. 십 년 전이라면 그런 짓 하려는 개자식의 불알을 내가 먼저 쏴버렸을 테지만, 지금의 난 달라졌다구."

"잠깐 로코(미친 놈)가 됐던 거예요. 정신이 들면……."

"집어치워."

도미닉은 거칠게 조카 쪽으로 몸을 돌렸다

"난 그 여자를 겁탈할 작정이었어. 지금도 그 여자랑 단 둘이 있으면 또 덤벼들지 몰라. 난 킬라라를 떠날 때의 그 사내가 아니야. 왜 그걸 모르는 거냐, 왜 내 옆에서 계속 얼쩡대는 거야?”

“우린 삼촌을 사랑해요. 우린 가족이라구요.”

패트릭이 간단하게 대답했다.

도미닉은 배에 강타를 얻어맞은 듯한 느낌으로 한동안 그를 응시하다가 힘겹게 시선을 돌렸다.

“망나니는 걷어차 내는 게 상책이야. 그놈들 멋대로 내버려 두는 게 똑똑한 짓이라구.”

패트릭이 미소지었다.

“난 지금껏 똑똑하단 소릴 못 들어봤어요. 나도 그런 망나니의 일종이구요. 최소한 심심하진 않잖아요……. 난 킬라라로 돌아가지 않을 거예요, 삼촌.”

도미닉의 시선이 그의 얼굴로 되돌아갔다.

“돌아가야 돼. 이 얘긴 다 끝났잖아.”

“난 그런 얘기를 한 적 없어요. 삼촌이 가라고 말했을 뿐이죠. 곰곰이 생각해 봤는데 내가 삼촌 옆에 있는 게 나을 것 같아요. 지옥으로 굴러떨어지는 삼촌을 내가 잡아 주지 않으면 누가 지켜 주겠어요? 삼촌이 킬라라로 돌아가겠다고 할 때까지 옆에 찰싹 들러붙어 있을 거예요.”

도미닉의 표정이 험악해졌다.

“이놈의 자식…….”

패트릭이 한 손을 들어올렸다.

“나한텐 누구 명령도 안 통해요. 한 가지만 기억하라구요, 날 킬라라로 보내고 싶으면 삼촌도 같이 가야 한다는 거요.”

“망할 자식, 그건 네 무덤을 파는 짓이야. 더빈의 하수인이 헬즈 블러프에 나타나는 건 시간 문제란 말이다.”

“그러니까 더더욱 삼촌이 킬라라로 돌아가야죠. 우리가 놈들의 접근을 막아 줄 수 있어요.”

“그놈들은 어디든 날 따라올 거야. 돈이면 못할 짓이 없는 놈들이라구.”

“무슨 말을 해도 내 맘은 안 변해요, 돔.”

그 순간 도미닉은 어떤 위협이나 설득도 통하지 않으리라는 걸 알았다. 그 사실이 공포스러웠다. 문득 샘 벅스트롬의 초점 잃은 눈동자, 입가로 서서히 흐르던 핏방울이 떠올랐다. 오, 하나님. 더 이상은 안 돼요. 패트릭은 안 돼요.

“흥, 너 같은 코흘리개를 누가 데리고 다니겠냐? 넌 나한테 방해만 될 뿐이야.”

그는 일부러 경멸스런 어조로 말했다.

“뭐가 문제냐? 드디어 누군가가 조쉬의 눈가리개를 풀어내 라이징 스타에 대한 네 감정을 눈치챈 거냐? 그래서 한동안 킬라라를 떠나 있고 싶은 거냐?”

패트릭의 얼굴에서 핏기가 사라지며 불끈 주먹을 틀어쥐었다.

“입 닥쳐요.”

도미닉은 차갑게 미소지었다.

“난 인디언 여자와 자본 적이 없어. 어때, 색다르더냐? 절정에 올랐을 때 함성이라도 내지르…….”

패트릭이 한 걸음 앞으로 다가섰다.

“입 닥치지 않으면 죽여버릴 거야. 어떻게 그런 식으로 말할 수 있어? 삼촌도 라이징 스타를 좋아하잖아, 정숙한 여자라는 거 잘 알잖아.”

“내가 뭘 알겠냐? 그 여자 주위를 맴돌고 다닌 건 너야. 조쉬만 빼고 다른 사람들 모두 그 여자에 대한 네 감정을 알아. 꽤나 쓸만한가 보지? 네가 매번 되돌아가는 걸 보면…….”

패트릭의 주먹이 그의 입술로 날아들었다. 도미닉은 휘청하며 눈앞에서 춤추는 검은 점들을 털어내려 머리를 흔들었다. 제기랄, 주먹 한 번 맵군.

“아직도 날 킬라라로 데려가고 싶으냐?”

“지옥에서 불타버렸으면 좋겠어.”

패트릭이 잇사이로 내뱉었다.

“서 있지만 말고 싸우자구, 붙어보잔 말이야.”

도미닉은 고개를 저었다.

“어린애하고 싸우긴 싫다. 집에 가서 젖이나 더 먹고 와, 그럼 몇 년 쯤 후에는 기회를 줘볼 수도 있겠지.”

그가 몸을 돌리자, 패트릭이 당장 그의 팔을 움켜쥐고 돌려세웠다.

“가만 두지 않겠어…….”

갑자기 패트릭의 얼굴에서 분노가 스러져갔다.

“일부러 그런 거군요.”

“몇 번이고 그럴 수 있어.”

도미닉은 싸늘하게 조카의 눈을 마주 보았다.

“네 가슴이 문드러질 때까지 상처 입힐 거다. 네놈이 몇 년 간 숨겨 왔던 상처들을 모조리 까발려 피를 토하게 만들어 줄 테다. 그걸 견딜 수 있을까?”

“개자식.”

“그래.”

도미닉의 입술이 피식 뒤틀렸다.

“내가 말하려던 게 그거였어. 집으로 돌아가라, 패트릭. 내 옆에 있 으면 흉한 꼴만 당하게 돼.”

그는 패트릭의 손을 뿌리치고 돌아서서, 뒤돌아보지 않고 오두막으 로 향했다.

오두막 옆면의 통나무에 실버가 기대서 있었다.

“약 좀 가져왔나 해서 나와 봤어요.”

도미닉을 응시하며 그녀가 천천히 몸을 세웠다.

“그 다음에는 엿듣기로 결정했죠. 우리 이교도 인디언들은 양심의 가책이란 게 없거든요, 당신도 익히 알겠지만.”

도미닉의 표정에 무언가가 스쳐지났다.

"난 그런 거 몰라, 인디언들이 대개의 백인보다 탁월한 유머감각을 지녔다는 건 알지만."

"그런데도 나의 이모 라이징 스타에 대해서는 창녀처럼 얘기하더군요, 모든 인디언 여자들이 창녀인 것처럼 말이죠. 당신 생각이 어떻든 나한테 중요할 건 없어요. 하지만 조금…… 이상하긴 했어요. 이모는 당신을 좋아하는 것 같던데."

"나도 라이징 스타를 좋아해. 내 말에 신경 쓰지 마. 진심이 아니었어. 때로는……."

도미닉이 말꼬리를 흐렸다가 힘없이 말을 이었다.

"나 때문에 상처받았다면 미안하다."

"상처받지 않았어요. 나 자신이 누구한테 상처받는 걸 용납하지 않아요. 당신이 뭐하는지는 뻔히 알겠더군요. 패트릭을 안전한 집으로 돌려보내고 싶었던 거죠, 그래서 가장 강력한 무기를 집어들었던 거고. 나라도 똑같이 했을 거예요."

그녀가 상냥하게 미소지었다.

"그걸 몰랐으면 아마 당신 등에 칼을 꽂았을 걸요. 아니지, 정숙한 아파치 여자를 창녀로 만든 백인 사내의 그 신체 일부분을 도려내는 편이 낫겠어."

한순간 도미닉은 무겁던 영혼이 가벼워지는 걸 느끼며 흐릿하게 입꼬리를 위로 잡아당겼다.

"네가 눈치 빠른 여자라서 다행이다. 난 그 특별한 신체 일부를 극도로 아끼거든."

"대부분의 남자들이 그렇죠. 그런 위협을 당할 때마다 얼굴이 창백해지고 몸을 떨어대요. 왜 그런 거죠? 이상해요. 팔다리나 눈보다 그게 더 소중하다는 건가? 남자들은 너무나 어리석어요."

그녀는 남자의 비합리적인 행태를 어깨 한 번 으쓱이는 것으로 밀어냈다.

"내가 잠시 다른 데 가 있는 게 나을까요? 당신 여자가 깨어났어
요."

"상태는 어때?"

"서서히 기력을 되찾는 중이죠. 시간이 걸릴 거예요."

그녀의 눈이 가늘어졌다.

"그 여자를 킬라라로 데려갈 수도 있을 텐데요. 당신이 돌아왔다는
사실 하나만으로도 극진하게 대접받을 걸요."

"안 돼!"

"나한테 소리칠 거 없어요. 난 당신이 돌아가든 말든 상관없죠. 쉴
곳이 필요한 건 당신 여자라구요. 그 여잘 계속 지저분한 매트에 눕혀
놓을 건가요? 차라리 내가 사는 마을로 데려가는 게 낫겠어요. 거기선
최소한 푹신한 털깔개라도 있고……."

"빌어먹을, 그 전갈 같은 혀 좀 그만 나불거려. 그 여잔 헬즈 블러프
호텔로 데려갈 거야. 언제쯤이나 여행할 수 있겠나?"

"혼자 말등에 올라탈 수는 없을 거예요. 하지만 편안하게 만들어 줄
수만 있으면 내일이라도 가능해요. 여기 있는 것보다는 낫겠죠. 그 여
잔 거친 환경 따위엔 익숙지 않아요."

실버가 마지못한 듯 인정했다.

"불평없이 견뎌내고 있긴 하지만요. 몸보다는 정신이 더 강한 것 같
아요."

'실버도 그 사실을 알아차렸군.'

"나 때문에 생긴 일이야. 그 여자한테 필요한 건 뭐든지 내가 제공
할 거야. 나하고 같이 가지 않겠니, 실버? 헬즈 블러프에서 그녀가 어
떤 영접을 받게 될지 모르겠어. 내가 연결다리를 다 불태워버렸거든.
우리가 보호해 주지 않으면 마을 사람들이 잔인하게 굴지도 몰라."

"내가…… 필요하단 거예요?"

"그래, 네가 필요해."

실버는 가슴속의 기쁨을 드러내지 않으려 안간힘썼다.

"당연히 내가 필요하겠죠. 당신들이 환자에 대해 뭘 알겠어요? 일개 남자일 뿐인걸요, 그것도 백인 남자. 내가 가서 마을 사람들의 잔인한 짓거리들을 막아 줄게요, 절대로 그런 짓 못하게."

그녀가 과격하게 미소지은 다음 돌아섰다.

"난 산책이나 할 테니까 당신이 그 여자한테 말해 줘요. 마을에 가서도 내가 지켜 줄 거라고. 그리고 얼굴의 피 좀 닦아요. 당신 여자가 놀래 자빠지겠어요."

입가를 문질러보자 손에 피가 묻어났다. 도미닉은 뒷주머니의 손수건을 잡아 빼서 찢어진 입술을 두들겼다.

"다른 명령이 있으신가요, 마담?"

"없어요, 지금은."

그녀가 흘깃 뒤돌아보며 미소지었다. 도미닉은 흠칫 숨을 들이켰다. 이 순간 실버는 의심할 여지 없는 보이드의 핏줄이었다. 아버지가 어째서 그 닮은 점을 보지 못하셨을까? 왜 그토록 고집스럽게 진실을 부인했을까?

"생각나면 나중에 명령할게요. 어차피 전에 백인들이 아파치를 노예 삼았으니까 피차 마찬가지죠."

"분부만 내리십시오."

그가 살짝 고개 숙이자 놀랍게도 그녀의 구릿빛 살갗에 홍조가 떠올랐다.

"놀리지 말아요, 당신이 무슨 생각하는지 다 안다구요."

그녀가 빙글 돌아서서 재빠르게 사라졌다.

도미닉은 말없이 보이드와 아버지, 자신에게까지 욕설을 퍼부으며 그녀의 뒷모습을 바라보았다. 방금 전 망토처럼 걸치고 있던 실버의 과격함 뒤에 숨은 상처와 연약함을 봐버렸다. 그것이 왠지 태산 같은 적수에 맞서 필사적으로 용감한 척하는 그의 작은 올빼미를 연상시켰다.

그의 작은 올빼미, 그의 엘스페스. 엘스페스를 생각할 때면 너무나 쉽게 소유욕이 솟아났다. 하지만 그녀를 그의 소유로 생각하면 안 되었다. 지금보다 더 가까이 받아들이지 말아야 했다. 더한 위험에 노출시키지 않더라도 그녀에게 이미 충분한 피해를 가하지 않았던가. 물론 그 여자가 그에게 가까워지고 싶어하지도 않을 터였다. 자리를 털고 일어나자마자 그 즉시 헬즈 블러프에서 줄행랑을 칠 것이다.

그는 깊이 숨을 들이키면서 어깨를 쭉 폈다. 이젠 그녀를 마주 대할 시간이었다. 의식이 돌아왔다는 말을 들은 순간부터 이 대면이 두려웠다, 하지만 더 이상 미룰 수는 없었다.

인기척을 느낀 순간 엘스페스는 감았던 눈을 퍼뜩 열었다. 그가 오리라고 예상했었다, 그가 올 줄 알고 있었다. 그런데도 그를 보는 순간 숨이 멎는 듯했다. 그의 웃음기 없는 험악한 표정이 잊으려고 노력해 왔던 기억을 단번에 되살려놓았다.

그녀는 뺨에 번지는 뜨거운 기운을 의식하며 일어나 앉으려 애썼다. 담요가 미끄러져 내리자 미친 듯이 움켜잡았다. 그 밑에는 한 오라기 걸친 것 없는 맨몸이었으니까.

"뭐하는 짓이야?"

도미닉이 세 걸음만에 성큼성큼 다가와 그녀 옆에 앉았다.

"쓰러지기 전에 얼른 누워. 날 식인괴물처럼 쳐다볼 필요는 없다구, 잡아먹지 않을 테니까."

"그럼 마음이 바뀐 건가요? 날 겁탈하려던 마음 말이에요."

그의 얼굴이 일그러졌다.

"그래, 마음이 변했어. 용서해 달라고 하진 않겠어, 용서할 수 없다는 거 알아. 하지만 나한테 겁먹지는 말라구. 상처 입히지 않을게. 당신은 그저 빨리 몸이 낫는 것만 신경 쓰면 돼."

그녀는 서서히 긴장이 빠져나가는 걸 느끼며, 베개로 받쳐져 있는 그의 재킷에 뺨을 기댔다.

"당신 화가 풀리면 그렇게 될 줄 알았어요. 당신은 진심으로 나랑

자고 싶었던 게 아니었어요. 난 진작부터 알고 있었죠.”

“그래? 아주 영리하군.”

그는 그녀를 강렬하게 의식했다. 그녀의 긴 머리채가 자신의 까만 코트에 비단처럼 넘실대는 것이나, 그의 기억 속에 도끼로 조각해놓은 듯 박힌 그녀의 투명한 어깨가 펼쳐진 것도. 빌어먹을, 또 이 여자를 갖고 싶어졌다. 욕망을 예상치는 못 했었는데, 이 여자를 보살피는 동안 줄곧 부드러움과 후회뿐이었는데 그런데…… 이제 또다시 욕망이 고개를 내밀었다, 전보다 더욱 생생하고 날카롭게.

“겁내지 마. 패트릭이 나더러 로코가 됐던 거라고 하더군. 그 말이 맞는 것 같아.”

“로코라뇨?”

“말들이 로코라는 풀을 먹으면 포악해지거든. 내가 미쳐 날뛰었다는 뜻이야.”

“그렇군요. 아주 특이한 단어예요, 당신네 미국인들은…….”

그녀는 숨이 막히는 느낌이었다. 그가 매트에 내려눕히던 그날 밤처럼 그녀를 바라보고 있었다. 묵지근한 관능을 뿜어내는 입술과 굶주림으로 팽팽해진 뺨의 선. 다음 순간 그가 고개를 돌렸고, 그제서야 그녀는 다시 숨쉴 수 있었다.

틀림없이 착각했던 걸 거야. 더 이상 날 원하지 않는다고 했잖아. 그의 말을 믿지 못할 이유도 없었다. 그녀는 자신이 남자에게 유혹적인 여자가 아니라는 걸 누구보다 잘 알고 있었다.

“가끔 미국식 단어의 어원을 연구해 보고 싶다는 생각이 들어요. 칸타란에서 돌아오면 그때쯤…….”

“칸타란.”

그의 시선이 그녀의 얼굴로 날아왔다.

“지금쯤은 내가 거기 데려다 줄 마음이 없다는 걸 깨달았을 텐데.”

그가 놀랍다는 듯 고개를 흔들었다.

“당신을 이해할 수가 없어. 거의 강간당할 뻔했고, 협곡에 떨어져 이렇게 다쳤는데…… 정상적인 여자로서는 감당할 수 없는 일들을 겪었다구. 그게 다 존재하지도 않는 잃어버린 도시를 찾고 싶어했기 때문이었어."

"하지만 그 도시는 진짜로 있어요."

부드럽게 대꾸하면서 그녀의 눈동자가 아련하게 먼 곳을 응시했다.

"틀림없어요. 내 평생 칸타란 꿈을 꿨어요. 언젠가 그곳에 가리라는 걸 알고 있었죠, 아버지한테 처음 애기를 들었을 때부터 난 칸타란의 거리들을 거닐며 그곳 성전들을……."

그의 목에서 묘한 신음이 터져나왔다. 그녀는 당혹스레 눈살을 찌푸리며 그를 쳐다보았다. 그의 얼굴에 놀라움과 아주 잠깐의 두려움까지 보이는 듯했다. 다음 순간 그런 감정은 금세 사라졌고, 그녀는 이번에도 자신의 착각으로 결론지어야 했다.

"뭐가 잘못됐나요?"

"칸타란의 거리를 거닌다고? 이상하잖아, 그래서 놀랐던 것뿐이야. 당신이 직접 가서 본 사람처럼 말하니까."

그녀가 열성적으로 눈을 반짝이며 팔꿈치에 기대어 몸을 일으켰다.

"난 가끔 꿈속에서 그곳에 가요, 거기가 마치 내 고향 같았죠. 꿈꾸는 게 뭐가 나쁘겠어요? 때로는 꿈에서 위안을 얻으면 현실이 더 견딜 만해지는 걸요. 당신은 그렇게 강렬하고 또렷한 꿈을 꿔본 적이 있나요? 이 세상보다 더 현실 같은 꿈 말이에요."

"있지."

킬라라. 킬라라의 집에 있는 꿈을 수없이 꾸었다. 그 후에는 또 수없이 쓸쓸함과 외로움에 시달리곤 했다.

"그럼 당신도 칸타란이 나에게 어떤 의미인지 알 거예요. 날 그리 데려다 주시겠어요?"

'칸타란의 거리들을 거닐며…….'

그 구절이 그의 머리 속에 메아리치며 등줄기로 전율을 흘려보냈다. 우연의 일치야, 단순한 우연의 일치일 것이다. 하지만 화이트 버팔로에게 예언을 들었던 그날 밤과 똑같은 두려움이 밀려들었다.

그녀는 마치 평생토록 갈망해 왔던 선물을 내려줄 수 있는 존재인 것처럼 그를 바라보았다. 갑자기 그는 힘이 샘솟는 느낌이었다. 그녀에게 그 선물을 줄 수 있다, 이제까지는 상처와 치욕만을 안겨줬지만 그 피해를 보상할 수 있다. 그는 대답하기 위해 입을 열었다가 다시금 다물어 버렸다. 화이트 버팔로의 예언에 한 점의 진실이라도 있다면, 소망은 그녀를 죽음으로 몰고 갈 수도 있다.

그가 벌떡 일어섰다.

"안 돼, 그런 짓은 안 해."

화들짝 그녀의 눈에 흥분감이 번득였다.

"하지만 데려갈 수는 있다는 거로군요. 그게 어디인지는 아는 거군요, 그렇죠?"

이미 거짓의 단계는 넘어서고 말았다. 또다시 그녀에게 거짓말하는 것도 싫었다.

"칸타란이 있으리라 짐작되는 곳은 알아. 하지만 그렇다고 그게 진짜로 있다는 뜻은 아니야."

그의 입술이 굳어졌다.

"그리고 난 당신을 거기 데려가지 않을 거야. 가끔은 꿈만으로 끝나는 게 더 나을 때도 있어."

"왜……."

"안 돼!"

그 한마디가 살가죽을 내리치는 채찍소리처럼 공기중에 메아리쳤다.

"내일 당신은 헬즈 블러프로 가게 될 거야. 해질녘에 출발할 거라구, 날씨가 선선해야 당신이 여행하기 수월할 테니까. 거기서 기력이 완전히 회복되면 투손으로 가는 마차를 잡아 줄게. 당신은 여기 있을 사람이 아니야, 모르겠나? 하마터면 죽을 뻔했다구."

"내가 여기 사람이 아닐 수는 있겠죠. 하지만 칸타란은 달라요. 내가 있어야 할 곳이 거기예요. 날 그곳으로 데려다 주세요."

그는 입 속으로 욕설을 중얼거렸다.

"내 말을 다 어디로 들은 거야? 칸타란엔 못 간다구, 당신은 집으로 돌아가야 돼."

그가 발길을 돌려 쿵쿵거리며 문으로 향했다.

"내 말 명심해, 당신은 집으로 가게 될 거야."

그가 마지막 문장을 뇌까리는 사이 문이 열리며 눈썹을 치켜든 실버의 모습이 나타났다.

"또 누구 집으로 보낼 사람 있어요? 그럼 조만간 아무도 남지 않겠네요. 패트릭이 떠났어요, 몇 분 전에 말 타고 달려가던걸요."

도미닉은 날카롭게 파고드는 고통을 애써 짓눌렀다. 이렇게 되길 바랐다, 이것이 당연한 결과이다. 하지만 갑작스레 밀려드는 외로움을 달랠 길이 없었다.

"그래, 아무도 남지 않겠군."

그는 멍하니 되뇌이며 실버의 옆을 지나 문 앞에 섰다. 패트릭과 밤색 말의 형체가 구불구불한 언덕길로 빠르게 멀어지고 있었다. 모퉁이를 돌아 패트릭의 모습이 사라지자 도미닉은 시선을 떼어냈다.

"마을에서 붕대와 비누 좀 챙겨왔어. 그거 가져올게."

그가 문을 닫았다.

엘스페스는 눈살을 찌푸린 채 그 닫힌 문을 응시했다. 방금 전 도미닉에게서 고통과 슬픔과 후회감의 흔적을 어렴풋이 본 것 같았다. 단단한 사람인 줄 알았는데, 잔인하다고까지 생각했는데, 그가 그렇게 연약한 감정을 드러낼 줄은 상상도 못했었다. 엘스페스는 실버의 얼굴로 시선을 돌렸다.

"패트릭은 왜 떠나보낸 거죠?"

"그를 사랑하니까, 걱정스러우니까요."

실버가 무덤덤하게 대답했다.

"도미닉을 죽이려 드는 자들이 많아요. 도미닉은 그자들이 자기가 사랑하는 사람들까지 죽일 거라고 생각하죠. 딜레이니 가 사람들은 유대감이 아주 강해요, 서로를 감싸고 돌아야 직성이 풀리죠."

그녀가 엘스페스의 옆으로 다가왔다.

"깨끗한 붕대를 가져왔다니 다행이야, 계속 빨아대기 힘들었는데."

그녀는 엘스페스의 머리에 감긴 흰 리넨을 풀어내기 시작했다.

"헬즈 블러프에 가면 더 편해질 거예요."

"딜레이니 가 사람들."

엘스페스는 문득 그 가족에 대해서 강한 호기심이 생겨났다. 도미닉, 패트릭, 실버처럼 전혀 딴판인 후손들을 줄줄이 쏟아낸 가문은 대체 어떨까.

"그 사람들에 대해서 말해 줘요, 실버."

"뭘 알고 싶어요?"

"모두 다, 모두 다 알고 싶어요."

실버는 엘스페스의 상처를 닦아내며 입을 열었다.

"늙은이 이름은 샤무스, 그 부인은 말비나, 그 둘은 1842년에 아일랜드에서 이리로 건너왔어요. 아홉 명의 아들을 낳았고, 그 중 다섯이 살아 있죠…… 조슈아, 팔콘, 도미닉, 코트, 신, 이렇게 다섯. 손주는 셋이에요. 패트릭, 브리안느, 윌리엄."

"당신도 포함해야죠. 패트릭과 사촌지간이라면서요."

실버의 눈동자가 흔들렸다.

"그 늙은이는 날 인정하지 않아요, 증거가 없다나. 조슈아와 라이징스타가 결혼할 때 그 늙은이의 아들 보이드가 내 엄마한테 눈독을 들였어요. 조슈아와 보이드는 딜레이니 중에서도 절친했다더군요. 보이드가 엄마를 침대로 끌고 가서 자기 씨를 뿌리고 그 후에는 우리 마을을 떠나버렸어요. 엄마 배가 점점 불러오니까, 정혼자였던 선 이글이 명예를 되찾기 위해 보이드 딜레이니를 죽였어요. 그리고 북쪽의 먼 부족 마을로 엄마를 데려갔죠. 태어났을 때 나한테는 이게 있었어요."

그녀는 자신의 수정 같은 회색 눈동자를 손가락질했다.

"선 이글이 엄마를 받아들여 주긴 했지만 날이 갈수록 날 못마땅해했어요, 엄마가 저질렀던 수치의 증거였으니까. 어느 날 밤 그는 날 담요에 싸서 킬라라 농가 앞에 던져뒀어요."

그녀의 입술이 비틀렸다.

"그리고 다음날 샤무스는 날 외할아버지 마을로 보냈어요. 내가 자기 핏줄이 아니라는 말과 함께 블랙 베어한테 날 떠맡겼죠."

엘스페스는 자신도 모르게 중얼거렸다.

"어머나, 가엾어라."

실버의 표정이 즉시 과격해졌다.

"뭐가 가엾어요? 블랙 베어는 나한테 아주 잘해 줬어요. 난 그 영감탱이의 자선 따윈 필요 없었다구요. 다시 딜레이니들의 꼴을 안 보았다면 훨씬 행복했을 거예요. 날 킬라라로 데려간 건 라이징 스타였죠."

"라이징 스타? 그 이름, 전에도 들어봤는데."

"내 이모예요, 조슈아하고 결혼했죠. 조슈아는 이모를 킬라라로 데려가서 요조숙녀처럼 살게 했어요. 내가 다섯 살이 됐을 때 이모가 우리 부락으로 와서 날 데려가 일년에 4개월씩 날 킬라라에서 살게 하면서 백인들처럼 공부시켜 줬죠. 그건 아주 용감한 행동이었어요, 그 늙은이를 무서워했거든요. 그 늙은이도 내가 오는 걸 싫어했고, 일년에 단 4개월뿐이었는데도."

"아주 훌륭한 숙녀인 것 같아."

실버의 입술에 달콤쌉쌀한 미소가 번졌다.

"요조숙녀처럼 산다고 했잖아요. 하지만 이모도 인디언이에요, 백인들이 그걸 잊어먹게 놔두질 않아요."

그녀의 표정이 부드러워졌다.

"하지만 라이징 스타는 진짜 멋있는 여자예요. 그런 사람이 내 이모라서 아주 자랑스럽죠. 위대한 전사처럼 고통을 감내하고 있는 걸요."

"무슨 고통?"

실버의 입술이 얄팍하게 가늘어졌다.

"난 얘기해 줄 만큼 다 해줬어요. 더 알고 싶으면 당신 남자한테나

물어 봐요."

"내 남자라니?"

"도미닉 말이에요."

엘스페스의 두 뺨이 새빨갛게 달아올랐다.

"오해가 있는 모양인데, 그 사람은 내 남자가 아니야. 상황이 이상해 보이긴 하겠지만……."

실버는 이상하다는 듯 그녀를 빤히 쳐다보았다.

"왜 나한테 거짓말하는 거죠? 당신이 울고 비명을 지를 때마다 도미닉이 달래 줬어요. 당신이 죽을지도 모른다고 생각할 때마다 도미닉은 당신을 걱정하고 슬퍼했다구요. 그게 바로 소유의 흔적이라구요."

그녀의 입술에 아이러니한 미소가 서렸다.

"어디에도 소속되지 못한 사람은 그런 흔적을 아주 잘 읽어낼 수 있어요."

"그래도 이번에는 잘못 짚었어."

도미닉이 진짜로 날 걱정했던 걸까? 그 사람이 처음 생각했던 것처럼 무자비한 남자가 아니라는 건 분명했다. 패트릭에 대한 사랑도 확연하게 드러나 보였다. 아주 잠깐 동안은 칸타란에 데려다 달라는 그녀의 애원에 무너질 것 같아 보이기도 했었다. 하지만 그렇다 해도 실버가 잘못 생각한 것이리라.

실버가 가느다란 시선으로 엘스페스의 표정을 살펴보았다.

"도미닉 여자가 되는 게 싫진 않은 모양이군요."

엘스페스가 반박하려 입을 열자, 실버는 그 입술에 두 손가락을 올렸다.

"쉬이, 이젠 입 다물고 쉬어요. 남녀 간의 일에 대해선 나중에 생각해도 늦지 않아요."

다음날 저녁 엘스페스는 남녀 간의 일 이외의 다른 어떤 것도 생각할 수 없는 처지가 되었다. 가장 중요한 이유는 그녀의 여성적인 곡선과 계곡들이 도미닉의 더할 나위 없이 남성적인 몸에 찰싹 눌려 있었기 때문이었다.

출발하기 전, 실버는 무릎까지 오는 자신의 가죽신을 그녀에게 신기고 또 무릎까지 오는 도미닉의 파란 셔츠를 입혀 주었다. 그런 다음 거의 움직일 수도 없을 만큼 단단하게 담요로 둘둘 말아버렸다.

"됐어요, 자루 속의 인디언 아기 같아요."

그녀가 만족스레 고개를 끄덕였다.

"이젠 도미닉한테 데려가라고 해야겠어요. 난 여기 뒷정리하고 곧바로 따라갈게요."

"날 데려가라고?"

"당신은 아직 안장에 앉을 기운이 없어요. 도미닉이 안아줘야 돼요."

엘스페스의 걱정스런 표정을 알아차리며 그녀가 위로하듯이 덧붙였다.

"걱정 말아요, 도미닉은 뛰어난 기수예요. 거의 아파치만큼이나 솜씨가 좋죠. 당신을 떨어뜨리진 않을 거예요."

"그건 다행스럽지만……."

하지만 한 시간 후, 안장 위에 드러누운 듯이 도미닉의 팔에 안겼을 때는 전혀 다행스럽지 않았다. 말이 흔들흔들 걸음을 떼어낼 때마다 도미닉의 단단한 근육을 온몸으로 느껴야 했다.

그들을 갈라놓은 몇 겹의 천조각은 사실 있으나 없으나 매한가지였다. 외설스러우리만치 친밀한 느낌. 도미닉이 그녀의 맨발을 단단한 그 부위에 갖다 댔을 때처럼 아득하고 당황스런 느낌이었다. 지금도 그때와 똑같이 단단한 그 부위에 엉덩이가 닿아 있었다. 그녀의 젖가슴 옆쪽도 끊임없이 그의 살에 부딪혔다. 그녀는 이제 젖가슴 안쪽과 그 부근이 이상하게 탱탱해지는 걸 의식하기 시작했다.

열기. 열기가 그녀를 감싸고 매만지며, 압도할 듯이 밀어닥쳤다. 담요 때문이야. 이 숨막히는 담요를 풀어내지 않으면 진짜로 질식해서 죽어버릴 것 같았다. 그녀는 겹겹의 모직천 밖으로 빠져나가려 꿈틀거렸다.

"뭐하는 거야?"

도미닉의 목소리가 묘하게 둔탁했다.

"가만히 좀 있어."

"더워서 그래요, 이 담요 때문에……."

"나보다 더 덥진 않을걸. 난 담요를 핑계삼을 수도 없어."

"제발요."

열기가 점점 강해지고 있었다. 살갗에 불이 붙은 듯하고, 젖가슴 언저리가 예민하게 부풀어올랐다.

"뱃속도 울렁거려요. 일어나 앉고 싶어요."

"말에서 떨어지려고?"

"실버가 당신을 믿으랬어요, 날 떨어뜨리지 않을 거랬어요. 제발 몇 분만요, 느낌이 아주 이상해요."

그는 나지막이 욕설을 중얼거리고는, 한 손으로 그녀를 단단히 붙잡은 채 다른 손으로 담요를 풀어냈다.

"이러면 안 되는데."

"괜찮아요. 담요만 풀어내고 나면 기분이 훨씬 나아질 것 같아요."

담요가 떨어져나가 안장머리 위로 늘어졌다. 뺨을 애무하며 파란 셔츠를 흩날리는 저녁 바람 덕분에 한결 시원해진 느낌이었다. 하지만 아직도 젖가슴의 묘한 아른거림과 가쁜 숨결은 여전했다.

"이제 앉혀 주세요."

그가 그녀를 말 위에 걸터앉도록 조종해 주었다. 거친 숨결에 들썩이는 그의 가슴이 그녀의 등에 닿았다. 엘스페스는 그녀를 움직여 준 행동 때문에 힘들어하나 보다 생각했다.

"귀찮게 굴어서 미안해요. 이젠 괜찮으니까 나한테 신경 쓰지 마세요."

신경 쓰지 말라고? 도미닉은 하마터면 크게 웃어젖힐 뻔했다. 그 감칠맛나는 엉덩이가 사타구니를 누르고 있는데, 말이 움직일 때마다 그

압력 때문에 숨이 가빠 죽을 지경인데 어떻게 신경 쓰지 말란 말인가?

"노력해 볼게."

그는 꽉 막힌 목구멍 사이로 간신히 대답을 내보냈다.

자신의 셔츠 자락 밑으로 드러난 그녀의 뽀얀 허벅지가 눈에 들어왔다. 그 허벅지로 천천히 손을 미끄러뜨려 셔츠 자락을 허리까지 끌어올리고 싶었다. 전에 만져 보았던 그 황갈색 털 위에 손바닥을 펼쳐 힘껏 누르고 싶었다. 파란 셔츠의 단추를 풀러 달빛 속에서 출렁이는 그녀의 젖가슴을 지켜보고 싶었다. 지금 그의 입술에 너무나 가까이 있는 그 귀 속으로 혀를 들이밀어, 그녀가 자신처럼 뜨거운 고통에 빠질 때까지 핥아대고 싶었다.

"말이 아주 멋지네요."

엘스페스가 입을 열었다.

"전에 오두막으로 갈 때 탔던 끔찍한 말보다는 훨씬 부드럽게 움직이는 것 같아요. 이름이 뭐예요?"

"블랑코(흰둥이)."

"어머나, 암흑처럼 까만데. 왜 그런 이름을 붙여 줬어요?"

"전엔 그게 재미있다고 생각했으니까."

"정말요? 내가 보기엔⋯⋯."

"그때 난 취해 있었거든."

"아."

그녀가 그를 바라보려 고개를 돌리는 사이, 머리채가 관능적인 비단의 키스처럼 그의 입술에 스쳤다.

"헬즈 블러프까지 얼마나 멀어요? 여기 올 때는 그런 생각할 겨를이 없었거든요."

"아주 멀어, 당신이 계속 움직여대면 댈수록."

"귀찮게 해서 미안해요. 그냥 궁금했어요."

도미닉도 궁금했다. 그녀를 돌려 앉히고 바지를 풀어내 그녀의 안으로 파고든다면 어떤 반응을 보일지. 그녀의 다리를 엉덩이에 감아놓고 그 입 속으로 혀를 들이민다면, 또 그녀의 젖가슴을 입으로 들어올려 힘껏 빨아댄다면 그녀가 어떻게 할지도. 사타구니의 열기가 점점 강렬해지는 동안 그는 고통스럽고 다급한 궁금증들에 시달렸다. 그리고 그 생각들이 현실로 나타나기 전에 헬즈 블러프에 도착할 수 있기만을 간절히 기도했다.

엘스페스는 그의 가슴에 등을 기대며 실망스레 한숨을 내쉬었다. 이 남자가 또다시 자신에게 화가 난 모양이었다. 어제 아침 잠깐 보여주었던 부드러움이 이젠 완전히 종적을 감춰버렸다. 그녀의 시선은 자신을 안전하게 감싸쥔 그의 손으로 떨어졌다. 아름다운 손이야, 그녀가 꿈꾸듯이 생각했다. 파란 셔츠 위로 펼쳐진 구릿빛의 길다란 손가락들이 날렵하고도 강인해 보였다. 문득 자신의 벌거벗은 몸 위로 그 손가락들이 얼마나 부드럽게 움직였는지가 떠올랐다. 그녀를 매만지고 쓰다듬고 그 다음에는…….

그녀가 불안정하게 꿈틀거리자, 뒤쪽에서 도미닉의 거친 숨소리가 들려왔다. 그녀가 돌아보려는 순간 그의 손에 바짝 힘이 들어갔다.

"보지 마!"

그의 목소리가 목구멍 깊이에서 울려나오듯 그르렁거렸다. 그 소리가 그녀의 몸으로 뜨끈한 떨림을 불러일으켰다. 또다시 열기가 찾아들었다. 얼굴에 닿는 바람이 더 이상 시원하게 느껴지지 않았다. 아니, 오히려 태울 듯이 뜨거웠다. 그 열기를 일으켰던 원인이 담요가 아닌, 도미닉 딜레이니였음을 그제서야 알아차렸다. 혈관 속으로 피를 달음박질치게 만드는 것은 아마도 두려움이리라.

그래, 자신을 겁탈할 뻔했던 남자에게 두려움을 느끼는 건 자연스런 반응이었다. 하지만 그런 거라면 이 말없는 승인 대신 도망치고픈 충동이 일어나야 하지 않을까? 그렇다면 이건 두려움일 리가 없다. 이 놀랄 만한 깨달음에 당면하자 그녀는 눈살을 찌푸린 채 호기심에 빠져들었다. 생각을 해보고, 이 색다른 느낌을 검토해 보고, 그것이 어째서 이리도 마음을 흔들어 놓는지 판단해 봐야겠다…….

엘스페스는 도미닉의 가슴에 편안히 머리를 기대고서 자줏빛 산들 위로 솟아 있는 달을 응시하며 생각에 잠겼다. 젖가슴이 왜 갑자기 부풀어 오른 걸까, 젖꼭지는 어째서 해방을 갈구하듯이 셔츠 위로 솟아오르는 걸까. 가죽 안장의 리듬감 있는 움직임이 어째서 가장 내밀한 부분에 고통 아닌 묘한 통증을 불러일으키는 걸까. 부드럽게 배를 감아쥔 그의 손이 왜 점점 무거워지는 것처럼 느껴질까. 귀에 닿는 그의 숨결이 왜 목과 어깨의 근육에 괴이한 무기력감을 전달하는 것일까.

그들은 남은 여정 동안 말없이 길을 재촉했다, 계속 궁금해하면서.

도미닉은 실질적인 행동을 취하지 않았다. 엘스페스는 결론에 이르지 못했다.

헬즈 블러프의 불빛이 보이기까지 그들 둘에게는 길고도 긴 시간이 흘러갔다.

8

"개인적인 감정이 있어서 이러는 건 아닙니다."

월 저드킨스가 복도 쪽 문을 열면서, 엘스페스의 놀란 표정을 애써 외면했다.

"내일 아침까지는 있으셔도 됩니다. 그 안에 도미닉이 좀더 …… 안락한 장소를 찾아드릴 수 있겠지요."

저드킨스 씨의 얼굴이 이렇게 차갑고 단호해질 수 있을 줄은 미처 몰랐다. 전에는 언제나 온화한 미소만 보여주었는데……. 그런데 지금 그의 태도는 거의 무례한 수준이었다.

"이 호텔도 매우 안락한 걸요."

그녀가 머뭇머뭇 입을 열었다.

"지난 일주일간 폐를 끼쳤다는 건 알아요. 하지만 제 식사는 실버가 다 준비하고 있고……."

"부엌에 그 더러운 잡종을 들여놓고 싶지 않습니다."

저드킨스의 입술이 가늘어졌다.

"제 아내도 같은 생각입니다. 그 이교도 여자 때문에 제 아내가 십 년 감수할 정도로 겁을 먹었어요. 그 여자가 칼을 빼들고 자기가 아래층에 있을 땐 얼씬도 하지 말라고 했답니다, 안 그러면 머릿가죽을 벗겨서 간판에 내달아 놓겠다고요. 아내는 그 후로 방에서 나오려하질 않아요. 그래서 제가 손님들을 위해 요리해야 하구요.”

그는 엘스페스가 누워 있는 침대로 시선을 돌리며 호전적으로 턱을 굳혔다.

“물론 지금 손님들이 많은 건 아니죠, 이 호텔을 헤집고 다니는 그 잡종 여자하고 떠받들어야 하는 숙녀 단 둘뿐이거든요. 난 아내와 아이들을 동반하고 드나들 수 있는 곳으로 이 호텔을 운영해 왔습니다, 더러운 창녀를…….”

“실버는 더럽지 않아요.”

엘스페스가 눈에 불을 켜고 똑바로 일어나 앉았다.

“당신보다 더 자주 목욕한다구요. 그녀가 이교도일지는 모르겠네요, 그런 얘긴 해보지 않았으니까. 하지만 상냥하고 친절한 여자예요. 그녀가 저드킨스 부인을 위협했다면 틀림없이 그럴 만한 이유가 있었을 거예요.”

“맞아요.”

실버가 반쯤 열린 문을 밀치며, 체크무늬 냅킨으로 덮인 쟁반을 들고 방으로 들어섰다.

“그 여자는 꽥꽥대는 멍청이예요. 나한테 야만인이라고 해서 내가 얼마나 야만적으로 굴 수 있는지 보여줬을 뿐이에요.”

그녀가 하얀 이를 드러내며 살짝 미소지었다.

“계속 우릴 괴롭혀대면 당신에게도 기꺼이 보여줄게요.”

저드킨스가 불안하게 꿀꺽 침을 삼켰다.

“날 위협하는 거냐? 넌 아파치 인디언에 불과해. 널 이교도인들에게 넘긴 건 샤무스가 아주 잘한 일이야, 나라도 똑같이 했을 거야.”

실버의 눈은 겨울날의 햇살처럼 차가워졌다.

“당신도 내 칼솜씨를 구경하고 싶은가 보죠? 아파치는 칼 다루는 능력이 아주 뛰어나요. 이런 얘길 들어봤나 모르겠네요, 우린 포로들을 죽이기 전에 고통의 의미를 알려주기 위해 일단 여자들에게 그 작자들을 넘겨주죠."

저드킨스가 바짝 말라버린 입술에 침을 축였다.

"여긴 내 호텔이야. 내가 나가라고 하면……."

그가 실버에게 시선을 고정시킨 채 문 쪽으로 주춤주춤 걸어갔다.

"나가는 거야! 이 마을엔 내 친구들이 많아. 내일 아침까지 나가지 않으면 내 친구들이 마을 밖으로 걷어차 낼 거야."

그가 흘깃 엘스페스를 쳐다보았다.

"날 탓하지 마시오. 도미닉이 리나의 질투를 두려워한다는 이유로 내가 손해볼 이유는 없단 말이오. 애당초 도미닉이 당신을 리나네 집으로 데려갔으면 이런 일도 없었을 거요. 당신이 가야 할 곳은 바로 거기요, 죄악을 저지른 대가로……."

"나가."

실버가 한 걸음 앞으로 나섰다.

"당장."

그는 냉큼 문 밖으로 뛰어나갔다.

"죄악의 대가?"

실버가 역겨운 듯이 코웃음쳤다.

"저 인간이 토요일 밤마다 리나네 집에 드나드는 건 마을 전체가 알고 있어."

엘스페스의 당황스런 표정을 알아차린 실버는 눈살을 찌푸리며 침대 옆 탁자에 쟁반을 내려놓고 엘스페스에게 돌아섰다.

"저 인간 말에 기분 상했어요? 그놈은 멍청이에다 겁쟁이예요. 도미닉이 오후 내내 너깃에 있을 줄 알고 감히 저런 말을 했던 거죠. 도미닉이 이 무례한 짓거리를 모를 거라고 생각했을까?"

그녀는 쟁반 위의 냅킨을 걷어내며 유쾌하게 미소지었다.

"그놈이 도미닉 손에 죽는 걸 지켜봐 줘야겠어요."

"안 돼! 사람을 죽이다니 말도 안 돼!"

엘스페스의 눈동자가 공포스레 휘둥그레졌다. 하지만 실버는 오히려 자신이 놀란 듯 엘스페스를 쳐다보았다.

"도미닉은 당연히 저놈을 죽여야 돼요. 자기 여자가 모욕당했는 걸요."

그녀는 엘스페스의 하얀 잠옷 목깃에 냅킨을 끼워 주고 나서 스튜 그릇과 숟가락을 건넸다.

"이젠 아무 생각 말고 먹기나 해요."

"난 창피스런 기분이야. 이런 기분이 들 줄은 몰랐어. 다른 사람이 어떻게 생각하든 무시할 수 있을 줄 알았는데……."

엘스페스는 무기력하게 차오르는 눈물을 참으려 열심히 눈을 깜박였다.

"이제 난 타락한 여자가 됐어, 적어도 헬즈 블러프 사람들 눈에는. 너처럼 쉽사리 무시해 버릴 수 있다면 얼마나 좋을까."

"그래도 당신은 나보다 운 좋은 거예요, 여기서 떠나버리면 아무도 그런 거 모를 테니까. 하지만 난 어디 가든 이 모습 그대로예요."

실버가 자신만만하게 턱을 쳐들었다.

"바꾸고 싶은 마음도 없어요. 난 실버 도브 딜레이니고 이 혼혈아가 양쪽 세상 모두에서 최고가 될 수 있다는 걸 보여줄 거예요. 두고 봐요."

"두고 볼 필요 없어, 지금도 알겠는걸."

엘스페스가 부드럽게 대꾸했다.

"넌 정말 대단해, 실버. 너의 용기를 조금이라도 나눠갖고 싶어."

"내 용기 같은 건 필요 없어요. 당신도 날이 갈수록 강하고 용감해지는 걸요."

그녀가 집게손가락으로 그릇을 톡톡 두들겼다.

"어서 먹기나 해요. 그 멍청한 녀석은 나중에 도미닉이 처리할 거예요."

엘스페스가 토끼고기 스튜를 한 입 삼켰다.

"도미닉한테는 얘기하지 않았으면 좋겠어. 나 때문에 피 흘리는 건 싫어."

"하지만 그놈을……."

"안 돼, 실버. 그런 짓은 내가 허락지 않을 거야."

엘스페스의 목소리는 완강했다.

실버는 잠시 그 단호한 표정을 응시하고 나서 눈을 내리깔았다.

"피는 없을 거예요. 자, 이제 먹어요. 도미닉이 토끼를 사냥해 와서 내가 요리했다구요. 당신 의무는 먹는 거예요."

"둘 다 나한테 너무 잘해 줘. 회복이 느려서 미안해, 평소에는 건강한 체질인데."

"금방 건강해질 거예요."

문득 실버의 얼굴에 씨익 미소가 번졌다.

"목소리도 아주 커졌던 걸요. 계단에서 그 멍청이 저드킨스한테 소리치는 걸 들었어요."

그녀가 엘스페스의 무릎에 덮인 이불의 꽃무늬를 응시했다.

"고마워요."

"뭐가?"

실버는 시선을 들지 않은 채 조그맣게 중얼거렸다.

"날 변호해 준 거요, 날 친절한 사람이라고 말해 준 거요. 난 그런 사람 아닌데."

"나한테 지금껏 친절하게 대해 줬잖아. 그러면서 왜 아니라는 거야?"

"처음에는 패트릭과 도미닉을 기쁘게 해주려고 당신을 간호해 줬어요. 늙은이가 무슨 말을 하든 내 핏줄들이니까."

그녀의 손가락이 퀼트 이불의 문양을 문질러댔다.

"그 다음엔 자존심 때문이었어요. '자, 봐라. 이 여자를 치료해 준 건 나야.' 이렇게 말하고 싶어서."

“지금은?”

“당신하고 친구가 됐다고 생각해요. 라이징 스타 빼고는 친구가 없었거든요. 이건 아주 이상한 느낌이에요.”

엘스페스에게도 이상한 느낌이었다. 그녀 또한 힘들고 외로운 어린 시절을 보냈다. 그리고 지금, 고집스럽게도 자신을 쳐다보지 않는 이 야생의 소녀처럼 우정이란 것이 그녀에게도 낯설었다. 하지만 가슴에서 뭉쳐드는 이 따뜻함과 애정은 분명 우정이리라.

“그래, 네 말이 맞아. 우린 친구야, 실버.”

실버가 그제서야 시선을 들어올리며 따뜻함이 가득한 눈부신 미소를 지어 보였다. 엘스페스는 놀라워하며 그 미소를 응시했다. 실버가 아름다웠다! 지금까지 이 인디언 소녀에게 폭풍의 기운을 담은 강렬함과 생생함은 보았지만, 이렇게 사랑스러운지는 미처 몰랐다.

“이제 난 나갈 테니까 당신은 식사해요.”

실버가 일어섰다.

“내 친구가 영양부족으로 시들어가는 건 싫어요, 다른 친구가 언제 생길지도 모르는 마당에.”

그녀가 대답을 기다리지도 않고 방에서 빠져나갔다.

엘스페스는 천천히 스튜를 먹고 나서 쟁반 위에 그릇과 숟가락을 내려놓았다. 그런 다음 힘없이 베개에 기대어 눈을 감았다. 오늘 아침까지만 해도 거의 기력이 회복됐다고 생각했는데 지금 이다지도 맥이 빠진다는 게 이상했다. 저드킨스의 말 하나하나가 마치 주먹질처럼 그녀의 힘을 앗아간 것 같았다. 저드킨스가 그녀를 리나와 똑같은 히티어러로 생각한다 한들 무슨 상관이란 말인가. 그녀는 학자이자 탐험가였다. 세상이 어떻게 생각하든 중요치 않았다. 이젠 기운을 차리고 도미닉과 대면하는 일만이 남았다. 어떻게든 그를 설득해서 칸타란으로 향하는 일이 중요했다.

헬즈 블러프로 돌아온 날밤 이후로 그를 본 적이 없었다. 하지만 그가 리나네 집이 아닌 이 호텔에 머물고 있다는 걸 실버에게 들어 알고 있었다. 그 사람이 어디서 잠자든 신경 쓸 이유는 없었다. 단지 자신이 열에 들떠 헛소리해댈 때 줄곧 위로하고 달래 주었던 사람이 도미닉이었다는 걸 들었기 때문이리라, 그래서 그가 가까이 있는 걸 더 안전하게 느끼는 것인지도 모른다.

맞아, 그래서 그런 걸 거야. 만족스런 설명을 찾아내자, 그녀는 안도의 한숨을 내쉬며 잠으로 빠져들어갔다. 도미닉 딜레이니를 만난 이후로 그의 존재에 안전함을 느낀 적이 단 한 번도 없었다는 점은 조심스럽게 묻어둔 채.

"위선적인 개자식."

도미닉의 입술이 험악하게 뒤틀렸다.

"진작에 예상했어야 했어. 엘스페스를 데려왔던 날부터 줄기차게 낑낑대더니⋯⋯. 좋아, 이 일은 내가 처리할게."

그가 방향을 돌려 걸어가려 했다.

"그러지 말아요."

도미닉이 번득이는 시선으로 실버를 돌아보았다.

"난 엘스페스에게 약속했어, 여기서 안전하고 편안하게 지낼 수 있게 해주겠다고. 그런데 그 개자식 때문에 약속이 깨졌잖아. 다시는 이런 일이 없도록 할 거야."

"나도 피 흘리는 일이 없게 하겠다고 그녀에게 약속했어요. 물론 당신에게 말하지 않겠다고 약속하진 않았죠. 내가 잔뜩 겁먹게 해놨으니까 당신이 조금만 더 위협하면 다신 이런 일이 없을 거예요. 그녀가 좀더 건강해지면 이런 모욕을 당하지 않을 곳으로 옮겨갈 수 있어요."

"어디로?"

도미닉이 씁쓸하게 물었다.

"헬즈 블러프엔 그럴 만한 데가 없어."

"그건 그때 가서 걱정하기로 해요. 아참, 그녀가 당신을 보고 싶다고 했어요. 다른 데로 가고 싶다는 말을 하려는 거겠죠, 틀림없이."

도미닉의 어깨와 목 근육이 뻣뻣하게 굳어졌다. 그녀를 만나고 싶지 않았다. 그 여자를 이리 데려온 날부터 열에 들떠 지내 왔는데 그 광기에 기름을 부을 마음은 추호도 없었다. 그날 그녀에게 손을 대진 않았지만 구석구석 만져 본 것이나 다름없었다. 그의 상상이 너무나 또렷하고 상세해서 에로틱하고 이색적인 방법으로 백 번쯤 그녀를 가진 듯한 느낌이었다. 빌어먹을, 게다가 그 상상이 화끈한 현실로 변할 때까지 계속해서 그걸 하고 싶었다. 어쩌다가 이런 음탕한 호색꾼이 돼버린 걸까? 그 여자가 부상당하여 쓰러진 건 자신의 책임이었는데도 그 약함마저 이용하고 싶어하다니. 그녀가 의식불명으로 누워 있었을 때 느꼈던 부드러움과 동정심을 되새겨 보려 필사적으로 노력했지만, 머리 속에 기어드는 것은 그녀의 감촉뿐이었다.

실버가 그를 바라보며 말을 이었다.

"만나러 갈 건가요? 당신이 안 가면 그녀가 직접 찾아 나설 것 같던데요."

"안 가는 게 나을 것 같은데."

실버의 눈썹이 휘어졌다.

"그녀의 평판이 더럽혀질까 봐 걱정이에요? 그럴 만한 평판이 어딨어요? 당신이 다 없애버렸잖아요."

도미닉이 움찔했다.

"너의 칼 휘두르는 솜씨는 역시 대단해. 이번에도 어김없이 정곡을 찔렀군. 그래, 내가 그 여자의 평판을 다 말아먹었어. 그러니까 더더욱 다른 것이나마 강탈하지 않으려는 거야."

"… 아직 같이 자지 않았단 말이로군요. 거참 이상하네, 당신이 엘스페스에게 몸이 달아 있는 건 분명한데, 게다가 백인이고."

"백인이라고 해서 원하는 걸 다 차지하지는 않아."

"내 아버지는 그랬는데. 하여튼 당신도 엘스페스를 차지할 생각이 있는 거잖아요?"

"그래."

"그럼 쓸데없는 말 늘어놓지 마요. 하지만 한 가지 알아야 할 게 있어요. 엘스페스는 이제 내 친구예요. 난 친구로서 그녀가 자발적인 의사 없이 당신 침대로 끌려가는 걸 두고보지 않을 거예요."

그녀가 살짝 미소지었다.

"엘스페스를 만나러 가세요. 당신 등에 박힐 수도 있는 내 칼을 기억한다면 그녀의 하루에서 몇 분 빼앗는 거 말고 더 이상의 피해는 끼치지 못할 거예요."

도미닉은 안도감과 짜증이 뒤섞이는 기분이었다. 엘스페스를 보호할 목적으로 실버를 데려온 것이지만, 실버의 경계 대상이 자신이 될 줄은 예상 못했다. 하지만 헬즈 블러프에서 그녀에게 가장 위험한 자가 누구이겠는가?

"좋아, 만나러 갈게. 다만 꼭 필요해지기 전까지는 그 칼 잘 간수하라구."

그가 방향을 돌려 계단을 오르기 시작했다.

창가에 선 엘스페스의 뒷모습을 보자마자, 그는 실버의 칼을 마음전면에 내세워야 하리라는 걸 깨달았다. 작은 몸을 완벽하게 감싼 검푸른색 로브 차림, 지루함 외에는 어떤 감흥도 불러일으키지 않을 만한 차림새였다. 그런데 비단처럼 흐르는 머릿결을 바라보며 숨겨진 몸매를 생각하는 것만으로도 그의 사타구니가 후끈 달아올랐다.

그녀가 몸을 돌리며 살짝 미소지었다. 그 빌어먹을 안경을 쓰고 있었다. 오두막에서의 그날 밤 이후로 쓰지 않았는데, 또다시 그게 등장했다. 잡아죽여도 시원치 않을 저드킨스 때문에. 그 개자식이 그녀를 동요시켜 안경이라는 방어막을 만들어 버렸다.

"와주셔서 고마워요."

문을 닫고 나서 그는 즉시 열어두지 않은 것을 후회했다. 좁은 방 안의 친밀한 분위기가 갑자기 압도할 듯이 밀어닥쳤다. 목기침을 한 후에 그가 입을 열었다.

"그렇게 일어서 있어도 되나?"

“그럼요, 요즘엔 매일 조금씩 일어나 있는 걸요. 조만간 완전히 건강해질 거예요.”

그녀가 아랫입술을 혀로 축였고 그는 무기력한 황홀경으로 그 모습을 지켜보았다. 그 분홍색 혀도 헬즈 블러프로 오는 동안 그의 상상 속에 등장했던 매개물 중의 하나였다. 그의 몸에 그 따뜻한 습기가 실제로 느껴지는 듯했다.

“상의하고 싶은 일이 있었어요.”

그녀가 다소 숨가쁘게 말을 이었다.

“여기서 더 지체할 이유가 없을 것 같아요. 숙박비도 부담스럽구요. 그러니 오두막으로 돌아갔으면 좋겠어요.”

그녀가 다시 입술을 축였다.

“그 편이 훨씬 좋아요. 신선한 공기가 건강에도 유익할 테고…… 뭘 보는 거예요?”

그녀가 불안하게 손가락으로 뺨을 매만졌다.

“내 얼굴에 뭐 묻었어요?”

그는 안간힘을 써서 시선을 돌렸다. 젠장할, 여기서 나가야겠어.

“아니, 지난번 봤을 때보다 훨씬 나아졌다고 생각하던 참이었어. 돈 걱정은 마. 너깃에서 그 정도 비용쯤은 벌 수 있으니까. 건강해질 때까지 편안히 지내라구.”

“하지만 제 생각에는…….”

“생각도 하지 마.”

그가 거칠게 가로막았다.

“저드킨스가 다시는 귀찮게 굴지 않을 거야. 다시는 아무도 그런 짓 하지 못하게 할게. 내 말 믿어.”

엘스페스가 눈살을 찌푸렸다.

“실버가 말했군요, 말하지 말라고 했는데. 그 말이 무슨 뜻이죠? 다시는 귀찮게 못할 거라는 게…… 혹시…….”

“놈을 죽였냐고? 아니, 그럴 필요까지도 없어. 그런 놈한테는 위협

정도로도 약발이 들어."

그가 쓸쓸하게 미소지었다.

"당신이 무슨 소문을 들었는지 모르지만, 난 생명을 꽤나 심각하게 생각하는 편이야."

"하지만 난 여기 있을 권리가 없어요. 저드킨스 씨가 이 호텔 주인이라구요. 그 사람이 싫어하면 나가는 게 당연해요."

"그럼 당신을 어디로 데려가지? 리나네 집으로?"

"아뇨, 오두막으로 가겠다고 했잖아요."

"거긴 너무 단출해."

그가 퉁명스레 대꾸했다.

"실버가 산책 나갈 때가 있을 거라구. 그 칼의 위협이 없어질 때, 내가 당신의 쓰러졌던 모습을 기억하지 못할 때가 있을 거야."

그녀가 당혹스레 그를 응시했다.

"무슨 말인지 모르겠어요."

"이제 곧 알게 될 거야."

그가 그녀의 얼굴을 강렬하게 응시하며 다가왔다.

"협곡으로 떨어지기 전에 내가 무슨 짓을 했는지 기억하나?"

"네."

그녀의 대답이 거의 들리지도 않게 흘러나왔다.

그가 이제 더 가까이 다가들었다.

"난 또 그 짓을 하려 들 거야."

"날 겁탈하겠다구요?"

"아니, 그렇게 되지 않길 바래."

그가 그녀의 턱으로 손을 뻗어 그 바로 밑의 고동치는 맥박을 매만졌다. 퍼득이는 맥박의 느낌에 야성적인 흥분감이 솟구쳤다. 그 사소한 사실만으로도 그의 남성을 한 단계 더 확장시키기에 충분했다.

"하지만 난 당신을 유혹하려고 시도할 거야."

그의 손이 그녀의 안경테로 움직여갔다.

"이걸 왜 썼어?"

"시력이 안 좋다고 말했잖아요."

그는 그녀의 귀 뒤쪽 민감한 부분을 서서히 문지르기 시작했다.

"필요해서 쓰는 거예요. 내 얼굴에 피해될 것도 없구요."

"맘대로 해. 그 뒤에 숨겨진 모습을 나 혼자만 알고 있는 것도 나쁘지 않아."

그의 마음속에서 격앙과 연민이 갈등을 일으키고 있었다. 어째서 이 여자는 자신에게 아무 매력이 없다고 고집스레 생각하는 걸까? 자신의 아름다움에 대한 무지는 어리석을 뿐만 아니라 위험했다. 하지만 그는 이제 그 이유를 부분적으로나마 이해할 수 있었다. 그 아버지 때문에, 아버지란 작자가 끊임없이 딸을 깎아내리고 불가능한 기준을 세워놓았기 때문이었다. 그녀가 인간으로서나 여자로서 일말의 자신감이라도 간직했다면 그것이 오히려 놀라운 일이리라.

"게다가 장애물은 벗겨내라고 있는 거야."

그가 부드럽게 그녀의 귓불을 잡아당겼다.

"그런 게 남자에겐 큰 기쁨이지."

그의 엄지손톱이 아프지 않을 만큼 놀리듯이 그녀의 귓불을 눌렀다. 그녀의 섬세한 관자놀이 안쪽에서 맥박이 튕겨오르는 것을 느낄 수 있었다.

"나도 그런 걸 아주 좋아해."

엘스페스가 꿀꺽 침을 삼켰다.

"지금 날 유혹하려는 건가요?"

"맞았어."

"왜요?"

"남자란 원래 이래."

그녀가 고개를 가우뚱하며 그녀의 성격 중에서 가장 두드러진 특징 중 하나인 호기심을 드러냈다.

"아무 여자한테나요?"

"아니……."

무의식중에 터져나온 그 대답이 지금껏 자신에게조차 인정하지 않았던 사실을 깨닫게 했다. 이제 이 여자로 인해 흔들리는 자신의 감정을 철저하게 알아차릴 수 있었다. 엘스페스 이외의 다른 여자는 원하지 않았다. 그 깨달음이 충격적인 전율을 불러냈고, 곧이어 방어적인 분노가 뒤를 이었다. 그는 이 여자를 가질 수 없었다. 그리고 이 여자가 떠난 후에 다른 여자한테 욕망이 생길지 의심스러워졌다. 이 마녀가 그를 거세해 가고 있는 걸까? 이 광기를 끝내야만 했다. 도미닉이 그녀의 귀에서 손을 떼어내며 차갑게 말했다.

"그래, 어두운 데서는 어떤 고양이든 회색으로 보여."

그녀는 충격과 상처의 감정으로 움찔했다. 그런 다음 도도하게 턱을 치켜들었다.

"설명해 줘서 고마워요. 당신 말대로, 헬즈 블러프에 남는 게 좋겠군요. 난 어두운 데서라도 다른 사람과 혼동되는 걸 싫어하거든요. 물론 당신과 단 둘이 있고 싶지도 않고요."

그는 괜스레 짜증이 치밀었다.

"칸타란을 포기했나 보군. 전에는 그 소중한 칸타란에 갈 수만 있다면 어떤 수단이든 써볼 작정이었잖아. 내가 너무 성급하게 당신을 거절했는지도 모르겠어. 어쩌면 우리가…… 계약을 할 수도 있을 거야, 마음이 변했나?"

그녀가 어리둥절해하며 그를 쳐다보았다.

"날 칸타란으로 데려다 줄 마음도 없잖아요. 나에게 상처를 입히려는 건가요? 왜 이런 짓을 하는 거죠?"

그는 그녀에게 상처 입히려 애쓰고 있었다. 방금 전의 깨달음으로 인한 자신의 분노와 욕구불만을 그녀에게 되갚아 주기 위해 그녀의 어린 시절 꿈을 이용하고 있었다.

"난 원래 그런 놈이니까."

그는 문 쪽으로 돌아섰다.

"난 걸리적거리는 장애물을 조심스럽게 다루지 않아. 그 점을 명심해. 어차피 내가 그 기억을 새록새록 되새겨 주고 있으니 잊어버릴 수도 없겠지만 말이야."

그는 성큼성큼 밖으로 나서서 문을 닫아버렸다.

그는 눈을 감고 복도에 멈춰 섰다. 안 돼, 빌어먹을. 이런 미치광이 집착에 빠지진 않을 테다. 지난 2주일 동안 엘스페스가 일으켜 놓은 불길에 시달리면서도 리나네 집으로 갈 생각을 못하다니 얼마나 이상하단 말인가. 그는 주먹을 틀어쥐었다. 엘스페스 맥그리거에게 집착하지 않으리라. 그 여자를 갈망하지도 않을 것이고 그 여자가 필요치도 않다. 잘라내지 못할 만큼 너무 강해지기 전에 이 관능의 끈을 잘라버려야 한다. 그는 눈을 뜨고 재빠르게 복도를 걸어가 계단으로 내려갔다. 층계를 오르던 실버가 그의 앞길을 막아섰다.

"엘스페스 어때요?"

"내가 어떻게 알아?"

그는 쳐다보지도 않은 채 거칠게 대꾸했다.

"그 여자 기분이나 신경 쓰면서 내 인생을 허비해야겠나? 하여튼 여기 있겠다고 했어. 그게 바라던 대답이었겠지?"

실버가 천천히 고개를 끄덕였다.

"우리 둘 다 그걸 바랐던 것 같은데요."

그는 더 이상 자신이 뭘 바라는지 알 수 없었다. 방금 떠나온 방 안의 그 고양이 눈의 요부를 소유하는 것 외에는. 하지만 그 마력에 더 깊이 빠져들지 않기 위해 이제 무슨 짓이든 해볼 작정이었다.

그는 실버를 지나쳐 계속 계단을 내려갔다. 그녀의 시선이 등줄기에 꽂히는 걸 느낄 수 있었다.

"어디 가는 거예요?"

"리나네."

9

"저녁을 안 먹었잖아요."

실버가 손도 대지 않은 닭고기 요리를 훑어보고 나서 엘스페스에게 눈살을 찌푸렸다.

"먹지도 않고 어떻게 건강해지길 바라겠어요?"

"배고프지 않아. 점심 때 스튜를 다 먹었잖아."

엘스페스가 애써 미소지었다.

"너무 더워서 식욕이 없어진 모양이야. 내일 아침에는 잘 먹을게."

"덥긴 덥죠."

실버가 열린 창 너머의 어둠을 흘깃 쳐다보았다.

"해가 지면 선선해질 줄 알았는데."

"조금 있으면 시원해질 거야. 산에서 바람이 불어오잖아."

실버는 창 밖으로 시선을 고정시킨 채 계속 인상을 찡그렸다. 그리곤 갑자기 쟁반 옆에 놓인 체크무늬 냅킨을 집어들고 두 갈래로 쫙 찢어냈다.

"뭐하는 거야?"

엘스페스가 당황스레 눈을 깜박였다.

실버는 한쪽 냅킨을 다시 두 갈래로 찢어낸 다음 엘스페스에게 내밀었다.

"이걸로 귀를 틀어막아요."

"왜?"

"오늘밤 별로 알고 싶지 않은 일이 벌어질 거예요. 이걸로 귀를 막고 자요. 무슨 소리가 들려도 창 쪽으로 가지 말고요."

엘스페스가 침대에서 일어나 앉았다.

"그런 말을 들으면 궁금해지잖아. 난 주위에서 일어나는 일에 관심이 많단 말이야."

"그래요, 당신은 지나치게 호기심이 많죠. 하지만 이번에는 그 호기심을 채우지 말아요. 아까 낮에 들은 얘기가 있어요. 오늘밤 교수형 나무가 사용될 거예요."

"교수형 나무?"

실버가 창 쪽으로 고갯짓했다.

"여기서 보이는 커다란 참나무 말이에요, 마을 외곽에 동떨어져 있는 나무. 여기 사람들은 그걸 사형대로 이용해요. 당신이 볼 만한 광경이 아니에요."

엘스페스의 눈이 공포스레 휘둥그레졌다.

"사형? 오늘밤 누군가 법의 심판을 받는다는 거야?"

"헬즈 블러프엔 법 같은 거 없어요."

"그럼……."

"마을 사내들이 직접 법 집행자가 되는 거예요. 무법지에서는 대개들 그래요."

엘스페스는 실버의 태연자약한 목소리가 더욱 소름 끼치게 느껴졌다. 처음 이곳에 도착했던 날 창 밖을 내다보면서 그 참나무를 당당하고 위엄 있게만 여겼는데, 모든 것이 새롭기만 한 마을에서 영원성을 간직한 위로의 나무라고 생각했는데…… 그것이 교수형 나무였다니,

죽음의 나무였다니. 그 위선적인 아름다움이 끔찍했다.

"언제?"

"금방요. 해질녘쯤 너깃에서 재판이 열렸어요."

"재판? 그럼 그 사람의 결백이 밝혀졌을지도 모르잖아."

실버가 어깨를 으쓱였다.

"그 사람은 말을 훔쳤어요. 게다가 자기가 훔쳤다고 떠벌리기까지 했다구요. 멍청한 놈, 교수형에 처해질 게 분명해요."

엘스페스가 한 손을 들어올렸다.

"잠깐, 난 이해가 안 돼. 말을 훔쳤다고 사람을 죽인다는 거야?"

이번에는 실버가 놀라운 듯 그녀를 바라보았다.

"당연하죠, 그건 아주 중대한 범죄라구요. 말도둑은 언제나 사형감이에요."

"난 살인이라도 벌어진 줄 알았는데."

맙소사, 어렸을 때 다녀본 동쪽 나라에서 그런 무자비한 일들이 벌어지곤 했었지만 설마 이곳에서 보게 될 줄이야.

"짐승 한 마리 훔쳤다고 사람의 생명을 빼앗는 건 너무 야만적이야."

"남자의 말을 훔쳐낸 건 그를 죽인 거나 다름없어요. 말도둑들이 늘어나지 않도록 본때를 보여주는 게 현명하다구요."

실버가 문득 고개를 갸우뚱했다.

"소리가 들려요. 재판이 끝났나 봐요. 이제 곧 시작될 거예요. 얼른 귀 막아요, 얼른."

엘스페스는 그 간단하기 그지없는 명령이 믿어지지 않았다. 그런 일이 벌어질 줄 알면서 귀를 막고 잠잘 수 있으리라 생각했을까? 그녀가 바닥으로 다리를 내려 벌떡 일어났다.

"안 돼요, 아까도 일어났었잖아요."

실버의 만류에도 불구하고 그녀는 창 쪽으로 걸어갔다. 살육의 도구라는 걸 알게 된 지금 그 참나무가 달라 보이리라 예상했었다. 하지만 나무는 여전히 당당하고 아름다웠다. 그래서 더욱 오늘밤에 벌어질 사건이 공포스러웠다.

선선한 저녁 바람이 소나무향을 몰고 들어왔다. 그 향기를 깊이 들이키면서 그녀는 이 세상에 얼마나 황홀한 기쁨들이 많은지 생각했다. 그런데 가엾은 어떤 사내는 이 똑같은 바람을 얼굴에 맞으며 숨이 막혀 죽을 것이다. 이 신선한 대지의 내음을 다시 맡지 못하리라는 절망에 휩싸인 채 죽어 갈 것이다.

멀리서 무슨 소리인가가 들려왔다. 남자들의 고함소리가 드문드문 뒤섞였다, 그리고 맙소사, 웃음소리도.

"막을 방법이 없을까?"

그녀가 심란하게 중얼거렸다.

"없어요, 그 러시아인은 죄인이에요. 처벌받아 마땅해요."

"하지만……."

엘스페스의 몸이 얼어붙으며 두 손으로 커튼 자락을 움켜잡았다.

"러시아인?"

"말을 훔친 남자가 러시아인이었어요. 이름이 안드레 마조 뭐라던가…… 그 뒷부분은 잊어버렸어요."

"마조노프, 안드레 마조노프."

여기 사람들에게 인정받고 싶어서 필사적으로 노력했던 안드레가 바로 그 사람들 손에 죽을 거란 말인가?

"안 돼!"

날카로운 비명을 내지르며 그녀가 빙글 돌아섰다.

"안 돼, 그 사람은 몰랐던 거야. 죽이면 안 돼, 우리가 막아야 돼."

실버가 놀란 표정을 지었다.

"그 러시아인을 알아요?"

"알고말고. 그 사람은 범죄자가 아니야. 여기 사람들처럼 되고 싶었던 것뿐이라구, 인정받고 싶었던 거야. 말을 훔치면 다른 사람들한테 영웅으로 비쳐질 줄 알았던 거야."

소리들이 가까워질수록 공포감도 점점 커졌다.

"사람들에게 그걸 설명해 줘야 돼. 무고한 사람을 죽일 순 없어."

"무고한 사람이 아니에요, 말도둑이라구요."

"하지만 그 사람은 그게 얼마나 큰 범죄인지 모른거야, 멋지고 용감해 보일 줄 알았던 거라구……."

그녀의 눈에 눈물이 글썽거렸다.

"고향에서 얻지 못한 걸 찾으려고 여기까지 왔는데, 이게 뭐야…… 이렇게 무의미하게……."

실버가 그녀의 옆으로 다가와 창가에서 떼어냈다.

"아는 사람인 줄 알았으면 말해 주지 말 걸 그랬어요."

엘스페스는 실버의 손을 뿌리치고 뒤로 물러섰다.

"사람들을 말려야겠어. 그 사람이 모르고 한 짓이라는 걸 설명해 줘야겠어."

실버는 고개를 흔들었다.

"지금 그런 말이 먹힐 것 같아요? 그 사람들은 피 냄새를 맡은 늑대라구요."

"그래도 노력해 봐야잖아."

"당신은 일단 누워요. 내가 도미닉을 찾아볼게요. 최소한 도미닉의 말은 무시하지 못할 거예요."

그 순간 거리 모퉁이를 돌아오는 몇몇 남자들과 횃불 하나가 나타났다. 그르렁대는 목소리들이 더 가까워졌다, 훨씬 가까워졌다.

"서둘러."

엘스페스가 필사적으로 속삭였다.

"도미닉이 어디 있는지 알아?"

"리나네 집에 갔어요."

실버가 이미 문으로 달리기 시작했다.

"내가 돌아올 때까지 창 밖을 내다보지 말아요. 알았죠? 내다보지 말아요."

다음 순간 실버가 사라졌다.

'내다보지 말아요.'

실버의 마지막 경고가 끔찍이도 불길하게 느껴졌다. 공포스런 광경을 보게 될지도 모르니까 보지 말라는 걸까? 도미닉이 제 시간에 도착하지 못할 수도 있으니까 보지 말라는 걸까? 리나네 집은 마을 반대편에 있었다. 호텔에서 아무리 빨리 간다 해도 10분 정도가 걸렸다. 그렇다면 돌아오는 데 또 10분이 걸린다는 뜻이었다. 도미닉을 곧바로 찾아낼 수만 있다면, 도미닉을 찾아낼 수나 있다면 말이다. 그는 리나 혹은 어떤 여자들과 같이 이층의 침실 어딘가에 있을 것이다. 왜 하필 오늘 거기에 갔단 말인가?

'어두운 데서는 어떤 고양이든 회색으로 보여.'

그 말이 마음속에서 튕겨오르는 순간, 아래쪽 거리에 안드레 마조노프의 모습이 드러났다.

사람들 사이에서 안드레만이 뒤쪽으로 손을 묶인 채 말에 올라앉아 있었다. 도미닉을 만난 후로 그렇게나 애용해 왔던 허리길이의 회색 재킷과 까만 끈 넥타이 차림으로. 거리는 광부들과 카우보이, 상인들로 꽉꽉 들어찼다. 너깃의 종업원인 듯싶은 야한 복장의 여자들도 몇 명 있었다. 횃불을 든 사내들이 더 가까워지면서 그들의 얼굴이 불빛에 비쳐졌다. 엘스페스는 거칠게 숨을 들이켰다. 웃음과 흥분감이 뒤섞인 표정들. 그들은 마치 한 남자를 굴욕적인 죽음으로 이끄는 게 아니라 전쟁터의 영웅을 집으로 안내하는 듯했다.

이제 안드레가 그녀의 바로 아래쪽에 다다랐고, 너울대는 횃불 속에서 그의 표정 또한 볼 수 있었다.

당혹감. 두려움이 아니었다. 단지 어리둥절한 아이처럼 당황스럽고 믿어지지 않는다는 표정이었다.

이럴 순 없어, 이대로 놔둘 순 없어.

엘스페스는 허둥지둥 옷장으로 달려가 옷을 끄집어내고 로브를 벗어던졌다. 잠옷까지 벗을 겨를 없이 그 위로 까만 평상복을 걸쳤다. 그리곤 다급하게 떨리는 손으로 보디스의 앞자락을 묶었다. 신발을 신고 단추를 잠글 시간도 없었다.

그녀는 창으로 달려가 2층 발코니로 연결된 창턱에 다리를 걸쳤다. 재빠르게 아래쪽을 훑어보는 순간 피가 얼어붙는 느낌이었다. 광기 어린 군중들이 벌써 나무에 도착했다!

그녀는 계단을 거쳐서 거리로 뛰쳐나갔다. 풀썩 무릎이 꺾였지만 다시 일어나 달렸다.

다행히도 군중들은 목적을 이루기 위해 서두르는 것 같진 않았다. 유유자적하게 참나무의 가장 아래쪽 가지에 밧줄을 걸었다. 더 많은 웃음소리와 추잡한 말소리가 오고갔다. 그 후에 안드레의 목에 올가미를 걸어 바짝 잡아당겼다.

그녀는 구경꾼들 뒤로 도착해 무리를 헤집으며 밀고 들어가기 시작했다. 숨이 턱까지 차올라 현기증이 일어났다.

"안 돼요! 그만둬요."

사람들은 그녀의 목소리를 듣지 못했다. 소음을 뚫고 들리기에는 너무 미약했다.

"안 돼요!"

그녀가 있는 힘껏 소리쳤다.

갑자기 그녀의 몸이 사람들 앞에 도착해 있었다. 군중들이 움직이는가 싶더니 이제 그녀는 참나무에까지 밀려 세차게 부딪혔다. 아찔한 고통이 느껴지고 한순간 눈앞이 캄캄해졌다. 그 캄캄함이 걷히고 나자 군중들이 움직였던 이유를 알 수 있었다. 턱수염을 기른 사내가 작은 손도끼로 근처 덤불의 가지를 다듬는 중이었고, 모두들 그를 응시하고 있었다. 엘스페스는 도움의 손길을 찾기 위해 필사적으로 주위를 둘러보았다.

아는 얼굴들이 몇몇 있었다. 하지만 도움을 청할 사람들이 아니었다. 저드킨스, 마구간의 대장장이 찰리 본윗, 너깃에서 보았던 금발머리의 여자. 그들 모두 똑같은 표정으로 안드레를 응시했다. 기대감. 모두들 이 살인이 행해지기를 바라는 것이다.

"대체 여기서 뭐하는 거요?"

벤 트레비스!

그녀가 다급하게 그를 돌아보았다.

"벤, 사람들에게 그만 두라고 말해 줘요. 지금 실수하는 거라고 말해 줘요."

"이건 실수가 아니오. 저놈이 엄청난 죄를 저질렀다구."

벤의 반응은 퉁명스러웠다.

"당신은 도미닉한테나 돌아가슈."

"도미닉은 리나네 갔어요."

그녀가 멍하니 중얼거렸다.

한순간 벤의 거친 표정에 연민이 담기는 듯했다.

"이렇게 금방? 다양한 걸 좋아하는 녀석이긴 하지만…… 당신한테 진작에 경고해 줬어야 했는데. 하여튼 호텔로 돌아가슈. 이런 일이 벌어질 때는 광분 상태에 빠지는 놈들이 있어서 여기 있다간 무슨 봉변을 당할지 모른다오."

아까의 턱수염 기른 사내가 나뭇가지를 마저 다듬은 후 안드레 쪽으로 어슬렁어슬렁 걸어갔다.

"죽이면 안 돼요!"

엘스페스가 비명을 지르며 그 남자한테 달려가려 했다.

"당신 미쳤슈? 지금 방해하면 당신도 무사하지 못한다구."

벤이 그녀의 팔뚝을 와락 움켜잡았다. 그녀는 거칠게 흐느끼며 절망적으로 몸부림쳤다.

"놔줘요. 내가 막아야 돼요……."

문득 그녀의 시선이 안드레의 눈과 마주쳤다.

몇 미터 떨어지지 않은 곳에서 그가 똑바로 그녀를 바라보고 있었다. 창백하게 질린 얼굴로 여전히 당혹스런 표정이었다. 하지만 이제 그 눈 속에 명백한 공포감이 깃들었다. 다음 순간 그의 통통한 뺨으로 두 줄기 눈물이 흘러내렸다.

"내가 두려워했다는 거 니콜라스한테 알리지 마시오. 내가 울었다는 거 아무한테도 말하지 마시오. 아무한테도……."

그의 마지막 말이 군중들의 함성소리 속으로 묻혀들어갔다. 나뭇가지가 허공을 가르며 말의 궁둥이를 내리쳤다. 말이 앞으로 튕겨나갔다!

엘스페스의 비명소리가 밤하늘로 울려퍼졌다.

실버는 계단을 올라 현관문을 활짝 열어젖히고 응접실로 뛰어들었다. 그곳 소파와 의자에 다양하게 속살을 드러낸 다섯 명의 여자들이 기대 있었다.

"도미닉 어딨어?"

실버가 숨가쁘게 물었다.

"바빠."

빨간머리 여자가 터키식의 의자 팔걸이에 다리를 걸치고 앉은 채 나른하게 미소지었다.

"지금 아주 바빠. 방해받고 싶지 않을걸."

실버의 손에 작은 단검이 나타났다.

"어딨어?"

빨간머리 여자의 입에서 즉시 미소가 사라졌다. 그녀의 시선이 번들거리는 칼날에 고정되었다.

"리나 방에. 위층 왼쪽으로 두 번째 방."

실버는 두 계단씩 뛰어올라 2층으로 내달았다. 리나의 방문을 벌컥 열어젖힌 후 숨가쁘게 가슴을 들썩이며 침대에 앉은 나체의 사내를 짜증스럽게 쳐다보았다. 똑같이 벌거벗은 여자가 그의 앞쪽에 무릎 꿇고 앉아 있었다.

"이럴 시간 없어요. 당장 옷 입고 나와요. 엘스페스한테 도움이 필요해요."

실버는 저벅저벅 앞으로 걸어가 리나의 갈색머리를 한 움큼 잡아 얼굴을 떼어냈다.

"빨리. 시간 없어요, 도미닉."

"꺼져."

도미닉이 으르렁거렸다.

"머릿가죽을 벗겨버릴 테다. 호텔로 돌아가……."

그의 말이 멈췄다. 그가 몽롱한 브랜디 기운을 떨쳐내려 고개를 흔들어댔다.

"엘스페스? 그녀한테 무슨 일 생겼어?"

실버는 고개를 끄덕이며, 바닥에 떨어진 도미닉의 옷가지를 집어들어 던져주었다.

"당신이 교수형을 막아야 돼요. 엘스페스가 그 남자를 살려야겠대요."

"교수형?"

도미닉이 무의식적으로 옷가지를 걸쳐입었다.

"내가 말해 줬잖아요."

리나가 일어나서 침대기둥에 걸쳐진 노란 로브로 손을 뻗었다.

"말도둑 말이야."

유연한 몸놀림으로 로브를 입은 다음 그녀가 싸늘하게 실버를 노려보았다.

"난 방해받는 거 싫어해, 인디언."

실버가 표독스럽게 되받아쳤다.

"상대만 바꿔치우면 되잖아. 다른 남자 찾아봐, 도미닉은 내가 데려가야겠어."

그녀가 도미닉의 부츠 하나를 들어올려 그의 발치로 던졌다.

"내가 허리띠 찾는 동안 당신은 다른 부츠나 찾아줘."

리나가 잠시 머뭇거리다가 마지못한 미소를 지으며 실종된 부츠 한 짝을 찾기 시작했다.

"도대체 엘스페스가 말도둑하고 무슨 상관이야?"

도미닉은 셔츠 단추를 잠그며 부츠 속으로 발을 집어넣었다.

"그 러시아인을 알고 있대요. 그 사람을 죽이는 건 잘못이래요."

"러시아인?"

헬즈 블러프에 러시아인은 그가 알기로 단 한 명뿐이었다. 안드레 마조노프. 그자가 엘스페스와 같은 마차를 타고 도착했다는 사실이 어렴풋이 기억났다.

"안드레 마조노프가 말도둑이라고?"

실버는 허리띠를 내밀며 고개를 끄덕였다.

"당신이 막아 주지 않으면 엘스페스가 직접 나설 것 같다구요."

"빌어먹을."

그가 민첩하게 허리띠를 채웠다. 그가 엘스페스를 모르겠는가, 당연히 발벗고 나설 것이다.

"왜 혼자 두고 왔어?"

"당신이 여기 안 왔으면 나도 그럴 필요 없었잖아요. 교수형에 대해서 알았으면 당장 돌아왔어야지. 엘스페스가 그 남자를 모른다고 해도 그런 장면이 어떤 충격을 줄지 알았을 거 아니에요."

"그 나무가 호텔에서 보인다는 걸 생각 못 했어……."

"술과 여자 말고는 아무 생각이 없었겠죠."

실버가 차갑게 쏘아붙였다.

그 말이 맞았다. 그가 이 마음과 육체의 고통스런 욕망에서 벗어나려고 허우적대지만 않았다면, 그 교수형이 그녀에게 어떤 영향을 미칠지 알아차렸을 것이다.

"부츠 여기 있어요."

리나가 의자 뒤에서 찾아낸 부츠 한 짝을 건네주었다. 그리고는 실버에게 조롱 섞인 시선을 던졌다.

"다른 거 필요하니, 인디언?"

실버가 짤막하게 고개를 끄덕였다.

"말을 준비해 줘. 걸어선 제시간에 도착할 수 없어."

리나는 민첩하고도 우아하게 문으로 향했다.

"내 말에 안장 올리라고 할게."

도미닉이 다른 부츠를 끼워 신었다.

"시간이 얼마나 남은 거야?"

"폭도들 기분에 따라 달라지겠죠."

실버의 입술이 굳어졌다.

"하지만 엘스페스가 오래 기다리지 않을 거예요."

도미닉은 공포의 손가락이 등줄기로 더듬어가는 걸 느끼며 재빨리 문으로 출발했다.

"가자!"

방에서 달려나가 계단을 달려내려가 현관에 도착했다. 리 통이 말의 안장끈을 조이고 난 직후였다. 도미닉이 단번에 말등에 뛰어올라 실버를 뒤쪽으로 끌어올렸다.

리나가 그 옆으로 다가서서 피식 미소지었다.

"내 말 소중히 다뤄, 인디언. 온전하게 돌아오지 않으면 네 몸으로 갚아야 할걸. 아, 그래, 괜찮은 생각이야. 우리 집에 인디언 여자는 없는데. 어때, 관심 있니?"

"관심 없어."

도미닉이 대신 대답하고는 말에 박차를 가했다.

실버는 그의 허리를 꽉 붙잡았다. 이 말이 빠르긴 하지만 과연 충분히 빠른 걸까? 호텔을 나선 지 15분 이상 지나지 않았을 것이다. 어쩌면…… 갑작스런 환호성이 정적을 파괴하는 순간, 실버의 희망은 곤두박질쳤다.

그 뒤로 날카로운 비명소리가 밤하늘에 메아리쳤다.

도미닉의 몸이 뻣뻣하게 경직되었다.

"엘스페스."

그녀가 악몽에 시달릴 때 얼마나 여러 번 그 소리를 들었던가. 하지만 지금 그녀를 위협하는 건 꿈이 아니라 현실이었다. 그리고 그는 그걸 쫓아 주기에 너무 늦어버렸다.

모퉁이를 돌아서자 그의 앞으로 교수형 나무가 똑바로 드러났다. 밧줄 끝에 매달린 남자를 보지 않더라도 이미 상황이 끝나버렸음을 알 수 있었다. 너무 늦어버렸다.

이제 군중들은 서로를 쳐다보지도 않은 채 차분한 분위기로 조용히 흩어지고 있었다. 사형을 집행하고 난 후에는 항상 그랬다. 처음엔 쾌활하다 싶을 정도의 흥분, 그 다음에는 마치 아무 일도 없었던 듯 태연스런 해산.

그가 사람들 사이를 샅샅이 훑어보았다.

"엘스페스가 안 보여. 여기 있을 텐데. 소리를 들었다구, 빌어먹을."

"저기예요, 나무 옆에."

실버가 손짓했다.

도미닉도 참나무의 갈색 껍질에 기대어진 황갈색 머리카락을 알아보았다. 그가 사람들 사이로 말을 재촉해 나갔다.

엘스페스는 나무 옆에 서서 괴이하게 흔들리는 시체를 멍하니 올려다보고 있었다. 벤 트레비스가 격렬하게 그녀의 귀에 무슨 말인가 중얼거렸지만 그녀는 대답하지 않았다. 그가 있다는 사실조차 잊은 듯했다. 도미닉의 가슴이 철렁 내려앉았다. 그녀의 얼굴은 달빛 속에서 대리석처럼 창백했고, 가녀린 몸은 휘청거리고 있었다. 그 앞에 말을 멈춰 세우긴 했어도, 무슨 말을 해야 할지 알 수 없었다. 대체 그녀에게 무슨 말을 할 수 있단 말인가?

"엘스페스, 미안해. 정말 미안해."

"두려워하는 걸 창피해했어요."

그녀가 혼잣말처럼 중얼거렸다.

"죽기 직전까지도. 니콜라스처럼, 당신처럼 되고 싶어했어요. 옷도 당신처럼 입었어요. 당신이 도박을 하면 그도 따라했어요. 당신이 여자를 훔친 걸 보고 자기도 말을 훔쳤어요."

천천히 그녀의 뺨으로 눈물이 흘렀다.

"그 차이를 몰랐던 거예요. 그저 당신처럼 되고 싶었던 것뿐이에요. 그런데 왜 사람들은 그걸 이해 못하는 거죠?"

도미닉이 말에서 내려 고삐를 실버에게 던져주고 엘스페스에게 한 걸음 다가섰다. 그녀를 안아 위로해 주고 싶었다. 하지만 그가 할 수 있는 일이란 그저 그녀를 쳐다보는 것뿐이었다.

"사람들은 그의 변명을 들어주지도 않았어요. 그가 말값을 열 배로 낼 수도 있었는데."

"중요한 건 그게 아니야, 그놈은 말을 훔쳤어."

벤 트래비스가 퉁명스레 중얼거리며 도미닉에게 시선을 돌렸다.

"어서 여자를 데려가. 내 말은 도통 듣질 않아."

엘스페스의 시선은 여전히 매달린 시체에 머물렀다.

"안드레를 내려주지도 않겠대요. 밤새도록 여기 내버려 둘 거래요."

"그게 규칙이잖아, 돔. 시체는 24시간 동안 매달아 둬야 한다구."

"밧줄을 잘라, 벤."

벤이 머리를 흔들었다.

"난 싫어, 규칙을 지켜야 돼. 그래야 법이 효과를 발휘할 수 있어."

"법, 무슨 법이죠?"

엘스페스가 멍하니 물었다.

"우리 법 말이야. 제기랄, 완벽한 법은 아니라도 없는 것보단 나아. 난 무법지대가 어떤지 봐서 안다구."

"그를 내려줘."

벤이 다시 고개 저었다.

"싫다고……."

한 발의 총성이 그 말을 잘라냈다. 밧줄이 끊어지며 안드레의 시체가 땅으로 떨어졌다. 도미닉이 권총을 갈무리했다.

"이젠 내릴 필요도 없어. 제이크한테 가서 묻어 주라고 해, 오늘밤. 돈은 내가 낼 거야. 진열해 놓거나 하면 그 자식도 마조노프 뒤로 따라들어갈 거라고 전해."

"이러면 안 돼."

벤이 입을 열었다가 도미닉의 표정을 보고는 재빨리 덧붙였다.

"알았어, 알았어. 그렇게 성질 낼 필요 없다구."

"진열한다는 게 무슨 뜻이죠?"

엘스페스가 땅바닥에 널브러진 시체를 응시한 채 물었다.

"제이크 녀석이 가끔 창 앞에 관을 세워서 진열해 놓거든. 그 다음에는……."

벤의 무심한 설명을 도미닉이 거친 고함소리로 잘라냈다.

"입 닥쳐. 젠장할, 빨리 가기나 해."

"난 별뜻 없이…… 미안해."

벤이 미안한 듯 엘스페스를 흘깃 쳐다보고 나서 거리 쪽으로 발길을 옮겼다.

"야만적이야. 이해할 수가 없어, 처음 여기 왔을 땐 다들 친절해 보였는데 오늘밤에는 모든 게 변했어…… 달라졌어."

엘스페스가 중얼거렸다.

"어서 호텔로 데려가요."

실버가 성마르게 입을 열었다.

"서 있기도 힘들어하잖아요. 난 제이크가 올 때까지 시신을 지킬게요."

"엘스페스."

도미닉이 부드럽게 달랬다.

"같이 가자, 더 이상 할 수 있는 게 없어."

"더 이상요? 난 아무것도 못했어요. 무기력했어요. 내가 어땠는지 알아요? 그들을 설득할 힘조차 없었어요. 내가 막아 주지 못했기 때문에 한 남자가 죽었어요."

엘스페스의 목소리가 바람결의 촛불처럼 부들거렸다.

"이렇게 약하면 안 되는 거였는데. 사람의 생명이 달린 일이었는데. 당신이라면 그들을 막을 수 있었을 거예요, 도미닉. 실버도 막아 줄 수 있었을 거예요."

"자책하지 마. 당신은 심하게 앓았잖아, 최선을 다했던 거야."

"내가 더 강해졌어야 했어요. 더 강해질 거예요. 내 무능력 때문에 다시 이런 일이 생기게 하진 않을 거예요. 도미닉, 나……."

그녀가 휘청휘청 걸어오다가 그의 품안으로 풀썩 고꾸라졌다.

실버가 말고삐를 집어던지고 달려왔다.

"기절했어요?"

도미닉은 고개를 끄덕인 후 엘스페스의 가벼운 몸뚱이를 안아들었다. 속살이 파헤쳐진 것처럼 아팠다. 이 분노를 터트리고 싶었지만 싸울 상대가 아무도 없었다. 연민과 후회와 슬픔이 뒤엉킨 불타는 고통만이 있을 뿐이었다.

"차라리 잘됐어. 얼마나 오래 버티고 있었는지 모르겠군. 정신 차리기 전에 데려가야겠어."

메어오는 목을 애써 진정시켰다.

"호텔로?"

도미닉이 고개를 저었다. 그 호텔에서는 엘스페스가 오늘밤의 악몽을 끊임없이 기억해 낼 것이다.

"아니, 호텔로 가서 짐 꾸려. 15분 후에 그 앞에서 만나자. 난 마구간에서 짐마차를 한 대 구해야겠어."

실버가 고개를 끄덕이고 말에 올라탔다.

"오두막으로 갈 거예요?"

"아니."

그가 방향을 돌려 마구간이 위치한 방향으로 걷기 시작했다. 의식 없는 엘스페스를 꼭 끌어안은 채.

"킬라라로 갈 거야."

10

새벽빛이 드러군 산맥의 구석구석으로 뿌연 손길을 뻗어나갔다. 계곡 아래쪽 커다란 2층짜리 건물의 하얀 벽과 새빨간 타일 지붕에도 그 빛이 머물렀다. 도미닉의 어머니는 저 빨간 지붕을 좋아하지 않았다. 점잖은 가정집보다 음탕한 소굴에나 어울리는 천박한 색이라고 주장했다. 그럴 때마다 아버지는 웃어젖히며 스페인의 귀족 집에서도 그런 색 지붕을 얹는다고 말했다. 하지만 도미닉에게는 지붕 따윈 상관없었다. 그는 언제나 이 집을 사랑했다. 그곳이 킬라라의 심장, 그의 고향이었다.

킬라라로 돌아올 때마다 항상 느끼는 그 달콤쌉싸름한 행복감이 그의 가슴을 쥐어뜯었다. 그는 애써 그곳을 외면하며 엘스페스의 웅크린 형체 옆에 앉은 실버를 돌아보았다.

"거의 다 왔어. 아직 안 깨어났어?"

"아직요, 하지만 몇 번 꿈틀거렸어요."

실버가 엘스페스의 담요를 고쳐 주고 나서 다시 도미닉에게 시선을 올렸다.

"깨어나고 싶지 않은 건지도 몰라요. 보기 좋은 광경이 아니었잖아
요."

"낙관적으로 좀 생각할 수 없어? 날 겁나게 할 셈이야?"

"그래도 싸죠. 당신이 리나네만 안 갔더라면 엘스페스가 거기 달려
가지도 않았을 테니까요."

"알아, 하지만 그럴 만한 이유가 있었어."

"합당한 이유인가요?"

"아니."

그의 목소리는 맥없이 무거웠다.

"그 당시에는 합당한 것 같았어. 하지만 남자들이란 무슨 일에든 핑
계를 만들어 낼 수가 있어."

그가 계곡 아래쪽의 건물을 흘깃 돌아보았다.

"제기랄, 지금 하고 있는 짓도 그럴지 몰라."

고삐를 찰싹여 굽이진 비탈길로 다시 마차를 출발시켰다.

그 후로 몇 분 간 덜그럭거리는 바퀴소리와 돌길에 닿는 말발굽소
리만이 정적을 방해했다.

"당신도 여기 남을 거예요?"

실버가 물었다.

도미닉은 고삐를 움켜쥔 채 한동안 대답하지 않았다.

"아니, 며칠만 있다가 헬즈 블러프로 돌아갈 거야. 엘스페스는 네가
보살펴 줘."

"내가 보살필 수야 있죠. 하지만 나도 환영받지 못하는 존재예요.
그 늙은이가 싫어하면 나도 떠날 거예요."

"그럼 라이징 스타에게 부탁해. 간호해 줄 여자들은 얼마든지 있어."

"당신도 없는데 엘스페스가 여기 있으려고 할까요? 그녀는 당신 여
자라구요. 여자가 있어야 할 곳은 자기 남자의 옆이에요."

'당신 여자.'

그 말이 킬라라를 바라보았을 때와 똑같은 달콤쌉싸름한 감정을 일

으켰다.

"왜 갑자기 설득 쪽으로 돌아섰지? 어제까지만 해도 칼을 꽂겠다고 위협했으면서……."

"난 그녀가 억지로 당신 침대에 끌려가지 않길 바랐던 거예요. 하지만 그게 당신이 그녀의 남자라는 걸 모른다는 뜻은 아니죠. 그건 분명해요. 왜 웃는 거예요?"

"예전 생각이 나서. 어머니가 네 주둥이를 소독하겠다고 했을 때 라이징 스타가 말리느라 혼났었잖아. 네 입은 진짜 고약해."

"난 남자들하고 똑같이 말하는 것뿐이에요. 남자는 괜찮으면서 왜 여자는 안 된다는 거죠? 그런 헛소리에 신경 쓸 이유 없어요."

"실버, 여자는……."

"여자도 강하기만 하면 뭐든 할 수 있어요. 남자가 하는 무엇이든, 그 이상까지도 해낼 수 있어요. 두고 보라구요."

"강하기만 하면……."

목 쉰 속삭임이 들려왔다. 엘스페스의 목소리였다.

도미닉이 화들짝 돌아보았다. 엘스페스의 눈이 뜨인 걸 보는 순간 더할 수 없는 안도감이 가슴을 쓸어내렸다.

"잘 잤나? 언제쯤 깨어날지 궁금해하던 참이었어."

엘스페스의 눈꺼풀이 다시 닫혔다.

"마차에 탄 건가요? 어디 가는 거예요?"

"킬라라, 헬즈 블러프보다 거기가 나을 것 같아서."

"아, 그래요."

그녀가 속삭였다. 밧줄에 축 늘어져 매달려 있던 안드레의 몸뚱이, 초점 없이 열려 있던 눈. 그 끔찍한 마을이 아니라면 어디든 다 좋을 것이다. 친절이라는 가면으로 잔인함을 숨기고 있던 곳.

"소름 끼쳐요. 그 사람들은 다 괴물이에요."

"아니, 그들도 당신이나 나와 똑같은 사람이야."

도미닉이 조용히 대꾸했다.

"자기들 행동이 옳다고 생각한 거야."

그녀가 눈을 뜨고 그를 응시했다.

"옳기 때문이 아니었어요. 그들은 그걸 즐기고 있었어요. 그 얼굴들을 봤단 말이에요."

"몇 명은 그랬는지도 몰라. 더 살아 있다는 느낌이 들기 때문에 죽음을 좋아하는 자들도 있어. 하지만 벤 트래비스처럼, 그 행동이 필요하다고 믿기 때문에 따랐던 사람들이 더 많아."

엘스페스가 발딱 일어나 앉았다.

"그 사람들 생각이 틀렸어요! 안드레는……."

"죄를 지었어. 죄를 지었으면 그 이유는 중요치 않아."

"그들을 변호하는 거예요?"

그녀가 믿을 수 없다는 듯 그를 쳐다보았다.

"당신도 더 즐거운 일에 몰두하지만 않았으면 그 나무 옆에 서 있었겠군요."

그의 몸이 움찔했다.

"난 마조노프의 해명을 들어봤을 거야, 이성적으로 판단하려 노력했을 거야. 하지만 거짓말하진 않겠어. 나도 당신이 봤던 그 사람들처럼 죽어 가는 개자식들을 즐겁게 지켜봐 준 적이 있었어."

실버가 절레절레 고개를 흔들었다.

"맙소사, 그게 지금 엘스페스한테 할 소리예요? 그 늙은이 말이 맞는지도 모르겠군요. 당신이 내 삼촌일 리 없어요. 이런 새대가리를 내 친척이라고 주장하다니 믿어지지가 않아……."

도미닉이 매서운 시선을 쏘아보냈다.

"그럼 나더러 거짓말하라는 거야? 너도 알잖아……."

그가 다시 엘스페스에게 시선을 돌려 짜증스레 말을 이었다.

"벤 트래비스 말대로 우리 방식이 완벽한 건 아니야. 하지만 우린 최선을 다해서 노력하고 있어. 그러니까 괴물이란 말은 하지 마. 당신이 괴물을 알아차릴 수나 있을까? 아닐걸. 하지만 난 알 수 있어. 그놈

들이 어떤 모습인지, 붙잡혔을 때 어떻게 낑낑대고 버둥거리는지. 그
놈들을 내가 직접 목매달았어."

"쏴 죽이기도 했겠죠."

엘스페스의 눈이 이글거렸다.

"당신은 총잡이라면서요, 그렇죠? 지금껏 사람을 죽여 온 게 얼마나
자랑스러우시겠어요."

실버가 놀란 숨을 삼키며 도미닉의 얼굴을 살폈다. 분노, 싸늘한 분
노. 그녀는 본능적으로 엘스페스의 옆에 바짝 달라붙었다.

도미닉이 천천히 아주 또렷하게 내뱉었다.

"난 살인자가 아니야. 당신을 만나기 전에는 살인 유혹에 빠진 적조
차 없었어. 하지만 당신이라면 목사까지도 십계명을 깨뜨리게 할 수
있을거야."

"길이나 잘 봐요, 도미닉."

실버가 엘스페스의 어깨를 움켜잡아 드러눕힌 다음 코까지 담요를
끌어올렸다.

"가만 있어요, 엘스페스. 말싸움해 봤자 득될 거 하나 없어요."

담요 위로 엘스페스의 눈동자가 번들거렸다.

"말싸움하는 거 아니야."

실버가 서둘러 도미닉 쪽을 쳐다보았다. 그가 이제 뒤돌아보지 않은
채 마차를 재촉해 갔다. 하지만 그의 어깨와 등줄기가 긴장하며 굳어
지는 걸 알 수 있었다.

"조용히 해요."

실버는 재빨리 엘스페스의 입 위로 손을 올렸다.

"지금은 도미닉을 자극할 때가 아니에요. 이미 상처가 벌어져 있다
구요."

"자극하는 게 아니라……."

그녀가 문득 말을 멈췄다.

"무슨 상처?"

“지금 집으로 가는 중이잖아요. 또다시 떠나야 할 테구요. 목마른 사람한테 물 한 방울은 고문밖에 안 돼요. 당신이 화났다는 건 알지만 지금은 참아야 해요. 도미닉은 오직 당신의 고통을 덜어 주기 위해서 이 길을 선택했어요. 부드럽게 대해 줘야 한다구요.”

실버에게 부드러움에 대한 충고를 듣다니 얼마나 이상한 일인가. 그녀 자신은 부드러움보다 매서움이나 과격함을 더 자주 드러냈으면서.

엘스페스의 시선이 도미닉의 짙은 색 머리와 푸른 셔츠 밑으로 뭉쳐진 근육에 머물렀다. 실버의 삼촌인 도미닉 또한 매서움과 과격함을 풍겨냈다. 물론 마음이 내킬 때는 사려 깊고 부드러워질 수도 있었지만, 냉소와 조롱이 강하게 드리워진 사람에게 그런 자질이 있다는 걸 기억하기란 힘들었다. 아, 그녀는 그를 이해할 수 없었다. 시선을 돌려 아지랑이를 머금은 산등성을 바라보았다. 눈물을 참기 위해 눈을 깜박여야 했다. 그녀는 이 낯설고 거친 나라의 그 누구도 이해할 수 없었다. 어떻게 잔인함과 부드러움이 나란히 공존할 수 있단 말인가?

이 세상은 너무나 잔인했다. 너무 많은 고통들이 있었다. 그 고통을 최대한 용기 있게 견뎌내는 것이 인간의 역할이리라. 아니야! 문득 격렬한 거부감이 슬픔과 혼란 밖으로 그녀를 끌어냈다. 이제 다시는 가만히 앉아서 견디기만 하지 않을 것이다. 의식을 찾으려 애쓰면서 들었던 실버의 말이 떠올랐다.

‘강하기만 하면……’

아버지가 돌아가신 후 대담하고 적극적으로 행동해 왔다고 생각했는데, 이제서야 그것이 서투른 흉내뿐이었음을 깨달았다. 그녀는 강해지지 못했다, 한심하리만큼 약해 빠졌다. 스스로 문제를 해결하려 하지 않고, 도미닉한테만 매달려 도움을 청했었다. 그녀에게 진정한 힘이 있었다면 어떻게든 안드레의 죽음을 막을 수 있었을 텐데.

“엘스페스, 왜 그래요? 몸이 안 좋아요?”

실버가 눈살을 찌푸리며 물었다.

엘스페스는 고개를 끄덕인 후 조용히 눈을 감았다. 도미닉과 실버에게 의지했던 마음 모두를 닫아버렸다. 외로웠다. 뼈아픈 고독감과 두려움이 밀려들었다. 앞으로는 나아질 거야, 그녀가 필사적으로 자신에게 되뇌었다. 어차피 평생 혼자였는데 지금이라고 달라질 건 없지 않은가.

"노파가 나와 있군."

마차가 마당으로 굴러 들어가는 동안 실버가 묘하게 긴장된 어조로 중얼거렸다. 엘스페스는 힘겹게 일어나 앉으며 실버의 시선을 따라 당당한 건물의 현관 쪽을 쳐다보았다.

"누군데?"

"도미닉의 엄마, 말비나 딜레이니예요."

말비나 딜레이니는 조각한 이중문의 안쪽 그늘에 서 있다가, 마차가 가까워지자 마당으로 걸어내려왔다. 예순 정도의 나이로 보였지만 머리카락은 아직도 백발보다 벽돌색이 더 많았다. 매력적이라기보다는 흥미로운 형태의 얼굴로, 키도 크고 푸짐한 체격이었다.

"이제야 제정신이 돌아왔구나, 도미닉."

말비나 딜레이니가 무뚝뚝하게 입을 열었다.

"그런 사고가 있었으면 실버를 부르지 말고 나한테 여자애를 보냈어야지."

실버가 바짝 턱을 치켜들었다.

"그럴 이유가 없었어요. 내가 아주 잘 보살폈거든요. 당신 도움은 필요 없었어요."

"그럼 왜 여기 온 거냐? 지나던 길에 들렀나?"

나이 든 여자가 시큰둥하게 물었다.

"조용히 해, 실버."

도미닉이 마차에서 뛰어내려 어머니를 바라보았다.

"헬즈 블러프에 있을 수가 없었어요. 피치 못할 상황이 생겼거든요."

말비나의 시선이 엘스페스에게 날아가 재빠르게 훑어보았다.

“임신했니?”

“아뇨.”

질문만큼이나 도미닉의 대답도 짧고 퉁명스러웠다.

말비나의 표정이 의심에서 실망감으로 변해갔다.

“패트릭은 네가 이 여자애랑 자지 않았다고 했다만, 난…….”

그녀가 어깨를 으쓱였다.

“여자애가 꽤나 허약했던 모양이구나.”

“날 피하려면 죽음의 문턱에 들어서야 한다는 건가요?”

도미닉의 입술이 피식 뒤틀렸다.

“어머니 아들을 잘 아실 텐데요.”

말비나가 천천히 고개를 끄덕였다.

“그래, 난 널 알아.”

그녀가 한 걸음 다가서서 와락 아들을 끌어안았다.

“집에 온 거 환영한다. 살찐 송아지 잡는 건 기대하지 말아라. 올해엔 소떼 모으기가 아주 힘들었어.”

도미닉도 두 팔을 벌려 어머니를 힘껏 포옹했다.

“패트릭한테 들었어요. 제 사면권을 사려고 남쪽 소떼와 화이트 설퍼 땅까지 파셨다면서요. 절 받아주시는 게 놀라울 뿐이에요.”

“패트릭이 너무 많이 지껄였구나.”

말비나가 뒤로 물러났다.

“네 아버지가 결정한 일이야. 네가 집에 돌아오길 바랐단다.”

그녀의 시선이 엘스페스에게 옮겨갔다.

“창백하고 아주 약해 보이는구나. 하지만 네가 원하는 게 이 아이라면 기꺼이 받아들여 줄…….”

“오해하지 마세요.”

엘스페스가 재빨리 가로막았다. 거친 돌풍에 맞서는 사람처럼 등을 꼿꼿하게 편 채 자세를 가다듬었다. 사실 그녀는 말비나 딜레이니가 나타난 순간부터 그런 돌풍에 시달려 온 느낌이었다. 그 여자에게도 아들과 똑같은 힘이 풍겨나왔다. 그리고 아들에게 지극히 헌신적이라는 것, 아들이 원하는 건 무엇이든 들어줄 사람이라는 걸 감지할 수 있었다.

"호의는 감사하지만 전 며칠만 신세지고 떠날 거예요, 딜레이니 부인."

말비나는 차가운 개암나무빛 눈으로 그녀를 살펴보았다.

"여기선 형식 같은 거 안 차리니까 그냥 말비나라고 불러. 그리고 난 내 자식들에 관해서 오해하는 경우가 거의 없어. 도미닉은 그럴 만한 이유가 없는 한 이런 일에 끼어들지 않아, 도미닉을 네 남자로 받아들이는 게 나을 거다."

"그만하세요."

도미닉이 체념적으로 고개를 흔들었다.

"어머니가 엘스페스를 불편하게 하시면 다시 데리고 떠날 수밖에 없어요."

말비나가 살짝 눈을 치떴다.

"난 이 애를 불편하게 하려는 게 아니야. 오히려 최대한 신경 써 줄 생각이다. 이 집에서 제일 좋은 브리안느의 방까지 내줄 생각인 걸. 넌 이 애를 이층으로 데려가, 난 로사에게 깨끗한 리넨을 준비시킬 테니까."

도미닉이 의심스레 어머니를 응시했다.

"실버의 방도 필요해요. 엘스페스가 건강해질 때까지 옆에 있을 거거든요."

말비나의 눈동자에 무언가가 스쳤다가 사라졌다.

"그 애는 라이징 스타와 같이 쓰면 돼. 조슈아하고 패트릭이 샴록에 갔거든, 코트와 신이 새 헛간을 만드는 중이라 도와줘야 돼."

"전에 있던 건 어쩌구요?"

말비나가 험악하게 미소지었다.

"앤의 아들 윌리엄 놈이 건초다락에 몰래 담배 피우러 들어갔다가 불을 질렀단다. 그나마 헛간이 무너지기 전에 말들을 빼낸 게 다행이었어."

도미닉이 낮게 휘파람을 불었다.

"아버지가 그 녀석 살가죽을 벗겨버렸겠군요."

"적당히 두들겨 줬어. 브리안느가 니 아버지에게 애걸복걸해서 볼기짝 맞는 것쯤으로 끝났어. 윌리엄이 더 이상 장난치지 못하도록 브리안느도 매일 샴록에 드나들고 있단다."

실버가 당혹스러워하는 엘스페스에게 설명해 주었다.

"앤은 데스몬드 딜레이니의 아내예요, 도미닉의 형수죠. 샤무스가 산 페드로 강 건너편에 집을 지어 주고 가축도 나눠줬어요. 데스몬드가 전쟁에서 죽은 후로는 코트와 신을 보내 샴록을 운영하게 했죠. 윌리엄 키우는 것도 도와주고요. 그 망나니를 길들이려면 온갖 도움이 다 필요하거든요."

"그럼 윌리엄이 네 사촌이야?"

엘스페스는 이 가문의 복잡한 가계도를 파악해 보려 애쓰며 물었다.

실버가 잠시 머뭇거리다가 말비나 딜레이니의 얼굴을 응시하고는 반항적으로 미소지었다.

"그래요, 윌리엄은 내 사촌이에요. 날 샴록에 보내는 게 어때요, 할머니? 야만인만큼 망나니를 더 잘 다룰 수 있는 인물이 누구겠어요?"

"신과 코트가 잘해 내고 있어."

말비나는 실버의 도전을 받아들이지 않은 채 도미닉에게 시선을 돌렸다.

"아버지가 서재에서 기다리고 계신다. 자리잡고 나서 들어가 봐라."

도미닉이 고개를 끄덕이며 마차 뒤쪽으로 걸어가 엘스페스를 안아 올렸다. 그의 어깨에 두 팔을 올리며 그 눈을 바라본 순간 그녀는 갑자기 호흡이 가빠지면서 어제 오후의 열기가 되살아났다. 그가 그녀를 원한다고 말했을 때. 아니, 그런 말이 아니었어. 도미닉은 여자를 원한다고 말했었다.

'어두운 데서는 어떤 고양이든 회색으로 보여.'

그리고는 여자를 찾으러 리나네로 가버렸다.

"내가 걸어갈게요. 걸어가고 싶어요."

그의 팔에 단단히 힘이 들어갔다. 빌어먹을, 지금은 반항하지 마. 온갖 감정들이 자제력을 찢어발기려 부글대며 해방을 갈구하고 있는 지금은 안 돼.

"당신이 원한다고 해서 그게 최선은 아니야. 걱정 마, 오래 견딜 필요 없을 테니까."

그녀의 눈동자가 커다랗게 번들거리고 있었다. 기대감일까, 아니면 두려움일까? 하지만 어느 쪽 대답과는 상관없이 그의 육체는 마치 그녀의 손길에 어루만져진 것처럼 반응했다. 그가 간신히 시선을 떼어내며 발로 문을 걷어차 내고 안으로 들어섰다.

그들의 뒷모습을 응시하는 말비나의 얼굴에 승리감과 만족감이 뒤섞였다.

"패트릭 말이 맞았어. 내 아들은 저 여잘 원해."

"그래서요?"

실버가 마차에서 껑충 뛰어내렸다.

"헬즈 블러프에도 도미닉이 원했던 창녀들이 한 무더기 가량 있어요."

"이번엔 달라, 이번엔 다르다구."

말비나가 현관에 시선을 고정시킨 채로 무심히 덧붙였다.

"여잔 그런 걸 아는 척하지 말아야 하는 거다, 입 밖에 내서도 안 돼."

실버는 어이없어하며 그녀를 응시했다. 수년 간 경험해 왔으니 익숙해질 법도 할 터인데, 이 늙은 여자의 이중성이 여전히 놀라웠다. 샤무스와 대등할 정도의 추진력과 실용성을 지녔으면서도 겉으로는 존경할 만한 숙녀처럼 보이고 행동할 수 있다니.

"하지만 난 숙녀가 아닌 걸요. 내가 누군지는 잘 아시잖아요, 말비나?"

실버가 나지막이 빈정거렸다.

말비나의 얼굴에 한순간 연민과 흐릿한 후회감이 스치는 듯했다. 다음 순간 다시 한 번 그 얼굴은 무표정해졌다.

"야만인이라고 항상 야만인처럼 굴 필요는 없어. 제대로 된 교육도 받았잖아. 네가 부랑아처럼 지껄이는 걸 알면 라이징 스타가 매우 슬퍼할 거다. 킬라라에 남아 있고 싶으면 말조심해."

실버는 아무런 고통도 드러내 보이지 않았다. 이 늙은 여자의 말에 왜 상처 입어야 하는가? 그녀는 늙은이나 그 여편네나 다른 딜레이니 모두 필요치 않았다.

"난 내가 하고 싶은 대로 말할 거예요. 엘스페스가 아니었으면 여기 오지도 않았고 그녀가 건강해지는 즉시 떠날 거예요."

"그게 현명할지도 모르지. 넌 여기서 편안해한 적이 없었으니까."

그래, 킬라라에 있는 동안 실버가 느끼는 감정은 편안함이 아니었다. 갈망, 열망, 분함은 있을지언정, 안전함이나 위로는 느껴보지 못했다. 그녀가 도전적으로 턱을 치켜들었다.

"내가 오고 싶어서 온 게 아니었어요. 당신이 날 싫어하는 것만큼 나도 당신들 옆에 있는 게 싫어요."

그녀가 당당하고 우아하게 문으로 걸음을 옮겼다.

"또 난 창녀도 아니고 당신처럼 다른 사람을 창녀로 만들려 하지도 않아요."

"그게 무슨 말이냐?"

실버가 흘깃 뒤돌아보았다.

"무슨 말인지 알 텐데요. 당신 표정을 봤다구요, 엘스페스를 이용해서 도미닉을 여기 붙잡아 둘 생각이잖아요."

"바보 같은 소리, 내가 무슨……."

말비나는 실버의 경멸스런 시선을 쳐다보고는 똑같이 강렬하게 쏘아보았다.

"여긴 도미닉 집이야. 지난 십 년 간 그 애는 여기 다섯 번밖에 들르지 않았어. 우린 그 애를 충분히 오래 기다려 왔다. 그 애를 묶어 두려는 게 무슨 잘못이란 말이냐. 그 여자애가 도미닉을 거부할 이유는 없어. 그 여자애도 분명 내 아들만큼이나 그를 받아들이고 싶어해. 너도 나처럼 분명히 봤을 거다."

"그래요. 하지만 그녀는 자기 감정을 아직 몰라요. 그녀 스스로 알아차릴 때까지 당신이 억지로 도미닉한테 끌고 가는 일은 없어야 해요. 그런 짓을 하면 내가 가만 있지 않을 거예요."

"네가?"

말비나가 자신만만하게 미소지었다.

"도미닉은 킬라라에 남아야 돼. 더빈에게서 피할 수 있는 장소는 여기뿐이야. 내 일을 방해하지 말아라, 실버. 난 아량 베풀 여유가 없다."

"아량이라구요?"

실버가 몸을 떨며 웃어댔다.

"당신이 언제 그런 걸 나한테 베풀었던가요?"

말비나의 미소가 사그러들면서 갑자기 한결 늙어 보였다.

"나도 한때는 잘 대해 주려고 노력했었어. 하지만 넌 언제나 다루기 힘든 아이였지, 상황도…… 복잡했고."

"그래요, 아주 복잡했겠죠. 하여튼 나한테는 당신의 아량 따윈 필요 없으니 다행이에요."

실버가 문 쪽으로 재빠르게 걸어갔다.

"난 신경 안 써요, 당신이나 당신의 소중한 가족 누구한테도."

그녀의 등뒤로 세차게 문이 닫혔다.

"집이 아주 크군요."

엘스페스가 천장의 까만 단철 샹들리에를 올려다보았다.

"라틴식 같아요."

"멕시코식이야."

도미닉이 부츠소리를 울리며 반짝거리는 마호가니 계단으로 올라갔다.

"멕시코식으로 보이진 않지만, 하여튼 목장의 바케로들이 지은 거야. 아버지가 여왕한테 어울릴 만한 궁궐을 만들어 달라고 했더니, 이렇게 지어 놨더군."

"궁궐이요? 야망이 대단하신 분인가 봐요. 그럼 그에 어울리는 왕국도 갖고 싶어하셨나요?"

"당연하지. 그걸 위해서 아일랜드를 떠나 미국으로 오셨던 거야. 거기 살았으면 기껏해야 밀수꾼 정도였을 거고 어머니는 하녀였을 테니까. 아버지가 어머니에게 결혼 신청할 때, 궁궐을 만들어 주겠다고 약속했다더군. 언젠가 아일랜드만큼 넓고 비옥한 땅덩이를 다스리게 될 거라고 하셨대."

"당신 어머니가 그 말을 믿으셨나요?"

"아직 아버지를 만나지 못해서 그렇겠지만, 그분은 가볍게 약속하는 분이 아니야. 킬라라가 아직 아일랜드만큼 넓지는 않지만, 우선 작년에 판 땅을 되찾은 다음에 차츰 넓혀 가면 돼. 텍사스 땅을 사들여야 할지도 몰라. 일단 철도가 깔리면 우리 목축을 여기서 다 감당할 수 없을 테니까. 금광이 하나 터지기만 하면 내가……."

그가 말을 멈추고 그녀를 내려다보았다.

"왜 웃어?"

"거대한 왕국을 꿈꾸는 사람이 당신 아버지만이 아닌 것 같아서요. 당신도 그런 방면에 야망이 있는 것 같군요."

도미닉의 표정이 침울하게 변했다.

"그럴지도 모르지, 아버지와 난 똑같은 부류니까. 한 가지 차이가 있다면 아버지는 건설자고 난 파괴자라는 거야."

"그게 무슨 뜻이에요?"

그의 이런 모습은 처음이었다. 킬라라에 대한 계획을 얘기할 때의 그 열의나 정열도 본 적이 없었지만, 지금의 고통과 쓸쓸함 또한 본 적이 없었다.

"신경 쓰지 마."

그가 어깨를 으쓱이고는, 나무문들이 늘어진 복도를 계속 걸어갔다.

"브리안느의 방이 마음에 들 거야. 우리 집안에서 처음 태어난 여자애라 모두들 애지중지했어. 킬라라가 왕국이면 브리안느가 우리 공주야."

"행운아네요, 이런 가족 사이에서 태어나다니……. 혹시 침실을 빼앗긴 거 싫어하지 않을까요?"

"그 녀석은 지루한 것만 아니면 다 괜찮아. 오히려 변화가 생겼다고 좋아할걸. 이 기회에 멕시코 마을에서 자고 오겠다고 조를지도 몰라."

그의 어조에 따뜻한 애정이 담겼다.

"마을이라뇨? 그런 거 안 보이던데요."

도미닉이 복도 끝 쪽의 문 앞에 멈춰 한 팔을 움직여 문을 열었다.

"언덕 너머에 있어. 총소리가 날 때면 얼른 달려올 수 있게 가깝고 우리 사생활을 방해하지 않을 정도로 먼 곳이야."

그 방의 침대는 가운데 사슴머리를 조각하여 2미터도 훨씬 넘게 머리받이가 올라선 놀라운 물건이었다. 닫집과 침대보는 초록색의 벨벳이었고, 바닥의 카펫에는 베이지색 바탕에 분홍색 장미꽃들이 그려졌으며, 벽지는 크림색 위로 우아하게 초록 덩굴이 뻗어나간 그림이었다. 까만 화장대와 계란형의 전신거울도 진짜 공주에게나 어울릴 법했다. 엘스페스의 철저히 금욕적이었던 방과는 비교조차 되지 않았다.

도미닉이 그녀를 침대에 내려놓은 다음 뒤로 물러났다.

"실버가 금방 올 거야. 뭐 필요한 거 있나?"

그녀는 괜스레 실망스러웠다. 잠깐 동안 그를 좀더 이해하게 된 것 같았는데 이제 그가 다시 한 번 마음의 문을 닫아버렸다. 자신을 환영해 주는 듯하던 이 방도 이젠 갑자기 낯설고 춥게 느껴졌다. 그녀의 앞에 선 남자도 이방인이었다. 젊은 남자들이 도살장의 돼지들처럼 처형당하는 이런 곳에서 어떤 다른 느낌이 들 수 있을까? 지난밤의 기억이 되살아나 역겨움이 치밀었다. 그녀는 서둘러 일어나 앉으며 애써 미소지었다.

"없어요, 고마워요. 당신 아버지가 기다리실 텐데 어서 가보세요."

그는 그녀의 얼굴을 응시하며 머뭇거렸다. 그런 다음 침대 옆으로 내려앉았다.

"몇 분 정도 늦어져도 상관없어."

"아니에요, 난……."

"얼굴이 창백하군. 헬즈 블러프에서 떠나오면 괜찮아질 줄 알았는데, 아닌 모양이지?"

그녀가 힘없이 고개를 끄덕였다.

"계속 생각이 나요. 계속 아른거려요……."

"완전히 없어지긴 힘들겠지만, 점점 덜해질 거야. 그때까지 다른 쪽으로 생각을 돌려봐."

그가 놀라울 만큼 다정하게 미소지었다.

"아버지가 이 집을 어떻게 얻어냈는지 말해 줄까?"

"바케로들이 지었다면서요. 바케로가 스페인어로 '카우보이'라는 뜻이잖아요."

"16년 전에 아버지는 천막 하나나 간신히 지을 상황이었어. 아파치들 때문에 세 번이나 집이 불탔고, 가축떼를 모아들일 때마다 인디언이 또 습격해서 원래대로 돌려놨어. 간신히 소떼 한 무리를 시장에 내다 팔고 나서 아버지는 무언가 조치를 취해야겠다고 결심했지. 그래서 우린 리오그란데 강을 건너 산 펠리페라는 멕시코 마을로 달려갔어. 그 당시 그 나라가 지독한 가뭄에 시달려 가축들도 피골이 상접했었거든. 그 덕분에 가격이 엄청 쌌어."

그가 회상에 잠겨 미소지었다.

"스페인어는 몇 마디 아는 거 없었지만, 아버지는 어떻게든 의사를 전달했어. 네 발 달린 짐승을 모조리 사들이고 신체 건강한 남자들을 킬라라에서 고용하겠다고. 그들에게 임금과 각자의 집과 아이들의 교육을 약속해 줬어. 그 사람들 입장에서는 손해날 거 하나 없었지. 그래서 우리하고 같이 가축떼를 몰고 킬라라로 왔다가, 그 다음에 돌아가서 산 펠리페 마을을 몽땅 킬라라로 이주시켰어."

그가 문득 인상을 찡그렸다.

"제기랄, 물소떼 모는 것보다 더 힘들더군. 그곳에 있는 걸 몽땅 긁어왔거든. 가구부터 냄비까지 죄다 실은 손수레하며, 아이들, 늙은이들, 닭과 거위들을 잔뜩 실은 짐마차까지. 게다가 노새까지 있었어. 난 노새들이 정말 싫어. 이 땅 위에서 제일 악마 같은 짐승이 아마 노새일 거야. 그때 난 열네 살이었는데 킬라라에 도착했을 때쯤에는 아흔 살쯤 돼버린 느낌이었지."

엘스페스의 얼굴에 미소가 그려졌다. 어린 소년이 인간과 짐승들의 잡다한 떼거리와 악전고투하는 모습이 떠올랐다.

"그래도 관리를 잘하셨네요. 서른 살 이상으로는 보이지 않는 걸요."

"요즘엔 그 귀가 길다란 악마놈들 근처에 가지도 않으니까."

그가 이불 위에 놓인 그녀의 손을 내려다보았다. 너무나 작은 손, 가냘프고 우아하고 섬약해 보였다. 무심결에 그 손으로 손을 뻗어갔다. 하지만 몇 센티미터 떨어진 지점에서 불쑥 멈췄다.

"하여튼 아버지는 가축을 얻었고 어머니는 멋진 집을 얻게 됐어. 그 즈음 나의 형 도널이 마누엘라를 만나 결혼했는데, 마누엘라가 통역해 주지 않았으면 아마 이 집을 짓는 데 십 년쯤 걸렸을지도 몰라. 이 집이 스페인 식으로 보이는 게 어쩌면 마누엘라 때문일 거야. 그녀는 스페인 귀족의 딸이었거든. 산 펠리페에 왔다가 도널을 만났던 거야. 도널이 죽은 후에 그녀는 스페인으로 떠나버렸어. 그거야 탓할 수 없는 일이지만, 아들인 라이언까지 데려간 건 잘못이었어. 그 녀석은 도널의 아들, 딜레이니 가의 사람이라구. 킬라라에 있어야 마땅해."

엘스페스가 경이롭게 그를 올려다보았다.

"당신은 지구상에 걸어다니는 딜레이니를 모두 다 사랑하나 봐요."

"내 가족, 내 핏줄이니까. 항상 의견일치가 되는 건 아니라 해도 우린 강한 유대감이 있어. 우린 서로의 일부이자 킬라라의 일부야.”

엘스페스는 또다시 부러움에 젖어들면서 도미닉의 커다란 손으로 시선을 내렸다. 그가 왜 이 손을 뻗다 말고 멈춰버렸을까? 그 손의 위로를 기쁘게 받아들였을 텐데. 하지만 그게 과연 위로였을까? 자신의 몸 위로 움직이던 그 손가락을 생각하자 손바닥 가운데가 묘하게 아른거렸다. 그녀가 다급하게 시선을 돌렸다.

“운이 좋으시군요, 그렇게 친하지 않은 가족도 있는데.”

손에 닿는 벨벳의 감촉이 너무 부드러워, 그는 나른하게 손바닥을 비벼 보았다. 집게손가락이 무심결에 소복하게 솟은 부분으로 나아갔다. 벨벳처럼 관능적인 느낌이 나는 재질은 그리 많지 않았다. 엘스페스의 매끈한 허벅지와 비견할 만했다. 엘스페스의 보들보들한 허벅지와 그 위쪽의…… 뱃가죽이 고통스럽게 오그라드는 걸 느끼며 그의 손이 서서히 이불을 움켜쥐었다.

“이젠 나가요, 도미닉. 늙은이가 기다리잖아요.”

문 앞에 실버가 버티고 섰다.

도미닉은 당장 사라지라고 소리치고 싶었다. 문을 걸어 잠그고 이 커다란 침대에서 엘스페스와 같이 누워……. 빌어먹을, 생각만으로도 견디기 힘들었다. 그가 애써 이불을 풀어내고 일어섰다.

“우선 식사하게 하고 그 다음에 푹 쉬게 보살펴 줘.”

“당신이 이래라저래라할 필요 없어요. 나가요!”

도미닉이 실버의 번들거리는 눈을 응시했다.

“실버, 왜 그래?”

“나가라니까요! 늙은이가 방탕아를 보고 싶어한다잖아요. 살찐 송아지는 없어도…….”

그녀가 입술을 깨물며 침대 쪽으로 다가섰다.

“우리가 알아서 할게요. 당신 도움은 필요 없어요.”

“난 아무의 도움도 필요 없어요. 이제부턴 내가 알아서 할게요. 여기서 며칠 쉰 후에 칸타란으로 떠날 거예요.”

엘스페스가 조용히 입을 열었다. 도미닉이 서서히 고개를 흔들었다.

"어째서 포기하지 않는 거야?"

"칸타란에 대한 내 감정이 킬라라에 대한 당신의 감정과 비슷하기 때문이에요."

그가 반박하려 하자, 그녀가 한 손을 들어올려 막았다.

"당신에게 같이 가달라고 조르지 않을 테니까 걱정 마세요. 이제야 그럴 권리가 없다는 걸 깨달았어요. 나 혼자 칸타란을 찾아볼 생각이에요."

"어떻게?"

"칸타란에 대해 아는 사람이 한 명 더 있다고 했잖아요. 실버의 마을로 가 그 사람을 찾아보거나 혹은 화이트 버팔로에게 직접 물어 볼 수도 있겠죠."

그녀의 시선이 실버에게로 옮겨갔다.

"너무 무리한 부탁일까? 너한테 신세 많이 진 건 알지만."

"화이트 버팔로는 죽었어요. 지금은 콰이어트 선더가 치료사예요."

"어머나!"

순간적으로 당황스러웠지만 엘스페스의 표정이 이내 밝아졌다.

"그럼 그 사람과 얘기해 봐야겠어. 치료사에서 치료사로 전설이 이어진다고 했잖아. 날 데려다 줄 수 있을까, 실버?"

실버의 얼굴에 무모한 미소가 나타났다.

"좋아요, 나도 이 집에 있고 싶지 않아요."

도미닉은 분노가 부글부글 끓어올랐다. 실버를 엎어놓고 볼기짝을 때려야 할지 아니면 그녀의 상처 입은 마음을 동정해야 할지 결정할 수가 없었다. 어머니가 무언가 가슴아픈 말을 했다는 건 실버의 표정으로 알 수 있었다. 어차피 5분 이상 평화롭게 있을 수 없는 사이였으니까. 하지만 엘스페스가 독립심을 발휘한 시점과 실버가 반항심을 느낀 시점이 일치했다는 게 그야말로 빌어먹을 일이었다.

"좋아, 그럼 결정됐어. 고마워, 실버……."

"안 돼! 그 몸으로 여길 떠나서 헛된 망상을 찾아나서겠다고? 내가 그렇게 내버려 둘 것 같아?"

도미닉의 낮은 목소리가 폭발적으로 터져나왔다. 엘스페스가 눈살을 찌푸렸다.

"왜 화를 내는 거죠? 오히려 고마워해야 하잖아요. 당신에게 도와달라는 게 아니에요. 걱정은 감사하지만 지금부터 나한테 신경 쓸 필요 없어요."

"필요 없다고?"

고마워하라고? 그는 눈앞의 하얀 모가지를 비틀어버리고 싶었다. 감히 날 밀쳐내겠다고? 자신이 내 여자인 것도 모르고……. 그는 재빨리 그 생각을 밀어냈다. 자신이 얼마나 어리석은지도 모르면서, 머리가죽이 벗겨지거나 강간당할지도 모르면서……. 하지만 그건 모두 저 여자가 빌어먹을 어린 시절의 꿈을 포기하지 않았기 때문이다. 그가 벌떡 일어나 발길을 돌렸다.

"거참 다행이군. 난 미친 여자까지 걱정할 여유 없어."

성큼성큼 문으로 향하는 발소리에 성마름과 분노가 묻어났다.

"당신 마음대로 해."

"고마워요."

엘스페스의 목소리는 나지막하고도 분명했다.

"그렇게 할 거예요."

도미닉은 세차게 문을 닫아버리고는 주먹을 틀어쥐었다. 맙소사, 저 여자는 진짜로 실행할 생각이다. 그에게 다시는 부탁도 하지 않을 것이다. 안도감이 들어야 마땅할 테지만, 엘스페스의 다음 행동이 무엇인지 아는 지금은 그럴 수 없었다. 그는 복도 끝 쪽의 방을 향해 씩씩대며 걸어갔다. 아버지에게 가는 건 잠시 미뤄야 했다. 라이징 스타와 얘기하는 것이 더 시급했다.

11

뿌연 안개, 커다란 검은 눈, 나른한 평화.

엘스페스는 잠에서 빠져나오며 침대 옆에 앉은 낯선 여자를 알아차렸다. 불안하거나 놀랍지는 않았다, 그저 평화로웠다.

"안녕하세요."

그 여자의 목소리는 꿀처럼 달콤하고 미소도 사랑스러웠다.

"내 맘대로 들어와서 미안해요. 난 라이징 스타, 도미닉의 형수죠."

엘스페스가 얼른 일어나 앉았다.

"만나서 반가워요."

라이징 스타는 이십대 후반이나 삼십대 초반으로 보이는 여자로, 실버와 천양지차로 달랐다. 그녀의 조카에게는 움직일 때마다 이글거리는 강렬함이 뿜어나오는데 반하여, 이 여자는 여왕처럼 우아하게 앉아 있었다. 가녀린 몸매였지만 헐렁하게 늘어진 옷 밑으로 커다랗게 부푼 배가 자리잡았다. 유머와 따뜻함이 빛나는 커다란 검은 눈동자가 두드러졌고, 미소 또한 무척이나 아름다웠다.

"도미닉이 날 찾아왔어요."

라이징 스타의 입술이 흥미로운 듯 휘어졌다.

"몹시도 동요해 있더군요. 당신이 어떻게 그런 위업을 달성했는지 모르겠어요. 도미닉은 자제력이 굉장히 강한 사람인데…… 그렇게 될 수밖에 없는 이유도 있었지만요."

"그를 잘 아시나요? 지난 십 년 간 몇 번밖에 여기 오지 않았다고 하던데요."

"그래요, 하지만 조슈아와 결혼한 그 해에 우린 서로 아주 친해졌어요…… 함께 겪은 일이 있었거든요."

그녀가 엘스페스의 시선을 피해 속눈썹을 내리깔았다.

"도미닉이 날 찾아와서 콰이어트 선더에게 말을 전해 달라고 하더군요, 당신을 도와주지 말라는 말을요."

엘스페스가 당장 분노를 드러냈다.

"어머나, 자기가 도와주기 싫다고 해서 방해할 것까진 없잖아요."

"도미닉은 아무리 노력해도 바꿀 수 없는 일이 있다는 걸 인정하지 않아요. 칸타란의 존재를 무시하면 그 예언도 사라질 거라고 생각하죠."

"당신도 칸타란을 아나요? 예언이라니 무슨 예언이에요?"

엘스페스의 얼굴이 흥분과 열의로 달아올랐다. 라이징 스타는 의자 등에 머리를 기대고서 초록색 닫집을 응시했다.

"도미닉이 당신에게 말하지 말라고 했지만 난 모든 걸 밝히겠다고 대답했어요. 이건 우리 스스로 선택해야 하는 일이에요, 결국에는 우리의 선택이 아닐지도 모르지만."

"그럼 칸타란이 어딘지 아는 거예요? 화이트 버팔로가 당신에게도 말해 줬나요?"

"그래요."

라이징 스타가 잠시 침묵했다.

"난 열네 살 때부터 칸타란에 대해서 알고 있었어요. 성인식을 치르고 난 후에 화이트 버팔로가 얘기해 줬죠."

그녀의 시선이 엘스페스에게 돌아왔다.

"당신은 칸타란에 대해서 뭘 알고 있나요?"

"그곳은 바빌론처럼 아름답게 건축된 도시예요. 평화를 사랑하고 고대 그리스인보다 더 개화된 부족이 살고 있었죠. 태양신 라를 숭배하고, 아름다움과 음악을 사랑하는……."

아, 어떻게 다 말로 표현할 수 있을까? 그녀가 간단히 마무리지었다.

"그곳은 천국이었어요."

라이징 스타가 고개를 저었다.

"아뇨, 천국은 아니에요. 칸타란에도 결함이 있었어요."

"아니에요!"

자신도 모르게 격한 반응을 보이고 나서 엘스페스는 다시 숨을 가다듬었다.

"소리 질러서 미안해요. 하지만 당신이 잘못 생각하는 거예요. 전설에는 완벽한 도시로 나온다구요."

"도시란 그곳의 사람들만큼만 완벽한 거예요. 사람은 결코 완벽할 수 없구요……. 우리가 아무리 노력한다 해도 항상 결함이 있답니다."

라이징 스타의 목소리에 고통이 스며든 것 같았다. 칸타란이나 그 사람들에 대해서가 아니라 개인적인 무언가를 생각하는 듯했다.

라이징 스타가 고개를 흔들며 애써 미소지었다.

"수백 년 전에 카드라라는 젊은 남자가 우리 마을로 왔어요. 아주 특이하고 화려한 옷차림으로 목에는 은과 터키석으로 만든 목걸이를 걸고 있었죠. 이상하고 놀라운 것들을 많이 알고 있었기 때문에 우리들 눈에는 신처럼 보였는데도 그 사람은 그걸 싫어했어요. 자신의 여주인이 칸타란을 알리고 앞으로 올 네 사람에 대한 준비를 시키기 위해 우리한테 자신을 보냈다고 했어요. 카드라는 우리 부족의 치료사가 되어 죽을 때까지 함께 살았죠. 결혼도 하지 않았어요. 크라이라나에 대한 사랑이 너무 커서 다른 여자를 받아들일 공간이 없었던 거예요."

"크라이라나요?"

엘스페스에겐 전혀 낯선 단어였다.

"그게 그 주인의 이름인가요?"

"아뇨, 크라이라나는 직함이에요. 그녀의 이름은 사얀이었어요. 칸타란의 최고 여사제, 불길의 수호자였죠. 앞으로 일어날 환상들을 보고, 여러 번 재앙을 예언해서 부족의 피해를 막아 줬대요. 그녀는 칸타란에서 가장 명예로운 인물이었어요. 라의 사제들도 그녀를 존중했구요. 하지만 사얀이 실수를 저질렀어요. 젊은 무사와 사랑에 빠져 순결을 바쳤어요. 최고 여사제는 사제들이 정한 전통에 따라 순결하게 남아 있어야 했죠. 그 일로 사제들이 그녀를 크라이라나 자리에서 내치고 라께서 그 힘을 앗아갔다고 부족원들에게 발표했어요."

"하지만 사실은 그렇지 않았어요."

엘스페스가 단언했다. 마치 그 내용을 모두 아는 듯한 이상한 기분이었다.

"그래요. 하지만 아무도 그녀의 말을 믿어 주지 않았어요, 마지막 환상도."

마지막 환상. 성스러운 불길이 피어오르는 성전. 크라이라나의 손에서 천천히 불 속으로 떨어지는 향, 파란 불꽃이 일어나며 그 안에 진실이 나타났으리라. 엘스페스는 눈을 감고 그 장면을 그려 보았다.

"칸타란은 산들로 둘러싸인 계곡에 자리잡았어요. 가장 높은 산이 태양의 아이였죠. 사람들은 태양의 아이를 라의 아이로 여겨 항상 우러러봤어요. 크라이라나가 본 환상이 그 화산과 관련된 거예요. 태양의 아이가 검은 연기를 내뿜으며 계곡 전체를 그 독한 연기로 뒤덮어 살아 있는 생명을 죽여버리는 것이었죠. 사얀은 사제들에게 가서 위험이 사라질 때까지 사람들을 대피시키라고 애원했어요."

"하지만 그들은 비웃었어요."

엘스페스는 그들의 경멸스런 표정이 보이는 듯했다.

"그녀가 자신의 지위를 되찾으려 한다고 생각했죠. 그래서 창녀라고 욕하며 그녀를 쫓아버렸어요."

"그래요."

라이징 스타의 목소리에 놀라움이 깃들었다.

"그랬어요. 그녀는 그곳에 남아 부족원들과 운명을 같이 하기로 결심했어요. 하지만 자신의 하인 카드라를 북쪽으로 떠나 보냈죠."

"그리고 칸타란이 멸망했을 때 그녀도 죽었어요, 달카와 함께."

"달카요?"

"그녀의 연인 말이에요."

엘스페스가 몽롱하게 눈을 떴다. 고대의 세상에서 현실로 되돌아오기까지 몇 분의 시간이 흘렀다.

"당신이 그 이름을 말해 줬잖아요."

"내가요?"

라이징 스타가 불안하게 그녀를 응시했다.

"글쎄요, 내가 말했는지도 모르겠군요. 지금으로서는 충분히 얘기한 것 같아요."

그녀가 당황스러운 듯 자리에서 일어나 빠르게 문으로 걸어갔다.

"나중에 다시 얘기하기로 해요."

"잠깐만요, 예언에 대해서 말하지 않았잖아요."

라이징 스타는 문고리를 손에 쥔 채 멈춰 섰다. 잠시 후에 천천히 돌아서며 억지웃음을 지어 보였다.

"사실은 도망치고 싶었어요. 난 별로 용기가 없는 사람이거든요. 이젠 용기가 생길 때도 됐는데……."

그녀가 초조하게 입술을 축였다.

"사얀이 불길에서 본 것 중에 또 다른 것이 있었어요. 카드라에게 이렇게 말했대요. 몇 백 년 동안 칸타란은 시간이 얼어붙은 듯 버려져 있으리라. 그 후에 네 사람이 다시 그 거리를 걷게 되리라. 그날이 오면 태양의 아이가 다시 한 번 떨며 일어나리라. 그리고 불비가 내리고 칸타란은 마치 이 세상에 존재하지도 않았던 것처럼 영원히 사라지리라……. 넷이 칸타란으로 올 것이며 넷은 왔던 곳으로 돌아가리라. 하지만 둘은 칸타란이 죽을 때 함께 죽으리라."

“이상한 말이네요. 수수께끼 같은 건가요?”

“나도 몰라요.”

“그 예언을 믿으시나요?”

라이징 스타가 잠시 망설이고 나서 슬프게 미소지었다.

“때로는 믿어져요. 어릴 때부터 사람에겐 정해진 운명이 있다고 배웠거든요. 미신적인 야만인에게 다른 무얼 기대할 수 있겠어요?”

그 어조에서 실버에게 반향되었던 것과 비슷한 쓸쓸함이 느껴졌다.

“칸타란에 가는 게 위험하다고 생각해요?”

라이징 스타가 힘없이 관자놀이를 문질렀다.

“아, 모르겠어요. 어디에든 위험은 있어요. 당신 스스로 결정해야 해요. 그래도 가고 싶다면 내가 지도를 그려 줄게요.”

“고마워요.”

그렇게나 바라던 일이 이루어진 순간인데도 엘스페스는 왠지 행복하지 않았다. 그 예언을 들은 순간부터 섬뜩한 두려움이 좀처럼 사라지지 않았다.

“도미닉도 그곳 지리를 알고 있나요?”

라이징 스타가 눈썹을 치켜들었다.

“당연하죠. 화이트 버팔로는 그가 칸타란의 거리를 걷게 될 네 사람 중 하나라고 예언했어요.”

엘스페스의 눈이 휘둥그레졌다.

“그럼 당신도……?”

“그래요, 태어난 날부터 내 운명이 칸타란으로 향해 있다더군요.”

그녀가 돌아서서 문을 열었다.

“이제 세 사람이 모였으니 한 명만이 남았군요. 운명이 움직이기 시작해요.”

그녀가 흘깃 돌아보았다.

“도미닉은 그 예언을 믿지 않았어요. 그런데 당신이 그걸 다시 생각하게끔 만들고 있어요……. 도미닉과 같이 가고 싶은가요?”

엘스페스가 고개를 저었다.

"아뇨, 누군가의 죽음을 책임진다는 건 너무 끔찍해요……. 그 예언이 사실이라고 믿기에도 너무 끔찍하구요. 하지만 전설이란 게 세월을 거치면서 왜곡되기 마련이잖아요. 그 예언도 마찬가지일 거예요. 하여튼 생각을 좀 해봐야겠어요."

라이징 스타가 고개를 끄덕였다.

"그래요, 우리 모두 생각해 봐야 할 거예요. 백인들은 스스로 운명을 선택할 수 있다고 믿죠. 어쩌면 화이트 버팔로가 어리석은 노인에 불과했는지도 몰라요. 우리가 꼭 칸타란에 갈 필요는 없어요, 그렇겠죠?"

"그래요, 꼭 갈 필요는 없겠죠."

엘스페스가 중얼거렸다. 하지만 가지 않는다면 그 아름다운 거리와 완벽한 좌우대칭의 성전과 피라미드들, 눈으로 뒤덮인 태양의 아이를 보지 못하리라. 라이징 스타의 눈에 슬픔과 이해심이 담겼다.

"저녁 식사 때 만나지 못할 것 같아요. 조슈아가 없을 때는 방에서 혼자 식사하거든요. 지도를 받고 싶으면 나한테 얘기해요. 하지만 며칠쯤 생각해 본다 해도 해될 건 없을 거예요."

그녀가 조용히 문을 닫고 떠났다.

"너무 조용하네요."

실버가 은 손잡이가 달린 빗으로 엘스페스의 머리를 빗겨 주는 중이었다.

"아까 이모한테 들은 말 때문에 심란해요?"

"응, 생각할 게 많아."

심란하다는 단어는 지금의 감정을 표현하기에 턱없이 부족했다.

"이모가 칸타란에 대해서 아는지는 몰랐어요. 알았으면 내가 당신한테 말해 줬을 텐데."

실버가 거울 속으로 엘스페스의 눈을 마주 보았다.

"당신만 괜찮다면 나도 같이 갈게요. 여기선 기대할 게 하나도 없어

요, 어디든 마찬가지긴 하지만. 혹시 알아요? 그 잃어버린 도시에는 뭔
가 다른 게 있을지.”

“오, 실버. 그렇게 해준다면…….”

엘스페스는 흠칫 말을 멈췄다. 지금껏 마음속으로 되뇌었던 것처럼
사얀의 예언이 한낱 전설에 불과하다 해도, 여행 자체가 위험할 수도
있었다. 이미 보답한 것 하나 없이 실버에게 너무 많은 것을 받지 않
았던가. 우정이란 게 뭔지는 잘 모르지만, 틀림없이 이런 것은 아닐 것
같았다. 지금도 실버는 그녀에게 하녀 노릇을 해주고 있었다. 목욕시
켜 주고 머리까지 빗겨 주고. 반면에 엘스페스는 속옷 차림으로 앉아
당연한 권리라도 되는 것처럼 만족스럽게 실버의 도움을 받아들이고
있었다. 그녀가 손을 뻗어 실버의 손에서 빗을 받아들었다.

“그건 나중에 생각해 보자. 그리고 이젠 날 병자 취급할 필요 없어.
거의 나았어.”

실버가 놀라면서도 불안한 표정으로 엘스페스의 머리를 빗는 손놀
림을 쳐다보았다.

“아직은 기력이 딸린다구요.”

“이미 너무 오랫동안 받기만 했어. 이제부터는 혼자 해볼게.”

실버가 눈살을 찌푸리고는 옷장으로 걸어갔다.

“그럼 옷이나 챙겨 줄게요. 로사가 다림질해 놨어요.”

까만 실크 드레스를 꺼내어 엘스페스에게로 가져왔다.

“그래 봤자 나아질 거 하나 없지만. 이건 아주 보기 싫어요. 당신 가
방에 있는 옷 모두 지독해요, 빨간 담요만 빼고.”

“그건 담요가 아니야, 맥그리거 가문의 타탄이야.”

실버가 어깨를 으쓱였다.

“하여튼 당신 옷보다는 그게 낫다니까요. 왜 까만 옷만 입는 거예
요? 항상 새끼 독수리처럼 보이던데.”

“관습에 따르는 거야. 아버지의 죽음을 애도하는 중이거든.”

“당신이 아버지 꿈을 꾸면서 울고 비명 지르는 거 들었다구요. 그

전설 속의 사랑 185

남자가 죽었다고 해서 슬프지도 않잖아요.”

“물론 슬퍼, 내 아버지인걸.”

거짓말. 실버의 말이 맞았다. 아버지가 돌아가셨을 때 그녀가 느낀 건 안도감과 부녀간의 사랑 없음에 대한 슬픔뿐이었다. 아, 얼마나 사악하고 배은망덕한 딸이란 말인가. 자식된 도리로서 아버지를 사랑하고 존경해야 하는데. 하지만 그녀는 아버지를 사랑하지 않았다. 탁월한 지적 능력은 존경했지만 사랑하진 않았다. 아버지의 죽음을 진심으로 애도하지 않는다는 죄책감 때문에 관습의 틀에 매달려 있었던 걸까? 지금까지 나약했을 뿐만 아니라 자신에게 솔직하지도 못했던 걸까?

“네 말이 맞아, 실버. 난 그분을 애도하지 않아.”

실버가 씨익 웃으며 그 옷가지를 침대로 툭 내던졌다.

“그럼 이렇게 보기 싫은 옷을 입을 필요 없어요. 당신이 종달새처럼 노래 부르고 싶을 만큼 아주 밝은 색 옷을 찾아보자구요.”

엘스페스가 키득키득 웃음을 터트렸다.

“독수리보다는 종달새가 더 마음에 들어. 하지만 그건 에든버러에 갈 때까지 기다려야겠어. 여기엔 검은색 옷만 가져왔거든.”

“라이징 스타한테 빌리면 돼요.”

그녀가 벌써 문 앞에 도착해 있었다.

“지금은 임신해서 예쁜 옷들을 입을 수 없거든요. 금방 돌아올게요.”

엘스페스는 멍하니 그 뒷모습을 응시했다. 평소처럼 이번에도 실버가 문제를 떠맡아 해결책을 찾아나섰다. 어서 쫓아나가 그냥 내 옷을 입겠다고 말하는 게 낫지 않을까? 하지만 일어서려는 순간 침대 위의 그 까만 옷이 눈에 들어왔다. 갑자기 그렇게 우중충한 옷을 입는다는 게 지긋지긋해졌다. 그 칙칙한 옷이 지난 몇 달 간의 나약함까지 상기시켰다. 그녀는 마음을 결정한 다음 다시 의자로 앉아 머리를 땋아올리기 시작했다.

실버가 빌려온 드레스는 레이스 장식이 달린 하얀색으로, 새침하고 정숙해 보이며 대단히 아름다웠다. 약간의 수정을 가하자 긴 소매와 보디스도 완벽하게 엘스페스의 몸에 들어맞았다. 목의 레이스 장식이 그녀의 목을 길게 강조해 주었고, 동그란 치맛자락이 움직일 때마다 우아하게 살랑거렸다. 그녀가 거울 속의 자신을 응시하며 중얼거렸다.

"딴 사람 같아."

실버가 만족스럽게 고개를 끄덕였다.

"뒤집어진 백합 같아요."

엘스페스는 웃음을 터트렸다. 평생에 이렇게 경쾌하고 어려진 기분은 처음이었다.

"더 근사할 수도 있었을 텐데. 라이징 스타가 하얀색만 입는다는 게 안타까울 뿐이에요. 이게 다 화려한 색은 숙녀답지 못하다고 생각하는 노파 때문이에요."

엘스페스는 어리둥절해하며 실버를 쳐다보았다. 오늘 아침 말비나가 입고 있던 드레스는 분명 보라색이었는데.

"말비나는 그런 색을 입었잖아……."

"그래요, 하지만 그 노파는 백인이잖아요. 인디언인 라이징 스타는 좀더 신중해야 돼요."

"말비나가 그래야 한다고 고집하는 거야?"

"아뇨."

실버가 마지못해 인정했다.

"이모한테 기분 나쁜 소리는 안 해요. 라이징 스타도 딜레이니의 한 사람이거든요. 이모를 사랑하진 않는다 해도 공정하게 대해 주죠. 라이징 스타가 배움에 목말라하는 점은 꽤나 존중해 줘요."

그녀가 몸을 돌렸다.

"이제 내려갈 시간이에요."

"넌 갈아입지 않아도 돼?"

실버가 자신의 얼룩무늬 치마와 사슴가죽 튜닉, 구슬 달린 가죽신을 내려다보았다.

"왜 갈아입어요? 난 깨끗해요, 머리도 빗었구요. 늙은이 마음에 안

들면 아마 부엌으로 쫓겨나겠죠. 어떻게 될지 두고 보자구요.”

실버가 반항적인 태도로 엘스페스의 팔을 잡아끌었다.

“아참, 안경 안 써도 되요?”

“아니, 써야지.”

엘스페스는 경대 쪽으로 한 걸음 다가서다가 도미닉의 조롱기 어린
말을 기억해 냈다. 이것이 또 다른 자기 기만일까? 이번 결정은 상복
을 벗는 것보다 훨씬 힘들었다. 낯선 사람들에 대한 불안감을 그 안경
이 다소나마 줄여 줄 것이다. 안경의 금테가 유혹적으로 반짝거렸다.
그녀는 깊이 숨을 들이켜고 나서 억지로 다시 돌아섰다.

“아니, 오늘밤엔 안 쓸래. 사실은 별로 필요도 없어.”

계단 아래쪽에서 샤무스 딜레이니가 그들을 맞아들였다.

“어서 오시오, 맥그리거 양.”

그의 따뜻한 미소에는 패트릭을 연상시키는 장난기가 스며 있었다.

“내려오기로 결정해 줘서 다행이오. 당신을 대단히 만나고 싶었거
든. 내가 직접 올라가서 데려올 작정이었다오. 난 샤무스 딜레이니요.”

“이 집에 받아주셔서 감사합니다.”

그녀의 작은 손이 굳은살 박힌 커다란 손에 푹 감싸였다.

“너무 오래 폐 끼치지 않도록 노력할게요.”

“그 무슨 말이오? 당신이 너무 빨리 떠나버리면 말비나가 실망할 거
라오. 나 또한 이 킬라라를 모조리 보여줄 때까지 보내줄 마음이 없소.
난 이 목장을 매우 자랑스러워하오. 당신의 에든버러와는 비교도 안
되는 풍경을 보게 될 거요.”

엘스페스는 이 늙은 사내의 환대에 마음이 따뜻해졌다. 늙었다고?
그런 표현은 샤무스 딜레이니에게 어울리지 않았다. 육십대가 틀림없
었지만, 호리호리한 몸에서 아직 40대의 힘이 발산되었다. 까만 정장
과 조끼, 하얀 셔츠와 회색 넥타이 차림이었고, 백발의 갈기가 촛불 빛
속에서 부드럽게 반짝거렸다. 온통 백발인 탓에 더 늙어 보여야 마땅

할 텐데도, 오히려 그의 구릿빛 얼굴을 훨씬 젊어 보이게 했다.

"자랑스러워하시는 게 당연해요. 집이 아주 근사한 걸요."

"말비나가 멋지게 해냈다오. 끊임없이 인테리어와 살림에 관한 잡지, 책들을 연구해 왔거든. 그 중에서도 비틀 양의 책을 제일 좋아하던데. 그 책 본 적 있소?"

"유감스럽게도 본 적이 없어요. 제가 미국에 온 지 얼마 안 돼서 그럴 거예요."

"아직 바다 건너까지 넘어가지 않은 모양이군. 하지만 곧 건너가게 될 거요, 말비나가 장담했거든."

샤무스 딜레이니가 쾌활하게 말을 이으며 그녀의 팔을 붙잡았다.

"그 책에서 나온 머리 모양을 말비나가 따라해 본 적이 있었다오. 브리안느는 머리털이 다 뽑히고 말 거라고 단언했지만 결과적으로는 아주 근사했소. 갑시다, 말비나가 식사 전에 작은 콘서트를 열 계획이라오. 너무 단출하긴 하겠지만. 도미닉은 아까 오후에 샴록으로 건너갔고, 나의 야생마 손녀도 아직 돌아오지 않았다오."

문득 샤무스가 눈을 가늘게 뜨고 엘스페스를 살폈다.

"도미닉이 없다고 해서 너무 실망하지 말길 바라오."

사실 엘스페스는 오늘밤 도미닉을 대면하지 않아도 된다는 사실이 다행스러웠다. 라이징 스타에게 들은 말로 인해 머리 속이 복잡한 지금 그 남자에 대한 혼란스런 감정까지 감당할 자신이 없었다.

"새로운 사람을 만나는 것은 항상 기쁜 일이랍니다."

그가 천천히 고개를 끄덕였다.

"말비나의 콘서트가 마음에 들 거요. 그녀는 피아노를 아주 잘 치지. 혼자서 배웠다오. 말비나가 마음만 먹으면 못할 일이 없거든."

계단 그늘에 서 있는 실버를 돌아보는 순간 그의 미소가 사그라들었다.

"말비나가 그런 이교도적인 옷을 싫어하는 거 알잖냐, 실버. 가서 갈아입어라."

그 소녀는 샤무스 딜레이니를 노려보며 꼼짝도 않고 서 있었다.

"싫어요!"

한순간 샤무스의 얼굴에 피곤함이 나타났다가 짜증스러움으로 굳어졌다.

"그럼 방에서 먹도록 해. 딜레이니 가문 식당에는 야만인을 들이지 않아."

"그래요, 그 야만인을 침실에 들이는 것만 좋아하겠죠. 내 아버지가 어머니한테 그랬던 것처럼요. 아니, 아버진 엄마를 침실까지 데려가지도 않았어요. 땅바닥에 담요 한 장만 달랑 깔아놓고……."

"그 고약한 주둥이 닥쳐라."

샤무스의 눈에 분노가 번득였다.

"그런 건방진 태도는 참아 주지 않겠다."

두 딜레이니 모두 분노와 고통에 사로잡혀 있었다.

"안 돼요!"

엘스페스가 얼른 계단으로 돌아가 실버의 어깨에 팔을 둘렀다.

"딜레이니 씨, 제가 몸이 좀 안 좋아서 방에 돌아가 봐야겠어요. 같이 가자, 실버."

샤무스의 표정이 놀라움에서 분노로 그 후에는 마지못한 감탄으로 변해 갔다. 그의 입술이 시큰둥하게 뒤틀렸다.

"실버가 식당에 합석하면 상태가 나아지겠소?"

엘스페스는 진지하게 고개를 끄덕였다.

"실버와 같이 있으면 항상 기분이 나아진답니다, 딜레이니 씨. 이런 손녀를 두셔서 자랑스러우시겠어요."

일부러 던진 자극이었지만 그는 미끼를 물지 않았다.

"그렇소, 난 내 가족이 자랑스럽소."

그는 신중하게 실버를 외면한 채 살짝 고개를 숙였다.

"이제 응접실로 가실까요?"

엘스페스는 실버의 손을 움켜쥐고서 반강제로 잡아끌었다.

“얼른 가자, 피아노 연주를 듣고 싶어.”

“그 노파가 치는 걸 못 들어봐서 그래요. 위층으로 뛰어가 귀를 틀어막고 싶어질 걸요.”

실버가 나지막이 중얼거렸다.

그 후로 45분 동안 엘스페스는 그 말의 뜻을 충분히 이해하게 되었다. 말비나는 그 우아한 피아노에서 믿을 수 없을 만큼의 불협화음을 만들어 냈다. 노골적으로 박자를 무시한 채 흥겹게 눈동자를 빛내며 건반을 두들겨댔다. 소파에 앉아서 경청하는 샤무스의 모습 또한 엘스페스에게는 충격적이었다. 자랑스러움과 즐거움이 가득한 표정이었다. 맙소사, 이 끔찍함을 알아차리지 못하다니 혹시 귀머거리가 아닐까.

마침내 말비나의 연주가 끝나자 샤무스가 부드럽게 입을 열었다.

“즐거운 공연이었소, 여보. 날이 갈수록 실력이 좋아지는구려.”

말비나가 에메랄드빛 호박단 치맛자락을 바스락거리며 의자에서 일어났다. 그 소리가 방금 전의 건반소리보다 훨씬 조화롭게 들렸다.

“당신이 좋아할 줄 알았어요, 샤무스.”

그녀가 칭찬을 바라는 어린 소녀처럼 열성적으로 엘스페스에게 시선을 돌렸다.

무슨 말을 해야 할까? 엘스페스는 필사적으로 머리를 굴렸다. 일단 혀로 입술을 축인 다음에 입을 열었다.

“대단히 사랑스러운 곡조였어요, 이런 연주는 한 번도 들어 본 적이 없답니다.”

실버가 앉아 있는 창가 쪽에서 쿡쿡 웃음소리가 들려왔다. 엘스페스는 신중하게 실버를 외면한 채 정중한 미소만 지어 보였다.

말비나가 왕족처럼 위엄 있게 경멸을 담아 한마디했다.

“음악을 들을 줄 모르는 사람도 있군.”

그리고는 벽난로 선반 위의 고급스런 시계를 흘깃 쳐다보았다.

“브리안느를 더 기다릴 순 없겠어. 우리끼리 식사하기로 해요.”

샤무스가 엘스페스에게 한 팔을 내밀었다.

"말비나가 어렸을 때 피아노를 배웠더라면 훨씬 솜씨가 좋았을 거요. 브리안느에게도 가르쳐 보려고 노력했는데, 그 아이는 오래 앉아 있는 법이 없다오. 차라리 멕시코인 마을에 가거나 바케로들과 소떼 모는 일을 더 좋아하지요. 그 녀석이 생일선물로 뭘 요구했는지 아시오? 새 안장을 사달라더군! 말비나는 그 애를 세인트루이스에 보내 예쁜 옷들을 사게 해줄 생각이었는데 브리안느가 거절했다오. 킬라라를 떠나지 않겠다는 거요. 그 녀석은 철저한 딜레이니라오."

그의 표정에 명백한 자부심과 애정이 드러났다.

엘스페스는 브리안느 딜레이니에게 점점 호기심이 일어났다. 샤무스의 말로 판단컨대 그녀가 각별한 사랑을 받는 건 틀림없어 보였다. 하지만 철저한 딜레이니라니, 얼마나 재치 없고 잔인하기까지 한 말인가. 한 사람은 가족의 일원이라는 것조차 인정받지 못하고 있는데 다른 사촌이 그런 애정을 받고 있다면 실버는 과연 어떤 기분일까?

샤무스의 에스코트를 받아 식당으로 연결된 아치를 통과하면서 그녀는 걱정스레 실버 쪽을 돌아보았다. 하지만 걱정할 필요가 없음을 알아차리고는 안도의 한숨을 내쉬었다. 실버는 샤무스의 말을 들은 것 같지 않았다. 피아노 옆에 서서 그 하얗고 까만 건반을 사랑스럽게 쓰다듬어 보는 중이었다. 그녀의 홀린 듯한 표정에는 경외감과 갈망이 묘하게 뒤섞여 있었다.

오래지 않아 엘스페스는 딜레이니 '공주'에 대한 호기심을 충족시킬 수 있었다. 저녁 식사를 막 끝마쳤을 무렵 브리안느가 식당에 모습을 드러냈다. 그 전에 이미 육중한 현관문이 활짝 열리는 소리와 가벼운 부츠 소리가 그녀의 등장을 예고해 주었고, 숨가쁜 목소리도 뒤를 이었다.

"식사 시간에 맞춰 오려고 했는데, 윌리엄이 산등성 연못을 보여주겠다고 하잖아요. 샴록에 돌아왔을 땐 도미닉 삼촌이 있어서 잠시 얘기해야 했구요. 작년에 잠깐 다녀간 후로 돔 삼촌을 보지 못했잖아요. 그러니 힌미디도 없이 떠나올 수가 없었어요."

　밤색 승마용 치마와 하얀 블라우스 차림의 날렵한 소녀가 아치 안쪽에 나타났다. 그녀가 숨을 가다듬기 위해 멈춰 선 사이 엘스페스는 하나로 땋아내린 적갈색 머리와 생명력이 넘치는 초록 눈동자, 귀족적인 코에 흐릿한 주근깨가 흩뿌려진 고전적인 얼굴을 감상할 수 있었다. 브리안느가 딜레이니 가의 '공주'인지는 몰라도 대단히 소탈한 왕족임에 틀림없었다.

　브리안느의 호기심어린 시선이 엘스페스에게 고정되었다. 그녀가 서둘러 달려들어 한 손을 내밀었다.

　"안녕하세요, 전 브리안느 딜레이니예요. 당신이 엘스페스 맥그리거죠? 패트릭한테 당신에 대해서 아주 흥미로운 얘기를 들었답니다."

　그녀가 힘차게 엘스페스의 손을 붙잡고 흔들었다.

　"나도 패트릭과 같이 라이징 스타한테 지리를 배운 후로 런던과 에든버러에 가보고 싶었어요."

　"세인트루이스에도 안 갔잖니."

　말비나가 뚱하니 끼어들었다.

　"나중에요, 시간은 얼마든지 있다구요."

　브리안느가 웃어젖히고는 엘스페스의 옆자리에 앉은 실버에게 찡긋 윙크를 보냈다.

　"내 말이 맞지, 실버? 볼 것도 많고 할 일도 많은데 부랴부랴 킬라라에서 떠날 필요 없잖아."

　실버가 미소를 되돌려 주었다. 원망하는 기색은 없었다. 조부모의 편파적인 애정이 가슴 아플 텐데도 그 차별대우를 사촌의 탓으로 돌리지는 않는 듯했다.

　"식사 시간은 이미 끝났어. 넌 부엌에 가서 먹어라."

　말비나가 애써 퉁명스럽게 말했다.

　"알았어요, 로사가 차려줄 거예요."

　"아마 우리가 먹은 것보다 더 맛있는 게 나올걸."

　샤무스가 짐짓 한탄스러운 듯 고개를 내저었다.

"패트릭도 같이 왔나?"

"아뇨, 돔 삼촌이 도착하자마자 샴록에서 달아났대요."

샤무스가 눈살을 찌푸렸다.

"그 녀석하고 얘기 좀 해봐야겠군. 꽁해 있는 건 패트릭답지가 않아."

"내버려두세요. 돔 삼촌이 여길 떠나기 전에 해결할 텐데요, 뭐."

브리안느가 엘스페스에게 돌아섰다.

"라이징 스타 방에서 다 같이 모이면 어떨까요? 나도 거기서 저녁 먹을게요. 에든버러와 바다 여행에 대해서 죄다 듣고 싶어요……."

"손님이 피곤하실 거야. 이 집시 같은 녀석 말에 신경 쓰지 마시오, 맥그리거 양."

샤무스가 말했다.

"아니에요, 괜찮은 걸요."

놀랍게도 정말로 피곤하지 않았다. 이 딜레이니 가 사람들의 생동감이 그녀에게도 전달된 듯했다. 엘스페스가 미소지었다.

"솔직히 내 얘기보다 당신 얘기가 훨씬 흥미로울 것 같아요. 여행을 많이 다니긴 했어도 사실 내 인생은 꽤나 단조로웠거든요."

브리안느가 장난스레 씨익 웃었다.

"패트릭한테 들은 바로는 최근에 그 단조로운 인생을 보충하신 것 같던데요."

그녀가 빙글 돌아서서 문으로 향했다.

"나한테 10분만 줘요. 로사한테 밥 차려달라고 말한 다음에 이 말가죽 냄새를 씻어내고 라이징 스타 방으로 갈게요."

"엘스페스한테 네 방 내줬다. 도미닉 방은 도미닉이 써야 하고 실버도 여기 머물 테니까, 넌 손님 방에서 하나 골라."

말비나가 그녀의 뒤로 소리쳤다.

"그럼 서재 소파에서 잘래요. 난 그 방 냄새가 좋거든요. 잉크 냄새, 책 냄새, 할아버지 담배……."

밝은 여운처럼 그 말을 흩날리며 그녀의 모습이 사라졌다.

12

도미닉이 집으로 들어섰을 때 단철 샹들리에의 촛불들은 모두 꺼져 있었고 복도도 어두컴컴했다. 그는 잠시 계단을 쳐다보며 소리 죽여 욕설을 중얼거렸다. 엘스페스가 잠들기 전에 돌아오고 싶었는데 벌써 자정이 가까운 시간이었다. 라이징 스타가 정말로 칸타란에 대해서 다 말해 버렸을까? 하루 종일 궁금해했던 그 대답을 이젠 내일 아침까지 기다려야 할 판이었다. 그는 조용히 문을 닫고 계단 쪽으로 다가갔다.

문 하나가 열리며 한 줄기 불빛과 남자의 실루엣이 드러났다.

"도미닉이냐?"

"네, 아버지."

도미닉이 맨 아랫계단에 발을 올린 채 대답했다.

"나랑 술 한잔하자. 헛간은 어떻게 돼가냐?"

도미닉은 발길을 돌려 아버지에게로 걸어갔다.

"내일 저녁쯤이면 끝날 겁니다. 조쉬 형이 산등성에 흩어진 소들을 확인하고 집에 돌아온댔어요."

샤무스가 만족스레 고개를 끄덕이며 방 안으로 들어가 벽난로 옆

의자에 앉았다. 더운 밤이라 벽난로의 불길은 꺼져 있었고 아버지도 재킷과 조끼와 넥타이 모두를 풀어버린 상태였다.

"조슈아 녀석은 항상 믿음직해, 착실하기도 하고."

그가 반쯤 마신 버번 술잔을 집어들었다.

"너도 한잔해라."

도미닉은 선반으로 가서 버번 위스키를 한 잔 따랐다. 아버지에게 호출당하게 될 줄은 이미 예상하고 있었다. 킬라라에 들를 때마다 아버지가 그를 따로 불러내 자신의 생각대로 설득하려 노력했으니까. 어차피 맞아야 할 매라면 지금 맞는 편이 나았다.

"신과 코트가 샴록을 잘 운영하는 것 같더군요. 계속 거기 두실 생각입니까?"

샤무스는 두 다리를 쭉 뻗으며 길게 한숨을 토해냈다.

"그럴 여유가 있을지 모르겠다. 킬라라에도 손이 모자란데 코트는 샴록에서 말 품종을 개발하느라 정신이 없고……. 하지만 어쩔 수 없이 그 녀석도 불러들여야 할 것 같다. 아무래도 킬라라가 우선이잖냐, 나도 점점 늙어가고. 더 이상 이 무거운 짐을 견뎌 낼 재간이 없다."

도미닉의 입술이 피식 뒤틀렸다. 아버지는 죽는 날까지 킬라라 운영에서 손떼지 않을 것이다. 하여튼 이것이 아버지의 첫번째 공격이었다. 도미닉은 샤무스의 맞은편 안락의자에 자리잡고 앉았다.

"조쉬 형이 있잖아요. 아버지 말씀대로 믿음직하고 착실하게 킬라라를 지키고 있는 걸요."

"아니, 난 네가 와주길 바란다."

도미닉은 본능적으로 자세를 고쳐 잡으며 무표정한 얼굴을 유지했다.

"저한테 그런 거 바라지 마세요."

"난 네가 필요해. 다른 녀석들도 괜찮긴 하다만 야망이 없어. 샴록과 킬라라를 잘 유지하긴 할 테지만 그 이상으로 늘리지는 못해. 하지만 넌 어렸을 때부터 나와 똑같은 야망을 지니고 있었어. 너와 내가 힘을 합하면 이 세상 전체라도 차지할 수 있어!"

도미닉이 웃음을 터뜨렸다.

"제가 아버지처럼 탐욕스럽다는 뜻인가요?"

"정직한 탐욕은 누구한테도 해될 게 없어. 하나의 제국도 그렇게 세워지는 거다. 넌 킬라라와 샴록으로 멋지게 출발할 수 있어. 왜 뻔히 보이는 기회를 놓치려는 거냐?"

거의 거절할 수 없을 만한 유혹이었다. 편안한 집, 주도적으로 가꿔 나갈 수 있는 기회, 사랑하는 사람들과의 협력. 빌어먹을, 그 모든 것이 지독히도 갖고 싶었다. 하지만 그는 술잔 속의 호박색 액체를 물끄러미 내려다보기만 했다.

"패트릭이 있잖아요."

아버지는 성마르게 코웃음쳤다.

"패트릭은 아직 어려. 그 녀석이 물려받으려면 아직 몇 년이나 더 있어야 돼. 신과 코트는 소떼보다 말 교배에 더 관심이 많고. 팔콘은 또 언제 나타날지 알 수 없어. 그 녀석도 킬라라를 사랑하긴 하지만 전쟁이 시작된 후로 한 달 이상 여기 머무른 적이 없었다. 게다가 조슈아도……."

"전 안 돼요. 저라고 집에 오고 싶지 않겠어요? 그렇게 할 수만 있다면……."

도미닉이 거칠게 숨을 내쉬었다.

"하여튼 가능한 일이 아니에요."

"어째서? 내가 그 빌어먹을 사면권도 사 줬잖냐. 그 덕분에 내 재산이 엄청나게 날아갔지만, 그래도 넌 자유의 몸이 됐어."

도미닉은 위스키를 한 모금 들이켰다. 술기운이 필요했다.

"전 자유의 몸이 아니에요. 제가 왜 돌아올 수 없는지 아시잖아요. 패트릭한테 들으셨잖아요."

"더빈의 총잡이가 우리한테 해꼬지할까봐 겁난다는 거 말이냐? 우리가 그 정도로 허약해 보이냐? 이 땅은 내 거야, 여기 들어오는 누구든 그걸 알게 될 거다.”

“전 그런 모험을 할 수 없어요.”

“도대체 왜?”

도미닉의 이글거리는 시선이 아버지의 눈을 마주 보았다.

“무슨 일이 벌어질지 아니까요. 그걸 봤으니까요. 빌어먹을, 다시는 그런 일을 지켜보고 싶지 않단 말입니다.”

샤무스의 시선이 가느다래졌다.

“무슨 일을 봤다는 거냐?”

도미닉은 숨을 깊이 들이쉬며 의자에 등을 기댔다. 아버지가 뿌리까지 파헤치리라는 걸 알았어야 했다.

“2년 전 버지니아에 있을 때였어요. 나에게 아주 힘든 시기였죠.”

그는 그 힘겨웠던 시간을 떠올리며 술잔을 응시했다.

“8년 동안 도망쳐 다닌 데다가, 거의 붙잡혀서 끝장날 뻔했던 적도 여러 번 있었죠. 이 마을 저 마을 도망다니는 게 지겨웠어요. 항상 목숨이 위태로운 것도, 친구라고 부를 사람 하나 사귈 수 없는 내 처지도 지긋지긋했어요. 그런데 거기서 샘 벅스트롬이라는 녀석을 만났어요. 버지니아에서 노다지를 바라지 않는 유일한 사내였죠. 샘이 바랐던 건 농장 살 만한 돈을 모아서 스웨덴에 계신 부모님을 모셔오는 것뿐이었어요. 패트릭 나이밖에 안 되는 어린 녀석이었죠. 난 그 녀석이 마음에 들었어요. 우린 곧 친구가 됐구요.”

그의 손이 술잔을 움켜쥐었다.

“잠깐 동안은 사는 게…… 견딜 만했었죠.”

“잠깐 동안만?”

“내가 어리석었어요. 모험을 하지 말았어야 했던 거예요. 한 달 후에 보상금을 노리는 사냥꾼 두 명이 나타났어요. 나하고 대결할 실력이 안 되니까 뒤에서 칠 계획을 세웠더군요. 어느 날 아침 마을 외곽에 있는 판잣집으로 오지 않으면 샘의 머리통을 박살내겠다는 메모가 도착했어요.”

그가 남아 있는 위스키를 단번에 들이켰다.

"샘이 내 친구라는 소문을 듣고 그를 미끼로 삼았던 거예요. 놈들은 판잣집으로 가는 길목에 매복해 있었죠. 하지만 난 그걸 예상하고 피해 갔어요. 판잣집에 도착했을 때 샘이 거기 있더군요."

그의 말이 빨라졌다. 이 얘기를 어서 빨리 끝내고 싶었다.

"머리에 총을 맞았어요. 내가 도착하기도 전에 놈들이 이미 죽여버렸던 거예요. 맙소사, 겨우 열아홉 살이었는데."

"놈들을 죽였나?"

"네, 죽였어요."

도미닉의 눈에 섬뜩한 분노가 서렸다.

"놈들을 뒤쫓아갔죠. 쉽게 죽이지 않았어요. 내가 즐겁게 생명을 빼앗았던 건 그때가 처음이었죠. 하지만 그래도 아무 소용 없었어요. 샘은 이미 죽었고, 그를 되살릴 방법이 없었으니까."

샤무스가 한동안 침묵했다.

"그래도 이번 상황은 달라. 그 녀석은 무기력했어, 딜레이니도 아니었고. 하지만 우린 스스로를 지킬 수 있어. 여기 와서 널 잡아가려는 놈이 있으면 내가 직접 죽일 테다."

도미닉이 고개를 흔들었다.

"전 싫어요, 다시는 그런 상황을 만들지 않을 겁니다."

그가 자리에서 일어났다.

"이젠 자야겠어요. 안녕히 주무세요."

"난 포기하지 않을 거다."

"알아요."

도미닉이 부드럽게 대꾸했다. 아버지는 포기할 줄 모르는 사내였다. 그가 아버지에게 가장 감탄하는 자질 중 하나가 그것이었다.

"하지만 저도 마찬가지예요."

샤무엘의 얼굴에 갑작스런 미소가 번졌다.

"그래도 으뜸패는 내가 다 갖고 있어. 넌 집으로 돌아오고 싶어하고,

우리도 네가 돌아오길 바래. 그 방법을 찾아볼 작정이다. 이미 생각해 둔 방법도 있어."

도미닉이 피식 웃으며 문으로 걸어갔다.

"전 삼 일 후에 헬즈 블러프로 돌아갈 겁니다. 시간이 많지 않을 걸요."

"그 정도면 충분해. 네 사면 가격에 대해서 한 가지 알려주마. 패트릭에게 들은 게 다가 아니야. 정치하는 놈들이 얼마나 탐욕스러운지 내가 패트릭이나 집안 누구에게도 말하지 않았거든."

도미닉은 총탄에 맞은 사람처럼 불쑥 멈춰 섰다. 그리고는 돌아서서 말없이 아버지를 응시했다, 아버지의 다음 말을 기다리면서.

"킬라라를 저당 잡혀야 했어, 엄청난 담보물이지."

샤무스가 도미닉을 쳐다보지 않은 채 나지막이 중얼거렸다.

"맙소사."

샤무스의 시선이 아들에게로 올라갔다.

"킬라라를 잃어버리게 될지도 몰라. 킬라라를 살리기 위해 우리 모두 힘을 합해야 한다."

도미닉의 동요하는 모습을 응시하며 그가 고양이처럼 만족스레 미소지었다.

"앞으로 삼 일 간 그걸 잘 생각해 봐라, 아들아."

그가 천천히 일어났다.

"나도 이만 자야겠다. 나 같은 늙은이는 푹 쉬어 줘야 되거든. 내일도 샴록에 갈 거냐?"

"네."

도미닉은 충격에서 헤어나지 못한 채 멍하니 대답했다. 담보라니. 거들먹거리는 은행가들의 손에 킬라라가 넘어간다는 생각만으로도 뱃속이 끔찍이도 메스꺼워졌다.

"그러지 말고 맥그리거 양한테 킬라라를 구경시켜 주는 게 어떻겠나?"

샤무스가 램프를 끄자 방 안이 어둠에 잠겼다.

"그 여자 마음에 들더구나. 처음엔 너 같은 남자에게 너무 얌전하다 싶었어. 하지만 겉보기와는 다른 것 같더라."

아버지의 말투는 지나치리만큼 태연스러웠다. 도미닉은 조심스럽게 동의했다.

"맞아요."

아버지가 그의 옆을 지나쳐 문을 열었다.

"여자란 이상한 동물이야. 가끔은 뭔가를 원한다고 생각하면서도 사실 다른 걸 원하거든. 네 어머니가 나와 결혼할 때 임신 삼 개월이었다는 거 아냐?"

그 말뜻은 분명했다. 그가 이 집에서 엘스페스와 동침하려 한다면 방해할 사람 없이 오직 찬성만이 있을 거라는 뜻. 처음엔 킬라라의 저당 건으로 충격을 주더니 그 다음엔 그를 고문해대는 욕망을 달래 보라는 허락을 내렸다. 아버지가 그의 가장 취약한 약점을 잡아 저돌적으로 돌진하고 있었다.

"아뇨."

샤무스는 계단을 오르면서 키득거리는 웃음소리를 흘려보냈다.

"이젠 알 때도 됐지. 잘 자라, 도미닉."

도미닉은 주먹을 틀어쥔 채 어두운 복도에 서 있었다. 잘 자라고? 아버지는 오늘밤 그를 잘 자게 할 의도가 아니었다. 킬라라와 옆방에 누워 있을 엘스페스를 생각하며 밤새도록 깨어 있게 할 작정이었다. 그리고 그 목적은 멋들어지게 성공할 것이다. 도미닉은 천천히 주먹을 풀며 깊이 심호흡을 한 후에 계단을 오르기 시작했다.

계단 위에 도착했을 무렵, 라이징 스타의 방문이 열리며 하얀 형체가 양초를 들고 복도로 나섰다. 처음에는 라이징 스타인 줄 알았다. 하지만 그 여자가 문을 닫고 돌아섰을 때 그녀의 황갈색 머리카락을 알아차렸다. 엘스페스.

그녀가 거의 동시에 그를 알아보고는 얼어붙었다.

"안녕하세요."

그녀의 목소리가 숨가쁜 듯 머뭇거리며 새어나왔다.

"형제분들은 잘 만나셨어요?"

그의 시선이 그녀의 몸을 훑어갔다. 검은색이 아닌 옷차림의 그녀를 보는 것은 처음이었다. 하얀 옷을 입은 그녀의 모습은 가히 충격적이었다. 검은 상복을 벗어던진 것만으로도 이런 차이가 날 수 있다니. 마치 몇 시간만에 생동감 있게 살아난 듯했다.

"다른 사람 같군."

그녀가 미소지었다.

"나도 실버한테 그렇게 말했어요. 예쁜 옷이죠? 라이징 스타가 빌려줬어요."

"아주 예뻐."

그는 그 여성적인 굴곡에서 시선을 잡아떼어 그녀의 얼굴을 바라보았다.

"라이징 스타와 얘기했나?"

"네. 브리안느, 실버와 같이 저녁 시간을 보냈어요. 아주 즐거웠어요."

그녀의 눈살이 살짝 찌푸려졌다.

"라이징 스타와 실버 모두 아주 좋은 사람들인데, 당신 부모님이 왜 실버를 못마땅해하시는지 알 수가 없어요."

"아파치한테 당한 경험들 때문이야. 그분들의 태도가 옳다는 건 아니지만, 실버를 받아들이는 일이 얼마나 힘든지 이해할 수는 있어. 킬라라에 도착했을 때부터 우린 이 땅과 가축떼를 지키기 위해 필사적으로 싸워야 했어. 화재, 죽음, 습격의 연속이었지. 로리 형과 형수도 그 습격을 받아 죽었어. 우린 아파치를 원수로 알고 자랐어. 산 펠리페에서 돌아온 후에 아버지는 아파치와 평화협정을 맺어야 한다는 결정을 내리게 됐지. 그래서 라이징 스타의 마을로 찾아갔던 거야."

"하지만 라이징 스타와 결혼한 걸 보면 조슈아에게는 그런 적대감이 없었던 거잖아요."

도미닉의 얼굴에 무언가가 스쳐지났다.

"당신도 봤잖아, 라이징 스타는 아름다워. 그녀를 보고는 조쉬가 그 당시에 홀딱 빠졌어."

"지금은 사랑하지 않는다는 거예요?"

"아니, 사랑하긴 하지. 다만 몇 가지 문제가……. 하여튼 그 일은 내가 상관할 바 아니야."

"당신 아버지가 그 정도로 아파치를 싫어했다면 어째서 아들을 아파치 여자와 결혼시켰나요?"

"라이징 스타는 족장의 딸이었어. 혈연으로 엮이면 킬라라가 평화로워질 테니까."

"킬라라를 위해서라구요? 그럼 라이징 스타의 감정은 상관없다는 건가요?"

"그녀도 조쉬를 좋아했어. 그 결혼을 강요한 사람은 아무도 없었어. 그 결혼 직후 보이드가 아파치족에게 살해당해서 상황이 꼬이긴 했지만, 그 사건 때문에 우리 모두 불편해졌어."

"실버에게도 마찬가지였어요."

엘스페스가 날카롭게 대꾸했다.

"그 일은 실버 잘못이 아니었어요. 그런데도 당신들 모두 그녀를 희생양으로 만들었어요. 누군가는 도와줬어야 했다구요."

"라이징 스타가 노력했어."

"그걸로는 충분치 않았어요. 당신이 가족으로서의 의무를 일깨워 줄 수도 있었잖아요."

"그 애를 보이드의 자식으로 인정하지도 않는 판국에, 어떻게 그런 의무를 인정할 수 있겠나?"

"그래도 그건 공평치 않아요."

그녀의 눈에 눈물이 글썽였다.

"공평치 않다구요."

도미닉의 짜증이 부드러움으로 녹아내렸다.

"그래, 알아. 하지만 내 부모님이 당한 고통도 마찬가지야. 그분들한
테는 실버의 존재를 견디는 것만으로도 관대한 거였어. 실버도 그 일
을 수월하게 만들어 주지 않았고."

"그녀는 너무 큰 상처를 받았던 거라구요. 누군가가 도와줬어야 했
어요."

엘스페스가 고개를 흔들며 힘없이 돌아섰다.

"아, 이런 얘길해봐야 무슨 소용이 있겠어요?"

그가 잠시 머뭇거렸다.

"라이징 스타가 칸타란에 대해서 말하던가?"

"네. 당신이 그녀에게 날 도와주지 말라고 했던 건 잘못이었어요.
하지만 오늘밤엔 그 얘기를 하고 싶지 않아요. 이만 자야겠어요."

그녀가 호전적으로 양초를 들어올린 채 복도를 걸어갔다. 그는 선생
님한테 손바닥을 얻어맞은 어린애 같은 기분이었다. 처음엔 아버지,
그 다음엔 엘스페스가 그를 공격해 왔다. 그리고 그 뒤로 연이은 포격
이 가해질 것이 확실했다. 제기랄, 내일 당장 떠나버리는 게 나으리라.
그의 내부에 뭉쳐진 긴장이 점점 강해져 폭발해버릴 시기가 멀지 않았
다. 너무 늦기 전에 그 경고 신호를 받아들이는 게 현명하리라.

부드러운 촛불 빛에 감싸인 엘스페스가 브리안느의 방문을 열었다.
생명력. 그녀가 살아나기 시작했다. 변화해 가며 꽃을 피워가고 있었
다. 그 꽃이 활짝 피어나는 모습을 보고 싶었다. 빌어먹을.

도미닉은 자신이 내일 아침에 떠나지 못하리라는 걸 깨달았다.

샤무스가 방에 들어섰을 때 자정이 넘은 시간임에도 말비나는 아직
잠들지 않았다. 그녀가 비틀 양의 책을 덮어 테이블에 내려놓고는 시
선을 들어올렸다.

"도미닉과 얘기해 봤어요?"

그가 고개를 끄덕였다.

"생각보다 더 힘들 것 같아. 가족을 보호하려는 집념이 너무 강해."

그녀의 입술에 흐릿한 미소가 스쳤다.

"그 아버지에 그 아들이죠."

"그래."

그의 눈에 강렬한 자부심이 번득였다.

"패트릭한테 내일 아침에 이리 오라고 연락해 놨어. 그 녀석들이 화해하는 것도 이 일에 도움이 될지 몰라. 하지만…… 그 스코틀랜드 여자를 이용해야 할지도 모르겠어, 다루기 쉬울 것 같진 않지만. 아까 실버한테 한마디했을 때 그 여자가 나한테 도전하더라구."

"잘됐어요. 도미닉한테는 강한 여자가 필요해요."

말비나가 미소지었다.

"난 걱정 안 해요. 당신이 언제나처럼 방법을 찾아낼 테니까요."

그가 씨익 웃으며 셔츠를 벗었다.

"맞았어, 아무리 힘든 상황이라도 난 헤쳐나갈 수 있거든."

그의 미소가 다소 사그러들었다.

"하지만 당신한테는 항상 미안해. 당신이 바라는 인생을 만들어 주지 못한 거."

"나만큼 많이 가진 여자가 어디 있겠어요? 다섯 명의 튼튼한 아들과 세 명의 손주, 멋진 집과 언제나 날 예뻐해 주는 남편이 있는 걸요."

"내가 당신을 이리로 데려온 탓에 네 명의 아들을 먼저 보내야 했잖소. 킬라라를 세우기 위해 힘겹게 일해야 했고. 아주 오랫동안 힘든 세월이었을 거야. 지금이라고 수월해진 것도 아니고."

말비나의 얼굴에 고통의 흔적이 스쳐지나갔다.

"벨파스트를 떠나오지 않았더라도 그 애들을 먼저 보냈을지 몰라요. 거기서도 쉬운 인생이 아니었는 걸요. 힘들여 일하고 견뎌내고 키워나가는 게 우리 운명인가 봐요."

그녀가 남편의 어깨에 머리를 기대며 그의 안정된 심장박동에 귀기울였다.

"그래."

그는 아내의 머리를 쓰다듬어 주며 탁자 위의 램프를 물끄러미 바라보았다.

"그 스코틀랜드 여자가 반대하지만 않았으면 실버를 위층으로 올려보냈을 거야. 당신이 그런 옷 보기 싫어한다는 거 아니까. 하지만 맥그리거 양을 우리 편으로 만드는 게 중요했어."

"잘하셨어요."

말비나는 이교도적인 복장을 입은 실버를 볼 때마다 느껴지는 고통을 극복해 보려 노력했다. 그 옷차림이 너무나 가슴 아픈 기억들을 되살려놓았다. 잿더미로 변해버린 킬라라, 야만족의 손에 죽어버린 로리와 보이드. 라이징 스타의 존재는 그런 대로 견딜 만했다, 항상 교양 있는 여자처럼 행동하려 애썼으니까. 하지만 실버는……. 그 아이의 성난 반항이 끊임없이 야만적인 태생을 떠올리게 했다. 처음 라이징 스타가 실버를 데려왔을 때는 부드럽게 대해 주려고 노력했지만 이내 포기해버렸다. 실버는 그들보다 훨씬 더 딜레이니를 원망하고 미워하는 듯했다. 그런데 오늘 아침 아주 잠깐 실버의 고통을 감지한 후로는 묘하게 가슴이 아리고 불안해졌다.

"샤무스, 우리가 잘못한 거 아니겠죠? 실버 일 말이에요."

샤무스의 손에 힘이 들어갔다.

"잘못한 거 아니야."

그 역시 실버가 자신의 혈육인지 아닌지 확신할 수 없었다. 하지만 그 의심을 인정하기에는 너무 늦어버렸다. 15년 전 현관 앞에서 아기를 발견했을 때, 말비나의 고통스런 표정을 보았을 때 이미 선택한 결정이었다. 보이드를 잃은 것만으로도 충분히 고통스러운 그녀에게, 인디언 아기를 키우면서 끊임없이 그 상실감을 되새기게 할 수는 없었다. 이제 와서 그 결정을 돌이킬 수도 없었다.

"실버는 보이드의 딸이 아니야."

"하지만 그 눈이……."

"우리 가문만 그런 눈동자를 지닌 게 아니잖소."

하지만 말비나는 실버의 그 연한 회색 눈동자에서 샤무스와 똑같은 의지력이 반짝이는 걸 여러 번 보았다. 상상일 뿐이야, 그녀가 재빨리 자신을 안심시켰다. 샤무스가 아니라면 아닌 게 맞으리라. 그녀는 안도의 한숨을 내쉬며 긴장을 풀어냈다.

"그래요, 당신 말이 맞을 거예요."

늙은이의 방에서도 불빛이 꺼졌다.

레이몬 토레스는 울타리 기둥에 기대서서 가느다란 담배를 깊이 빨아들였다. 하나씩 하나씩 불빛이 꺼져 가는 걸 지켜보았고 지금 그 커다란 집은 완전히 어둡고 조용해졌다.

한 시간 이내에 모두들 잠이 들리라. 도미닉의 방 위치에 대해서는 이미 로사에게 정보를 얻어냈다. 부츠를 벗고 맨발로 복도를 걸어간다면 아무도 소리를 듣지 못할 것이다, 더구나 나바호족 어머니에게 은밀하게 움직이는 법을 배운 그였으니. 하지만 딜레이니를 죽일 수 있을지는 의심스러웠다. 그 늙은이의 아들은 대단히 위험스런 사내였다.

토레스가 어둠 속에서 미소지었다. 하지만 그는 그런 사냥 기술을 대단히 잘 알고 있었디. 돈, 욕망, 복수, 그 외의 다른 것들을 평생 사냥해 왔으므로 이 게임의 공식을 잘 알았다. 먹잇감이 경계할 만한 낯선 장소에서는 결코 덮치지 말라. 그 먹잇감이 안전하게 느끼는 집으로 돌아올 때까지 기다린다면 쓰러뜨릴 기회는 훨씬 많아진다. 인내와 끈기가 요구되는 방법이긴 했지만, 그는 대단히 인내심 많은 사냥꾼이었다.

그가 다시 한 번 담배를 빨아들였다. 이제 도미닉이 집으로 돌아왔다. 오늘밤 처리해야 할까? 그럴 경우 추적당할 가능성을 방지하기 위해 이 집 안의 모든 인간을 죽여야 하리라. 도미닉 딜레이니 말고도 다섯 명의 여자와 늙은 샤무스까지. 여자들은 손쉬운 먹잇감이었다. 잠들어 있는 동안 갈비뼈 사이를 칼로 그어버리면 그만이었다. 로사까지도 죽여야 한다는 건 다소 안타까웠다. 그 통통한 과부는 정보뿐 아니라 지난 삼 개월 간 여러 방면의 즐거움을 제공했으니까.

하지만 샤무스와 그의 아들은 간단한 상대가 아니었다. 둘 다 전사적인 본능을 지녀 웬만해선 경계심을 늦추지 않을 것이다. 더빈이 다른 놈들까지 죽이는 걸 반대하지는 않는다 해도 그들 몫까지 따로 챙겨 주지는 않을 텐데. 그렇다면 먹잇감이 혼자가 될 때까지 기다리는 편이 나았다. 그것이 현명하고 신중한 방법이었다.

토레스는 실망스레 담배를 던지고, 흙더미에서 반짝이는 그 오렌지 빛의 꽁초를 조용히 노려보았다. 신중함 따윈 생각지 말고 당장 쳐들어가고 싶었다. 살인하기 직전엔 늘상 그렇듯이 피에 대한 굶주림이 솟구쳤다. 보통 때는 그런 신호를 스스로 알아차려 가라앉힐 수 있었지만 이번에는 쉽지 않았다. 먹잇감이 눈에 들어오기를 너무 오랫동안 기다려 왔기 때문에 그 굶주림도 견딜 수 없을 만큼 강렬했다.

그는 한 걸음 나아가 부츠 끝으로 빨간 담뱃재를 철저하게 짓밟아 꼈다. 토레스는 무슨 일에든 철저했다. 그것이 그의 자랑스러운 성격 중 한 가지였다. 무언가 할 일이 있다면 제대로 해내야 한다.

서두르지 말자, 그가 자신에게 되뇌었다. 로사에게 들은 바로는, 그의 목적을 이루기까지 삼 일이라는 기간이 남아 있었다. 그 후에는 5천 달러를 거머쥐고 멕시코로 달려가 흥겨운 인생을 즐기기라. 그 돈이 오래 가지는 않겠지만, 그것도 괜찮았다. 돈이 바닥났다는 것은 새로운 사냥을 시작해야 한다는 의미였고, 이런 흥분을 다시 맛볼 수 있을 테니까. 이 직업을 택한 것은 단순히 돈만을 위해서가 아니었다. 그는 나지막이 웃으며 말을 묶어 둔 곳으로 어슬렁어슬렁 걸어갔다.

즐기면서 일하는 행운을 누리는 사람은 그리 많지 않다. 그런 면에서 그는 대단히 운 좋은 사내였다.

13

패트릭이 흡연실에서 나와 현관으로 향했다. 험악한 표정으로, 할아버지 앞에서는 감히 표시할 수 없었던 반항기를 날카로운 부츠소리에 실어나르는 중이었다.

"잠깐만요, 패트릭!"

그가 계단으로 내려서는 여자를 흘깃 쳐다보았다.

"엘스페스."

그녀의 짙푸른 승마치마와 갈색 부츠, 하얀 블라우스 차림을 훑어보면서 그의 찌푸림이 사그러들었다.

"우리의 검은 새는 어디로 날아갔죠? 그렇게 입으니까 브리안느 같아요."

"그럴 거예요, 브리안느의 옷이거든요. 어젯밤에 라이징 스타, 브리안느, 실버랑 같이 모였는데 갑자기 나한테 새 옷장이 생겨버렸어요."

그녀가 살짝 미간을 찡그렸다.

"이런 폐를 끼쳐도 되는 건지 모르겠어요. 어떻게든 보답할 길이 있어야 할 텐데."

그녀가 다시 미소지었다.

"만나서 반가워요, 패트릭. 그 동안 잘 지냈어요?"

그가 고개를 끄덕였다.

"당신한테는 잘 지냈나 물어 볼 필요도 없겠어요. 약간 창백하긴 하지만, 그것만 빼면 헬즈 블러프에 처음 왔을 때하고 똑같아 보이거든요. 승마하러 가는 거예요?"

"한번 시도해 보려구요. 칸타란으로 떠나기 전에 승마를 배워 두는 게 나을 것 같아서요. 날 말 우리로 데려다 줄 수 있겠어요? 안장 없는 법도 가르쳐 주면 고맙겠구요. 그 후에는 귀찮게 굴지 않을게요."

"귀찮을 거 없어요."

패트릭이 문을 열어 주며 옆으로 비켜섰다.

"어차피 거기 가던 참이었거든요."

그가 짜증스럽게 중얼거렸다.

"할아버지가 거기 돔 삼촌이 있을 거라는군요."

"별로 내키지 않는 모양이네요. 오두막에서 도미닉이 당신을 떠나보냈다는 말은 들었어요."

"삼촌이 보낸 게 아니라 내가 떠나기로 결정한 거예요. 뭐, 삼촌의 설득력이 대단했다고 말할 수도 있겠죠. 할아버지도 마찬가지고요. 나더러 삼촌하고 화해해서 환영받는 기분을 느끼게 하라나 뭐라나."

"그렇게 할 거예요?"

"할아버지의 설득력도 만만치 않다니까요. 채찍 같은 혓바닥에 노새 같은 고집의 소유자예요."

그가 잠시 말을 멈췄다가 토해내듯이 덧붙였다.

"어차피 나도 그럴 생각이었어요. 억지로 끌려가는 게 싫을 뿐이에요."

패트릭은 할아버지한테 항복했다는 것이 수치스럽고도 짜증스러운 듯했다. 그녀는 다른 대화 소재를 찾아보기 위해 마당을 둘러보았다.

"저긴 예배당인가요?"

안채에서 약간 떨어진 치장벽토 건물을 가리키며 그녀가 물었다.

"딜레이니 가에 이런 게 있을 줄은……."

얼른 입을 다물었지만 이미 늦어버렸다. 패트릭의 눈동자가 웃음을 담고 흔들렸다.

"딜레이니 가를 예배당 하나 없이 사는 사악한 집단으로 보셨어요?"

"그런 뜻이 아니에요."

"괜찮아요."

패트릭이 키득거렸다.

"마누엘라가 고집 부리지 않았으면 사실 만들지 않았을 거예요. 그녀가 할아버지를 들들 볶았거든요. 산 펠리페의 신부까지 데려와서 킬라라에 살게 하겠다고 했어요. 하지만 할아버지가 그것만큼은 양보 안 했죠. 베네딕트 신부님에게 집을 한 채 지어 주고 바케로들이 미사 드리는 것만 허락했어요."

"그 정도도 아주 관대하신 것 같아요."

"아, 할아버지도 맘만 먹으면 관대해질 수 있어요. 빌어먹게…… 까다롭게 굴지 않을 때는요."

그의 몸이 굳어졌다.

"저기 돔 삼촌이 있어요."

엘스페스가 그의 시선을 따라갔다. 도미닉이 울타리에 걸터앉아 밤색 암말을 지켜보는 중이었다. 옆쪽의 바케로가 무슨 말인가 건네자 그가 웃음을 터트렸다. 그 바케로는 킬라라 사람들과 오랜 세월을 같이 한 인물인 듯했다. 그렇지 않고서야 도미닉에게 저렇게 애정어린 시선을 보낼 수는 없으리라.

다음 순간 도미닉의 시선이 패트릭과 그녀에게 향해졌다. 그의 미소가 흐릿하게 사라졌다.

"안녕, 엘스페스."

그가 고개를 한쪽으로 기울였다.

"안녕, 패트릭."

패트릭도 똑같이 형식적이었다.

"집에 온 거 환영해요, 삼촌."

그리고는 우리 안에 있는 밤색 말을 쳐다보았다.

"저거 코트 삼촌이 브리안느한테 사준 말인데, 어떤 것 같아요?"

"빠르긴 하다만 켄터키 말들은 스태미너가 부족해. 가끔 가다 어리석은 짓도 저지른다더군."

그가 패트릭의 눈을 들여다보았다.

"너도 알겠지만, 킬라라에서는 실수를 용납하지 않잖냐."

패트릭이 삼촌을 응시하며 느릿하게 미소지었다.

"그렇지 않아요, 실수를 반복하지만 않으면 한 번쯤은 눈감아 줘요."

은근한 사과의 말이었고, 그 사죄가 받아들여졌다. 두 남자의 자존심이 고스란히 유지된 채.

"브리안느한테 말 좀 빌리려고 했는데, 그 계집애가 절대 안 빌려주더라구요."

패트릭이 슬쩍 엘스페스를 쳐다보았다.

"당신은 나보다 운이 좋을지도 모르죠."

엘스페스는 그 활기차게 움직이는 말을 걱정스레 지켜보았다.

"브리안느가 아끼는 말을 빌리고 싶진 않아요. 게다가 저 말은……조금 큰 것 같아요."

"말 타려고?"

도미닉의 목소리가 날카로웠다.

"탈 줄도 모르잖아? 실버는 어디 있는 거야?"

"라이징 스타하고 같이 있어요. 그리 어려울 것 같지도 않아서 혼자배워 보려고……."

"라이징 스타가 어디 아파요?"

패트릭이 불쑥 집 쪽을 응시하며 물었다.

"아뇨, 그냥 둘이 함께 있을 시간이 없었던 것 같아서 나 혼자 나왔어요. 내가 탈 말 좀 골라 줄래요, 패트릭?"

패트릭이 망설였다.

"여긴 초보자한테 맞는 말이 없는데……."

"니나가 괜찮을 걸요."

아까 도미닉에게 얘기를 걸었던 바케로가 입을 열었다.

"늙은 말이라서 얌전하답니다."

그의 달덩이 같은 얼굴에 온화한 미소가 서렸다.

"제가 안장을 올려드릴까요?"

"네, 부탁드려요."

엘스페스가 감사하며 미소지었다. 평균 정도의 키에 짙은 색 바지와 하늘색 셔츠를 걸쳤고, 파란 손수건을 이마에 묶어 검은머리를 어깨 뒤로 늘어뜨린 멕시코인이었다.

"정말 친절하시군요, 세뇨르……?"

"레이몬 토레스예요."

패트릭이 나서서 소개시켰다.

"이쪽은 세뇨리타 맥그리거예요, 레이몬. 당신 말대로, 니나 정도면 엘스페스한테 별 무리가 없을 것 같네요, 준비해 줘요."

"네."

레이몬이 울타리 기둥에 걸린 밧줄을 빼내어 말들 사이로 움직여갔다.

"난 마음에 안 들어, 패트릭."

도미닉이 굳은 표정으로 입을 열었다. 패트릭이 놀라며 돌아보았다.

"저 회색 말이 우리 목장에서 제일 얌전하다구요. 엘스페스는 고삐만 붙잡고 있으면 돼요."

"말을 탄다는 자체가 맘에 안 들어. 그녀는 아직 건강하지 않단 말이야. 지쳐서 떨어지기라도 하면 어떡해?"

"피곤하면 쉬고, 떨어지면 다시 타면 돼요."

엘스페스가 짜증스레 반박했다.

"맞아요. 괜한 걱정 말라구요, 삼촌."

“협곡에서 떨어졌을 때 그녀를 데려온 건 나라구. 다시 그런 일을 하고 싶지 않아.”

엘스페스는 도미닉의 냉담한 어조에 움찔했다.

“걱정 마세요, 당신에게 그런 부탁은 하지 않을 테니까요.”

그녀가 회색 말에게 다가드는 레이몬 토레스에게 시선을 돌렸다.

“저 사람, 이런 일에 아주 능숙한가 봐요.”

도미닉의 우울한 시선이 그녀의 얼굴에서 떨어져 나가 멕시코인에게 옮겨졌다.

“킬라라에 온 지 얼마나 된 사람이냐, 패트릭? 지난번 왔을 때는 토마스가 이 일을 맡았었는데.”

“석 달쯤 됐어요. 사실 별로 필요하지 않았는데 자기가 적극적으로 일하고 싶다고 해서 받아줬거든요. 2주일 후에 토마스가 죽는 바람에 진짜 필요하게 됐죠. 토마스가 건초다락에서 떨어졌는지 머리가 깨진 채 발견됐거든요, 아주 좋은 아저씨였는데.”

“레이몬을 오늘 처음 봤다는 거예요?”

엘스페스가 놀라며 물었다. 이상한 일이었다, 도미닉을 바라보던 그 멕시코인의 표정을 그녀가 착각했을 리 없는데.

“난 아주 오랫동안 킬라라에 있던 사람인 줄 알았어요.”

도미닉과 패트릭이 동시에 그녀를 바라보았다.

“왜 그렇게 생각했지?”

“글쎄요, 그 사람이 너무나…… 다정하게 당신을 바라보고 있었거든요.”

패트릭이 푸하하 웃음을 터트렸다.

“삼촌은 그렇게 금방 사랑할 만한 남자가 아닌데. 레이몬의 취향을 조사해 봐야겠어요.”

도미닉이 험악하게 패트릭을 노려보았다.

“그게 무슨 뜻이냐?”

“미안, 미안해요. 말이 헛나왔어요.”

그의 시선이 레이몬 토레스에게 돌아갔다. 그 멕시코인이 회색 암말에게 올가미를 걸어 울타리 쪽으로 끌어오는 중이었다.

"난 브리안느의 낡은 안장을 가져올게요. 그게 더 가볍고 길들여져서 편할 거예요."

두 남자는 엘스페스의 말을 웃음 한 번으로 간단하게 잊어버리는 듯했다. 하지만 그녀는 정말 이상했다, 분명 레이몬은 마치 사랑스러운 듯이 도미닉을 쳐다보았었다.

"고마워요, 패트릭. 길을 잃지 않으려면 어느 쪽으로 가야 할까요?"

"그런 걱정할 필요 없어요. 어딜 가든지 우리 집이 보이거든요. 멕시코 마을로만 안 가면 돼요. 바케로들이 가끔씩 술을 많이 마실 때가 있으니까."

"엘스페스를 혼자 보낼 셈이냐?"

도미닉이 버럭 소리쳤다.

"난 샴록에 가서 일하라는 조부님의 명령을 받았다구요."

패트릭이 순진무구하게 미소지었다.

"할일 없는 사람은 삼촌뿐이에요. 삼촌이 엘스페스와 같이 가면 되겠네요."

"그럴 필요 없어요, 나 혼자서도……."

도미닉의 시선을 마주 보는 순간 그녀의 말이 중단되었다. 그는 아주 이상해 보였다. 온몸에서 긴장감이 뿜어져 나왔고 번들거리는 눈으로 그녀를 응시하며 조각상처럼 서 있었다. 그가 불쑥 몸을 돌렸다.

"10분 안에 떠날 준비해 놔."

패트릭이 나지막이 웃었다.

"돔 삼촌이 좀 동요한 것 같군요. 제시간에 준비하는 게 낫겠어요. 오늘은 내가 안장 올릴 테니까 잘 봐둬요, 알았죠?"

그녀가 고개를 끄덕이며 도미닉이 사라진 헛간 쪽을 흘깃 쳐다보았다. 도미닉과 같이 가고 싶지 않았다. 하지만 아무도 그녀의 생각에 신경 쓰지 않는 듯했다. 그녀가 패트릭에게 돌아섰다.

"떠나기 전에 실버와 라이징 스타에게 들르는 게 어때요? 그들이 당신을 보고 싶어하던데요."

패트릭의 미소가 흔적도 없이 사라졌다.

"그럴 시간 없어요, 빨리 샴록에 가야 돼요."

엘스페스가 눈살을 찌푸렸다. 방금 전까지만 해도 서둘러 떠나려는 것 같지 않았는데.

"그들을 만나 보고 싶지 않나요? 라이징 스타와는 오랜 친구라면서요, 라이징 스타와 같이 공부도 했다고 들었는데요."

"그래요."

패트릭의 시선은 레이몬이 끌어오는 회색 암말에 고정되었다.

"처음 여기 왔을 때 라이징 스타는 영어를 읽지도 쓰지도 못했어요. 그래서 할아버지가 선생님 한 명을 집으로 들여와서 우리 셋을 같이 공부시켰죠. 하지만 삼 년이 지나자 라이징 스타가 그 선생님보다 훨씬 똑똑해졌어요. 그렇게 배우는 걸 좋아하는 사람은 처음 봤죠. 아무리 배워도 만족하는 것 같지 않았다니까요. 무언가에 집중하면 그 눈에 불이 켜져요. 그럼 엄청 아름다워지죠. 지금하고는 달라요, 지금도 아름답긴 하지만 좀 달라졌어요. 그녀가 처음 킬라라에 왔을 때 브리안느와 난 네 살이었어요. 그녀는 열여섯이었구요. 하지만 우리처럼 어린애 같았어요, 항상 웃고 즐거워했는데……."

그의 얼굴을 바라보면서 엘스페스는 왠지 모를 불안감에 사로잡혔다. 패트릭의 눈동자에 담긴 부드러운 광채와 관련된 불안감이었다.

"그럼 왜 그들을 만나러 가지 않는 거죠?"

그가 고개를 돌려 집 쪽을 응시한 채 한동안 입을 다물었다.

"들를게요, 잠깐이라도."

그가 모자를 눈까지 내려쓰며 돌아서서 헛간 쪽으로 성큼성큼 걸어 갔다.

"우선 브리안느의 안장부터 가져올게요."

엘스페스는 그의 뒷모습을 조용히 응시하다가, 회색 말을 붙잡고 다

가선 레이몬에게 시선을 돌렸다. 그의 검은 눈동자가 온화하게 그녀를
쳐다보았다.

온화하긴 하지만, 도미닉을 바라볼 때만큼 다정하진 않았다.

"당신 말이 맞았어요, 속보가 훨씬 힘들어요."

엘스페스가 입을 열었다.

"뭐라고?"

도미닉이 다른 데 정신 팔린 표정으로 뒤돌아보았다. 그는 출발한
지 한 시간이나 지나서야 처음으로 입을 연 것이다. 그녀는 혼자 온
것 같은 느낌이었다.

"달리는 것보다 속보가 더 힘들다고 말한 적 있었잖아요. 그 말이
맞는 것 같다구요."

"아, 그거."

그는 그 말뿐만 아니라 다른 말도 기억해 냈다. 다음 번에 말을 탈
때는 좀더 즐거워질 거라고 했던 말. 하지만 그렇게 되지 않았다, 적어
도 그에게는. 헬즈 블러프로 돌아가는 여정은 그야말로 고문이었다.
오늘도 그때보다 낫다고 할 수 없었다. 가시 돋힌 철사처럼 그의 내부
에 긴장감이 팽팽하게 또아리를 틀었다. 아무리 빠져나가려고 발버둥
쳐도 그 가시들은 점점 깊이 박힐 뿐이었다.

그는 그녀를 바라보지도 않고 말하지도 않으려고 노력했다. 하지만
아무 소용없었다. 그녀의 존재감이 너무나 강렬했다. 어젯밤에도 몇
시간이나 뒤척이면서 엘스페스가 옆방에 있다는 사실을 의식하며 깨
어 있어야 했다. 그녀의 숨결이 변하거나 잠결에 돌아눕는 것조차 느
낄 수 있을 정도로.

"쉬고 싶나?"

엘스페스는 계곡 아래쪽의 빨간 타일 지붕을 쳐다보았다. 너무나 작
고 멀어 보였다. 등줄기가 뻣뻣했고 엉덩이도 마비된 듯해 쉬어 주지
않으면 도저히 되돌아갈 자신이 없었다.

"잠깐 쉬었으면 좋겠어요, 당신만 괜찮다면요. 당신 시간을 너무 빼앗는 거라면……."

"빌어먹을, 왜 힘들단 말 안 했어?"

그가 거칠게 소리치며 말에서 뛰어내려 그녀의 옆으로 다가섰다.

"무리일 거라고 했잖아."

그녀가 분연하게 맞받아쳤다.

"당신의 예언에도 불구하고 난 떨어지지 않았어요. 약간 피곤해지는 건 당연하구요. 억지로 따라올 필요 없었다구요. 이젠 괜찮으니까 당신은 그만 돌아가세요……."

"조용히 해."

그가 그다지 부드럽지 않게 그녀를 안장에서 내려주었다.

"쉬고 싶댔지. 그럼 쉬라구."

그가 자신의 말과 회색 말을 끌고 가서 몇 미터 떨어진 소나무에 묶어놓았다. 그런 다음 갈색 안장 담요를 들고 되돌아왔다. 오늘 아침 그녀를 본 순간부터 계속된 딱딱하게 굳어진 표정이었다.

그가 소나무 밑에 담요를 활짝 펼쳤다.

"앉아."

그의 신경질적인 명령이 지긋지긋했지만, 그런 이유 때문에 절실하게 필요한 휴식을 거부한다는 건 바보 같은 짓이었다. 그녀는 담요로 다가가 그곳에 앉았다. 땅바닥도 딱딱했지만 15분도 지나지 않아 고문 도구라는 걸 일깨워 주었던 안장에 비하면 훨씬 견딜 만했다. 그녀는 앞으로 다리를 쭉 뻗었다. 머리 위의 나뭇잎사귀들 사이로 눈부시게 푸른 하늘이 내비치고 선선한 바람이 불어들었다. 어디선가 들려오는 새들의 지저귐과 향긋한 소나무, 풀내음이 공기를 가득 메웠다. 이렇게 아름다운 세상에서 어떻게 계속 짜증을 낼 수 있겠는가.

어쩌면 도미닉이 화를 내는 것도 당연할지 모른다. 남아 있는 소중한 시간을 킬라라에서 가족과 함께 보내고 싶을 텐데 그녀에 대한 의무감 때문에 따라와야 했으니까. 그걸 누가 탓할 수 있을까. 요즘의 그녀가 얼마나 무거운 짐이었던가. 성인군자라도 짜증이 날 만하리라. 그녀의 꿈꾸는 듯한 시선이 평화로운 하늘에서 도미닉에게로 옮겨갔다. 그는 소나무 둥치에 기대앉아 두 팔로 느슨하게 무릎을 끌어안고 까만 카우보이 모자를 얼굴 밑으로 한껏 끌어내렸다. 느긋한 자세였지만 그의 존재 자체가 그녀를 심란하게 만들었다. 무슨 말을 해야 이 긴장감을 풀 수 있을까. 그녀가 불안하게 혀로 입술을 축였다.

“그러지 마!”

그녀의 시선이 그의 얼굴로 날아갔다.

“뭐라구요?”

그가 거친 숨을 토해내고는 짜증스레 눈을 감았다.

“신경 쓰지 마. 얘기 좀 해봐.”

그녀는 당혹스레 그를 응시했다.

“무슨 얘기요?”

“아무 얘기나.”

육신의 느낌을 없애고 머리로 생각할 수 있게 하는 거라면 무엇이든. 벼랑 아래로 뛰어내리지 못하도록 막을 수 있는 거라면 무엇이든 다 좋으리라.

그녀는 말없이 그를 쳐다보았다. 도대체 무얼 바라는 것일까? 그가 무언가를 필요로 하는 듯했지만, 그게 무언지 그녀는 알 수 없었다. 그럼에도 불구하고 어떻게든 그를 도와주고 싶었다.

“칸타란에 대해서 말해 볼까요?”

“마음대로. 꿈이라고 나쁠 거 없어.”

“그건 꿈이 아니에요. 물론 부분적으로는 꿈일 수도 있겠지만, 꿈만 갖고는 아버지의 반박을 받았을 때 내 주장을 관철하지 못했을 거예요.”

“당신 아버지도 칸타란의 존재를 믿었잖아.”

“그랬죠.”

그녀가 시선을 내려 무심히 치맛자락을 매만지기 시작했다.

"그런 내용이 아니라 그 도시의 근원에 대해서…… 아버진 나더러 멍청하다고 했어요, 어른의 통찰력과 식견을 수용하지 못하는 무지한 어린애라고 했죠."

그녀의 손톱이 풍성한 치맛자락 속으로 파고들었다.

"어쩌면 그 말이 맞는지도 몰라요, 하지만 이 일에서만큼은 아버지가 틀렸어요. 칸타란은 톨텍인들이 세운 게 아니에요. 분리된 식민지였어요. 증거가 널려 있는데도 아버진 그걸 인정하지 않으려 했어요."

"식민지?"

도미닉의 눈이 열렸다. 그늘진 얼굴 사이에서 눈동자만이 반짝거렸다. 그녀에게는 그의 표정이 보이지 않았지만 그 투명한 시선을 받는다는 것이 어쩐지 불안했다.

"아틀란티스에 대해서 들어 본 적 있어요?"

"기억 안 나."

"아틀란티스는 문명의 발상지예요. 섬에 있는 도시였는데 큰 지진이 일어나서 바다 속으로 가라앉았죠. 사람들은 그걸 플라톤이 만들어 낸 우화로 생각하지만 난 틀림없이 존재했다고 믿어요. 칸타란은 그 식민지 중의 하나였을 거예요."

그녀는 그의 반박을 기다리는 듯이 잠시 말을 멈췄다, 그가 아무 대꾸도 하지 않자 다시 말을 이었다.

"물론 아틀란티스는 지중해에 있었고, 칸타란은 완전히 지구 반대편에 있었다는 건 알아요. 하지만 그 두 도시를 하나로 연결하지 않기에는 너무 비슷한 점들이 많아요. 어느 누가 반박한다 해도 난 칸타란이 아틀란티스에서 갈라져 나온 위성 도시라고 확신해요."

"난 반박한 적 없어, 듣고 있을 뿐이야."

그의 강렬한 시선이 그녀의 심장박동을 빠르게 재촉하고 입술을 말라붙게 했다. 그녀는 시선을 내리며 초조하게 치맛자락의 구김을 만졌다.

"미안해요, 그 이론에 항상 반박을 받았기 때문에……."

그녀가 다시 혀로 입술을 축였다. 낮은 신음소리가 들리면서 도미닉이 갑자기 들썩이는 듯했다. 하지만 시선을 들어올렸을 때는 착각이었다고 확신했다. 그가 원래 상태 그대로 그녀를 응시한 채 앉아 있었다.

"나에게는 너무나 분명해 보였어요, 두 도시의 닮은 점들이요."

"닮은 점들?"

"칸타란에는 전설적으로 수많은 피라미드가 형성돼 있다고 전해져요. 아틀란티스에도 피라미드들이 있어요. 두 문명 도시 모두 태양신 라를 숭배했죠. 아틀란티스엔 도시를 교차하는 네 개의 강이 있었는데 칸타란에도 도시 가운데로 교차되는 네 개의 강이 있다고 해요. 라의 신전에 마법적인 힘을 지닌 거대한 천연자석이 있구요. 다른 어떤 문명이 그렇게 경이로운 걸 창조할 수 있었겠어요? 그 외에도 비슷한 점이 아주 많아요. 난 이집트, 톨텍, 마야, 잉카도 식민지였다고 생각하지만, 그들은 각기 다르게 발전했어요. 칸타란은 그 고립성 때문에 본국의 특성이 가장 잘 유지됐는지도 몰라요. 아, 제발 내 이론이 맞았으면 좋겠어요. 아틀란티스와 똑같은 도시에 서 있는 모습을 상상할 수 있겠어요?"

"아니."

"난 상상이 돼요."

그녀의 눈이 흥분감으로 반짝거렸다.

"그 거리들을 거닐면서 왕들의 석상을 둘러보고, 또 궁궐 안으로 들어가 상아로 된 천장과 금으로 된 벽들을 바라보고, 네 갈래의 강줄기가 교차된 그 지점에……."

"그만!"

그가 갑자기 옆으로 다가들어 그녀를 밀어 드러눕혔다. 모자를 내던지자 그 그늘 속에 숨겨져 있던 얼굴이 드러났다. 그녀의 숨을 앗아가 버릴 정도로 일그러진 얼굴이었다. 그의 가슴이 거칠게 들먹이며 목덜미에서 맥박이 빠르게 퍼득거렸다.

"난 아무것도 상상이 안 돼. 아틀란티스이나 칸타란 따위는 몰라.

알고 싶지도 않아. 내가 원하는 건 당신이야."

그의 입술이 뜨겁게 그녀의 입술을 뒤덮었다. 필사적으로 그녀를 끌어안으며 열렬하게 키스를 퍼부었다.

"싫어요! 이러지 말아요."

그녀가 허둥지둥 꿈틀거렸다.

"아니, 당신도 이걸 원해. 우리 둘 다 원해."

그의 혀가 입 속으로 파고들어 격하게 움직여갔다.

그녀는 몸을 관통하는 짜릿한 전율에 놀란 숨을 들이켰다. 어쩌면 그의 말이 맞는지도 몰라, 나도 원하는 건지 몰라. 그녀가 혼미하게 생각했다. 온몸을 휘감은 열기에 맞서 생각하기란 거의 불가능했다. 도미닉의 손가락이 재빠르게 블라우스 단추를 풀어 슈미즈 끈을 아래쪽으로 끌어당겼다. 이 사람을 막아야 돼.

그녀의 젖가슴이 부풀어 오르면서 묘하게 따끔거렸다. 그녀는 무기력하게 도미닉의 얼굴을 올려다보았다. 그의 그을린 피부에 홍조가 드러나고 입술도 험악하게 잡아당겨져 있었다. 그가 슈미즈의 보디스를 잡아내려 드러난 젖가슴을 쳐다보았다. 그 순간 그녀의 몸에 이상한 일이 벌어지기 시작했다. 젖꼭지가 장밋빛으로 단단하게 솟아오르고 저 굶주린 시선의 사내에게 젖가슴을 들어올리고 싶어졌다. 하지만 그녀가 내주기도 전에 그의 머리가 서서히 밑으로 내려왔다. 그의 목에서 낮은 신음이 흘러나왔다.

"이걸 수천 번이나 상상했어. 당신 옷을 갈가리 찢어버리고 싶었어."

그의 손이 왼쪽 젖가슴을 단단하게 움켜쥐어 그 오똑한 정상을 끌어올렸다. 그리곤 입술로 뒤덮어 달콤한 과즙이라도 되는 듯이 힘차게 빨아들였다.

불길이 일어났다. 그녀의 피 속에, 발바닥에…… 폐 속으로 들어오는 공기에도. 그녀가 등을 휘어대며 신음했다.

그의 혀가 생생하게 살려놓은 그 젖꼭지를 부드럽게 핥았다.

"아, 그래, 이렇게 하고 싶었어."

그의 손이 그녀의 몸으로 서서히 흘러내려가 허벅지 사이를 부볐다. 날카로운 숨을 들이키며 그녀의 몸이 굳어졌다. 그들 사이를 가로막은 천조각은 이 따뜻하고 단단한 손바닥에게 하잘것없는 장벽에 지나지 않았다.

"당신 꿈을 꿨어. 이 예쁜 부분을 바라보는 꿈, 그때의 느낌이 기억나."

그녀는 저항하지 않고 있었다. 어쩌면 그녀도 이걸 바랐는지 모른다. 어쩌면 도미닉에게 순결을 주고 싶었는지도 모른다, 다른 여자들처럼.

'어두운 데서는 어떤 고양이도…….'

"싫어!"

그녀가 갑자기 담요 반대쪽으로 몸을 굴려 도망쳤다.

"난 이런 거……."

그녀의 뺨으로 눈물이 주르륵 흘렀다.

"도대체 왜 이러는 거예요?"

"왜냐고? 내가 미쳐가기 때문이야……. 젠장할, 그만 울어."

자제력을 찾으려는 듯 그가 두 주먹을 틀어쥐었다.

"다치지도 않았잖아."

그녀는 그걸 확신할 수 없었다. 가슴 근처 어딘가와 허벅지 사이에 둔탁한 고통이 느껴졌다. 일어나 앉아 슈미즈를 정돈하고 다급하게 블라우스 단추를 잠가 나갔다. 그리곤 손등으로 눈물을 닦아냈다.

"그래요."

"그러니까 울지 말라구."

그가 벌떡 일어서며 그녀를 잡아 일으켰다.

"이젠 충분히 쉬었어. 집으로 가자."

그가 모자를 눌러쓰고 돌아서서 말들이 묶인 곳으로 성큼성큼 걸어갔다.

"왜 그렇게 화내는 거예요?"

그녀가 떨림을 가라앉히려 두 팔로 몸을 감싸안은 채 소리쳤다.

"당신이 히티어러 없이 지내는 게 내 잘못은 아니잖아요."

그는 아무런 대답 없이 말들을 끌어왔다.

"내가 거절했다고 해서 그렇게까지 화낼 거 없잖아요. 그런 행동은 신사답지 못해요."

그의 연한 눈동자에 얼음장 같은 분노가 번득였다.

"그래, 맞아. 난 신사가 아니라 멍청이야. 얼빠진 양대가리처럼 굴었어. 말도 못하고 한숨이나 쉬어대고, 미칠 지경인데도 손 한 번 뻗지 못했어."

그가 그녀의 허리를 감아쥐고 안장 위로 올렸다.

"더 이상은 그런 짓 안 해, 이젠 안 해."

그녀가 황갈색의 구름 같은 머리채를 늘어뜨린 채 그를 내려다보았다.

"무슨 말을 하는 거예요?"

"당신이 날 허약해빠진 얼간이로 만들었어."

그의 입술이 무시무시한 미소를 그렸다.

"언제부턴가 난 도미닉 딜레이니가 아니라 엘스페스 맥그리거의 개가 됐어. 하지만 이젠 끝났어, 엘스페스."

"난 당신을 바꾸려고 노력한 적 없어요. 내가 노력한다고 당신이 개선될 사람도 아니구요."

그녀가 턱을 치켜들었다.

"노력할 필요도 없었어. 쇠사슬을 끊어버렸다고 생각할 때마다 당신이 어떻게든 새 사슬을 걸어버렸어. 하지만 그것도 끝이야."

도미닉이 악마적인 아름다움을 뿜어내며 미소지었다.

"난 샤무스 딜레이니의 아들이야, 그걸 명심하라구. 아버지와 난 원하는 게 있으면 결과 따윈 상관없이 다 가져."

그가 훌쩍 안장 위로 올라탔다.

"난 더 이상 당신한테 빚진 거 없어. 다시는 당신을 풀어 주는 멍청

한 짓도 안 해. 오늘밤 방문을 잘 잠그라구. 내 말 믿지도 말고 나랑
있는 시간을 만들지도 마.”
　그가 말을 출발시키며 흘깃 돌아보았다.
　“그렇게 하면 24시간 정도는 더 처녀로 남을 수 있겠지. 하지만 그
이상은 안 될걸. 가능성이 희박해, 엘스페스.”
　그의 까만 말이 돌풍처럼 달려나갔다.

　레이몬 토레스는 유감스러운 한숨을 내쉬며 소총을 갈무리했다. 말
등에 올라타자마자 쉬지 않고 채찍질을 가하며 내달렸다. 목이 부러져
라 말을 몰아대는 딜레이니보다 먼저 킬라라로 돌아가야 했다. 그 점
은 문제 없었다, 이미 이 지역의 지름길이란 지름길은 죄다 파악해 두
었으니까. 이런 직업을 지닌 사람은 지형을 알아두는 것이 필수적인
예방조치였다.
　아까 총을 쐈어야 했다. 하지만 도미닉이 그 조그만 여자 몸에 들어
가기도 전에 그만 두리라고는 짐작조차 못했다. 레이몬은 아직도 지독
하게 실망스러웠다. 그 먹잇감이 이 레이몬 토레스의 철저한 지배력을
알지 못한 채 여자의 몸 안에 들어갔다 나오는 걸 지켜보고 싶었는데,
그 절정의 순간에 천천히 방아쇠를 당길 생각이었는데.
　하지만 사람이란 자기한테 걸맞는 죽음을 맞아야 하는 법. 그는 도
미닉 딜레이니에게 딱 어울리는 죽음을 주고 싶었다. 그 녀석은 위험
스런 아름다움을 지닌 커다란 고양이였다. 그런 상대를 죽이는 즐거움
을 누리기 위해서라면 이런 사소한 후퇴쯤 거리끼지 말아야 하리라.
예기치 못한 운명의 장난이 게임을 훨씬 흥미롭게 만들어 주지 않는
가. 그는 서둘지 않았다는 게 다행스러웠다. 이젠 그 살인을 음미할 수
있었다.
　분명 도미닉은 그 조그만 여자를 갖고 싶어했다. 그렇지만 여자의
반항 한 번에 포기해 버리다니……. 이해할 순 없었지만, 그 점을 이
용해 볼 수도 있으리라. 열에 들뜬 암캐보다 더 강력한 미끼는 없을

전설 속의 사랑　225

테고, 인생을 철저하게 즐기는 남자의 죽음보다 더 짜릿한 살인은 없
을 테니까.

그가 갑자기 웃음을 터트렸다. 기막힌 아이디어가 떠올랐다. 도미닉
에게 그 여자를 선물로 주는 게 어떨까? 그런 다음 레이몬은 오늘밤
오두막에 누워 그 커다란 집을 바라보면서 도미닉이 그 여자에게 하는
짓을 상상해 보리라. 도미닉을 무지한 먹잇감으로 주무른다는 건 몹시
도 감미로운 즐거움이었다. 그리고 여자를 차지하는 그 황홀감이 얼마
나 더 인생을 사랑하게 만들 것인가.

말을 더 빠르게 재촉하는 동안에도 그의 얼굴에는 여전히 미소가
감돌았다. 아, 그래. 도미닉 딜레이니에게는 아직 레이몬이 계획한 멋
진 죽음을 맞을 기회가 남아 있었다.

14

실버가 노크도 없이 라이징 스타의 방문을 열어젖혔다. 그녀는 창가의 작은 탁자에 앉아 있는 라이징 스타를 보고는 대뜸 인상을 찡그렸다.

"이 집에선 숨도 못 쉬겠어. 이모는 어떻게 견딜 수 있는 거죠?"

그녀가 튜닉을 벗어 침대에 내던진 다음 바닥에 털썩 주저앉아 늘어진 검은머리를 가슴 앞으로 끌어당겨 하나로 땋아나가기 시작했다.

"그렇게 있지 말고 인디언처럼 앉아 봐요."

라이징 스타가 고개를 저으며 크리스털 잉크병에 펜을 집어넣었다.

"난 의자가 편해. 엘스페스는 어딨어?"

"말 타러 가겠다면서 날 이모한테 보냈어요. 내가 필요 없대요."

실버가 맨살이 드러난 어깨를 으쓱였다.

"상관없어요, 나도 유모 노릇 하는 거 지겨웠으니까."

"그래? 그럼 조만간 이 집을 떠나 더 행복한 곳으로 갈 수 있겠구나."

실버는 눈을 가느다랗게 뜨고 이보를 쳐다보았다.

"나하고 같이 가는 게 어때요? 여기선 행복하지 않잖아요, 이 집 사람들은 인디언을 좋아하지 않아요. 이모 모습을 바꿀 수도 없구요."

"내가 있어야 할 곳은 여기야. 만족스럽게 지내고 있어."

그녀가 부푼 배를 쓰다듬으며 미소지었다.

"이제 곧 더 만족스러워질 거야."

"혼혈아를 낳아 줬다고 해서 그들이 이모를 사랑할 것 같아요? 아마 그 아기도 나 같은 대접을 받게 될 걸요."

"아니야, 조슈아가 그렇게 내버려 둘 리 없어. 그이도 우리 아기를 원해."

"그렇게 말하던가요?"

"아니, 하지만 난 그이의 진심을 알아. 남자가 아이를 바라는 건 당연해. 내가 진작에 아들을 낳아 줄 수 있었다면 더…….."

그녀의 말이 잠시 멈췄다.

"아이가 태어나면 상황도 좋아질 거야."

"그걸 어떻게 알아요?"

실버가 다 땋은 머리를 뒤로 넘기며 이모에게 시선을 돌렸다.

"아이가 태어나도 똑같으면 어쩌죠? 그래도 여기 남아서 이모를 열등한 인디언으로 여기는 사람들 옆에서 늙어 갈 건가요?"

"조슈아는 안 그래. 우리 사이엔 사랑이 있어."

실버의 눈동자가 불타올랐다.

"날이 갈수록 이모를 더 조용하고 슬프게 만드는 게 사랑이란 건가요? 조슈아는 그 늙은이들과 맞서싸워야 했다구요. 이모를 가족의 일원으로 대접받게 해줬어야 했어요."

라이징 스타가 슬프게 고개 저었다.

"내가 진짜 가족의 일원이 될 때까지는 그런 대접을 기대하지 않아. 아이가 태어나면 달라질 거야, 조슈아도…….."

"그 사람은 이모한테 너무 냉담해요. 같이 있을 때조차 살갑게 굴지 않잖아요. 그건 변하지 않을 거라구요."

이모의 얼굴에 드러난 고통을 알아차리며 실버가 입을 다물었다. 그녀는 이모의 발치로 달려가 허리를 부둥켜 안고서 중얼거렸다.

"미안해요, 너무 화가 나서 함부로 말해버렸어요. 이모 마음을 아프게 하려던 게 아니었어요."

"알아."

라이징 스타의 손이 실버의 검은머리를 쓰다듬었다.

"하지만 네가 잘못 생각한 거야, 실버. 조슈아는 날 사랑해. 나하고 같이 사는 게 쉽지 않을 뿐이야."

"왜요? 이모는 주기만 하고 아무것도 받지 않잖아요. 그들이 바라는 대로 다 했잖아요. 무식한 야만인이 싫다고 해서, 열심히 공부했고 이젠 그들보다 더 똑똑해졌어요. 편안한 인디언 옷을 벗어던지고 이 숨막히는 옷을 입고 살아요. 누구에게나 상냥하고 부드럽게 말하고요. 이모를 힘들게만 하는 나한테도요."

그녀의 얼굴에 뒤틀린 미소가 떠올랐다 사라졌다.

"이모는 훌륭한 숙녀예요. 그런데도 그들은 그걸 인정해 주지 않아요. 라이징 스타, 나하고 같이 가요. 내가 잘 보살펴 줄게요."

그녀가 어린애다운 열성을 담아 약속했다.

라이징 스타가 피식 웃음을 터트렸다.

"외로운 여자 둘이서 뭘 하려고?"

실버도 웃음을 되돌렸다.

"큰 도시들을 구경다니자구요. 춤도 추고 노래도 부르고. 난 피아노를 배우고 이모는 혼자 배워 둔 불어를 사용해 봐요. 마음 내킬 때는 백인이 됐다가, 또 다른 때는 인디언이 될 수 있어요. 진짜 멋진 인생일 거예요."

그녀가 달래듯이 목소리를 낮췄다.

"나하고 같이 가요, 여긴 우리를 위한 게 아무것도 없어요."

라이징 스타가 고개를 흔들었다.

"날 위한 건 있어. 여기 없다면 다른 곳에도 없을 거야. 난 남편을 사랑해, 실버."

실버는 반박하려다가 그저 말없이 입을 다물었다. 잠깐의 침묵이 흐른 뒤 그녀가 부드럽게 말했다.

"그럼 나한테는 그런 남녀 간의 사랑이 찾아오지 않기를 기도할래요. 아니, 기도할 필요도 없이 내가 나 자신을 구원하고 이모도 구원해줄게요. 아기가 태어날 때까지 기다렸다가 다시 와서 여자의 인생에 남자가 필요 없다는 걸 보여줄게요. 우정이 훨씬 좋아요……."

문득 문에서 노크소리가 들렸다.

"가만 있어요, 내가 열어 줄게."

그녀가 벌떡 일어나 문으로 걸어갔다.

"실버, 네 튜닉……."

라이징 스타가 놀라며 소리쳤다. 실버는 흘깃 자신의 벗은 상체를 내려다보고는 심술궂게 미소지었다.

"입고 싶지 않아요. 난 지금 인디언인걸. 말비나나 샤무스라면 그걸 분명히 알게……."

그녀가 문고리를 잡고 활짝 열어젖혔다. 그리곤 어두운 분홍빛 젖꼭지와 구릿빛의 섬세한 젖가슴을 당당하게 앞으로 내밀었다.

"맙소사, 실버. 이게 무슨 짓이냐?"

패트릭이 그 노골적인 나신에서 어렵사리 시선을 떼어내 그녀의 얼굴을 바라보았다.

실버의 입술이 실망스레 밑으로 축 처졌다.

"에이, 노파나 샤무스였으면 좋았을걸."

패트릭이 방으로 들어와 사슴 가죽 튜닉을 집어들고는 그녀에게 내밀었다.

"이젠 아니라는 거 알았으니까, 나 좀 그만 민망하게 해줄래?"

그녀가 태연스레 어깨를 으쓱이며 튜닉을 뒤집어썼다.

"엘스페스 만났어?"

"말 우리에서."

그의 시선이 탁자 앞의 라이징 스타에게 향했다.

"인사나 하려고 들렀어요. 일주일 정도 못 봤잖아요."

라이징 스타가 환하게 미소지었다.

"네 잘못이야, 마을로 이사가지만 않았으면 매일 만날 수 있었잖아. 보고 싶었어, 패트릭."

그의 얼굴이 붉어졌다.

"독립할 때가 됐잖아요. 이젠 어린애도 아니고……."

그가 어색하게 말꼬리를 흐렸다.

"당신은 어때요? 아기는요?"

"우리 둘 다 괜찮아. 하지만 남은 두 달이 어서 지나갔으면 좋겠어. 뚱뚱하고 흉한 모습에서 이젠 벗어나고 싶어."

"흉하지 않아요."

패트릭이 얼른 대꾸했다.

"뚱뚱하기만 하단 뜻이야?"

"그런 게 아니라, 그건 당연히……."

라이징 스타가 킥킥 웃음을 터트렸다.

"어떻게 된 거야, 패트릭? 전에는 말 더듬거린 적 없었잖아."

그녀가 놀리듯이 눈썹을 들어올렸다.

"혹시 엘스페스 때문일까?"

그가 눈을 깜박였다.

"엘스페스요?"

"너도 이젠 여자한테 관심 가질 나이가 됐잖아. 마음에 드는 여자가 있으면……."

"그만 가봐야겠어요."

패트릭이 모자를 푹 눌러쓰며 돌아섰다.

"당신이 괜찮은지 보러 왔을 뿐이에요. 물론 실버에게도 인사하고요."

"물론이라구."

실버가 비꼬듯이 중얼거렸다.

"다음에 봐요."

그가 재빨리 문을 닫고 나갔다. 라이징 스타는 당혹스레 눈살을 찌푸렸다.

"패트릭이 왜 저러는 거지? 요즘 정말 이상해졌어."

실버는 어이없이 이모를 쳐다보았다. 평소에는 다른 사람의 고통에 둔감한 편이 아닌데, 패트릭의 열병에 대해서만큼은 알아차리지 못한 모양이었다. 하지만 굳이 그걸 알려줄 필요는 없었다. 라이징 스타에게는 돌려주지 못할 사랑이 아니더라도 충분히 힘든 일이 많으니까.

"이젠 어린애가 아니잖아요. 이모하고 멀어질 때도 됐어요."

"그런 걸까?"

라이징 스타가 생각에 잠겨 중얼거렸다.

"그래도 섭섭해. 패트릭은 항상 내 아들이나 동생 같았는데……."

그녀가 한숨을 내쉬고 나서 자리에서 일어났다.

"감사할 게 많은데 내가 이러면 안 되겠지? 우리 산책하러 갈까? 지난 달에 승마를 그만 둔 뒤로는 산책이 유일한 운동이야."

"좋아요."

실버가 문을 열어젖히며 흘깃 돌아보았다.

"튜닉을 벗으면 안 된다고 할 테죠?"

"당연하지."

"그럴 줄 알았어요. 흠, 할 수 없죠. 기회는 다음에도 있으니까."

실버의 눈동자가 반짝거렸다.

"두 늙은이들이 내 '이교도적인' 옷을 싫어하니까, 아예 걸치지 않는 편을 좋아할지도 몰라요."

엘스페스가 천천히 마당으로 들어섰을 때 도미닉은 이미 말에서 내려 레이몬에게 고삐를 던지는 중이었다. 그녀를 거들떠보지도 않고 그가 홱 돌아서서 집으로 성큼성큼 걸어들어갔다.

엘스페스는 복잡한 감정으로 그의 뒷모습을 바라보았다. 분노, 두려움, 원망, 그리고 정확히 규명하기 싫은 감정까지. 레이몬이 말에서 내려주는 것조차 거의 알아차리지 못했다.

"즐겁게 다녀오셨습니까, 세뇨리타?"

그녀가 퍼뜩 시선을 들었다.

"네?"

레이몬이 올리브색 얼굴에 검은 눈동자를 반짝이며 미소지었다.

"아, 그래요, 니나가 아주 얌전했어요."

"다행이군요. 다음 번에는 훨씬 더 즐거운 승마가 되시길 바랍니다."

그녀가 멕시코인에게 고삐를 건네주었다.

"고마워요, 레이몬."

"별 말씀을요, 저의 기쁨이었는 걸요."

그녀가 현관 쪽을 향해 천천히 발을 떼어냈다. 걸을 때마다 허벅지와 아래쪽 등근육이 아우성을 쳐댔다. 말 탈 때마다 이런 고생을 해야 하는 걸까? 아닐 거야, 매번 이렇게 힘들면 사람들이 무언가 더 편안한 방법을 고안해내지 않았을까. 도미닉은 한 번도 고통스런 것처럼 보인 적이 없었다.

하지만 그거야 당연하겠지, 그녀가 심술맞게 스스로 반박했다. 그 성격만큼이나 몸도 단단하기 그지없을 테니까. 어떤 멍이나 상처도 그 단단함을 뚫고 들어가지 못하리라. 자기가 상처를 입히는 경우는 있을지언정. 그녀가 무의식적으로 젖가슴을 내려다보았다. 몸으로 전율이 흘렀다. 그의 손길이 그곳에 낙인을 찍어놓은 것처럼 아직까지도 생생하게 느껴졌다.

그 사람 말은 틀렸어, 내가 그렇게 사악하고 음탕한 짓을 바랐을 리 없어. 단지 너무 갑자기 당한 일이라 놀랍고 당황스러워 저항하지 못했던 것이다. 그래, 단지 당황스러웠을 뿐이다.

"어느새 절름발이가 돼버렸군요."

문득 시선을 들어보니 실버와 라이징 스타가 그녀를 향해 다가오고 있었다.

"사람들이 왜 마차를 만들어냈는지 알 것 같아. 기꺼이 이런 고통을 감수하는 사람들에 대해서는 전혀 이해할 수가 없어."

그녀가 현관문을 열고 절룩이며 안으로 들어갔다.

실버가 웃어댔다.

"날 데려갔어야죠. 그럼 무리하지 않게 조절해줬을 텐데. 뜨거운 물에 몸을 담그고 나서 내가 주는 연고를 발라봐요. 그럼 아침에 거뜬해질 거예요."

"과연 그렇게 될까? 하지만 제발 네 말대로 됐으면 좋겠어."

그녀가 라이징 스타에게 시선을 돌렸다.

"내일 모레 칸타란으로 떠날 생각이에요. 약속한 지도 그려줄 수 있겠죠?"

라이징 스타가 눈살을 찌푸렸다.

"정말 가려구요?"

"네, 결심했어요. 나 혼자만 갈 거니까 그 예언이 사실이라 해도 별일은 없을 거예요. 칸타란 거리에는 네 명이 걸어야 한다면서요."

"글쎄요, 그 말이 맞을지도 모르죠."

"안내원이 있어야겠는데."

엘스페스가 실버를 돌아보았다.

"인디언들이 그런 방면에 뛰어다니던데, 너희 마을에서 한 사람 구해줄 수 있을까?"

"내가 같이 갈 텐데 무슨 안내원이 필요해요? 아파치 여자들은 성인식 치를 때까지 남자애들하고 똑같이 훈련받아요. 내가 안전하게 칸타란으로 데려다 줄게요."

"안 돼, 실버, 널 그런 위험으로 끌고 갈 순 없어."

"내가 가고 싶어요."

"안 돼!"

엘스페스가 단호하게 되풀이했다.

"네가 안내원을 구해 주지 않겠다고 하면, 내가 헬즈 블러프에 가서 직접 구해볼 거야."

"나보다 더 나은 사람 없을 걸요."

"알아. 하지만 나 혼자 가는 편이 나아. 넌 안 돼, 실버."

"… 오늘 저녁에 출발해서 최고의 안내원을 데려올게요. 하지만 내일 저녁까진 못 돌아와요."

실버가 입을 쑥 내밀고 노려보았다.

"고집쟁이."

엘스페스는 뻣뻣한 동작으로 계단을 향해 다가섰다.

"하지만 그 고집으로도 위층까지 올라갈 수 있을지 모르겠어."

"왜 그래? 무슨 일 있었어요, 엘스페스?"

말비나가 응접실 문가에 나타났다.

"별 거 아니에요, 말을 탔더니 몸이 좀 아프네요."

말비나가 사교적으로 미소지었다.

"너무 무리하지 말아요. 여기서 얼마든지 오래 머물러도 되니까."

엘스페스가 머뭇거렸다.

"오늘 저녁에 실버가 제 안내원을 구하러 마을로 갈 거예요. 전 내일 모레 출발할 생각이구요."

말비나의 미소가 흐려졌다.

"유감이네. 아직 사귈 기회도 별로 없었는데."

그 여자의 표정이 진심으로 실망스러워하는 듯했다.

"좀더 오래 있으면 안될까?"

말비나가 다시 물었다.

엘스페스는 고개를 흔들어보였다.

"그럴 수가 없답니다."

"정히 그렇다면……."

말비나가 무언가에 골몰한 듯 서둘러 돌아섰다.

"그럼 난 이 소식을 샤무스에게 알려야겠어. 이만 실례."

그녀가 재빠르게 복도로 걸어내려갔다.

"엘스페스가 모레 떠나겠대요."

말비나가 서재문을 닫으며 책상 앞에 앉은 샤무스를 쳐다보았다.

"도미닉도 내일 새벽에 헬즈 블러프로 떠나겠다고 알려왔어. 둘 사이에 무슨 일이 있었던가봐."

샤무스가 가죽 의자에 등을 기대앉았다.

"우리가 기대했던 일은 아니었나봐요. 이젠 어떻게 하죠?"

"어떻게든 해봐야지. 생각 좀 해 보자구."

"도미닉을 다시 떠나보내기 싫어요, 샤무스."

그녀가 중얼거렸다.

"그 아이가 떠날 때마다 다시는 못 볼까봐 겁이 나요. 그 애까지 잃고 싶진 않아요."

"우리 뜻대로 될 거요, 말비나. 자, 이리 와서 앉아. 우리가 힘을 합하면 못할 일이 뭐가 있겠소."

그녀가 천천히 책상 옆 의자로 내려앉았다. 샤무스의 말이 맞았다. 두려워할 필요 없었다. 지금까지 늘 그래왔던 것처럼 그들이 힘을 합하면 어떤 문제든 해결할 수 있었다. 샤무스가 방법을 찾아낼 것이다.

가벼운 노크 소리가 들리고, 엘스페스가 대답하기도 전에 문이 열렸다.

삼십대 후반쯤의 통통한 멕시코 여자가 쟁반을 들고 환한 미소를 지어보였다.

"전 로사 곤잘레스예요. 몸이 아프시다고 해서 저녁 식사로 수프와 레모네이드를 만들어왔어요."

"어머나, 고마워요."

엘스페스가 짙푸른 로브를 잠옷 위로 걸쳐입었다.

"하지만 수고스럽게 이럴 필요까지 없었는데요."

“수고스럽지 않아요. 이젠 좀 나아지셨어요?”

“실버가 마을로 떠나기 전에 연고를 발라줬어요.”

엘스페스가 미소지었다.

“처음엔 짐승한테 바르는 연고인 것 같았는데, 지독한 냄새는 아니더라구요. 일단 익숙해지니까 향기롭기까지 하던 걸요.”

로사가 침대 옆 탁자에 쟁반을 내려놓고 나서 킁킁 냄새를 맡았다.

“민트와 클로버향이 좀 나네요. 실버는 허브에 대해서 잘 알아요. 나도 전에 심하게 배앓이를 한 적이 있었는데 실버가 끓여준 고약한 죽을 먹었더니 금방 가라앉더라구요.”

“실버는 다방면으로 아는 게 많아요.”

로사가 쟁반 위의 냅킨을 걷어냈다.

“수프가 알맞게 식었을 거예요. 칠레 고추를 좀 많이 넣었는데, 혹시 입에 안 맞으시면 레모네이드라도 마시세요.”

“어렸을 때 인도에서 산 적이 있어서 향신료 들어간 음식도 잘 먹는답니다.”

“그렇다면 다행이에요. 주인님께서 당신이 편안하시길 바라는데 제가 제대로 대접 못해드리면 싫어하실 거예요.”

로사가 불안하게 미소지으며 문으로 돌아섰다.

“안녕히 주무세요, 세뇨리타 맥그리거.”

엘스페스는 로사의 뒤로 닫힌 문을 물끄러미 응시했다. 저 하인도 샤무스와 말비나에게 지극히 헌신적인 듯했다. 이곳의 바케로와 하인들 모두 저렇게 딜레이니 가문에 충성스러운 걸까? 그렇다면 도미닉이 천상천하 유아독존처럼 구는 것도 전혀 놀라운 일이 아니었다.

하여튼, 내일 모레쯤이면 딜레이니 가의 누구에 대해서도 걱정할 필요가 없으리라. 그녀는 씩씩하게 쟁반을 무릎 위로 올린 다음 향긋한 수프를 먹기 시작했다.

15

도미닉의 앞으로 계단이 산처럼 높게 솟아 있었다. 내일 아침이면 빠개지는 머리를 부둥켜 안아야 하리라. 아버지가 권하는 마지막 술잔만큼은 거절했어야 했다. 아니, 첫번째 술잔부터 받아들이지 말았어야 했다. 아버지는 킬라라에 남아 있어야 하는 이유를 구구절절이 늘어놓으며 그의 술잔을 끊임없이 채워 주었었다. 그 결과 도미닉은 지금 만취 상태는 아니라 해도 거의 그 비슷한 수준에 도달해 있었다.

계단을 올라가 그는 천천히 복도로 걸어갔다. 그의 시선이 무의식적으로 엘스페스의 방문 쪽을 향했다.

그녀가 하얀 베개에 황갈색 머리를 흩어놓은 채 커다란 침대에 누워 있으리라. 문을 잠가 놓으라는 경고를 그녀가 받아들였을까? 아까 낮에 보았던 그녀의 젖가슴과 분홍빛으로 달아오른 뺨, 풀어진 눈동자를 떠올리자 필연적으로 아랫부분이 부풀어올랐다. 그녀가 했던 말과는 상관없이 그녀도 분명 그를 원했다. 아, 하늘이여, 순진한 여자 따위는 내 곁에서 다 쫓아 주소서. 그런 여자들은 남자에게 고통만 안기는 거짓말쟁이들입니다.

제기랄, 어쩌면 저녁 내내 술을 들이킨 게 잘한 짓일지도 모른다. 오늘밤에는 술기운에 잠들 수 있지 않을까? 잠자고 싶어지기만 한다면 말이다. 그는 충동적으로 엘스페스의 방으로 한 걸음 다가섰다. 참을 이유가 뭐란 말인가? 위스키가 그의 혈관에 불길을 지펴놓은 지금 그에겐 여자가 필요했다. 그녀에게 이미 위험할 거라고 경고까지 해주지 않았던가.

하지만 문고리를 잡으려던 그의 손이 멈칫했다. 멍청이, 왜 망설이는 거냐? 내일 이곳을 떠나면 영원히 그녀를 못 볼지도 모르는데. 그토록 오래 갈망해 오던 걸 갖지 못할 이유가 뭐냐? 그는 세차게 고동치는 심장박동을 의식하며 서 있었다. 그의 손이 천천히 옆으로 떨어지고 그는 자신의 방 쪽으로 돌아섰다. 그래, 한 가지만은 분명했다. 그가 멍청이라는 사실.

도미닉은 방으로 들어서서 불도 켜지 않은 채 셔츠를 벗고 세면대에 물을 부어 얼굴을 씻었다. 차가운 물이 조금쯤 머리를 맑게 해주었지만 몸 속의 소요까지 달래 주진 못했다. 무심히 세면대 옆에 걸린 수건으로 손을 뻗는 순간, 침대 쪽에서 나지막한 한숨소리가 들려왔다.

그가 민첩하게 허리춤의 총을 움켜쥐며 바닥으로 납작 엎드렸다. 그의 예리한 시선이 어둠 속을 살폈다.

다시 한 번 부드러운 한숨소리와 중얼거림이 들렸다.

천천히 도미닉은 무릎을 세워 일어났다. 그 소리를 알고 있다, 엘스페스를 간호할 때 여러 번 들었던 소리. 그는 몸 속으로 총탄이 파고든 것만큼이나 경악스러웠다. 맙소사, 엘스페스의 방으로 잘못 들어온 것일까? 아니, 그 정도로 취하진 않았다. 이곳은 그의 방이었고 엘스페스가 누운 침대는 바로 그의 침대였다.

도미닉은 권총을 제자리로 끼워 넣으며 일어섰다. 탁자로 걸어가 더듬더듬 성냥을 찾아 불을 밝힌 다음 부들거리는 손으로 램프를 집어들고 침대로 다가갔다.

엘스페스가 벌거벗은 채 누워 있었다. 금빛 같은 갈색머리가 양옆으로 흩어지고 눈은 감겼으며 분홍색 입술은 살짝 벌어진 채.

그의 뱃가죽이 잡아당겨진 듯 팽팽해졌고 남성 또한 단단해졌다. 상큼한 민트와 클로버향을 풍겨내며 사랑스런 손길에 어루만져지는 것처럼 그녀의 뽀얀 살결이 램프 불빛 속에서 반짝거렸다.

그녀가 그에게로 찾아왔다.

그는 램프를 침대 옆 탁자에 내려놓고 나서 허리띠를 풀어냈다. 오랜 기다림의 시간은 끝났다. 도미닉은 침대 위의 엘스페스에게서 눈을 떼지 못한 채 재빠르게 옷을 벗어나갔다.

열기가 그녀의 몸을 휘감아 묵지근한 잠의 장막 속으로 파고들었다.

"엘스페스."

도미닉의 목소리였다, 거친 벨벳 같은 목소리.

"눈떠 봐."

눈꺼풀이 너무나 무거워서 그 명령에 순종하기가 힘들었다. 다시 잠 속으로 빠져들고 싶은데도, 도미닉이 계속 그녀를 불러댔다. 예전에 악몽을 꾸었을 때 다그치던 것처럼. 지금 악몽을 꾸고 있었는지는 잘 모르겠지만, 도미닉이 계속 다그치는 걸 보면 아마 그런 모양이었다. 그녀의 눈꺼풀이 파드득거리며 서서히 위로 올라갔다.

그가 아주아주 가까이에서 그녀를 내려다보고 있었다. 뜨거운 눈빛과 관능적인 입술이었다. 전에도 이런 식으로 바라본 적이 있었어, 그녀가 몽롱하게 생각했다. 그녀가 협곡에서 떨어지기 직전에. 하지만 그건 아주 오래 전 일이었다, 제대로 기억나지도 않았다…….

"아니, 눈감지 마. 정신 차려, 엘스페스."

내가 눈을 감았던가? 그녀는 고분고분하게 다시 눈을 뜨고 그의 얼굴을 보았다. 회색빛의 푸른 눈동자가 참으로 아름다웠다.

"정신 차렸어요."

"잘됐어, 더 이상 참을 자신이 없었어."

그의 입술이 그녀의 젖가슴을 덮어 민감한 젖꼭지를 찰싹였다. 뜨거운 불길이 몸 속으로 번지자 그녀는 등을 휘어대며 신음했다.

"당신도 못 참겠지, 그렇지?"

그녀의 젖꼭지를 빨아대면서, 그의 손이 배로 흘러내려가 여성을 감싼 털을 찾아내고는 부드럽게 잡아당겼다.

그녀의 심장이 고통스럽게 쿵쾅거려 숨조차 쉴 수 없었다. 그녀의 몸에 불이 붙었다. 갈급한 갈망이 느껴졌다. 무언가 더 있기를 바랐다. 그녀는 그의 어깨로 손을 올려 천천히 뒷머리를 감아쥐었다.

"도미닉…… 더 해줘요."

"걱정 마."

그가 쿡쿡 웃었다.

"당신이 바라는 거 다 해줄게."

헤매다니던 그의 손가락이 원하는 것을 찾아내고는 교묘하게 어루만지기 시작했다.

그녀의 몸에 경련이 일어났다. 잠이 달아났고 세상도 달아났다. 남아 있는 것은 도미닉의 능수능란한 손가락과 그의 명령에 노예처럼 반응하는 그녀의 은밀한 부분뿐이었다.

그의 손가락이 빙글빙글 돌아가기 시작했다.

그녀는 놀란 숨을 들이키며 이를 악물었다. 관자놀이가 펄떡펄떡 고동치고 그의 손에 닿는 다른 부분도 똑같이 고동쳐댔다.

"이러고 싶었어, 너무 오랫동안 기다려 왔어."

그가 그녀의 몸으로 올라오며 중얼거렸다. 그녀의 허벅지를 열어 그 고동치는 심장부를 한 손가락으로 쓰다듬었다.

"사랑스러워, 아주 사랑스러워."

이 사람에게 저항해야 돼, 그녀가 흐릿하게 생각했다. 무언가 그에게 맞서싸워야 하는 이유가 있는 듯했다.

다음 순간 그의 손가락이 깊이 찔러들어왔다.

그녀는 무기력하게 신음하며 그의 머리카락을 움켜쥐었다. 모든 생각이 사라져버렸다.

“날 원한다고 말해 봐, 날 원한다고 말해!”

그의 눈동자가 눈부시게 이글거렸다. 그녀의 시선을 사로잡은 채 그의 손가락이 그녀의 몸 속에서 리드미컬하게 움직여 갔다. 그 리듬이 점점 더 빨라졌다.

“말해.”

“그래요, 아, 그래요.”

그의 엄지손가락이 민감한 결절을 강하게 누르며 다른 손가락이 더 깊이 파고들었다. 엘스페스의 머리가 베개 위에서 바들거리며 신음을 참으려 아랫입술을 깨물었다.

“당신 전부를 원해요.”

“좋았어, 당신이 원하는 거 다 줄게.”

그의 가슴이 거친 호흡으로 들썩거렸다. 그가 무릎으로 일어나 앉아 격렬하게 부풀어오른 남성을 드러내 보였다.

“당신을 볼 때마다 이랬어. 당신 생각을 할 때마다, 당신하고 같은 방에 있을 때마다.”

그가 그녀의 손을 그곳으로 이끌었다. 따뜻하고 미끈하고 단단했다. 부드러운 촉감이었다. 그녀가 무의식적으로 힘주어 붙잡았다.

그의 얼굴이 일그러지며 목의 힘줄이 튀어나왔다. 그리곤 고개를 젖히며 거칠게 숨을 들이켰다.

“놔줘, 지금은 안 돼. 나중에.”

그녀는 마지못해 손을 풀어놓았다. 아름다웠다, 그의 일부분이 다른 부분처럼 아름다웠다.

그가 그녀의 실망스런 얼굴을 내려다보았다.

“날 갖고 싶어?”

그녀가 황홀하게 그를 올려다보며 고개를 끄덕였다.

그의 손바닥이 부드럽게 그녀의 허벅지 사이를 뒤덮었다.

“여기에?”

그는 알고 있었다. 도미닉은 그녀가 모르는 것을 알고 있었다. 이 굶주림과 열기를 가라앉히는 방법을 알고 있었다.

"그래요."

그녀가 속삭였다.

그의 손이 다시 한 번 마법 같은 불길을 일으켰다.

"아프지 않게 할게, 노력할게."

전에도 그런 말을 했었어, 그녀가 멍하니 기억해 냈다. 그것이 그녀가 싸워야 하는 이유와 관련돼 있는 듯했다. 하지만 그녀가 두려웠던 건 고통이 아니었다. 무언가 다른 것이었다.

그가 그녀의 몸 속으로 들어오고 있었다, 커다랗고 뜨겁게. 그의 단단한 줄기가 완강한 저항과 맞서싸웠다. 도미닉의 얼굴에 지극한 쾌감이 드러났다. 눈을 감고서 그가 그녀의 젖가슴을 감아쥐었다.

"미치겠어. 너무 작아, 너무 작아."

그게 나쁜 걸까? 그만 두려 하지 않는 걸 보면 그런 것 같지는 않았다. 오히려 그는 더 힘있게 밀고 들어왔다. 왜 아플 거라고 했을까? 이 굶주림을 채워 주려는 절묘한 충만감뿐인걸.

그가 움직임을 멈추고 천천히 눈을 떴다. 거의 아무것도 보이지 않는 것처럼 그 눈이 야성적으로 번들거렸다. 온몸으로 떨림이 흘러내려 갔다.

"때가 됐어. 입 벌려, 날 받아들여."

그녀의 시선이 천천히 내려오는 그의 얼굴에 매달렸다. 이 방 안에, 아니 이 세상에 그의 얼굴뿐이었다.

그녀가 입술을 벌려 그의 혀를 받아들였다. 그의 목에서 낮은 신음이 터져나왔다. 하지만 이내 그 소리는 그들의 엉켜붙은 혀 속으로 사라졌다.

그가 앞으로 돌진했다, 그들 사이의 마지막 남은 장벽을 제거하려고.

아파, 너무 아파. 그의 입술이 그녀의 비명소리를 삼켰다. 그 다음엔 완벽함, 충일감, 감미로운 만족감이 찾아들었다. 하나가 됐다.

그가 고개를 들어 그녀를 내려다보았다.

"다 됐어. 아팠나?"

"네, 하지만 괜찮아요."

그녀는 팔꿈치에 기대어 살짝 몸을 일으켜 그들의 결합을 살펴보았다. 인도의 성전에서 보았던 석상처럼 그들의 몸이 찰싹 달라붙었다.

"다 끝난 거예요? 무언가…… 더 있을 것 같았는데."

"아픔이 끝났다는 뜻이었어."

그가 야성적으로 미소지으며 다시 움직이기 시작했다. 그녀의 날카로운 숨소리가 차츰 깊은 신음으로 변해 갔다.

"엘스페스, 바로 이거야. 당신이 이것 때문에 나한테 왔던 거야."

그녀가 그에게 온 게 아니었다, 그가 그녀에게 왔다. 하지만 지금은 반박할 필요도, 여유도 없었다. 그가 힘차게 돌진하며 움직여대는 동안 그녀는 그의 어깨를 힘껏 움켜잡고 그 살 속으로 손톱을 박아넣었다. 그녀의 내부가 점점 팽창되어 태양의 아이처럼 부글거리면서 폭발을 향해 달음박질쳤다.

"엘스페스."

그의 앙다문 잇사이로 그녀의 이름이 흘러나왔다. 그의 목과 가슴에 땀방울이 맺혔고 그에게서 위스키와 사향냄새가 풍겨 왔다.

"당신은 내 여자야, 그렇지?"

그가 그녀의 몸 속 깊숙이 파고든 채 격하게 숨을 몰아쉬었다.

혼미한 열기에 빠져 있으면서도, 그녀는 본능적으로 그가 원하는 대답을 알았다. 그가 필요로 하는 걸 알았다.

"그래요."

그가 더 힘차고 격렬하게 움직여댔다. 그녀의 엉덩이를 감싸쥐고 미친 듯이 자신에게로 끌어당겼다.

그녀의 뺨으로 눈물이 흘러내렸다. 세상이 흔들리고 긴장이 커지고 그의 돌진이 더 깊어졌다. 참을 수 없는 쾌감, 절묘하고 엄청난 황홀감. 어떻게 그들 둘 다 폭발하지 않고서 이럴 수 있을까? 그녀가 두려

위했던 게 이렇게 폭발할 듯한 감각이었을까? 아니었다. 그럼 뭐였지?

'사생아.'

갑자기 그 대답이 전해졌다. 그녀가 심란해하고 두려웠던 건 아이에게 가해질 상처였다.

"도미닉."

그녀가 마른 입술을 축였다. 소리가 나오지 않았지만 어떻게든 말해야 했다.

"아이."

처음에 그는 그녀의 말을 듣지 못한 것 같았다. 리듬이 느려지지도 않았고 그 얼굴의 강렬한 쾌감도 줄어들지 않았다. 그 후에야 그가 정신을 차리려는 듯 고개를 흔들며 그녀를 바라보았다.

"뭐라고?"

"아이가 생기면……."

그가 그녀의 입술에 손가락을 올렸다. 그리고는 그녀의 숨을 앗아갈 정도로 아름답게 미소지었다.

"내 아이야, 내가 내 걸 책임지지 못할 것 같은가?"

아니, 도미닉은 킬라라에 하듯이 자신의 아이도 헌신적으로 사랑하고 보호할 것이다. 자신의 아이가 상처받고 아파하도록 내버려두지 않을 것이다.

그녀는 눈을 감고 다시 마법적인 감각 속으로 빨려들어갔다.

"아뇨, 당신은 잘해 낼 거예요."

그 말이 그의 가슴에 부드러운 충격을 가했다. 그가 그녀의 마음을 뒤흔들어놓는 다정함으로 입술에 키스했다.

"약속할게, 엘스페스."

그녀가 고개를 끄덕이자, 그의 리듬이 다시 격렬해졌다. 이젠 황홀한 정도가 아니라 한없이 하늘로 날아오르는 느낌이었다. 그녀는 거칠게 숨을 헐떡이며 그를 부여잡았다.

그의 움직임이 더 빨라졌다. 세상이 빙글빙글 돌아가며, 온통 화염에 휩싸였다.

"엘스페스, 날 가져."

그게 무슨 뜻이지? 이미 그의 전부를 받아들였는데. 한순간 팽팽하던 긴장이 딱 부러지고 아찔한 푸른빛이 눈앞에 작열하면서 아득한 어둠 속으로 빨려들어갈 때에야 그녀는 그 뜻을 이해했다.

"아아!"

도미닉의 가슴이 격한 호흡으로 들썩거렸다. 그녀를 놓아 주고 싶지 않았다. 결코 놓아 주지 않을 것이다. 하지만 이대로는 그녀의 몸 위로 쓰러져버릴 것만 같았다. 빌어먹을 위스키. 그는 조심스럽게 옆으로 드러누워 그녀를 품안으로 끌어들였다.

그의 머리가 침대보로 덮여진 베개 위에 털썩 떨어졌다. 여기 왔을 때 엘스페스가 왜 이불을 걷지 않았을까? 하지만 지금은 너무나 피곤해서 생각할 여력이 없었다. 그가 그녀의 관자놀이에 입술을 부볐다.

"추워?"

"아뇨."

웅얼거리는 대답이었다. 그녀가 거의 대답과 동시에 잠들어버렸다.

그는 그녀의 젖가슴 위로 손을 얹은 채 더 가까이 끌어당겼다. 여전히 그녀를 원한다는 것이 놀라웠다. 위스키도, 짜릿했던 쾌감도, 지금의 피곤함도, 그 상태를 바꾸진 못했다. 이렇게 금방 여자를 다시 원한 적은 한 번도 없었는데.

맙소사, 지독히도 피곤했다. 잠시 후에 다시 그녀를 안으리라. 하지만 지금은 그녀를 쉬게 해줘야 했다, 그도 조금쯤은 쉬어야 할 것 같았다. 그의 눈꺼풀이 스르르 감겼다.

엘스페스는 젖가슴을 감싼 도미닉의 손과 등에 닿는 남자의 단단한 몸을 느끼며 잠에서 깨어났다. 지난밤의 기억이 되살아나자 충격이 남아 있던 졸음기를 쫓아버렸다. 그녀는 질끈 눈을 감았다. 어쩌면 꿈이 있는지도 몰라. 이 침대에 도미닉이 누워 있는 것도 꿈일 거야.

도미닉이 꿈틀거리면서 그녀의 귀에 따뜻한 숨결을 뿌렸다. 커다란 손이 더 힘껏 젖가슴을 감싸 쥐었다. 이게 만약 꿈이라면 이런 촉감까지 느껴질 리 없는데…….

오, 맙소사. 꿈이 아니었어. 도미닉의 경고를 그저 화가 나서 한 위협쯤으로 생각했었는데 그게 아니었다. 이제 그녀는 더럽혀진 여자였다! 이상하게도 달라진 느낌은 들지 않았다. 영혼을 짓누르는 죄악의 무게도 느껴지지 않았다. 나중에 찾아오는 것인지도 몰라. 맞아, 허벅지 사이의 미약한 고통이 그녀가 저지른 부정의 처벌일지도 몰랐다.

갑자기 촉촉한 혀가 그녀의 귓속으로 쏙 들어왔다. 그녀가 화들짝 눈을 떴다.

"돌아누워."

도미닉의 목소리가 나른하게 들려왔다.

"뒷모습도 아주 근사하긴 하지만……."

"갈색."

그녀의 시선이 방 건너편 황동이 박힌 의자로 날아갔다가 창문의 호박색 커튼과 머리 위의 갈색 닫집으로 이동해 갔다.

"왜 죄다 갈색이죠?"

"몰라."

그가 그녀의 젖꼭지를 살짝 비틀어대며 중얼거렸다.

"어머니가 갈색을 좋아하나 봐. 돌아누워, 엘스페스."

그녀가 그의 손을 밀쳐내고는 침대 구석으로 달아났다.

"싫어요……."

벌떡 일어나 앉는 순간 머리 속을 관통하는 강한 통증에 말을 잇지 못했다. 그녀는 관자놀이를 문질렀다.

"맙소사, 머리가 깨질 것 같아요."

"나도 그래, 하지만 지금 내 몸에서 제일 아픈 데는 머리가 아니야."

그의 시선이 그녀의 젖가슴에 고정되었다.

"이리 와, 당신이 내 고통을 달래 줄 수 있을 거야."

그녀는 분개하며 그를 노려보았다.

"당신은 양심도 없어요? 날 겁탈한 것만으로도 모자라서 이젠 다른 사람들이 모두 알아차리게끔 이 방으로 데려왔군요. 그러면서 지금 나더러 기꺼이 순종하라는 거예요?"

그의 투명한 눈동자에 분노의 기색이 서렸다.

"엘스페스, 난 지금 장난칠 기분 아니야. 말한테 걷어채인 것처럼 머리가 아파. 순진한 척 그만하고 이리 와."

"당신이 날 겁탈했잖아요. 그 사실을 부인할 셈이에요?"

"겁탈?"

그의 목소리가 위험스레 낮아졌다.

"난 그런 적 없어. 하지만 당신이 계속 이런 식으로 굴면 그렇게 될지도 몰라. 당신이 날 원해서 찾아온 거잖아. 드디어 요조숙녀인 척 위선 떨지 않기로 결심한 거잖아."

"내가 찾아왔다구요? 그렇게 주장하면 당신의 방탕한 행동이 무마될 것 같은가요?"

그녀는 잠옷과 로브를 찾으려 필사적으로 둘러보았다. 이 남자가 옷을 벗긴 기억은 나지 않지만 분명 여기 어딘가에 있을 것이다. 그녀는 침대 밑으로 내려서서 일단 시트로 나신을 가렸다.

"당신이 내 방으로 숨어들어와서 곯아떨어진 날 범하고 이리 데려왔잖아요. 왜 그걸 인정하지 않는 거죠?"

그가 어이없다는 표정으로 일어나 앉았다.

"당신 미쳤나? 내가 왜 그러겠어? 어느 침대나 마찬가진데, 이리 옮겨올 필요가 어딨어?"

그녀가 떨리는 손으로 머리를 긁어넘겼다. 머리가 지끈지끈거려 생각하기조차 벅찼다.

"내가 그 이유를 어떻게 알아요? 난 이런 일에 문외한이라구요. 내 옷 어디다 뒀어요?"

아무리 둘러봐도 옷이 보이지 않았다. 이 남자가 서랍에 넣어 둔 걸까? 그럴 리는 없다, 어젯밤 도미닉은 그렇게 정돈할 만큼 차분한 상태가 아니었다.

그가 흘깃 노려보았다.

"태워버렸어. 당신의 순결한 몸에 내 욕망을 다 채울 때까지 이 방에 가둬 놓으려고. 사악한 철면피한테 무얼 더 기대하겠나?"

그녀의 눈이 휘둥그레졌다.

"설마, 정말로……."

"아, 정말이야. 내가 왜……."

그는 불쑥 입을 다물었다. 그녀가 벌거벗은 채 갈색 시트자락을 거머쥐고, 연약하고 불안한 표정으로 서 있었다. 갑작스레 밀려드는 부드러움이 그의 실망감과 욕구불만을 다소 가라앉혔다.

"사실은 나도 당신 옷이 어디에 있는지 몰라. 기억 안 나는 거야?"

"내가 어떻게 기억하겠어요? 내 옷을 벗긴 사람은 당신이잖아요."

애처롭게 위엄을 유지하려 애쓰며 그녀의 입술이 부들거렸다.

"날 조롱하지 말아요. 나한테는 이런 일이 간단치 않다구요. 내 옷이 어디 있는지만 말해 주면 곧장 내 방으로 돌아갈게요."

그가 눈을 가늘게 뜨고 그녀의 얼굴을 살펴보았다. 수줍은 척 하는 게 아니라, 진짜로 심란해하는 듯했다. 자신이 하는 말을 진심으로 믿는 듯했다. 그렇다면 혹시 그녀의 말대로, 그가 어젯밤 술기운으로 그런 짓을 저질렀던 것일까.

그는 즉시 그 생각을 밀어냈다. 어젯밤에 대한 기억이 너무나 생생했다. 분명히 엘스페스가 자신의 침대에 누워 있는 걸 보았고 그 후에는 한참 동안 그녀를 깨워야 했었다. 하지만 일단 잠에서 깨어나자 그녀는 유순하고 고분고분하게 그를 받아 주었다.

잠. 유순함. 두통.

'맙소사, 설마 아버지가?'

어젯밤 아버지가 쉴새없이 술을 따라 주었던 걸 기억하며 도미닉은 날카롭게 숨을 들이켰다. 엘스페스가 어젯밤처럼 유순하게 굴었던 적이 있었던가? 아니, 없었다.

"빌어먹을 인간."

그가 벌떡 일어나 재빠르게 옷을 걸쳐입기 시작했다.

"어젯밤에 뭐 먹었어?"

그녀가 당혹스레 그를 쳐다보았다.

"수프하고 레모네이드요."

"그래, 어머니가 저녁을 올려보냈다고 했어. 누가 갖다줬지?"

"로사요, 아주 친절하다고 생각했는데요."

"아, 그래. 대단히 친절했어. 서 있지만 말고 어서 옷 입어."

"뭘 입어요?"

"서랍을 찾아봐. 내 어머니는 옷가지가 널려 있는 걸 못 보는 성미거든."

맨 윗서랍에 분홍색 잠옷과 짙푸른 로브가 얌전하게 개어져 있었다. 엘스페스는 멍하니 그걸 쳐다보다가 얼른 정신을 차리고 허둥지둥 머리 위로 뒤집어썼다.

"당신 어머니가 내 옷을 벗겼단 말이에요? 점잖으신 분이 이런 일에 동참하다니 믿을 수가 없어요."

"어머니가 이 일에 동참했는지는 모르겠지만, 가능성은 분명히 있어."

그가 부츠를 마저 신고 나서 세면대에 물을 따라 얼굴을 씻었다.

"두 번째 서랍에 있는 셔츠 좀 꺼내줘."

그녀는 생각 없이 그 말대로 따랐다. 하얀 셔츠를 건네주면서, 그 간단한 행동이 묘하게 친밀한 것 같은 느낌이었다. 친밀감. 어젯밤 그들 사이에서 벌어진 친밀감의 정도가 기억나자 그녀의 뺨이 빨갛게 달아올랐다.

"난 내 방으로 갈래요. 당신이 킬라라에서 떠날 때까지 거기 있겠어요."

"말도 안 되는 소리."

그가 성난 눈동자를 번득이며 셔츠 단추를 잠가 나갔다.

"나의 사랑 많은 아버지 덕분에 우리 계획에 중대한 차질이 생겼어."

그가 허리춤으로 셔츠를 쑤셔넣은 다음 그녀의 손목을 움켜쥐고 문으로 향했다.

"당신도 같이 가야 돼."

"어디 가려구요?"

그녀는 그의 손에 이끌려 복도로 종종걸음쳤다.

"아버지하고 얘기해야겠어."

"그럼 둘이서 얘기해요, 난 방으로 돌아갈 테니까."

그는 아무런 대답 없이 계단을 성큼성큼 내려갔다.

"난 옷도 제대로 안 입었다구요!"

"괜찮아."

"너무 이른 시간이잖아요. 아직 주무실지도……."

"아버지는 항상 여섯 시에 일어나."

그는 똑바로 앞만 쳐다보며 마지막 계단까지 내려갔다.

"잘 잤냐, 도미닉."

샤무스가 응접실에서 걸어나오며 상냥하게 미소지었다. 다음 순간 엘스페스의 옷차림 상태를 알아보고는 놀란 듯 눈을 치켜들었다.

"매력적인 모습이로군요, 맥그리거 양. 난 항상 잠에 젖어 머리를 늘어뜨린 여자가 제일 매혹적이라고 생각했다오."

"고맙습니다."

그녀가 멍하니 대답했다.

"고맙다고!"

도미닉이 거칠게 웃어젖혔다.

"맙소사, 아직도 당신이 당한 일을 모르겠나? 당신은 날 여기 묶어두려는 덫에 걸렸어, 그 미끼로 쓰인 거야."

그가 아버지를 똑바로 쳐다보았다.

"그렇죠, 아버지?"
샤무스의 표정이 조심스러워졌다.
"무슨 말인지 모르겠구나."
"어젯밤 엘스페스가 약에 취해 내 침대로 옮겨졌다는 말을 하는 겁니다. 어떻게 그런 짓을……. 전 이 여자를 보호하려고 여기 데려왔단 말입니다."
샤무스의 눈이 커다래졌다가 생각에 잠겨 가늘어졌다. 그는 도미닉에게서 엘스페스 쪽으로 시선을 옮긴 후 다시 아들을 바라보았다.
"그건 네가 엘스페스의…… 호의를 받았다는 뜻이냐? 아, 그건 아주 심각한 문제로구나, 도미닉. 설마 잔인하게 그녀를 내버리진 않겠지? 여기 남아서 명예롭게 구는 게 마땅한 행동일 거다."
"아버지가 바라는 대로 하지는 않을 겁니다."
"그래?"
샤무스가 부드럽게 물었다.
"그럼 이 여자를 떠나보낼 셈이냐? 다른 운 좋은 남자의 품으로?"
엘스페스의 손목을 잡은 도미닉의 손에 우악스럽게 힘이 들어갔다.
"빌어먹을, 이번엔 너무 지나치셨어요, 아버지."
"그래요."
엘스페스가 천천히 입을 떼어내며 자유로운 한 손으로 관자놀이를 문질렀다. 끔찍하게 지끈대는 머리 속으로 두 딜레이니의 혼란스런 대화가 회오리바람처럼 몰아쳤다. 그 내용을 정확히 알아차리기 위해 몇 분의 시간을 더 소비해야 했다.
"당신도 마찬가지예요, 도미닉."
그녀가 도미닉의 손을 뿌리치고 나서 말을 이었다.
"전 좀 혼란스러워요. 제가 이해할 수 있도록 도와주세요. 당신이 제 레모네이드에 약을 타셨나요, 딜레이니 씨?"
샤무스가 고개를 저었다.
"그렇게 말한 적은 없소."

그가 유감스레 한숨을 내쉬었다.

"아들 자식이 아비의 명예를 의심하다니 참으로 슬픈 일이오."

"그럼 다른 누군가가 절 도미닉의 방으로 옮겨 옷을 벗겼다는 건가요?"

그가 고개를 끄덕였다.

"도미닉의 주장에 따르면 그렇소. 하지만 이제 과정은 중요치 않소, 엘스페스. 잘못된 상황을 바로잡는 일만이 남았지."

중요치 않다고? 그녀는 믿을 수가 없었다. 이 남자의 정신상태 자체가 의심스러웠다.

"그럼 제 상태를 알아차리지 못할 만큼 도미닉에게 술을 많이 먹인 장본인이 당신이라는 건 인정하시나요?"

"도미닉을 조금 취하게 했던 건 인정하오."

그가 슬쩍 아들에게 음흉한 시선을 던졌다.

"하지만 그런 와중에도 도미닉이 실력발휘를 다 했으리라 믿고 싶소."

엘스페스의 뺨이 뜨겁게 달아올랐다. 하지만 수치심 때문이 아니라 분노 때문이었다.

"절 이용하셨군요. 어떻게 집에 온 손님에게 이러실 수 있어요? 제 명예를 더럽히고 딜레이니 가의 싸움에 사용할 미끼로밖에 취급하지 않으셨군요."

그녀가 도미닉에게 돌아섰다.

"당신도 나을 게 없어요. 더럽혀진 여자가 어떤 취급을 당하는지 알기나 하나요? 난 헬즈 블러프에서 당해 봤어요. 굴욕적이고…… 아팠어요."

그녀는 눈물을 참으려 필사적으로 눈을 깜박였다.

"그런데도 당신은 자기 즐거움밖에 생각지 않았어요. 난 정신이 없는 상태였지만 당신은 그만 둘 수 있었잖아요."

"내가?"

도미닉의 입술이 피식 뒤틀렸다.

"잘못 알았어, 엘스페스. 당신을 본 후에는 세상의 어떤 것도 날 돌아서게 할 수 없었어."

"그건 당신이 이기적이고 교활하고……."

그녀는 빙글 돌아서서 계단으로 달려올라갔다.

"더 이상은 한 시간도 더 여기 머물지 않겠어요."

두 남자는 말없이 서서 그녀의 방문이 쾅 닫히는 소리를 들었다.

이윽고 샤무스가 온화하게 입을 열었다.

"엘스페스가 좀 흥분한 모양이다. 네가 가서 달래 줘라."

도미닉이 단호한 표정으로 아버지를 돌아보았다.

"우선 분명히 해둘 게 있어요. 우린 둘 다 그녀를 이용했어요. 아버진 날 묶어 두려는 끈으로 그녀를 이용했고, 난 아버지의 음모를 알아채지 못할 정도로 그 여자를 갖고 싶었어요."

그의 목소리가 차분하게 낮아졌다.

"아버지는 참 영리해요. 하지만 원하는 걸 다 갖지는 못할 겁니다. 날 킬라라에 묶어 두진 못해요. 황금을 찾아 떠날 겁니다. 아버지가 그렇게나 원하던 넓은 땅덩이를 살 만큼 황금을 찾아오겠어요. 빚을 다 갚은 후에 아버지를 여기 계시게 할 지에 대해서 결정하겠습니다. 그리고 이 일에는 아버지의 어떤 말도 먹히지 않을 겁니다."

샤무스가 고개를 흔들었다.

"엘스페스가 칸타란인가 뭔가에 홀딱 빠져 있다던데, 너까지 그걸 믿는 건 아니겠지?"

"꼭 찾아낼 겁니다."

도미닉이 싸늘하게 미소지었다.

"안 되면 다른 방법으로라도 돈을 벌어올 겁니다. 열차 강도나 산적이 돼서라도……."

"나한테 또 어마어마한 금액의 사면권을 사게 할 참이냐? 미친 소리 말아라."

"조금 미친 것 같기도 해요. 미친 놈이 덫에까지 걸린 느낌입니다."

샤무스가 흘깃 계단 위를 쳐다보았다.

"네가 마음만 먹으면 자유를 포기하는 대신 또 다른 보상이 있을 거다."

"이미 마음먹었어요. 엘스페스를 내 여자로 만든 후에 매정하게 쫓아버리진 못합니다."

샤무스가 눈썹을 들어올렸다.

"정말이냐? 너의 원래 목적이 그거였다고 들었는데. 개과천선한 거냐, 도미닉?"

도미닉이 빙글 돌아섰다.

"엘스페스는 그렇게 생각하지 않을 걸요. 날 사탄의 자식놈쯤으로 여길 겁니다."

그가 계단을 오르기 시작했다.

"두 시간 내로 신부님을 모셔오세요."

"그 여자와 결혼할 거냐?"

"네. 엘스페스를 제단 앞으로 끌고 가려면 양 손발을 묶어야 할지도 모르지만, 하여튼 결혼할 겁니다."

그의 입술이 굳어졌다.

"헬즈 블러프에서 당한 모욕은 시작일 뿐이에요. 그녀는 사람들이 얼마나 가혹해질 수 있는지 아직 몰라요. 너무…… 순진해요."

샤무스가 진심으로 유감스러운 듯 고개를 끄덕였다.

"나도 그 아이가 마음에 들어. 내 집에서 이런 일을 당하게 된 게 참으로 유감스럽다. 내가 한 짓이 아니다, 도미닉. 이런 결과는 기쁘다만 목적을 위해 여자나 아이까지 이용하는 사람은 아니야."

도미닉은 그 말을 믿어야 할지 알 수 없었다. 아버지는 가족을 위해서라면 약탈이나 방화까지도 서슴지 않을 사람이었고 이번 결과로 유익을 얻을 사람도 아버지뿐이었다. 하지만 그에게 거짓말한 적은 한 번도 없었다. 이렇게 교활한 음모를 조작하는 것도 아버지답지 않았다.

그는 아버지의 눈을 똑바로 응시했다.

"아버지가 약을 먹인 게 아니라면 누가 그랬죠?"

"몰라, 하지만 알아낼 거야."

샤무스의 입술이 험악하게 굳어졌다.

"킬라라의 손님에게 문제가 생기는 건 용납할 수 없어. 일단 결혼식 준비를 한 다음에 로사에게 몇 마디 물어 봐야겠다."

"그러세요. 하지만 우린 결혼식 후에 떠날 겁니다. 엘스페스가 더 이상 여기 있을 것 같지 않아요. 짐말로 쓸 당나귀 두 마리를 준비해 주세요. 레이몬에게 내 말과 어제 탔던 엘스페스 말에 안장을 올리라고 하시고요."

"다른 지시사항도 있냐? 황금을 싣고 돌아올 때까지 나한테 명령하는 걸 미루는 게 나을 거다, 도미닉."

"한 가지 더 있어요."

도미닉이 계단 위에서 멈춰 아버지를 내려다보았다.

"아버지 말이 진실이길 바랍니다. 이 일이 아버지 짓이라는 게 밝혀진다면 결코 저한테 무사하지 못하실 테니까요, 아시겠습니까?"

샤무스가 매섭게 그를 쏘아보고 나서 차츰 흐릿한 미소를 지었다.

"그래, 알았다, 도미닉. 나보다 널 더 잘 아는 사람이 있겠냐?"

그가 응접실 쪽으로 돌아섰다.

"넌 어서 가서 그 스코틀랜드 신부감이나 다독여 봐. 난 말비나에게 결혼식 건을 알려야겠다. 그녀가 비틀 양의 책에서 적당한 예법을 찾아보고 싶어할 거야."

도미닉은 멍하니 아버지의 뒷모습을 쳐다보았다. 예법이라고? 세상 전체가 다 미쳐버린 걸까? 그는 다시 몸을 돌려 엘스페스의 방으로 향했다.

16

노크를 했지만 대답소리는 들리지 않았다. 도미닉은 다시 한 번 노크하고 잠시 기다린 뒤에 문을 열고 안으로 들어갔다.

"당신과 얘기하고 싶지 않아요."

그녀가 까만 옷을 접어 침대 위의 가방 안으로 집어넣었다. 그리곤 그를 쳐다보지도 않은 채 옷장으로 걸어가 까만 망토를 꺼내 다시 가방 쪽으로 돌아갔다.

"보고 싶지도 않아요. 당신에 대해서는 생각도 하고 싶지 않다구요."

풍성한 옷자락을 가방 안으로 쑤셔넣는 그녀의 손이 부들거렸다.

"평생 당신이나 다른 딜레이니들과 엮이고 싶지 않아요."

"얘기 좀 해야겠어."

도미닉은 문을 닫고 문틀에 기대서서 그녀의 움직임을 지켜보았다. 너무나 연약해 보였다. 그녀는 잠옷자락 밑으로 작은 맨발을 드러내내며 옷장으로 종종걸음쳐 갔다. 반쯤 내려뜬 눈에 맺혀 있는 눈물 방울이 그의 가슴을 뭉클하게 했다. 가엾은 올빼미.

"당신이 화내는 거 당연해. 하지만 그런다고 어젯밤 일이 달라지는 건 아니야. 앞으로의 일을 생각해야 된다구."

그녀는 또 다른 옷을 옷장에서 끄집어냈다.

"그럴 마음 없어요. 다 잊어버릴 거예요. 내가 왜 당신이나 킬라라에서 일어난 일을 기억해야 하죠? 당신은 내 인생과 아무 상관없어요. 당신도, 당신의 그 잘난 부모님도, 날 모욕하지 못하게……."

그녀가 울음을 삼키며 깊이 숨을 들이켰다.

"제발 나가 주세요."

도미닉도 메어오는 목을 가다듬어야 했다. 다시 그녀의 곁에서 떠날 자신이 없었다. 그녀를 끌어안고 그 여린 어깨를 쓰다듬어 주고 싶었다. 용감해질 필요 없다고, 혼자 힘들어할 필요 없다고 말해 주고 싶었다. 그녀가 힘들 때 항상 옆에 있어 주겠노라고 약속하고 싶었다.

하지만 그는 그 무엇 하나 확실하게 말해 줄 수 없었다. 그의 목숨이 언제까지 부지될 수 있을지 모르는 상황이었다. 그녀는 혼자 힘으로 꿋꿋해져야 했다.

"의논할 일이 있어. 어젯밤 일의 결과에 대해서 생각해 봤나? 아이가 생기면 어쩔 거지?"

그녀가 커다래진 눈으로 화들짝 쳐다보았다.

"내가 그 아이를 보호해 주겠다고 약속했잖아, 엘스페스. 그 약속을 지키게 해줘."

그가 진지하게 그녀의 눈을 마주 보았다. 그녀는 메마른 입술을 혀로 축였다.

"내가 정말 임신했을까요? 단 한 번의 죄악으로 그런 처벌을 받는 건 너무 불공평해요."

또다시 그의 마음이 부드러워졌다. 죄책감과 규명하고 싶지 않은 또 다른 감정이 뒤섞였다.

"그건 죄악이 아니었어. 죄가 있다면 나한테 있어."

그가 몸을 세우고 그녀에게 다가갔다.

"아니, 확실하진 않아. 하지만 가능성이 없는 건 아니야. 당신도 사생아를 낳고 싶진 않겠지?"

그녀의 몸이 움찔했다.

"그래요, 그럼 너무 많은 고통이…… 연약한 아이에게 그런 고통을 주고 싶지 않아요. 아, 내가 당신을 막았어야 했는데. 내 잘못이에요."

그가 눈물 젖은 그녀의 뺨을 살며시 어루만졌다.

"당신은 날 막을 수 없었어."

그의 집게손가락이 그녀의 아랫입술을 나비의 날갯짓처럼 가볍게 쓰다듬었다.

"내가 당신을 겁탈했잖아, 기억나?"

그가 지금도 겁탈하고 있는 거라고, 그녀는 멍하니 생각했다. 그 부드러운 말과 손길로 그녀의 감각을 겁탈하고, 그녀의 저항감을 빼앗고, 분노마저 쫓아버리고 있었다.

그의 손가락이 다시 그녀의 입술 윤곽을 그려나갔다.

"그러니까 전적으로 내 잘못이야. 속죄하게 해줘."

속죄. 그 단어가 왠지 모를 날카로운 고통을 일으켰다. 그녀는 감정을 숨기려 눈을 내리깔았다.

"당신만 비난할 수는 없어요. 나도 제정신이 아니었어요. 반항하지도 않았잖아요. 그래서 당신이 오해할 수밖에 없었던 거예요."

"그럼 이제 상황을 바로잡는 게 우리의 의무일 거야. 그건 알겠지?"

그녀가 고개를 떨군 채 끄덕거렸다.

"그러니까 나와 결혼해야 돼, 엘스페스."

그녀의 눈이 단번에 들려올랐다.

"결혼?"

"신부님을 모셔오라고 했어. 오늘 당장 결혼하는 거야. 그래야 아이가 태어나도 사생아 소리를 안 들을 수 있어."

"아이가 안 생겼을 수도 있잖아요. 좀더 기다려 봤다가……."

그의 입술이 굳어졌다.

"내가 앞으로 어떻게 될지 몰라. 아이가 생겼을 가능성이 조금이라도 있다면 당신을 미혼모로 만들고 싶지 않아.”

그녀는 부르르 몸서리쳤다. 죽음. 그가 곧 죽을지도 모른다는 말을 하고 있었다. 두려움과 함께 격렬한 거부감이 솟구쳤다.

“도미닉, 그런 말하지 말아요…….”

“당신이 나와 결혼하기 싫어하는 건 알아. 어떤 여자가 나 같은 놈이랑 엮이고 싶겠어? 하지만 몇 주일만 참으라구. 그 후에 아이가 생기지 않았다는 게 확실해지면 이혼할 수 있게 해줄게.”

“이혼요.”

엘스페스는 충격적으로 중얼거렸다. 처음엔 타락한 여자였다가 다음엔 이혼녀까지 되란 말인가? 둘 중 어느 것 한 가지를 고를 수 없을 정도로 둘 다 끔찍했다.

“아이가 생겼으면요?”

그가 그녀의 입술에서 손가락을 떼어내며 한 걸음 물러났다.

“우리 딜레이니들이 얼마나 소유욕이 강한지 당신도 이미 알았을 거야. 하여튼 우리로서는 감당할 수밖에 없는 모험이야.”

그녀의 표정이 심란해졌다.

“난 모르겠어요.”

“빌어먹을.”

갑자기 그의 목소리가 성마름으로 거칠어졌다.

“내가 결혼서약에 매달릴까 봐 걱정하는 거야? 나라고 결혼하고 싶은 줄 알아? 당신이 전에 말했던 대로 난 신사가 아니야, 하지만 빚진 거 떼먹고 도망가는 놈도 아니라구. 내가 당신한테 빼앗은 건 되돌릴 수가 없어. 하지만 그 대신 내 이름을 주고 당신을 보호해 줄 수는 있어.”

그의 시선이 그녀를 피해 움직였다.

“당신한테 손대지 않을게. 운 좋게 이번 결과를 피할 수만 있으면 또다시 그런 모험을 하는 바보가 되지 말아야겠지.”

그 말이 어째서 이렇게 가슴을 쥐어뜯는 걸까? 당연히 그가 그녀와 결혼하고 싶어할 리 없었다. 어젯밤에는 자제할 수 없는 욕망이었을 뿐 어떤 여자라도 그에게는 똑같았을 것이다.

그의 시선이 그녀의 얼굴로 돌아왔다.

"당신도 선택의 여지가 없다는 거 알겠지?"

그녀가 멍하니 고개를 끄덕였다.

"네, 알겠어요. 달리 방법이 없는 거겠죠."

마치 무거운 짐을 벗어낸 것처럼 그의 어깨에서 아주 살짝 긴장이 풀어졌다.

"현명하게 행동해 줘서 다행이야. 결혼식 올린 다음에 칸타란으로 출발하자구."

그녀의 눈이 휘둥그레졌다.

"칸타란으로? 당신도 같이 가려구요?"

그의 입술이 한쪽 끝으로 피식 뒤틀렸다.

"그렇지 않고서야 어떻게 내 자식놈이 세상에 돌아다니지 않는다는 걸 확인할 수 있겠나? 당신이 도와달라고 나한테 찾아올 것 같지도 않고."

그가 돌아섰다.

"칸타란이 존재한다면 보물도 있겠지? 킬라라에 그 보물이 필요해. 짐말은 당나귀 두 마리뿐이니까 필요한 것만 챙겨. 안장 주머니에 들어가지 않는 건 여기 남겨두라구. 황금을 싣고 돌아오려면 어차피 다 버려야 할 테니까."

그가 빠르게 문으로 걸어갔다.

"황금이 있다면."

"하지만 보물이 있다는 걸 믿는 거죠? 칸타란도 믿는 거죠?"

엘스페스가 부드럽게 물었다.

"전에는 믿었어, 화이트 버팔로가 말했을 때는."

"예언도요?"

그가 어깨를 으쓱였다.

"그 당시에는 멋모르는 꼬마였어. 꿈을 포기하기 전이었지. 하지만 이젠 달라졌어."

그렇다 해도 엘스페스는 느낄 수 있었다. 그가 애써 보여주려는 것만큼 달라지지 않았다는 걸. 그에게는 아직도 꿈이 있었다. 킬라라에 대한 꿈, 그리고…….

"칸타란이 존재한다는 것도 믿나요?"

그가 잠시 침묵하고 나서 나지막이 대답했다.

"그래, 믿어. 언제나 믿어 왔던 것 같아."

그의 뒤로 조용히 문이 닫혔다.

엘스페스는 아이보리색 제단보의 정교한 금빛 디자인을 쳐다보았다. 베네딕트 신부님이 세 개의 계단 위쪽 제단으로 올라갔다. 이제 거의 끝난 걸까? 지금껏 신부님이 중얼거리는 라틴어를 거의 이해하지 못한 채 도미닉이 신호해 줄 때에만 대답했을 뿐이었다. 그녀는 옆에 서 있는 도미닉을 곁눈질했다. 그의 표정은 거의 단호하다 싶을 정도로 진지했다.

남편. 이제 몇 분만 지나면 그가 내 남편이 되리라. 이 거칠고 단단한 남자에게 그런 가정적인 단어는 전혀 어울리지 않는 듯했다. 하지만 자신의 갈색 승마용 치마와 부츠 차림 또한 전혀 새신부 같아 보이지 않았다. 단 하나 신부다운 물건이라고는 예배당으로 들어서기 전 라이징 스타가 씌워 주었던 하얀 레이스 베일뿐이었다.

"머리를 가려야 돼요. 이게 관습이에요."

라이징 스타가 엘스페스의 뺨에 입을 맞추고 나서 조그맣게 속삭였다.

"왜 이렇게 서두르는 거죠? 진심으로 이 결혼을 바라는 건가요, 엘스페스? 내가 도와줄 일이 있을까요?"

이 결혼을 바라냐고? 지금 감정을 무엇으로도 표현할 길이 없었지만, 라이징 스타가 도와줄 방법이 없다는 것만은 분명했다.

“없어요.”

라이징 스타는 심란한 눈으로 그녀를 바라보았다.

“난 이 결혼식에 참석하지 않을 거예요. 당신의 기쁨을 함께 하긴 하겠지만 결혼서약을 함께 하진 않을 거예요. 신의 축복이 있기를.”

그리고 그녀는 서둘러 돌아서서 마당을 가로질러갔다.

엘스페스는 이제 우아하게 흘러내린 베일을 흘긋 내려다보았다. 이게 관습이라고? 라이징 스타는 남편 식구들의 관습을 따르기 위해 노력해 왔고 그녀에게도 그러길 바라는 모양이었다. 남편을 사랑하고 존경하는 것이 관습적으로 아내의 할 일이었다. 그의 아이를 낳고 그 옆에서 함께 일하는 것이 아내의 역할이었다. 남편과 한 침대에 들고 그가 원할 때마다 몸을 내어주는 것이…….

“괜찮아?”

도미닉이 걱정스레 그녀의 붉어진 뺨을 살피며 물었다.

“금방 끝날 거야.”

그녀는 떨리는 숨을 들이켰다.

“네, 그냥 나한테 너무…… 너무 특이한 일이라서.”

그의 눈이 웃음기로 반짝거렸다.

“나한테도 매일 일어나는 일은 아니야.”

그가 천천히 그녀의 작은 손을 감아 쥐었다. 위로와 평화와 지원의 손길. 이 간단한 동작 하나가 이토록 황홀한 느낌들을 전하다니. 그녀도 무의식적으로 그의 손을 마주 잡으며 눈을 올려다보았다. 숨이 멎었다. 그 눈동자에 무언가 기다리는 것, 무언가 파악할 수 없는 것, 무언가 아름다운 것이 담겨 있었다.

도미닉 또한 똑같은 황홀경에 사로잡혀 그녀를 응시하는 듯했다. 그가 충동적으로 가까이 다가섰다.

“엘스페스…….”

신부님이 예식의 말을 중얼거리며 엄숙한 표정으로 되돌아왔다.

엘스페스는 가까스로 도미닉에게서 시선을 떼어냈다. 한순간 그들은 어젯밤보다 훨씬 완벽한 친밀감을 함께 나눈 느낌이었다. 질문과 대답이 오고갔고, 소중한 기억이 생겨났고, 새로운 친밀감이 창조되었다. 그녀는 그 친밀감을 포기하고 싶지 않았다. 그것은 아름다움의 일부, 융합과 조화의 일부였다.

"무릎 꿇어."

"뭐라구요?"

엘스페스의 시선이 도미닉에게 날아갔다.

"무릎 꿇고 축복을 받아야 돼."

그의 손은 여전히 그녀를 붙잡아 주고 있었다. 그가 남성적인 아름다움을 빛내며 미소지었다.

"우리 함께."

우리 함께. 얼마나 사랑스럽고 감동적인 말인가. 마음과 몸을 영원히 하나로 연결시키는 힘이 담긴 말이었다.

예배당 뒤쪽 고해 성사실에서 묵직한 검은색 모직 커튼이 보이지 않는 손에 걸린 듯 한쪽으로 움직였다.

오후의 햇살이 제단 앞에 선 도미닉 딜레이니와 엘스페스 맥그리거를 후광처럼 휘감았다. 그들이 손을 맞잡고 눈부신 표정으로 서로를 응시하고 있었다.

얼마나 아름다운 한 쌍인가, 레이몬 토레스의 눈에서 감상적인 눈물이 흐르려 했다. 강하고 키 큰 구릿빛의 남자와 연약하고 하얀 여자. 사랑으로 결합하는 두 영혼보다 더 즐겁고 감동적인 모습이 또 있을까?

레이몬 토레스는 고해 성사실의 정교한 단철 창살에 총구 끝을 걸쳐 놓고는 검은 커튼에 만들어 두었던 구멍을 조심스레 움직였다.

그들이 다시 사제에게 돌아선 게 대단히 유감스러웠다. 표정에 담긴 감정을 볼 수 없었으니까. 총알이 박히는 그 순간, 그들의 표정을 볼 수 없다는 것은 슬픈 일이다. 어제 오후부터 그런 기쁨을 고대하며, 밤에는 그런 꿈까지 꿨는데 말이다. 그는 쾌감에 젖어 정액을 뿌리며 건초다락에서 깨어났었다. 사냥감에 대한 꿈을 꾸는 경우는 극히 드물었다. 도미닉 딜레이니 꿈을 꾸었다는 자체가 이번 사냥감의 대단한 가치와 그에 대한 애정을 증명해 주었다.

순간 레이몬은 죽을 때까지 도미닉이 존경스런 자신의 존재를 모르리라는 사실에 잠시 가슴이 아팠다. 정욕의 마지막 밤을 제공해 준 장본인이 레이몬이라는 것도 모를 것이다. 여자에게 약을 먹이는 건 너무 쉬웠다. 하지만 사람들이 잠든 후에 2층으로 숨어들어 여자를 도미닉의 침대로 옮기고 옷을 벗겨내는 일은 꽤나 위험스러웠다. 하지만 두 사람을 바라보는 지금, 그 위험에 충분한 가치가 있었음이 확인되었다.

지극히 위험스런 먹이를 사냥할 때의 단점은 거의 대부분 뒤에서 총을 쏘아야 한다는 점이었다. 도미닉에게는 달라지길 기대했지만 상황이 허락하질 않았다. 두 마리 말과 당나귀를 준비하라는 명령이 전해졌을 때, 먹잇감이 안전한 지대에서 떠나리라는 걸 알았다. 도미닉의 무방비 상태를 노릴 계획이라면 지금이 마지막 기회였다.

레이몬은 앞으로 몸을 기울이며 제단 앞의 도미닉에게 총구를 겨냥했다. 고해 성사실 내부는 숨막힐 듯이 뜨거웠지만 그는 오로지 살인하기 직전의 낯익은 흥분감에 부풀어 있었다. 이제 곧 때가 되리라. 이 신성한 장소의 지배권자는 바로 레이몬 토레스였다.

엘스페스와 도미닉이 제단 앞의 쿠션에 무릎 꿇었다. 그 순간, 한 발의 총성이 정적을 찢어놓았다!

그 소리가 예배당 안에 울려퍼지며 그 순간의 몽롱한 장막을 찢어 가혹하고 흉측한 현실을 드러냈다. 도미닉의 앞쪽 제단 난간이 뿌연 속살을 드러내며 갈가리 쪼개졌다.

한순간 엘스페스는 무슨 일인지 알아차리지 못했다. 그 후에 도미닉의 까만 재킷 어깨에 소름 끼치는 꽃처럼 빨간 피가 번지는 걸 보았다.

그녀의 시선이 그의 얼굴로 날아갔다. 그곳에서 고통과 피곤함, 그리고 가슴이 철렁한 죽음의 수용을 보았다. 그가 제단 난간에 기대어 서서히 바닥으로 미끄러졌다.

비명이 터져나왔다!

그녀의 목구멍에서 고통스럽게 비명이 터져나왔다. 미친 듯이 도미닉에게 기어가 그의 머리를 무릎으로 안아들었다.

"안 돼요, 제발 안 돼요, 도미닉!"

그의 몸은 꼼짝도 하지 않았다. 창백한 뺨에 검은 속눈썹을 드리운 채 가쁜 호흡만 내쉴 뿐이었다.

그녀는 샤무스의 욕설소리와 쿵쿵 울리며 멀어지는 발소리를 어렴풋이 알아차렸다. 어디 가는 거지? 도미닉에게 지금 도움이 필요하다는 걸 모른단 말인가?

말비나가 그녀의 옆으로 무릎 꿇었다.

"나한테 넘겨줘. 내가 보살필게."

"어떻게 된 거죠? 아까 그 소리는……."

"총에 맞았어."

말비나의 어조는 짜증스러웠다.

"갓난애라도 그 정도는 알 수 있을 거다. 내 아들을 보살필 수 있게 저리 비켜라."

엘스페스의 팔이 무의식적으로 그를 바짝 끌어당겼다.

"안 돼요!"

"안 된다고?"

말비나가 그녀를 노려보았다.

"당신은 그럴 권리 없어요. 이제 이 사람은 내 남편이에요. 내가 보살필 거예요."

엘스페스가 조심스레 도미닉의 머리를 바닥에 내려놓고 그의 이마를 쓰다듬었다.

"라이징 스타를 데려오세요, 그녀도 실버처럼 치료법에 대해 알고 있을 거예요.”

그녀가 신부님에게 시선을 돌렸다.

“재킷을 찢어내야 해요. 칼을 준비해 주세요. 붕대도요.”

베네딕트 신부가 고개를 끄덕이고는 허둥지둥 제단 옆의 문으로 달려갔다.

“총알을 빼낼 생각이냐? 너한테 그런 배짱이 있을까?”

말비나가 싸늘하게 쏘아붙였다.

“제단 난간이 부서졌어요. 총탄이 그의 몸을 뚫고 나간 거예요.”

그녀는 점점 더 번져가는 듯한 피웅덩이를 내려다보았다. 오, 맙소사, 도미닉이 죽으면 어쩌지? 눈앞이 캄캄해지고 가슴이 뻥 뚫어졌다.

“저리 가세요. 정신을 집중해야 돼요.”

“너나 저리 가. 창백하게 질린 멍청이한테 내 아들의 목숨을 맡길 것 같으냐?”

“어렸을 때 아버지와 여행하면서 동료들을 많이 간호해 봤어요.”

“총상을 다뤄 본 적은 없겠지?”

“그래요.”

엘스페스는 베일을 벗어 접은 다음 상처 위에 올렸다. 오, 하나님, 저에게 죄가 있다면 이런 식으로 벌하지 말아 주세요. 도미닉에게 벌을 내리지 말아 주세요.

“하지만 그렇다고 달라질 거 없어요. 난 도미닉을 죽게 내버려 두지 않을 거예요.”

그녀가 단호하게 시선을 들어올렸다.

“도미닉을 살릴 거예요, 아시겠어요?”

“넌 안 돼, 내가…….”

말비나가 엘스페스의 눈을 마주 보았다. 그리곤 천천히 마지못해 고개를 끄덕였다.

“그래, 알 것 같구나. 그럼 내가 도와주는 건 받아들일 수 있겠지? 난 총상을 여러 번 다뤄 봤어. 우리가 함께 이 아이를 살려낼 수 있어."

우리 함께. 방금 전까지만 해도 그 말이 도미닉과의 사이를 연결해주는 아름다운 말이라고 생각했는데, 지금은 전혀 다른 의미로 들어야 했다. 하지만 그 어머니의 눈에 필사적인 감정이 드러나 보였다.

"좋아요."

엘스페스가 이미 진홍빛으로 변해버린 레이스 베일을 내려다보았다.

"… 내 남편을 살릴 수 있게 도와주세요."

"도미닉은 괜찮아."

방으로 들어서는 엘스페스에게 말비나가 자랑스럽게 말하며 일어났다.

"이 정도 긁힌 상처쯤이야 이 아이한테는 아무것도 아니야. 딜레이니를 죽이려면 작은 총탄보다 더 위력적인 게 필요할 거다."

엘스페스는 몸서리를 치며 침대로 다가섰다.

"그 총알이 15센티미터만 밑으로 내려갔으면 아무리 딜레이니라도 살아남지 못했을 거예요."

그녀가 탁자 위에 작은 연고병을 내려놓았다.

"라이징 스타가 이걸 줬어요……."

도미닉이 불안정하게 움직여대자 그녀의 말이 멈칫했다.

"곧 깨어날 거다."

말비나가 씩씩하게 문으로 걸어갔다.

"난 샤무스가 샴록으로 떠나기 전에 할 얘기가 있어. 네가 도미닉을 지켜봐라."

엘스페스가 피식 미소지었다.

"고맙습니다, 그럴 생각이었어요."

말비나가 문을 열며 돌아보았다.

"킬라라에서 떠나려는 어리석은 생각은 버려라. 네가 내 아들을 보살필 수 있다는 건 알았어. 여기서 그 아이를 안전하게 지켜줘."

"이 상태를 안전하다고 하는 건가요?"

엘스페스가 성마르게 도미닉 쪽을 가리켰다.

"전 결코 동의할 수가 없겠군요."

말비나는 다소 당황스런 표정이었다.

"다른 곳보다는 안전해. 우리 근처에 복병이 있을 줄 몰랐던 거야. 다시는 이런 일 없을 거다. 넌 내 아들을 붙잡아 놓기만 하면 돼."

엘스페스는 도미닉에게 시선을 고정시킨 채 힘없이 의자에 앉았다.

"난 도미닉이 원하지 않는 곳에 그를 붙잡아 둘 능력이 없어요. 도미닉은 내 바람에 신경 쓰지 않아요."

말비나가 험악하게 미소지었다.

"그럼 신경 쓰게 만들어. 나한테는 맞서싸워서 원하는 걸 얻어냈잖아. 더 힘들지는 않을 거다. 내 말대로 해……."

"싫어요."

그녀가 분명하게 거절하며 말비나에게 시선을 올렸다.

"내가 할 일은 내가 결정하겠어요. 딜레이니에게 결정권을 맡기진 않아요."

말비나의 표정에 짜증이 떠올랐다, 더불어 마지못한 감탄도 스쳐 지나갔다.

"성질낼 거 없어, 어차피 결과는 똑같아질 테니까."

갑자기 늙은 여자의 개암나무빛 눈동자에 즐거움이 번득였다.

"네가 잊은 모양인데, 너도 이젠 딜레이니야."

그 말을 끝으로 방문이 탁 닫혔다.

엘스페스는 멍하니 마호가니 문을 노려보았다. 이제서야 자신도 이 자부심 강한 가문의 일원이라는 걸 깨달았다. 더 이상 엘스페스 맥그리거가 아니라 엘스페스 딜레이니였다. 딜레이니 중에서도 가장 과격하고 위험스러운 도미닉 딜레이니의 아내…… 흥분과 도전 의식, 강렬한 자부심이 뒤범벅되어 부글부글 끓어올랐다.

도미닉이 죽을지도 모른다고 생각했던 순간 그녀에게 얼마나 이상한 변화가 생겨났던가? 어떻게 한평생 지녀 왔던 두려움이 한순간에 떨어져 나간 것일까? 한평생 궁금해했던 질문에 마침내 가장 중요한 해답을 찾아냈다.

사랑. 마음과 영혼을 다 바쳐 도미닉 딜레이니를 사랑하기 때문에……. 비록 도미닉이 자신과 같은 감정을 갖지 않았다고는 해도 달라질 건 없었다, 자신을 속이지는 말아야 하리라. 그 사실이 견딜 수 없이 가슴 아팠지만 이제 깨달은 진실을 변화시키지는 못했다.

"엘스페스……."

그녀가 화들짝 도미닉을 바라보았다. 그의 눈이 열려 어두운 침실 안에서 반짝이고 있었다. 그 경직된 얼굴과 피곤함이 연민을 불러일으켰다.

"이젠 괜찮아요. 총알이 어깨를 관통하고 지나가서 상처가 났을 뿐이에요. 며칠 있으면 일어날 수 있어요."

"누가……."

"바케로 중 한 명이 예배당에서 뛰쳐나와 도망치는 레이몬 토레스를 봤대요. 나한테 약을 먹여 당신 방으로 옮긴 것도 토레스인 것 같아요. 당신 어머니가 로사에게 몇 가지 물어 봤는데 내 식사를 준비할 때 토레스가 부엌에 들렀었대요."

도미닉을 죽이려던 것뿐 아니라 자신의 불명예까지도 토레스의 계획이었다는 것이 소름 끼치게 공포스러웠다. 어떻게 다정한 미소와 살인이 함께 공존할 수 있단 말인가?

"대체 왜 나한테까지 그런 짓을 했을까요?"

"나도 몰라, 가끔 영혼이 뒤틀린 자들이 있지. 놈을 잡았나?"

엘스페스가 고개 저었다.

"당신 아버지가 따라나갔을 때는 이미 사라진 뒤였어요. 하지만 샤무스는 포기하지 않았어요. 샴록으로 당신 형제들을 데리러 가셨어요. 그자를 꼭 잡아내겠다고 하셨죠."

벤 트래비스와 맞먹을 만한 욕설을 중얼거리며 도미닉이 일어나 앉으려 안간힘을 썼다.

"안 돼요!"

엘스페스가 다급하게 의자에서 일어나 손을 뻗었다.

"뭐하는 거예요? 아직……."

"끔찍이도 아프군."

그가 앙다문 잇사이로 말을 내뱉으며 이불을 걷어냈다.

"그러니까 나하고 싸우려 들지 마. 난 지금 상냥하게 받아 줄 기분이 아니라구. 내 옷 좀 갖다줘."

"당신이 직접 갖다 입어요."

그녀가 그를 노려보았다.

"난 이런 미친 짓에 동참 안 해요. 겨우 세 시간 전에 총을 맞았으면서 이젠 아무 일도 없었던 것처럼 일어나겠다는 거예요? 난 당신이 죽는 줄 알았다구요, 피가……."

그녀가 주먹을 틀어쥐었다.

"그자는 당신 심장을 노렸어요. 그때 무릎 꿇지 않았더라면 틀림없이…… 그런데도 당신은, 당신은 미쳤어요, 도미닉 딜레이니."

"나도 가끔은 그런 생각이 들어. 하지만 킬라라에 남아서 레이몬 토레스가 내 가족까지 죽이는 걸 두고 볼 정도로 미치진 않았어."

"그 사람은 돌아오지 않을 거예요. 돌아온다면 당신만큼이나 미친 놈이겠죠."

"그놈은 바로 이 킬라라에서 날 쏠 정도로 미쳤어. 왼쪽으로 빗나갔으면 그 총알이 당신 머리에 박힐 수도 있었다구. 다시는 그런 일이 없어야 돼. 난 오늘밤 헬즈 블러프로 떠날 거야."

그녀가 성난 눈으로 그를 쏘아보았다.

"그자가 당신을 따라가면 어떡할 건가요?"

"거기선 준비하고 있을 거야."

그녀는 비명을 지르고 싶었다. 그를 흔들어대고 그의 머리털을 쥐어 뜯어 버리고 싶었다. 어째서 이 남자보다 덜 완고하고 좀더 제정신인 남자를 만나지 못했을까? 그녀는 지금 걷잡을 수 없는 두려움에 떨고 있는데, 이 남자는 완강하게 입을 굳히고 앉아 있을 뿐이었다. 그의 마음을 바꿀 방법이 아무것도 없다는 걸 알아차릴 정도로.

"좋아요."

그녀는 빙글 돌아서서 서랍을 열어젖혀 그 안의 옷가지를 움켜쥐고는 침대 위로 내던졌다.

"당신 옷 여기 있어요. 나한테 입혀 달란 말은 말아요. 당신 어머니가 그러는데, 그런 상처쯤 딜레이니한테는 아무것도 아니라더군요. 오늘밤 떠나려면 나도 준비할 게 많아요. 이렇게 성질 고약한 환자나 돌보고 있을 시간 없다구요……."

"떠난다고? 당신이?"

도미닉이 눈살을 찌푸렸다.

"당신은 여기 남아야 돼, 안전한 곳에."

그녀가 엉덩이에 두 손을 버티고 노려보았다.

"그럴 수야 없죠. 당신이 어차피 떠날 생각이라면 우리 계획대로 밀고 나가는 게 낫잖아요. 당신이 칸타란으로 데려다 주겠다고 약속했는데 내가 왜 헬즈 블러프에 보내주겠어요?"

"상황이 달라졌잖아, 제기랄. 난 쫓기는 몸이라구."

"달라지긴 뭐가 달라져요? 패트릭하고 실버에게 들은 바로는, 당신은 수년 간이나 쫓겨왔다던데……."

그녀가 애써 목소리를 진정시켰다.

"약속을 지키세요. 난 당신과 같이 칸타란에 갈 거예요. 아니면 나 혼자 가길 바라시나요?"

"토레스가 당신이 내 아내인 걸 안단 말이야. 당신을 쫓아가서 날 잡는 미끼로 써먹으려 할 거야."

갑자기 샘 벅스트롬의 초점 잃은 눈동자와 그 관자놀이의 총알 구멍이 떠오르자 도미닉은 뱃속이 뒤집어졌다.

"그놈이 당신을 죽이려 들 거야, 빌어먹을."

엘스페스는 상냥하게 미소지었다.

"그럼 당신과 같이 가는 게 낫겠군요, 그렇죠?"

그녀가 홱 돌아서서 문으로 성큼성큼 걸어갔다.

"당신 어머니한테 떠나겠다고 말할게요. 기분 좋아하진 않겠죠, 당신을 꽤나 사랑하는 것 같던데. 지금으로선 난 그 이유를 전혀 짐작할 수도 없지만요."

"엘스페스!"

그의 목소리는 으르렁거림과 고함의 중간쯤이었다.

"소리칠 거 없어요, 무슨 말도 안 먹힐 테니까. 난 칸타란으로 갈 거예요."

"다른 건 생각지도 않고, 다른 건 중요하지도 않다는 거야?"

"드디어 그 사실을 알아차리셨다니 다행이에요."

그녀는 쾅 문을 닫아버리고는 그 즉시 문틀에 축 늘어졌다. 목구멍으로 울음이 차올랐다. 방에서 나서기 전에 울음이 터져버릴까 봐 두려웠었다. 도미닉이 혼자서 떠나버릴까 봐 너무나 두려웠다.

대담함만이 그 끔찍한 두려움을 막아 주는 유일한 무기였다. 그가 바라지도 않는 사랑을 내보일 수는 없었다. 도미닉 딜레이니를 원하고 사랑했던 아름다운 여자들이 얼마나 많았겠는가. 그런 여자들에게도 안주하지 않은 도미닉을 어떻게 그녀처럼 평범한 여자가 붙잡을 수 있겠는가.

그녀의 입술에 슬픈 미소가 떠올랐다. 도미닉이 칸타란에 집착한다고 쏘아붙였던 말이 생각났다. 그 평생의 꿈이 한 남자에 대한 정열 때문에 시들어간다는 것을 그가 알아채지 못하는 게 그나마 다행이었다.

그녀는 천천히 몸을 세우고 결연하게 말비나를 찾아나섰다.

레이몬 토레스는 땅까지 닿는 길다랗고 무성한 나뭇가지를 안장 주머니에 묶은 다음 다시 말에 올라탔다. 말을 달리는 동안 그 나뭇가지가 흔적을 없애 줄 것이다. 코만치족 아버지에게서 물려받은 기술이었다. 물론 그 잡종 개자식한테 배운 건 거의 없었지만. 배운 게 있다면 테킬라에 잔뜩 취해서 휘둘러대는 주먹을 피하는 기술 정도였다. 하지만 아버지에게 너무 분해할 필요 없다고 스스로에게 타일렀다. 어차피 대단히 즐거운 이 직업을 시작하게끔 해준 게 아버지의 목에 걸린 현상금이 아니었던가.

말의 옆구리에 박차를 가하며 그는 흥분으로 가슴이 벅차올랐다. 이 게임의 전개가 그리 마음에 들지 않았지만, 오래 가지는 않을 것이다. 일단 샤무스와 다른 녀석들을 따돌리고 나서, 다시 돌아가 도미닉과 그 조그만 계집의 뒤를 밟을 것이다.

도미닉이 사소한 상처쯤으로 오래 누워 있을 리 없었다. 그 생각이 토레스에게 거의 아버지와도 같은 자부심을 불러일으켰다. 운명이 또 다시 그의 죽음을 막아버린 것에 화가 나야 마땅할 텐데도, 이번 경우에는 그렇지 않았다. 이제 도미닉은 자신이 쫓기고 있음을 알았을 테고, 인생의 마지막 순간까지 고급스런 보석의 단면들처럼 눈부시게 빛을 뿜어낼 것이다. 마침내 그 인생의 종말이 왔음을 알아차렸을 때, 슬픔과 공포심으로 현란하게 폭발할 것이었다.

이제 레이몬의 성마름과 욕구불만은 진정되었다. 그의 얼굴에 순수한 기쁨의 미소가 서렸다.

17

엘스페스는 울타리 옆에서 도미닉과 작별하는 말비나에게 흘깃 시선을 던졌다. 그리고는 치마 주머니로 손을 넣어 쪽지 하나를 꺼냈다.

"실버에게 몇 자 적었어요."

그 쪽지를 라이징 스타의 손에 밀어넣었다.

"오늘 저녁에 돌아오면 전해 주세요."

라이징 스타가 슬프게 미소지었다.

"그 애를 생각해 줘서 고마워요. 실버는 사람들에게 소중한 존재가 되고 싶어해요. 그런데 그 애를 사랑하면서도 그 사랑을 드러내지 못하는 사람이 많답니다."

"하지만 당신은 달라요. 그녀에게 공부도 가르쳐 주고 여기서 머물도록 해줬잖아요."

"그 정도로 충분치가 않았어요."

라이징 스타가 시선을 피하며 회색 암말의 코를 토닥였다.

"난 내가 얻은 걸 잃어버릴까 봐 두려웠어요. 그 애한테 가까이 다가가질 못했죠. 하지만 앞으로는 더 노력해 볼 거예요. 아이가 태어나면……."

그녀가 말꼬리를 흐리며 미소지었다.

"그럼 모든 게 달라질 거예요."

"그 말대로 되길 바랄게요. 잘 있어요, 라이징 스타."

엘스페스가 부드럽게 작별을 고했다.

"신의 가호가 있기를, 칸타란을 찾아내기를 바랄게요."

라이징 스타의 눈에 흐릿한 그림자가 스쳐가는 듯했다.

"나도 같이 가야 할 것만 같은 기분이에요."

엘스페스가 고개를 저었다.

"당신은 홀몸이 아니잖아요. 칸타란에서 기대할 것도 없구요."

"그래요, 기대할 건 없죠. 운명이 기다리는 게 아니라면."

라이징 스타가 어깨를 으쓱였다.

"이건 인디언들이 하는 말이에요. 하지만 난 이제 백인처럼 생각해야 돼요. 백인은 운명을 스스로 만들어 갈 수 있다고 생각하죠. 당신 말이 맞아요, 내가 있어야 할 곳은 여기, 내 남편과 아이의 옆이에요."

그녀가 돌아섰다.

"이젠 도미닉에게 작별인사를 해야겠어요. 내가 준 연고를 잘 발라주세요."

"도미닉이 바르게 해준다면요. 지금은 나한테 아주 심술이 나 있어요."

"조만간 풀어지겠죠. 당신이 위험해질까 봐 걱정하는 거예요. 사실 도미닉이 칸타란으로 가기로 했다는 게 놀라워요."

"선택의 여지가 없었던 거죠. 어깨에 구멍 뚫린 남자를 내가 혼자 보낼 것 같아요? 그 사람 엄마는 그를 아킬레스 같은 무적용사에 제우스 같은 불사신으로 여기는 것 같지만, 난 그 정도로 어리석지 않아요."

라이징 스타의 입술이 흐릿한 미소를 그렸다.

"도미닉이 화내는 이유를 알 만해요. 그는 자기 결정이 억지로 바뀌는 걸 싫어하거든요. 생각보다 두 사람의 여행이 훨씬 흥미진진할 것 같아요.”

도미닉과 엘스페스가 마구간 뜰을 출발했을 때는 태양이 뉘엿뉘엿 저물어 가고 있었다. 라이징 스타와 말비나는 그들의 뒷모습이 사라질 때까지 말없이 지켜보았다. 그런 다음 말비나가 씩씩하게 집 쪽으로 돌아섰다.

“우울하게 여기 서 있어 봤자 소용없어. 둘 다 돌아올 거다. 도미닉은 원하는 걸 꼭 손에 넣는 성미거든, 샤무스하고 똑같아.”

그녀가 빠르게 걸어갔다.

“할 일이 많아. 샤무스와 내 아들들이 금방 샴록에서 돌아올 텐데, 추적에 나서기 전에 식사를 챙겨 줘야 돼. 로사는 토레스한테 이용당했다고 울고불고 난리야. 흥, 내가 그 머리통을 날려버리지 않은 것만도 고맙게 생각해야지. 그런 살인자를 침대로 끌어들이다니 천치 같으니.”

“저도 도와드릴게요.”

라이징 스타가 머뭇머뭇 입을 열었다.

말비나가 잠시 말을 멈추고 돌아보았다.

“… 괜찮아, 나 혼자 할 수 있다.”

잠시나마 허락받게 될 줄 알았는데 이번에도 역시였다. 어째서 시어머니는 그녀에게 아무 일도 맡겨 주지 않는 것일까? 왜 킬라라의 일에 그녀를 끼워 주지 않는 걸까? 라이징 스타는 진저리쳐지게 외로웠다……. 그리고 항상 환영받지 못하는 손님처럼 대접받는 것이 지겨웠다.

집 안으로 들어가는 시어머니를 지켜보며 라이징 스타는 서서히 주먹을 틀어쥐었다. 인내심을 가져야 해, 아이가 태어나면 모든 문들이 활짝 열리리라. 오늘밤 조슈아가 집에 돌아올 테니 그녀는 더 이상 혼자가 아니었다. 시어머니가 부엌 일을 거들지 못하게 해도, 그녀에게는 할 일이 얼마든지 있었다. 프랑스어를 공부하거나 시를 쓰거나 책

속의 세상으로 빠져들 수도 있었다. 예전엔 그녀의 도전거리였고 지금
은 위안이 되어 주는 책. 그녀는 어깨를 쭉 펴고 집 안으로 들어갔다.
감사할 게 많은 그녀가 시어머니의 냉담한 태도에 낙심하는 건 바보
같은 짓이었다.

조슈아가 돌아왔다!
어둠 속에서도 라이징 스타는 마구간 뜰로 들어서는 남자들 중에서
조슈아를 정확하게 구별해 낼 수 있었다.
커튼을 제자리로 돌려놓고 나서 서둘러 거울 앞으로 달려갔다. 머리
를 정돈하고 하얀 로브 자락을 매만진 후에 뺨을 살짝 꼬집어 홍조까
지 살아나게 했다. 그 다음에는 깊이 숨을 들이쉬며 무릎에 두 손을
모아쥐고서 침대에 앉았다. 조슈아가 도착하기까지의 시간이 너무나
길게 느껴졌다.
그는 피곤해 보였다. 짙은 색 곱슬머리엔 먼지가 뒤덮였고 초록색
셔츠도 땀에 젖어 찰싹 들러붙었다.
그녀가 벌떡 일어나 그에게로 다가갔다.
"앤과 윌리엄은 잘 지내요? 목욕물 준비할까요?"
그가 고개를 저으며 뒷질문에 먼저 대답했다.
"목욕할 시간 없어, 토레스의 흔적이 없어지기 전에 따라잡아야 돼."
그가 세면대로 다가가 물병의 물을 쏟아부었다.
"앤하고 윌리엄은 잘 있어."
"내일 아침까지는 같이 있을 줄 알았는데요."
그녀가 그의 뒤로 다가가 허리를 감싸안으며 등에 뺨을 기댔다.
"보고 싶었어요, 조슈아. 당신도 나 보고 싶었어요?"
그의 등이 굳어지는 게 느껴졌다.
"응, 보고 싶었어."
그가 차가운 물을 얼굴에 끼얹었다.
"수건 좀 줄래?"

그녀가 뒤로 물러나 하얀 수건을 건네주었다. 여전히 외로웠다. 하지만 그가 보고 싶다고 말해 주지 않았는가. 너무 많은 걸 요구하지 말아야 하리라. 하지만 너무 힘들었다…….

"당신, 피곤해 보여요. 나중에 합류하면 안되겠어요?"

"내 손으로 토레스를 잡고 싶어. 그놈이 내 동생한테 총을 쐈어, 망할 자식."

"심한 상처는 아니었어요."

"그건 중요치 않아. 그놈이 내 동생을 쐈다구. 내 가족을 상처 입히고 무사할 수 있는 놈은 없어. 딜레이니 가는 그런 짓을 용서하지 않아."

그녀의 몸이 움찔했다. 그가 수건을 세면대로 던졌다.

"내려가야 돼. 아버지가 식량이 준비되는 대로 곧장 출발하고 싶어 하셔."

그가 한 걸음 다가서서 그녀의 이마에 입을 맞췄다.

"당신 괜찮아?"

어색한 질문이었다.

"네."

그가 망설이다가 묘하게 고통스런 표정으로 그녀를 내려다보았다.

"아기는?"

"괜찮아요. 아들인 것 같아요. 발길질을 투쟁적으로 해대거든요."

그의 얼굴에 그림자가 스쳤다.

"아프진 않아?"

그가 그녀의 뺨을 부드럽게 감싸쥐었다. 그녀는 그 손 위로 자신의 손을 올려 지그시 눌렀다. 그의 다정함을 조금이라도 더 붙잡고 싶었다.

"안 아파요. 아프다 해도 즐거운 고통인 걸요. 우리에게 멋진 아들이 생길 거예요, 조슈아."

그가 불쑥 그녀의 뺨에서 손을 떨구며 돌아섰다.

“다녀올게.”
“언제 돌아올 거예요?”
“모르겠어, 그 자식을 잡을 때까지…….”
그가 험악하게 뇌까리며 문을 열었다.
“조슈아…….”
그가 이유를 묻듯이 뒤돌아보았다.
그녀는 하고 싶은 말을 애써 참으며 아랫입술을 깨물었다.
“… 잘 다녀오세요. 빨리 돌아오시길 기도할게요.”
그가 미소지었다. 한순간 고통도, 딱딱함도, 죄책감의 그늘도 사라졌다. 그녀의 마을에 와서 그 소년 같은 미소와 애정어린 정열로 그녀의 마음을 사로잡았던 그 젊은 조슈아였다.
그가 문을 닫고 떠났다, 그녀에게 외로움과…… 희망을 남긴 채.

실버가 문을 벌컥 젖히며 밀고 들어왔다. 그녀의 상태도 조슈아만큼이나 지저분하고 땀에 절어 있었다.
“그게 사실이에요?”
회색 눈동자를 번득이며 그녀가 다그쳤다.
“아래층에서 패트릭을 만났어요. 결혼식 사건, 토레스에 대해서 다 들었어요. 엘스페스가 정말로 날 떼어놓고 간 거예요?”
라이징 스타의 얼굴에 흐릿한 미소가 번졌다.
“원래부터 그게 엘스페스의 계획이었잖아. 그래서 너도 안내원을 구하러 마을에 갔던 거고. 그런데 보아하니 안내원을 데려오지 않은 모양이구나.”
“거짓말한 게 아니에요. 마을에 가긴 갔었어요. 하지만 나보다 더 적당한 안내원이 없는데 어쩌겠어요? 엘스페스는 날 데려갔어야 했다구요.”
“지금은 도미닉과 함께야. 도미닉이 잘 보살펴 줄 거야.”
“그래도…….”

실버가 아랫입술을 잘근잘근 깨물었다.

"상황이 이상해요, 혹시 노파가 억지로 결혼시킨 거 아니에요?"

라이징 스타가 고개를 흔들었다. 토레스의 음모를 전해 줘 봤자 실버의 보호본능만 더 자극할 뿐이었다.

"엘스페스가 자발적으로 결혼했어."

그녀가 책상에 놓인 종이를 집어들어 실버에게 건네주었다.

"너한테 이걸 전해 주랬어."

실버는 재빠르게 내용을 읽어내려갔다. 그녀의 얼굴에 낙담과 실망감이 번져갔다.

"나더러 따라오지 말래요. 돌아와서 만나자는군요. 날 많이 좋아한대요."

그녀가 그 종이를 와락 구겨버렸다.

"하지만 난 같이 가고 싶다구요."

"따라가도 엘스페스가 되돌려보낼 거야. 너한테 너무 많이 신세졌다고 생각하거든."

"내가 도와주고 싶어요, 도대체 왜 그걸 이해 못하는 거죠?"

엘스페스는 이해하지 못한다 해도, 라이징 스타는 이해할 수 있었다. 도움의 손길을 받아들여 주는 것이 유대감의 일부라는 걸, 그걸 거부하는 것은 차가운 어둠으로 내모는 것과 같다는 걸.

"네가 안전하길 바래서야. 너한테 상처 입히거나 널 거부하려는 게 아니야."

실버가 번들거리는 눈을 치켜들었다.

"난 누구한테도 상처 입지 않아요. 사실은 환상의 도시 따위엔 관심도 없다구요. 여기 있는 게 나을지도 몰라요. 토레스를 찾아내는 게 더 중요해요."

그녀가 재빠르게 문으로 걸어갔다.

"그래, 여기서 더 쓸모 있는 일을 할 수 있어요."

"실버, 안 돼!"

하지만 실버는 나가버렸다, 문을 열어둔 채 계단으로 달려내려갔다.

라이징 스타는 문을 닫으려 천천히 움직여 갔다. 가엾은 실버, 그들에게 억지로 강요할 수 없다는 걸 어째서 아직도 모르는 걸까? 수천 번 상처받았으면서도 왜 여전히 무모하게 돌진해 가는 걸까?

내 방법이 최선이야, 라이징 스타가 생각했다. 백인들의 규율에 순응하고 인내심을 갖는 것, 그것이 그들과 함께 어울리고자 하는 인디언의 미덕이었다. 실버도 그 교훈을 터득해야 하리라.

울타리 기둥에 매달린 랜턴들이 안장을 올리는 남자들을 부드럽게 비춰 주었다. 스무 명 남짓의 바케로들이 말에 올라 있거나 출발 준비를 하는 중이었다. 코트, 신과 윌리엄이 말을 끌고 나왔고 실버의 바로 앞쪽에 패트릭과 조슈아, 샤무스가 걸어가고 있었다.

실버가 그들의 뒤로 달려갔다.

"기다려요! 나도 같이 갈래요."

샤무스가 험악하게 뒤돌아보았다.

"상관 마라, 이건 딜레이니의 일이다."

"그러니까 나도 같이 가야죠. 도미닉을 쏴버린 그 개자식을 찾으려면 내 도움이 필요할 걸요."

"말조심해. 그렇게 고약한 언사로 말비나의 귀를 더럽히지 말아라."

실버가 성마르게 손을 내저었다.

"말비나는 여기 없잖아요. 게다가 그건 중요치도 않아요. 토레스를 찾고 싶은 거예요, 아니에요?"

"우리가 찾을 거야. 패트릭이 추적 기술을 알아."

"그 기술을 내가 가르쳤어요. 어렸을 때 내가 숲속으로 데려가 블랙베어한테 배운 기술을 가르쳐 줬던 거라구요."

"그 말은 맞아요, 할아버지."

패트릭이 끼어들었다.

"그 방면으로 실버를 따라잡을 사람이 없어요."

"네 기술로도 충분해. 실버를 데려갈 필요는 없다."

"왜요?"

실버가 불끈 주먹을 움켜쥐었다.

"내가 도와줄 수 있다니까요. 이런 도움을 거절하는 건 바보천치나 하는 짓이에요. 난 풀잎이 뭉개진 방식이나 돌의 변화까지 읽어낼 수 있다구요. 이 땅을 속속들이 잘 알아요. 내가 하고 싶은 일은 뭐든지 할 수 있어요. 마음만 먹으면 이런 목장 하나쯤 세울 수도 있어요, 아니 훨씬 근사한 걸로. 나도 딜레이니예요. 내 도움을 받는 건 수치스런 일이 아니라구요."

샤무스의 눈동자가 가늘어졌다.

"정말 뭐든지 할 수 있다고 생각하는 모양이군."

그녀가 흔들림 없이 그 시선을 쏘아보았다.

"못할 게 뭐 있어요? 안 그래요?"

샤무스가 말없이 돌아서려 했다.

"멈춰요! 한마디만은 들어야겠어요. 이번 한 번만 진실을 말해 봐요. 내가 딜레이니라는 거 당신도 알죠, 그렇죠?"

그가 이글거리는 눈으로 돌아보았다.

"왜 내가 마음을 바꿔야 하지? 네가 보이드의 딸이라는 증거는 없어."

"그래도 알잖아요."

실버의 목소리에 감정이 북받쳤다.

"나도 알구요! 당신한테 다른 건 바라지도 않아요. 이 목장이든, 당신의 멋진 말들, 소떼 다 가지라구요. 난 한 가지만 바랄 뿐이에요, 내가 당신 손녀라는 인정."

샤무스는 분노와 도전과 자존심이 뒤엉킨 시선으로 그녀를 노려보았다. 그리고는 등을 돌려 돌아섰다.

"헛소리 듣고 있을 시간 없어. 넌 집에 들어가서 라이징 스타에게 예의범절이나 더 배워라."

"인정하란 말이야."

그가 한동안 멈춰 서 있다가 다시 그녀를 돌아보았다.

"넌 딜레이니가 아니야. 15년 전에 이미 대답했을 텐데. 지금도 그 대답에는 변함이 없다."

실버의 눈꺼풀이 1초에 열 번쯤 되게 파득거렸다. 강타를 얻어맞은 것처럼 굳어버린 채로, 맑은 물 속의 수정 같은 눈동자만이 출렁거렸다.

"거짓말이야! 당신 거짓말은 이제 지긋지긋해."

그녀가 천천히 돌아서서 당당하게 자신의 말 쪽으로 발길을 옮겼다.

"이젠 딜레이니와 끝장이야, 다시는 돌아오지 않을 거야."

그녀가 말 위로 뛰어올랐다.

"멍청한 늙은이, 당신이 뭘 놓치는 건지도 모르겠지?"

그리고는 검은 머리채를 비단 깃발처럼 펄럭이며 전속력으로 말을 달려나갔다. 패트릭이 욕설을 뇌까리며 자신의 말에 올라탔다.

"어디 가려는 거냐?"

샤무스가 날카롭게 물었다.

"쫓아가야죠, 실버의 말은 진심이라구요."

"안 돼."

"할아버지, 실버가 다시는……."

"안 된다고 했잖아! 킬라라와 이 가문의 수장은 나야, 그렇지?"

패트릭은 실버가 떠난 쪽만 응시한 채 대답하지 않았다.

"그렇지?"

샤무스가 다시 위험스럽게 낮아진 어조로 물었다.

패트릭이 거칠게 고개를 끄덕였다.

"하지만 이번 일은 잘못하셨어요."

"어린 녀석이 어른을 가르치려 드는군. 다음엔 윌리엄이 목장 운영에 참견하려 들겠구나."

"전 어린 녀석이 아니에요."

"그럼 토레스 잡는 일에나 신경 써."

샤무스가 말에 올라 앞쪽으로 달려나갔다. 바케로들이 그의 뒤로 따라붙자 마구간 뜰이 먼지구름과 흙바람에 휩싸였다.

"어서 가자."

패트릭의 옆에서 조슈아의 조용한 목소리가 들려왔다.

"네가 흔적을 찾아내야 하잖니."

"할아버지가 잘못하셨어요, 삼촌."

조슈아는 말없이 패트릭의 어깨를 쥐어 주었다. 그러고 나서 바케로들의 행렬을 뚫고 선두진을 향해 달려갔다.

패트릭의 긴장이 다소 풀어졌다. 언제나 그의 신경이 곤두설 때마다 조슈아의 조용한 힘이 달래 주곤 했었다. 올가미 던지는 법, 울타리 고치는 법, 야생 망아지 길들이는 법을 가르쳐 준 사람도 조슈아 삼촌이었다. 조슈아는 패트릭에게 아버지와 형제 중간쯤에 위치한 존재였다. 그 삼촌과 얼마나 여러 번 소떼를 몰고 다녔으며, 또 얼마나 많은 밤을 산에서 함께 보냈었던가? 문득 패트릭은 깨달았다, 그 많은 밤들 동안 라이징 스타가 홀로 지내야 했음을.

그의 시선이 샤무스의 옆에 위치한 조슈아에게로 날아갔다. 똑바로 앞을 쳐다본 채 코트가 던진 무슨 말엔가 흐릿하게 미소짓는 중이었다. 그는 라이징 스타가 지켜보고 있을 집 쪽으로 돌아보지 않았다. 왜 잠깐 고개를 돌려 손이라도 한 번 들어 주지 않는 걸까? 라이징 스타가 창가에서 바라보고 있을 텐데. 패트릭은 그녀가 킬라라에 온 이후로 수백 번도 넘게 그런 모습을 하고 있는 것을 보았었다. 그러니 조슈아도 오늘밤 그녀가 그곳에 있으리라는 걸 알고 있을 것이다.

내가 상관할 바 아니야, 패트릭은 필사적으로 자신에게 호통쳤다. 어쩌면 그녀가 창가에 없을지도 모른다, 피곤해서 일찍 잠자리에 들겠다는 말을 조슈아가 들었기 때문인지도 모른다. 그녀가 없다는 걸 알면서 굳이 돌아볼 필요가 있겠는가.

하지만 그녀는 그곳에 있을 것이다. 머리를 빗어 늘어뜨리고, 헐렁하고 부드러운 하얀 옷을 입고. 그녀가 무슨 말을 했든, 조슈아는 그녀가 그의 출발을 지켜보고 있으리라는 걸 알았어야 했다.

이제 곧 마구간 뜰에서 벗어날 텐데 그럼 너무 늦어버릴 것이다. 그녀가 실망스레 고개를 숙인 채 돌아서리라. 램프를 끄고 잠자리에 들어가리라. 혼자서.

빌어먹을, 어째서 삼촌은…….

고삐를 감아쥔 패트릭의 손이 부르르 떨렸다. 물론 그도 그 창문으로 시선을 돌리진 않을 것이다. 그녀는 조슈아의 아내, 삼촌의 아내였다. 그녀가 어둠 속에서도 조슈아의 형체를 구별해 낼 수 있을까? 14년 간 결혼 생활을 해왔으니 충분히 멀리서도 알아볼 수 있으리라. 어쩌면 아닐지도 모른다, 어쩌면 그가 그 외로움을 조금이나마 달래 줄수 있을지도……. 패트릭은 행렬의 맨 끝으로 떨어져 나와 뒤를 돌아보았다.

라이징 스타가 창가에 서 있었다.

그는 천천히 손을 들어 흔들어 보였다. 그녀의 몸이 굳어지는 걸 알수 있었다. 그를 조슈아라고 생각했을까? 아, 난 조슈아라고 생각되기를 바라는 걸까? 그녀가 살짝 손을 흔들어 주었다. 패트릭의 마음에 달콤한 감각이 스며들었다가 곧바로 신랄한 죄책감이 뒤따랐다.

무슨 짓을 한 거야? 그는 필사적으로 박차를 가해 행렬의 선두로 돌진해 갔다. 조슈아가 흘깃 쳐다보면서 미소지었다.

"뭐가 그렇게 급하냐?"

"그냥요."

패트릭은 힘겹게 침을 삼켰다. 이건 배신이 아니었다. 삼촌이 원하는 무언가를 빼앗은 게 아니었다. 그는 불빛이 반짝이는 창문과 라이징 스타의 아름다움을 외면하려 애쓰며 똑바로 앞만 쳐다보았다.

"놈의 흔적을 찾아야 하잖아요. 초보자들한테 그런 일을 맡길 수야 없죠."

18

"멍청한 짓 그만하고 내가 좀 돕게 해줄래요?"

엘스페스의 격앙된 목소리가 터져나왔다.

"당신은 이미 딜레이니가 얼마나 강인할 수 있는지 잘 보여줬어요. 캠프를 만들고 식사 준비하고 말한테 물도 먹이고, 날 신발끈조차 못 묶는 무능력자처럼 취급했어요. 하지만 나도 얼간이가 아니라구요. 뭘 하라고 말만 하면 그 일을 해낼 수 있어요."

"이젠 할 일 없어. 늦었으니까 자기나 해. 난 되돌아가서 흔적을 없애야……."

"안 돼요. 토레스는 아직 쫓아오지 못했을 거예요. 나도 당신이 더 이상 지치는 걸 두고보지 않겠어요. 상처 좀 살펴봐야겠으니까 앉아요. 이렇게 부산을 떨었는데도 다시 피가 나지 않는 게 기적이에요."

"피는 안 나."

그가 돌아서려 했다.

"보여달라니까요."

그녀가 재빠르게 그의 셔츠 단추를 풀어나갔다.

"당신처럼 병상에서 뛰쳐나와 하루 종일 강행군한 사람 말을 어떻게 믿어요? 미쳤어, 완전히 미쳤어. 어서 앉아요."

"괜찮다니……."

그녀의 손가락이 붕대 밑으로 쓱 들어가 상처 주위를 매만지자 그가 날카롭게 숨을 들이켰다.

"아야! 뭐하는 짓이야?"

"당신한테 오늘 총 맞았다는 사실을 일깨워 주려구요."

그녀가 다시 한 번 고의적으로 아픈 살갗을 내리눌렀다.

"앉아요."

그가 앉았다. 그녀는 즉시 그의 옆으로 무릎 꿇고 앉아 붕대를 풀어냈다.

"그마나 낫군요."

"당신한테야 그렇겠지. 난 불에 달군 쇠꼬챙이에 찔리는 느낌이야."

그녀가 라이징 스타에게 받았던 약병의 뚜껑을 열었다.

"당신이 내 말을 안 들었잖아요. 어쩔 수 없었어요."

그녀가 조심스럽게 연고를 펴 바르는 동안 그는 이를 악물었다.

"실버한테 한 수 배운 모양이지? 그 부족 여자들은 이런 종류의 고문에 아주 능숙하다던데."

그녀의 시선이 위로 올라갔다.

"아파요?"

"당연하지."

"잘됐군요."

그녀는 재빠르게 붕대를 제자리로 감아놓았다.

"이런 서툰 치료를 받고 싶지 않으면 어서 빨리 나아야 할 거예요. 우선은 불필요하게 무리하지 말아요. 내가 도울 수 있는 일들도 많잖아요. 이젠 안장 얹는 법도 알고, 장작을 모아올 수도 있고…… 불 피우는 법도 배울 수 있어요."

"당신이 혼자 다할 생각인가 보군. 그럼 난 뭘 하지?"

“음, 난 토끼를 잡거나 가죽 벗기는 거 못해요. 식사 준비하는 일은 당신이 계속해 주면 좋겠어요.”

“그래도 먹긴 잘 먹었잖아.”

“못 먹어 봤자 나만 손해인 걸요.”

그녀가 그의 셔츠 단추를 잠가 주었다.

“내가 그런 준비를 거들지 못하는 게 불공평한 것 같으면 그 일도 같이 할게요.”

그가 고개를 가로저었다.

“아니, 그건 나 혼자 할 수 있어.”

“그럼 어깨가 아물 때까지 다른 일을 나한테 맡겨 줄 거죠?”

그의 입술이 미소로 잡아당겨졌다.

“싫다면 어쩔 거지?”

그녀가 천사처럼 상냥한 미소를 되돌려 주었다.

“연고 바르는 일을 하루에 두 번이 아니라 다섯 번으로 늘려야겠죠. 내 솜씨가 얼마나 형편없는지는 알죠?”

그가 고개를 젖히고 웃어댔다.

“맙소사, 내 생각이 틀렸어. 당신이 실버한테 한 수 가르쳐도 되겠어. 헬즈 블러프에 처음 왔을 때는 얌전한 아가씨였는데……..”

“얌전하지 않았어요. 불안하고, 음, 조금 두려웠는지는 모르지만.”

도미닉의 미소가 흐려졌다.

“그런데도 드러내지 않았군. 항상 나한테 도전했잖아.”

“겁쟁이처럼 굴기 싫었어요.”

그녀가 푸른빛과 오렌지색의 불길을 들여다보았다.

“아버지가 항상 맥그리거의 후손은 용감해야 한다고 하셨거든요. 사실은 당신만이 아니라, 너무 낯설고 이상한 이곳이 두려웠어요. 나 혼자만 고립된 느낌이었죠.”

“사람이란 누구나 두려울 때가 있어.”

“그 후에는 또 너무 많은 일들이 벌어졌어요. 내가 다치고 안드레가……."

그녀는 질끈 눈을 감았다.

"불쌍한 안드레. 우린 비슷했어요, 이 거친 세상을 이해하지 못하는 두 명의 이방인이었어요."

"당신은 마조노프와 달라. 이젠 아니야."

그녀의 눈이 뜨였다.

"무슨 뜻이에요?"

"당신은 이제 우리를 이해하기 시작했다는 뜻이야."

그가 살며시 미소지었다. 지난 몇 주 간 그녀가 얼마나 변했는지 모르는 걸까. 원래 성격에 단호한 결의와 용기, 집요한 끈기가 있었는지는 모르지만, 이제 그 자질들이 날카롭게 연마되었다.

"그렇지 않나?"

엘스페스는 곰곰이 생각해 보고 나서 느릿하게 고개를 끄덕였다.

"처음 왔을 때보다는 더 이해하게 된 것 같아요. 하지만 당신네 서부인들의 야만적인 방식까지 찬성하는 건 아니에요. 당신네들은 좀더 문명화될 필요가 있어요."

"흐으음……."

그의 입술이 비틀렸다.

"당신이 오늘밤 사용했던 그런 문명화된 기술 말인가? 내가 기억하기로는 위협과 고문을 사용했었는데."

"내가 언제……. 좋아요, 그럴지도 모르죠. 하지만 당신처럼 고집스런 남자를 다룰 방법은 그것밖에……."

그가 두 손을 들어올렸다.

"그 방법을 탓하려는 게 아니야. 오히려 환영해. 나도 그런 방법에 익숙하거든. 그게 여기서 우리네들이 쓰는 방식이야, 야만적인 방식."

"내 경우는 달라요. 난……."

그의 얼굴에 미소가 깊어지는 걸 응시하면서 그녀의 말꼬리가 흐려졌다. 대화를 딴 데로 돌리는 게 현명하겠어.

"칸타란까지 얼마나 걸릴까요?"

"나도 잘 몰라, 3주일이나 4주일쯤."

그가 뒷주머니에서 사슴가죽 한 장을 꺼내 조잡하게 그려진 지도를 펼쳐 보였다.

"이게 화이트 버팔로한테 받은 지도예요?"

엘스페스가 흥분해서 물었다. 그가 고개를 끄덕이며 지도의 위쪽 한 지점을 손가락으로 두들겼다.

"지금 우리가 있는 곳이 여기야."

그의 손가락이 매끄러운 가죽 표면 위로 선을 그려 나갔다.

"여기서 멕시코 경계선을 넘어 남동쪽으로 가야 돼, 시에라 마드레 산맥에 도착할 때까지. 화이트 버팔로의 설명에 따르면 칸타란은 높은 산들로 둘러싸여 있어."

그의 손가락이 커다란 X자 표시 주위를 둘러싼 지점 중에서 작은 X 자 표시를 가리켰다.

"태양의 아이 동쪽으로 세 번째 산인 이 지점이 유일한 통로야. 폭포로 숨겨져 있어. 27미터 정도 헤엄쳐 가야만 얕은 지점에 도달할 수 있다고 하더군."

"지금까지 찾아낸 사람이 없는 게 당연하군요."

엘스페스가 지도에서 묘사된 산들 중 가장 높은 봉우리를 손가락으로 짚었다.

"이게 태양의 아이인가요?"

도미닉이 고개를 끄덕였다.

그녀의 몸에 전율이 흘렀다. 하지만 흥분으로 인한 것인지 두려움 때문인지 알 수 없었다.

"몇 주일만 있으면 보게 되겠군요. 칸타란을 볼 수 있어요."

도미닉이 지도를 접어 뒷주머니에 찔러넣었다.

"볼 게 있다면 말이지."

그가 나무토막 하나를 집어 모닥불을 들쑤셨다.

“이젠 자. 내일 아침 일찍 출발할 거야.”

“알았어요.”

그녀는 고분고분 도미닉이 만들어 두었던 잠자리로 다가갔다. 안장에 머리를 기대자 그런 대로 견딜 만한 베개가 되었다.

“잘 자요.”

그녀는 턱까지 담요를 끌어올리고 눈을 감았다. 도미닉은 즐거움과 짜증이 뒤섞인 심정으로 그녀를 지켜보았다.

“다른 여자들은 나와 단 둘이 있는 것만으로도 불안해할 텐데. 내가 약속을 지킬 거라고도 믿지 않고 말이야.”

“그럼 그 여자들이 어리석은 거죠. 당신은 오늘 총에 맞았어요. 지금 많이 힘들고 아플 거예요.”

하지만 죽진 않았어. 그는 그렇게 말할 뻔했다. 그리고 문득, 죽기 전까지는 그녀에 대한 욕망이 사그러들지 않을 것 같은 회의에 빠져들었다. 지금 그의 신체 중에서 펄떡이는 부분은 어깨만이 아니었다.

무슨 생각을 하는 거냐? 그에 대한 그녀의 두려움이 없어졌다는 걸 기뻐해야 마땅하리라. 그로서는 상당히 지키기 힘든 약속을 해버렸지만.

그는 자신의 자리에 누워 담요를 끌어올렸다. 권총을 풀어놓지는 않았다. 엘스페스가 잠들 때까지 기다렸다가, 조용히 빠져나가 미행당하지 않았음을 확인해야 했다.

토레스. 영리하고 대담하고 치명적인 놈이었다. 도미닉은 그런 놈들을 잘 알았다. 지난 십 년 간 그런 놈들에게 쫓겨 왔으니까. 하지만 레이몬 토레스는 그 중에서도 가장 위험스러운 듯하다. 엄청난 끈기에 그에게 총알을 박아넣기 전날 엘스페스를 그의 침대로 데려다놓는 뒤틀린 흉계까지 꾸민 자였다. 그자가 잠든 엘스페스를 주물럭거렸다는 사실이 분노와 공포심을 불러일으켰다. 하지만 도미닉을 가장 두렵게 하는 것은 그의 끈기였다. 필요하다면 영원히라도 기다릴 누군가가 자신의 무방비 상태를 노리고 있다는 것. 깨어 있어야 할 때 잠들어 있기를, 경계해야 할 때 풀어져 있기를, 말짱해야 할 때 술취해 있기를 기다리는 누군가가 있다는 사실.

하지만 오늘밤은 그런 일이 없으리라. 오늘밤에는 부주의하지 않을 것이다. 토레스가 저기 어딘가에 있다면 조금 더 기다려야 하리라.

"옆으로 좀 가."

조슈아의 목소리가 라이징 스타의 잠을 기분 좋게 깨워냈다. 그녀가 돌아누워 그에게 손을 뻗었다. 사랑스럽게 그의 얼굴을 매만져, 그의 피곤함과 까칠한 턱수염 자국을 읽어냈다.

"조슈아."

가까이 안기려 하는 그녀를 조슈아의 손이 밀어냈다.

"안 돼, 먼지와 땀 범벅이야. 지금은 씻을 기운도 없어."

"괜찮아요."

길고 긴 나흘이 지나고 나서야 마침내 그가 돌아왔다. 불을 켜고 그의 미소를 보고 싶었다.

"당신을 안고 싶어요."

그녀가 어깨에 닿은 그의 왼손을 붙잡아 입술로 들어올렸다.

"토레스 찾았어요?"

"아니, 빌어먹을 자식이 흔적을 없애버렸어. 산을 수도 없이 빙빙 돌다가 나중에야 킬라라로 돌아간 흔적을 찾아냈어. 다시 돔의 뒤를 쫓아간 것 같아."

"그럼 이제 포기하는 거예요?"

조슈아가 그녀의 입술에 닿은 손을 와락 떼어냈다.

"바보 같은 소리 하지 마. 내일 아침에 다시 출발할 거야. 그놈을 꼭 잡을 거야."

"난 그냥……."

"그만 자. 지금은 너무 피곤해."

그가 잠시 침묵하고 나서 망설이며 입을 열었다.

"짜증내서 미안해."

"아니에요. 피곤할 텐데 내가 괜한 걸 물어 봤어요."

"제기랄, 그렇게 착하게 굴지 말라구."

그의 어조가 거칠어졌다.

"나 때문에 맘 상했을 거 아니야, 그렇잖아?"

"그래요."

그가 다시 입을 다물었다. 하지만 그녀는 그의 경직된 몸에서 뿜어 나오는 고통과 긴장을 느낄 수 있었다. 손을 뻗어 그 고통을 어루만져 주고 싶었다. 하지만 그가 허락하지 않을 것이다. 그들 사이의 장벽이 너무 높았다. 그녀는 필사적으로 생각했다, 그 장벽을 뛰어넘을 방법이 있어야 할 텐데, 그들의 고통을 끝낼 방법이 있어야 할 텐데. 한 가지 방법이 있음을 깨달으며 마음을 가라앉혔다. 그들의 아이.

"오늘 우리 아기가 아주 많이 움직였어요. 낮에 오랫동안 산책하면서 생각했어요. 이 아이도 킬라라를 사랑하게 되겠죠? 당신이 어린 망아지를 골라 우리 아이한테 승마를 가르쳐 주겠죠? 패트릭한테 그랬던 것처럼요. 아, 얼마나 멋진 시간들일지……."

문득 그녀의 말이 멈췄다. 그에게서 차가운 바람이 몰아치는 게 느껴졌다.

"왜 그래요?"

"뭐가?"

"뭔가 잘못됐어요."

그녀가 그의 뺨으로 손을 뻗었다가 차마 두려움에 만지지 못한 채 머뭇거렸다.

"말해 봐요."

"그냥…… 그 아이가 당신네 마을에서 일년에 몇 달 정도 살면 어떨까 생각했어, 실버처럼."

그 바람은 차가운 정도가 아니라 혹독하게 후려치는 얼음폭풍이었다.

"실버처럼요?"

"물론 일 년 내내 그러자는 건 아니야. 하지만…… 그게 더 편할 것 같아."

'실버처럼.'

그 말이 마치 거대한 망치로 두들겨대는 징처럼 그녀의 머리 속에 메아리치면서 뼈 아픈 고통의 물결을 일으켰다.

"누구한테 더 편하다는 건가요?"

그는 대답하지 않았다. 대답할 필요도 없었다.

그녀가 자리에서 일어나 앉았다.

"당신 얼굴을 봐야겠어요."

침대 옆 탁자 위의 램프를 밝혔다.

"뭐하는 거야, 한밤중에? 이 얘기 그만하자. 시간을 두고 생각해 보자구."

"그래요, 생각해 봐야겠어요."

그녀가 일어나서 그의 얼굴을 살펴보았다.

"이 아이를 원치 않는군요."

그것은 질문이 아니라 단언이었다. 그의 시선이 그녀를 피해 달아났다.

"그런 말한 적 없어."

"아이를 원하는 아빠라면 그 아이를 다른 데로 보낼 생각은 하지 않아요."

그녀는 차가운 한기를 몰아내려 애쓰며 자신의 몸을 부둥켜안았다.

"왜 말하지 않았어요?"

"그 아이를 원치 않는 게 아니야, 다만…….."

"거짓말하지 말아요. 한 번만이라도 진실해지세요."

그녀의 말이 채찍처럼 터져나왔다.

"난 당신한테 거짓말한 적 없어."

"아예 말을 하지 않았기 때문이죠……. 실버가 우리 사이에 애정이 없다고 했을 때 난 그렇지 않다고 대답했죠. 당신이 날 사랑한다고 말했어요.”

“당신을 사랑해.”

“그리고 당신이 우리 아이도 사랑한다고 말했어요. 내가 얼마나 그러길 바랐는지. 당신이 사랑하는 이 아이를 낳아 주면, 당신이 날 용서해 줄 거라고 생각했는데.”

그가 팔꿈치에 기대어 천천히 일어났다.

“뭘 용서한다는 거야?”

“내가 백인이 아닌 거요.”

그녀가 잠옷소매를 걷어 올리브색 팔뚝을 드러냈다.

“인디언이라는 거요. 당신 형제를 죽인 그 사람과 똑같은 핏줄을 지녔다는 거요. 내 힘으로는 그걸 바꿀 수 없어요.”

“알아, 당신한테 그런 거 바라지도 않았어.”

“그런데도 혼혈아 아이는 원치 않는군요.”

“익숙해질 거야.”

고통이 그녀의 내장을 야금야금 갉아먹었다.

“인디언 아내한테 익숙해진 것처럼요?”

그녀의 커다란 눈망울에 눈물이 맺혔다.

“그렇게 될 것 같지 않아요, 조슈아.”

“스타…….”

그의 얼굴이 적나라한 고통으로 일그러졌다.

“당신에게 상처를 주려고 그런 게 아니야. 그냥 자꾸만 기억이 떠올라서…….”

“내가 그걸 모를 것 같아요?”

그녀가 씁쓸하게 미소지었다.

“당신이 날 만질 때마다 당신의 그 죄책감이 느껴져요. 당신 형제를 죽인 건 내가 아니었어요. 더 이상은 그 죽음의 책임을 감당하지 않을래요.”

그녀가 옷장으로 걸어가 아래쪽 서랍을 열었다.

"난 당신을 위해서 백인이 되려고 노력했어요. 하지만 당신에게 백인 딜레이니 아기를 낳아 주겠다는 장담은 못하겠어요. 그 아이가 나처럼 갈색 피부에 검은 눈이면 어쩌죠? 그 아이한테도 죄의식을 심어 줄 건가요?"

새끼 사슴가죽 튜닉에 얼룩무늬 치마와 가죽신을 꺼내 들었다. 십 년 이상 몸에 걸치지 않았던 옷이었다. 그녀는 머리 위로 잠옷을 벗어 내고 그 옷들을 입기 시작했다.

"그것만은 견딜 수 없어요, 조슈아."

"노력할게. 난 누구한테도 상처 주고 싶지 않아, 당신에게도 아기한 테도."

그의 얼굴이 창백해졌다.

"할아버지, 할머니가 그 아이를 진짜 딜레이니처럼 취급하게 해줄 건가요? 여느 아버지들처럼 당신도 그 아이를 사랑하고 교육시켜 줄 건가요? 그 아이를 위해 싸워 줄 건가요?"

그녀가 고개를 흔들었다.

"왠지 그럴 것 같지 않아요. 당신은 날 위해서도 싸우지 않았어요."

그녀가 가죽신을 신고 문으로 향했다.

"당신이 그런 부탁한 적 없었잖아."

그녀가 빙글 돌아섰다.

"나에게도 자존심이 있어요. 부탁할 필요가 없었어야 했다구요. 당신이 내 부족 사람들 틈의 이방인이었다면 내가 당신을 위해 싸우지 않았을 것 같은가요? 당신은 너무 죄책감에만 빠져 있어서 내 상처를 알지 못했어요."

그녀가 떨리는 숨을 들이쉬었다.

"왜죠? 난 내 고통처럼 당신 고통을 느낄 수가 있는데. 수천 번이나 당신에게 손을 뻗어 위로해 주고 싶었는데. 나에게 똑같이 해주기에는 당신이 너무 백인이었을까요, 너무 딜레이니였을까요?"

그의 눈에 반짝이는 게 맺혔다.

"당신을 사랑해, 스타."

"알아요, 하지만 그걸로 충분치가 않아요. 전에는 충분하다고 생각했지만, 이젠 다른 게 더 필요하다는 걸 알았어요. 당신이 내 근본을 증오하면서 내 영혼과 몸을 사랑할 수는 없어요."

그녀가 문을 열었다.

"날 증오하지 않고서는 내 안의 인디언을 증오할 수 없어요."

그가 이불을 걷어내고 일어났다.

"어디 가는 거야?"

"여길 떠날 거예요."

"빌어먹을, 홀몸도 아니잖아. 그런 몸으로 말 타고 다닐 순 없어."

"왜 안 되죠? 어차피 난 우아한 숙녀도 아닌 걸요. 우리 야만인들은 아이가 태어나기 직전까지 말을 달리다가 덤불 속에 쭈그려 앉아 아이를 낳고 또다시 말에 올라 해질 때까지 달려요. 당신네 백인 여자들처럼 고상하질 못하다구요."

"제기랄, 우리 같이 이 일을 풀어보자구, 스타. 당신 마을로 돌아가지 마."

"난 내줄 만큼 내줬어요. 내 아이에게 실버와 같은 인생을 주진 않을래요."

그녀가 문 앞에 서서 그를 바라보았다. 그를 증오할 수 있다면 얼마나 좋을까. 그럼 훨씬 수월했을 텐데. 처음 몇 달 간의 행복을 기억하지 않고 조슈아를 쳐다볼 수는 없는 걸까?

"안녕, 조슈아. 내가 준 걸 당신이 돌려줄 수 없었던 게 유감이에요."

그녀는 조용히 문을 닫았다.

다음날 밤 라이징 스타는 캠프를 만들어 식사를 준비하고 있었다. 문득 말발굽소리가 들려왔다. 조슈아일까? 무작정 일어나는 그 희망을 잠재울 수도 없었고, 캠프의 불빛 속으로 들어서는 남자를 보았을 때의 비통한 실망감도 어쩔 수가 없었다.

"안녕, 패트릭."

그녀가 차분하게 입을 열었다.

"저녁 먹을래? 베이컨과 콩이 있어."

그는 머리를 흔들며 말에서 내려섰다.

"배고프지 않아요. 커피나 있으면 마실게요."

그가 말을 개울로 이끌어가 재빠르게 안장을 풀어낸 후에, 안장과 담요를 들고 모닥불로 되돌아왔다. 그리곤 그녀가 건네주는 양철컵을 받아 옆에 털썩 앉았다. 그는 한참 동안 불길만 응시한 채 아무 말도 하지 않았다.

"이건 미친 짓이에요. 집으로 돌아가요, 라이징 스타."

그녀가 고개를 흔들었다.

"킬라라는 내 집이 아니야."

"그럼 뭐죠? 14년 간이나 거기서 살았잖아요. 당신은 우리 가족이라구요."

"그 말을 믿을 정도로 장님은 아니겠지? 나도 언젠가는 달라질 거라고 믿은 적이 있었어, 하지만……."

그녀가 어깨를 으쓱였다.

"조슈아가 뭐라고 했어?"

"당신이 무슨 일에 화가 나서 마을로 돌아갔다고 했어요. 몇 주일쯤 생각할 시간을 준 다음에 데려올 거랬어요."

그의 손이 컵을 움켜쥐었다.

"난 당신을 떠나보낸 게 멍청했다고 말해 줬어요."

"조슈아는 어쩔 수 없었어."

또다시 침묵이 흘렀다.

"왜요?"

그녀는 물끄러미 불길을 들여다보았다.

"그이는 혼혈아 아이를 원치 않아."

패트릭이 욕설을 쏟아냈다.

"빌어먹을, 설마 삼촌이 그런 말을 한 건 아니겠죠?"

"내가 말할 수밖에 없게 만들었어."

패트릭은 충동적으로 위로의 손길을 뻗치다가 화들짝 손을 떨구었다.

"오해하신 거예요. 삼촌은 그런 식으로 가슴 아픈 말을 할 사람이 아니에요."

"오해한 게 아니야. 그리고 조슈아가 잔인한 사람이 아니라는 것도 알아. 그이도 어쩔 수가 없었던 거야. 마음까지 어떻게 바꾸겠어? 그이도 내가 바라는 걸 주려고 오랫동안 노력해 왔어. 그 노력이 허사였을 뿐이야."

그녀의 목소리가 둔탁해졌다.

"어쩌면 인간이란 자체가 변할 수 없는 건지도 몰라. 나도 백인이 되려고 노력했는데, 아무것도 아닌 게 돼버렸어."

"그런 소리 말아요."

패트릭이 거칠게 반박했다.

"아니, 사실이야. 인디언들이 하는 말이 있어, 태양을 향해 무모하게 돌진하다가는 영혼의 그림자를 잃어버린다고. 나도 내가 바라는 걸 향해 맹목적으로 돌진했다가 이제 그림자를 잃어버렸어. 인디언도 아니고 백인도 아닌 여자로."

"라이징 스타…… 인디언 마을로 돌아가려는 건가요?"

"마을로 돌아간다고 말한 적 없어. 조슈아가 그렇게 짐작했을 뿐이야. 인디언은 인디언 마을로 돌아가야 할 테니까, 그이는 날 인디언으로 생각하니까."

"거기 가지 않을 건가요?"

"거기엔 날 위한 게 없어. 내가 너무 멀리 나와버렸어."

"그럼 어디로?"

그녀가 커피를 한 모금 홀짝였다.

"칸타란으로."

그는 그 대답을 이미 알고 있었던 느낌이었다.

"왜요?"

"모르겠어. 여러 가지 이유가 있을 거야. 화이트 버팔로가 내 인생이 이미 예정돼 있다고, 그걸 바꿀 수 없을 거라고 말한 적 있어. 내 아이가 딜레이니 가에 기대지 않고 살아갈 수 있도록 보물을 찾고 싶은 건지도 몰라. 아니면 내 그림자를 다시 찾을 수 있을까 기대하는 건지도 모르고."

패트릭은 힘겹게 침을 삼켰다. 빌어먹을, 가슴이 찢어지는 것 같았다.

"도미닉과 엘스페스는 벌써 나흘 전에 출발했어요. 따라잡기 힘들 거예요."

"상관없어. 칸타란에서 만나면 돼."

"임신한 몸이잖아요, 힘든 여행이 될 거예요."

"난 건강해. 여행이 힘들어지면 생각할 여유가 없을 테니까 더 나을지도 몰라. 지금은 아무 생각도 하고 싶지 않아."

그는 무기력하게 그녀를 응시했다. 그녀는 차갑고도 초연하게 앉아 있었다. 결코 차가운 적이 없었던 그녀였는데. 그가 장작 사이로 남은 커피를 부어버렸다.

"좋아요, 내일 같이 출발하자구요."

그녀의 놀란 시선이 그의 얼굴로 향했다.

"같이?"

그가 벌떡 일어나 담요를 펼치기 시작했다.

"나도 그 보물 좀 얻어야겠어요. 어마어마한 부자가 돼서 비단 조끼를 입고 에메랄드 박힌 황금 시계도 차고 다닐래요. 그럼 여자들이 죄다 나와 결혼하고 싶어하겠죠. 하지만 난 시간을 들여서 천천히 고를 거예요. 그러다가 동화 속 공주님이나 동양의 무희를 찾아낼지도 몰라요.”

“날 혼자 보내지 않으려고 그러는 거지?”

그는 권총을 풀어내고 안장 옆에 내려놓았다.

“왜 그런 말을 하죠? 나도 누구 못지 않게 돈을 좋아해요. 부자가
되면 펑펑 뿌리면서 살 수 있잖아요.”

그녀가 미소지었다.

“넌 능히 그러고도 남을 거야.”

“그럼 내 몫 챙겨 줄 생각이나 해요.”

그가 부츠를 벗어내고 쭈욱 드러누웠다.

“토레스 일은 어쩌고? 할아버지를 도와드려야 하지 않아?”

“아뇨, 돌아올 때는 그놈이 노골적으로 흔적을 남겨뒀어요. 우릴 따
돌렸다고 생각했나 봐요. 이젠 장님이라도 따라잡을 수 있어요.”

“그래도 할아버지가 이런 행동을 싫어하실 텐데.”

“거 참 안됐군요……. 이젠 잠이나 자자구요.”

그가 눈을 감았다.

“얘기하기 싫어요. 꿈에서 공주님이나 동양 무희를 찾아볼래요.”

부드러움이 라이징 스타를 휘감은 얼음 속을 깨고 들어왔다. 모닥불
의 불빛이 그의 얼굴을 비추어 그가 얼마나 젊은지를 일깨워 주었다.
패트릭은 황금 시계, 동양의 무희들, 폭죽을 들먹일 정도로 장난스러
웠다. 하지만 민감성과 용감함과 충성심도 지니고 있었다. 어쩌면 패
트릭 같은 아들을 낳을지도 모른다. 그런 아들을 기르게 된다면 얼마
나 근사할까.

“어서 자요.”

패트릭이 눈을 뜨지 않은 채로 말했다.

그녀는 컵을 내려놓고 담요 위에 몸을 눕혔다.

“잘 자, 패트릭.”

그는 대답하지 않았다. 이미 꿈의 세계로 빠져들었는지도 모른다.
그녀의 몸에서 천천히 긴장이 풀어져 나갔다. 더 이상은 혼자가 아니

었다. 그 사실이 그녀의 철저한 외로움에 일말의 따뜻함을 전달했다. 패트릭과 함께 칸타란으로 갈 것이다.

'네 사람.'

갑자기 그녀의 졸음기가 싹 달아났다.

'네 사람이 칸타란 거리를 걷게 되리라.'

도미닉, 엘스페스, 그녀와 이젠 패트릭까지. 하나씩 하나씩 그들이 보이지 않는 실에 꿰어져 칸타란으로 출발하고 있다. 백인들은 이것을 우연의 일치라 말할 터이고, 화이트 버팔로는 운명이라 부르리라. 과연 어느 쪽이 진실일까?

그녀의 몸으로 차가운 전율이 뚫고 지나갔다.

"패트릭?"

"왜요?"

그의 목소리는 말짱하게 깨어 있었다.

"내가 같이 가기 싫다고 하면 어떡할래?"

"따라갈 거예요."

그 실들이 단단하게 조여 적나라한 운명의 눈을 그들에게 드러냈다.

"또 할 말 있어요?"

"아니, 그것뿐이야."

그들은 그대로 누워서 다시 입을 열지 않았다. 패트릭의 생각은 라이징 스타에게 향해 있었다. 라이징 스타의 생각은…… 그림자로 향해 있었다.

몇 시간이 지나도록 그들 둘에게 잠은 찾아오지 않았다.

19

멕시코의 로자리오 마을이 늦은 오후의 열기에 뜨겁게 달구어졌다. 사실 그곳은 마을이라고 부르기엔 너무 작았다. 치장벽토 오두막 몇 채, 교회 하나, 술집 하나와 뒤켠에 가축 우리가 딸린 대장간이 고작이 었다. 엘스페스와 도미닉이 거리를 지나는 동안 광장 샘터에서 빨래하 던 가무잡잡한 피부의 여자 셋이 그들을 유심히 지켜보았다.

도미닉이 교회 앞에서 멈춰 섰다.

"여기 있어. 리안 신부님한테 오늘밤 당신 숙소를 제공해 줄 수 있 는지 물어 보고 올게."

엘스페스가 놀란 눈으로 그를 쳐다보았다.

"전에도 와본 적 있어요?"

"4년 전에."

그가 계단 위로 뛰어올라 황동이 박힌 문을 열었다.

"애리조나에서 한참 지명수배당할 때 이리로 내려왔었어. 로자리오 엔 법이 없거든."

"그럼 왜 여기 남아 있지 않았어요?"

그가 어두운 예배당 안으로 들어서며 흘깃 뒤돌아보았다.

"테킬라 마시는 게 지겨워져서."

다음 순간 그가 짤랑짤랑 박차소리를 울리며 안으로 사라졌다.

아마도 킬라라가 그리웠던 탓이리라. 어떻게 그를 탓할 수 있겠는가? 보름 이상 이 뜨겁게 이글거리는 대지를 여행한 후에 엘스페스 또한 킬라라의 푸른 계곡이 천국처럼 그리워졌으니.

그녀는 허리춤의 손수건을 꺼내서 목덜미를 닦아냈다. 숨쉴 때마다 지독한 먼지냄새가 폐 속으로 밀려들었고 눈앞에서 모락모락하는 지열이 흔들거렸다.

샘터의 여인들이 여전히 그녀를 응시하고 있었다. 엘스페스가 시험삼아 미소를 보냈지만 그들은 아무런 반응 없이 쳐다만 볼 뿐이었다. 자신들과 다른 낯선 사람에 대한 경계와 호기심으로.

"엘스페스."

도미닉이 계단으로 내려왔다.

"리안 신부님께서 허락하셨어. 맞으러 나오시진 못해, 걷기 힘드시거든."

엘스페스가 말에서 내려섰다.

"어디 아프세요?"

"아니, 다리를 절어. 로자리오에 오기 전에 병사들한테 붙잡혀서 고문을 받았어. 산적 인디노의 은신처를 대지 않는다는 죄목이었지. 놈들이 사지를 묶어놓고 그 위로 말을 달렸어."

그녀의 눈이 충격으로 휘둥그래졌다.

"성직자를요?"

"6개월 후에 인디노가 그 고문을 명령한 대령놈을 찾아냈지."

도미닉이 그녀의 말고삐를 거머쥐었다.

"리안 신부님과 저녁 식사하기로 했어. 난 짐승들을 우리에 들여놓고 나서 우선 할 일이 있어."

토레스. 도미닉은 매일 저녁마다 잠들기 전에 왔던 길을 되돌아가 미행의 흔적을 살펴보았다.

"당신도 여기서 묵을 거예요?"

"아니, 술집에서 침대 하나를 찾아볼 거야. 나한텐 거기가 더 편해."

그가 냉소적으로 입술을 뒤틀며 돌아섰다.

"도미닉, 인디노가 그 대령을 어떻게 했나요?"

"알고 싶지 않을걸."

그가 간단히 대꾸하고 나서, 두 마리 말과 당나귀들을 대장간 우리 쪽으로 끌고 갔다.

엘스페스는 그의 뒷모습을 물끄러미 응시하다가 예배당 계단을 오르기 시작했다. 그의 말이 맞았다. 지금까지 목격했던 야만성보다 더한 것들까지 굳이 알아야 할 필요는 없었다. 이젠 어느 정도 강하고 단단해졌다고 생각할 때마다, 아직껏 자신이 얼마나 연약하고 물렁한지를 증명해 주는 일들이 생겨나지 않았던가.

하지만 적어도 육체적으로는 더 이상 물렁하지 않았다. 처음 며칠간은 너무나 힘들어서 조만간 쓰러져버릴 거라고 확신했었다. 도미닉에게 모든 일을 맡기지 않기 위해서 그 피곤함을 숨기는 것조차 악몽 같았다. 하지만 날이 갈수록 도미닉의 상처가 아물었고 그녀도 점점 강해졌다. 그녀의 근육에 탄력이 생겨났고 인내심도 늘어났다. 뜨거운 햇살에 데었던 화상 상처도 치료되어 그녀의 피부가 갈색으로 변해갔다. 겉모습이 쭈그렁 마귀할멈처럼 보인다 해도 기분만은 상쾌했다. 자신이 긴 여행을 견딜 정도로 강하고, 또한 도미닉을 도와줄 정도로 힘이 남아 있다는 사실이 전에는 경험하지 못했던 자부심을 만들어 주었다.

"세뇨리타."

아래쪽 계단에 아홉 살 남짓의 작은 사내아이가 서 있었다. 엉망으로 헝클어진 검은머리와 지저분한 얼굴, 너덜너덜한 셔츠와 바지 차림이었다. 게다가 맨발로 뜨거운 지열을 견뎌내고 있었다.

"나 말이니?"

아이가 필사적으로 그녀를 응시하며 고개를 끄덕였다.

"돈이 필요하니? 나한테도 별로 많진 않지만 기꺼이 일 페소 줄게."

아이가 머리에 붙은 먼지를 휘날리며 열심히 고개를 흔들었다.

"뭘 달라는 게 아니에요."

아이의 스페인어를 이해하기란 힘들었다. 예전에 스페인에서 들었던 발음보다 더 거칠고 투박했다. 하지만 그 아이의 미소까지 이해 못할 리는 없었다. 보티첼리의 그림에 나오는 아기천사처럼 해맑은 표정이었다.

"당신에게 선물을 드리고 싶어요."

그녀가 식당으로 들어서자 리안 신부님이 상냥하게 미소지었다.

"마리아가 잘 도와주던가요?"

"네, 아주 친절했어요."

그녀가 얼른 달려가 신부님의 손에 들린 쟁반을 받아들었다. 굽어지고 뒤틀린 신체임에도 그 신부님은 손수 손님을 대접하려 열심이었다. 그녀가 우유병과 닭고기, 옥수수, 피망이 섞인 맛깔스런 음식그릇 쟁반을 탁자에 내려놓았다.

"맛있어 보이네요. 제 남편은 아직 안 왔나요?"

도미닉을 그렇게 독점적인 방식으로 부를 때마다 그녀는 달콤한 기쁨에 사로잡혔다.

그녀가 걱정스레 창 밖을 내다보았다. 눈부신 황금빛과 진홍색 연자주빛의 햇살이 저물어 가고 있었다. 로자리오에 도착한 지 네 시간이나 지났는데 아직 도미닉의 모습을 보지 못했다. 지난 2주 간 몇 분 이상 도미닉과 떨어져 본 적이 없어서인지 괜스레 마음이 불안해졌다.

"곧 오겠지요."

리안 신부님이 테이블의 상석에 자리잡았다.

"마리아의 닭고기 스튜를 아주 좋아하니까 이 저녁 식사를 놓치진 않을 겁니다. 앞으로는 술집에 자주 드나들지 못하게 하세요. 이젠 결혼한 남자잖아요. 미구엘네 술집에는 너무 불건전한 것들이 많아요. 도박과…….”

그가 어색하게 말꼬리를 흐렸다.

히티어러들. 그 남은 뒷말이 즉시 그녀의 마음에 튕겨올랐다. 당연히 그곳에는 도미닉이 즐길 만한 여자들도 있을 것이다. 그를 침대로 끌어들이고 싶어하는 검은 눈동자와 갈색 피부의 여자들. 그 생각 자체로도 너무나 고통스러워 그녀는 재빨리 시선을 내리깔았다.

“전에 여기 있을 때도 그 술집에서 살았나요?”

리안 신부가 고개를 끄덕였다.

“인디노와 산에서 어울리지 않을 때는.”

그녀의 시선이 화들짝 들려올랐다.

“도미닉도 산적이었어요?”

“아니, 인디노와 친구 사이였을 뿐이랍니다. 놀랄 일도 아니지요, 비슷한 점이 많은 사람들이니까. 인디노도 그리 평범치가 않거든요.”

“이 나라에서는 ‘평범한’ 사람을 단 한 명도 못 봤어요.”

엘스페스가 시무룩하게 중얼거렸다.

“평범한 사람들은 에든버러에 다 모여 있나 봐요.”

리안 신부가 그녀의 얼굴을 살펴보았다.

“걱정하지 말아요. 두 사람이 서로에게 익숙해지려면 시간이 필요하답니다. 당신이 도미닉을 잘 설득할 수 있으리라 믿어요. 도미닉도 당신과 결혼한 행운을 알아차릴 때가 오겠지요.”

하지만 그 신부님의 말은 별다른 위로를 전해 주지 못했다. 만약 그녀가 임신한 게 아니라면 도미닉과 함께 있을 시간은 고작 두 달 정도였다. 무슨 방법이 없을까, 무슨……. 문득 얼굴이 화끈거릴 만한 아이디어가 뇌리를 스쳤다.

“옳으신 말씀이에요. 도미닉에게 유부남이라는 사실을 깨닫게 해줘야겠어요.”

그녀가 주제를 바꿨다.

"예배당에 들어오다가 어린아이를 한 명 만났어요. 나한테 선물을 주고 싶다더군요."

리안 신부가 고개를 끄덕였다.

"라파엘이로군요. 절박한 상황에 빠져 있답니다."

"전 어떻게 해야 할지 모르겠어요. 도미닉이 라파엘의 그 선물을 좋아할 것 같지 않거든요."

"그럼 거절해야겠지요. 아내는 남편의 의견을 따라야 하니까요."

"늦어서 죄송합니다, 뜨끈한 물에 목욕 좀 하느라고."

도미닉이 모자와 와인병을 양손에 들고서 문가에 서 있었다. 그가 와인병을 들어올리며 신부님에게 미소지었다.

"속죄하는 뜻으로 선물을 가져왔어요. 미구엘의 집에서 제일 좋은 술이에요."

리안 신부가 미소를 되돌려 주었다.

"그걸로 사랑스런 신부를 위해 건배하면 되겠군요. 오늘밤 새색시가 아주 아름답지 않소?"

"아름답군요."

도미닉은 엘스페스를 쳐다보지도 않은 채 의자로 모자를 집어던졌다.

"조그만 비누 하나가 놀라운 일을 해냈어요."

최소한 먼지는 깨끗하게 닦아냈다는 뜻이로군, 엘스페스가 우울하게 생각했다. 자신이 그에게 매력적이지 않다는 건 잘 알고 있었다. 지난 2주일 간 브리안느의 승마 치마와 하얀 블라우스만 입었던 데다가 이젠 이곳 여자들처럼 가무잡잡하게 살갗이 그을렸다. 남자들은 흔히 우유처럼 뽀얀 살결을 좋아하지 않던가? 킬라라에서 라이징 스타가 빌려 주었던 그 하얀 드레스가 있다면 얼마나 좋을까. 오늘밤에는 정말이지 아름다워 보이고 싶은데.

"앉으세요."

그녀가 입을 열었다.

“마리아의 닭고기 스튜를 좋아한다면서요. 보기에도 맛있어 보여
요.”

도미닉이 그녀의 맞은편 자리에 앉았다.

“예전에 인디노와 같이 그걸 먹겠다고 40킬로미터나 말을 달려온
적이 있었어. 새벽 3시에 깨워서 스튜를 만들라고 들볶았다가 마리아
한테 무지하게 혼났지.”

“그래도 마리아는 아직까지 그 일을 자랑삼아 얘기한다오.”

리안 신부가 웃으면서 대꾸했다.

그들의 추억담이 이어지는 동안 엘스페스는 혼자만의 생각에 잠겼
다. 조금 전 뇌리를 스쳤던 기겁할 만한 아이디어가 머리 속을 헤집어
놓아 맛있어 보이는 스튜조차 식욕을 일으키지 못했다. 그녀가 과연
도미닉을 유혹할 수 있을까? 숙련된 히티어러는 아니라 해도 도미닉
의 말에 따르면 어두운 데서는 어떤 여자든 똑같다고 하니까…….

“먹질 않는군.”

도미닉의 시선이 갑자기 그녀의 얼굴로 내리꽂혔다. 이 집에 들어온
후로 처음 그녀를 바라봐 준 순간이었다.

“어디 아파?”

그녀가 메마른 입술을 축였다.

“아니에요. 그냥…… 더워서요.”

그의 예리한 시선을 받는 동안 그녀의 뺨이 화끈 달아올랐다. 도미
닉이 그녀의 생각을 알아차렸으면 어쩌지? 그 부끄럽고 음탕한 생각
들을…….

그가 갑자기 그녀에게서 시선을 떼어내며 의자를 밀치고 일어났다.

“난 자기 전에 산책이나 해야겠어. 내일 아침에 뵐게요, 신부님.”

리안 신부가 조심스레 도미닉과 엘스페스의 얼굴을 살펴보았다.

“오늘밤 아내와 같이 머물러도 괜찮다오. 미구엘의 침대보다는 여기
침대가 훨씬 깨끗할 거요.”

엘스페스는 나무컵을 움켜쥔 채 숨을 죽였다.

도미닉은 한동안 대답하지 않았다.

"거절해야겠습니다. 미구엘네서 만날 친구들이 있거든요."

여자 친구들일까? 엘스페스는 전혀 새로운 감정, 원초적인 분노를 경험했다. 질투심. 그 '친구들'의 머리털이라도 잡아뜯고 싶은 심정이었다. 그녀가 서둘러 자리를 박차고 일어났다.

"저도 바람 좀 쐬고 올게요, 신부님."

그녀는 지체없이 도미닉의 곁을 지나쳐 현관문으로 향했다.

저녁 바람이 그녀의 뜨거운 뺨에 선선하게 와닿았다. 깊이 숨을 들이키자 옆집 차양에 걸린 고추와 크레오소트 향기가 코 속으로 스며들었다. 광장을 둘러싼 작은 집들의 창문과 문에서 불빛이 새어나왔고, 기타 소리가 텅 빈 거리를 통해 술집 쪽에서 메아리쳤다. 그녀의 뒤로 문 닫히는 소리가 들렸다.

"밖이 더 시원하네요, 그렇죠?"

그녀가 재빨리 입을 열었다.

"리안 신부님은 좋은 분이에요. 그런 분을 고문한 사람들은 대체 어떤……."

"무슨 일이야?"

도미닉이 가로막았다.

"뭐가요? 여긴 기분 좋은 곳이에요. 벽으로 막힌 방에서 잠잘 수 있다는 것도 기쁘구요."

"뭔가가 잘못됐어. 지금 무언가 때문에 동요하고 있잖아."

그가 잠시 망설였다.

"내가 여기서 잘까 봐 걱정했나?"

"아뇨. 지난 몇 주일 간 같이 잘 기회는 얼마든지 있었잖아요. 침대를 사용한다고 해서 달라질 게 뭐죠?"

빌어먹을, 그 사소한 변화도 그의 자제력을 끊어놓기에는 충분했다. 애초에 이 마을에서 쉬어가기로 결심한 것 자체가 실수였다. 하지만 그녀를 쉬게 해주고 싶었다. 지난 2주 동안 가혹하게 강행군을 시켰는데도 그녀는 불평 한마디 없이 잘 참아 주었다. 하지만 그녀를 갖지 않겠다는 약속을 깨지 않기 위해 지쳐 쓰러질 정도로 움직여야 했다는 점을 어떻게 설명할 수 있겠는가. 그녀의 빡빡하던 몸 속 감촉을 생각하는 것만으로도 부르르 몸서리가 쳐졌다.

"내일 보자구, 아침에 데리러 올게."

"아뇨, 대장간 우리에서 만나요. 내가 찾아갈게요."

그가 떠나려 하고 있다. 음악과 히티어러와 모든 즐거움이 기다리는 술집으로.

"좋을 대로 해. 당신은 어서 들어가서 자라구."

리안 신부님에게로, 그녀 혼자서 잠들어야 할 작은 방으로. 도미닉은 혼자서 잠들지 않을 텐데. 문득 격렬한 분노가 솟구쳤다. 라파엘의 선물을 받아들여야 할지 고민했었지만, 이젠 결정을 내렸다. 광장 맞은편에 아내를 홀로 남겨두고 히티어러들과 즐길 만큼 무감각한 사내를 생각해 줄 필요가 무엇이겠는가.

"잘 자요, 도미닉."

그녀의 목소리에 날카로움이 서렸다. 도미닉이 잠시 머뭇거렸다.

"당신 정말 괜찮은 거야?"

"그럼요, 아주아주 괜찮아요. 당신은 술집에나 가보세요."

어찌 감히 다른 여자들처럼 그를 유혹할 수 있을 거라고 생각했을까? 한시바삐 여자들의 품에 안기고 싶어서 안달인 남자를.

그가 돌석상처럼 서 있다가 이내 어깨를 으쓱이며 광장 쪽으로 걸어갔다.

그녀는 도미닉이 술집 안으로 사라질 때까지 지켜본 후에 집 안으로 들어갔다. 리안 신부님을 다시 대면하기 위해 신중하게 얼굴의 분노를 지워냈다.

"노새?"

도미닉의 어조에 치명적인 부드러움이 깔렸다.

“노새를 샀다고?”

“아뇨, 선물 받은 거라고 했잖아요.”

엘스페스가 암말의 안장 위로 올라탔다.

“왜 그렇게 화를 내는지 모르겠군요. 당나귀보다 크니까 짐도 더 많이 실을 수 있잖아요.”

“돌려보내, 노새는 안 돼.”

“그럴 수 없어요. 라파엘에게 데려가겠다고 약속했어요.”

“돌-려-보-내.”

도미닉이 한 음절 한 음절 강조하며 명령했다.

“비합리적으로 행동하는군요. 잔인하기까지 하구요.”

그녀가 상냥하게 대꾸했다.

“하지만 용서해 드릴게요. 아주 힘들어 보이니까요.”

“두통 때문이야.”

“술을 많이 마시지 말았어야죠. 지난번 과음했을 때 어떻게 됐는지 돌이켜 보라구요, 아내가 생겨버렸잖아요.”

그녀가 암말의 목을 토닥였다.

“이제 출발하기로 해요. 아주퀴타처럼 귀한 선물을 거절하는 건 어리석은 짓이에요.”

“아주퀴타.”

도미닉이 멍하니 중얼거렸다.

“누가 이런 괴물한테 설탕 조각이라는 이름을 붙여 줬지?”

그의 눈앞에 있는 노새는 우물 바닥처럼 시커먼 색에 죄악으로 가득한 상판대기를 하고 있었다. 아주퀴타가 온화하게 도미닉을 응시하는 순간 그의 목덜미 솜털이 뾰족하게 곤두섰다.

“라파엘이 그렇게 부르던 걸요. 사랑스런 동물이라는 뜻 아니겠어요? 내가 안장 주머니를 올려놓았을 때도 아주 얌전했어요.”

“당신을 속이려는 거야. 그 다음에는 가장 예상치 못했을 때 와락 덤벼들어. 난 노새란 놈들을 잘 알아.”

“다 똑같지는 않을 거예요. 당신이 안 좋은 경험만 해봐서 그래요.”

“그 노새를 데려갈 순 없어.”

엘스페스의 미소가 흔들렸다.

“데려가야 해요. 라파엘의 아버지가 술에 취할 때마다 이 가엾은 짐승을 때렸대요. 다음에 화나게 하면 총으로 쏴버리겠다고 했대요.”

“이 설탕 조각이 무슨 화날 만한 짓을 저질렀을까?”

도미닉이 빈정대며 물었다.

“틀림없이 사소한 일이었을 거예요. 도살당할 만한 일은 아니라구요.”

“과연 그럴까?”

도미닉이 노새를 쳐다보는 순간, 그 짐승이 누런 이를 드러내며 헤벌쭉 웃어 보였다.

“맙소사, 이놈이 날 비웃고 있어.”

“그냥 웃는 거예요. 온순하다고 했잖아요.”

그가 고개를 흔들었다.

“안 돼, 엘스페스.”

그녀의 미소가 사라졌다.

“난 학대받는 짐승을 모른 척할 수 없어요. 내가 책임질 테니까 당신은 신경 쓰지 말아요. 가자, 아주퀴타.”

그녀가 고삐를 잡아당기자 노새가 고분고분하게 그녀의 말 뒤로 따라나섰다.

“엘스페스, 당신은 그런 놈을 감당 못해. 당신을 미치도록 괴롭힐 거라구.”

도미닉이 소리쳤지만 그녀는 들은 척도 않고 앞장서 나갔다.

도미닉은 엘스페스의 약한 마음과, 그 노새를 낳은 당나귀와 암말, 그리고 아주퀴타라는 시커먼 존재에 죄다 욕설을 퍼부어 주었다. 그것으로도 분이 안 풀려 씩씩대면서 말에 올라탔다.

첫날 그 노새는 놀라우리만치 얌전하게 굴었다. 그들이 시에라 마드레 산등성을 오르기 시작했을 때에도 씩씩하게 잘 따라왔다.

둘째 날, 도미닉의 주의 깊은 시선은 서서히 지루해하는 놈의 낌새를 알아차렸다. 셋째 날, 그 설탕 조각이 심술을 부리기 시작했다. 엘스페스에게는 고분고분하게 굴면서, 지루함을 풀어낼 상대로 도미닉을 골라잡았다.

도미닉이 근처에 접근할 때마다 장난스럽게 깨물어대는 것으로 시작했다가 그 다음에는 도미닉의 말을 나무둥치나 절벽으로 밀어내려 시도했다. 도미닉은 그 노새를 엘스페스의 뒤쪽 자리에서 그의 뒤쪽 당나귀들 옆으로 옮겨놓음으로써 상대해 주었다.

넷째 날, 아주퀴타는 옆쪽 당나귀의 뱃대끈을 야금야금 갉아서 안장 주머니를 떨어뜨렸다. 한참 동안 그 사실을 알아차리지 못했으므로 도미닉은 두 시간 왔던 길을 되돌아가 안장 주머니를 되찾고 그 후로 한 시간쯤 뱃대끈을 고쳐야 했다. 그 후에는 노새의 자리를 엘스페스의 뒤쪽으로 되돌려놓았다.

다섯째 날 밤, 요란한 나귀 울음소리가 도미닉의 잠을 깨웠다. 그가 눈을 떴을 때 아주퀴타의 궁둥이가 그의 얼굴로 떨어지는 중이었다!

"뭐야?"

그가 간발의 차이로 그 노새의 숱 많은 꼬리를 피해 몸을 굴렸다.

"미친 놈, 이 사탄의 자식 새끼가……."

엘스페스의 숨죽인 웃음소리가 들려왔다. 그녀가 담요에서 일어나 앉아 정신없이 키득대고 있었다.

"웃을 일 아니야."

"알아요, 심각한 일이죠."

그녀가 간신히 웃음을 참았다가 마침내 또다시 터트리고 말았다.

"그 꼬리가 당신을 질식시킬 뻔했어요."

도미닉은 조심조심 노새를 피해 일어나 앉았다. 이제 그 녀석은 인간들을 완전히 무시한 채 넓은 등짝에 불을 쪼일 뿐이었다.

"내 머리통을 부술 뻔했어."

“장난친 거예요.”
엘스페스가 담요자락으로 눈가를 닦아냈다.
“미리 경고해 줬잖아요. 그 정도 울음소리엔 시체라도 벌떡 일어났
을 거예요.”
“장난이라구! 이놈은 날 죽일 셈이었어.”
“어떻게 풀려났을까요?”
도미닉이 이빨자국으로 끊어져버린 아주퀴타의 밧줄을 가리켰다.
“밧줄 풀어낸 건 상관없어. 그런데 대체 왜 달아나지 않은 거야?”
엘스페스가 씨익 웃었다.
“당신이 마음에 드나 봐요.”
도미닉은 미쳤냐는 듯 그녀를 노려보았다.
“정말 당신을 좋아하는 것 같다니까요. 당신을 도전거리로 생각하는
모양이에요.”
“어제는 벼랑으로 밀어내려 하더니 오늘밤에는 날 질식사시키려 했
어. 내일은 또 무슨 음모를 꾸밀지 생각만해도 끔찍해.”
엘스페스의 미소가 흐려졌다.
“한 가지 고백할 게 있어요. 사실 노새를 데려온 이유 중 하나가 당
신한테 화났기 때문이었어요.”
“왜?”
“그건 말할 필요 없구요. 지금은 당신한테 너무 무거운 짐을 지워
준 것 같다는 생각이 들어요.”
그녀가 모닥불로 시선을 내렸다.
“아무래도 아주퀴타를 맡아 줄 사람이 있는지 찾아봐야겠어요.”
“이런 산에는 산적들밖에 없다구. 그들에게 이 설탕 조각을 맡기면
우린 산 몸으로 이 산을 나가지 못할 거야.”
엘스페스는 생각에 잠긴 채 긴 머리채를 손으로 긁어내렸다. 그 동
작이 블라우스를 팽팽하게 당겨 동그란 젖가슴을 도드라지게 했다. 도
미닉은 그녀의 우아함과 나긋나긋한 몸을 강렬하게 의식했다. 열기가

꿈틀거리며 고통스런 욕망이 폭발하려 했다.

아주퀴타가 고개를 돌려 그들의 말을 다 이해하는 것처럼 쳐다보았다. 그놈은 능히 사람 말을 이해하고도 남을 만한 잡종 악마였다.

놀랍게도 설탕 조각에 대한 짜증이 엘스페스에 대한 욕망을 달래 주는 것 같았다. 이제 와 생각해 보니, 지난 닷새 동안 저 망할 놈의 노새한테 온 정신을 집중시키느라 다른 생각을 할 겨를조차 없었다.

그의 입술에 아이러니한 미소가 스쳤다. 도미닉에게 오히려 유익한 짓을 했다는 걸 알면 저 흉측한 놈이 얼마나 실망스러워할까.

"왜 웃어요?"

엘스페스가 당혹스레 물었다.

"아주퀴타를 데려온 게 꼭 나쁜 것만은 아닌 것 같아서."

"그럼 데리고 가도 괜찮아요? 당신하고 친해지면 아주퀴타도 좀더 얌전해질 거예요."

그 노새가 누런 이를 드러내며 히죽 웃었다. 도미닉도 똑같이 악의적으로 이를 드러내며 미소를 되받아 주었다.

"그 말대로 될지 두고 보자구."

그가 벌떡 일어나 잘려진 밧줄을 집어 들었다. 설탕 조각이 즉시 도미닉의 손에 이빨을 박아넣으려 했다.

"지금부터는 내가 이놈을 책임져야겠어. 당신 말대로, 우리가 더 친해져야 할 거 아니야."

도미닉이 밧줄을 잡아당겼지만 아주퀴타는 꼼짝하지 않았다.

"일어서, 설탕 조각아. 제자리로 돌아가야잖아. 오늘밤엔 충분히 민폐를 끼쳤어."

아주퀴타의 궁둥이를 들어올려 다른 짐승들 곁에 묶기까지 족히 삼십 분이 걸렸다. 그 일을 끝마치고 나자 도미닉은 바로 옆의 엘스페스를 거의 잊어버릴 정도로 지쳐버렸다. 그는 곧바로 곯아떨어졌다.

이틀 후, 킬라라에서부터 멕시코까지 그들을 따라왔던 열기가 느슨

해질 조짐을 보이기 시작했다.

서쪽 지평선에서 검푸른 구름이 몰려들더니 오후쯤에는 차가운 습기를 머금은 바람까지 동반되었다.

엘스페스는 그 습기를 깊이 들이마셨다.

"다행이죠? 에든버러에는 비가 자주 왔는데 지금까지 그 고마움을 느껴 본 적이 없었어요. 이쪽으로 비구름이 몰려올까요?"

도미닉이 말에서 내리며 그의 발을 밟으려는 아주퀴타의 의뭉한 시도를 능숙하게 피한 다음 녀석의 밧줄을 움켜쥐었다.

"그럴 것 같아. 은신처를 만들어야겠어."

"벌써요? 아직 해가 지려면 몇 시간이나 남았잖아요."

"비구름이 너무 가까워. 빗속에서 잠자고 싶지 않다구."

그가 말과 노새를 소나무가 우거진 곳으로 끌고 들어갔다.

"어쩌려구요?"

"비막이를 만들어야 돼. 이곳으로부터 400미터쯤 전에 오코틸로 덤불을 봤어."

오코틸로. 그게 무슨 나무인지는 알 수 없었지만, 대단히 사랑스럽게 들리는 이름이었다.

"난 뭘 할까요?"

"짐승들의 안장을 풀고 잎이 무성한 나무 밑에다 묶어 놔."

그가 안장 주머니에서 두꺼운 가죽 장갑과 단검을 꺼내들었다.

"금방 올게."

20분쯤 지난 후 1미터 남짓되는 나무토막들을 한아름 들고 돌아왔다.

"그게 오코틸로예요?"

"이걸 촘촘하게 겹쳐놓으면 비막이 지붕으로 쓸 만해. 기둥은 소나무를 써야겠지만."

은신처가 완성되었을 무렵, 폭우를 예고하는 으스스한 빛줄기가 나뭇잎 사이로 스며들기 시작했다.

두 개의 소나무 가지를 150센티미터 높이로 세운 다음, 담요를 펼치고 작은 불까지 피우고 나자 그 조그만 공간은 나름대로 안락해졌다.

높다란 곳의 나뭇잎사귀들이 바람에 흔들리고 자줏빛 번득이는 먹구름이 머리 위를 뒤덮었다. 엘스페스는 고개를 쳐들고서 짜릿함을 만끽했다.

마치 자신도 해방을 갈구하는 비바람의 일부가 된 느낌이었다. 차가운 바람에 머리를 흩날리며 비와 풀과 대지의 내음을 가슴 가득히 들이마셨다.

"근사해요."

그녀는 중얼거렸다.

"그런 기분이 오래 가진 않을걸."

도미닉이 비막이 밑으로 기어들어갔다.

"거기 서 있다가는 금세 하늘이 갈라져서 당신을 익사시킬 거야."

그녀는 여전히 어두운 하늘을 응시하며 기대감에 몸을 떨었다.

"이상한 기분이에요. 뭐랄까…… 강해진 것 같은…… 이런 기분 알겠어요?"

그녀의 반짝이는 얼굴을 바라보며 그의 표정이 부드러워졌다.

"그래, 알아. 비 맞기 전에 어서 들어오라구."

그녀가 한숨을 내쉬고 나서 마지못해 기어들어왔다. 그리고는 안장 주머니에 기대앉았다.

"비 좀 맞아도 괜찮을 것 같은데."

그가 고개를 흔들었다.

"감기에 걸리면 큰일이야."

"그럴 것 같지 않아요. 굉장히 건강한 기분인 걸요."

병상에 누워 있던 때가 불과 한 달 전이었다는 게 믿기지 않았다. 이렇게 건강하고 힘이 넘쳤던 적이 있었을까.

빗방울이 떨어지기 시작했다. 처음에는 간헐적으로, 그 후에는 굵은 빗방울로 변해 엄청난 기세로 퍼부어댔다. 오코틸로 지붕에 후두둑 후

두둑 빗방울이 내려치는데도 그 틈새로 뚫고 내려오지 못한다는 것이
놀라웠다.
　작게 피운 모닥불로 콩을 끓여 먹고 나자, 그들은 비를 지켜보며 앉
아 있는 것 말고 별달리 할 일이 없어졌다.

20

　퍼붓는 빗속에 갇혀 너울대는 불길을 들여다보고 있는 상황이 마치 반짝이는 루비가 담긴 은상자에 갇혀 있는 듯했다. 폭우가 예고되었을 때처럼 짜릿한 기분은 아니었지만 엘스페스는 아직도 대단히 기분 좋았다.

　"잠이나 자야겠어."

　엘스페스가 놀란 눈을 들어 도미닉을 바라보았다.

　"아직 초저녁인 걸요. 왜……."

　그녀의 말이 중단되었다. 갑자기 그들의 은상자가 얼마나 작은지, 도미닉과 얼마나 가까이 있는지 깨달았다. 그의 움직임 하나하나를 감지할 수 있을 정도로 가까웠다. 숨쉴 때마다 오르락내리락하는 가슴, 긴장한 듯 담요를 움켜쥔 손, 굳어진 입술 가장자리로 홀쭉하게 패인 주름. 그리고 그의 눈동자…….

　도미닉이 시선을 돌리며 불안하게 들썩거렸다.

　"할 일이 없잖아. 비가 쉽게 그칠 것 같지 않다구. 아침까지 여기 갇혀 있어야 할지도 몰라."

비와 대지와 소나무 향기가 그들을 따뜻하게 감싸고돌았다. 도미닉
에게 달라붙은 남성적인 향기도 풍겨났다. 그녀는 그 향기를 들이마시
고 싶었다. 그녀의 코 속에, 그녀의 몸 속에…… 그 외설스런 생각이
충격적인 전율을 불러일으켰다.

몸 속에 받아들이고 싶은 것은 그 향기만이 아니었다. 단 한 번 경
험했던 그런 식으로 도미닉에게 안기고 싶었다. 거추장스러운 옷가지
를 벗어버리고 그를 마주 보고 싶었다. 허벅지 사이로 뜨거운 감각이
일어나는 걸 느끼며 그녀가 메마른 입술을 축였다.

욕망. 이상하게도 수치스럽지 않았다. 도미닉에게는 사랑만큼이나
욕망도 아름다울 수 있을 것 같았다.

"그러니까 이불 덮고 잠이나 자."

도미닉이 그녀를 쳐다보지 않은 채 부츠를 벗고 권총 벨트까지 풀
어냈다.

"카드 놀이하면 어떨까요?"

엘스페스가 시험삼아 제안했다.

"당신이 너깃에서 하던 그 게임을 가르쳐 주면 되잖아요."

"포커?"

그는 불을 뭉개서 끄고 어깨까지 담요를 끌어올렸다.

"하기 싫어."

그녀는 한숨을 내쉬었다. 그녀도 카드 게임을 하고 싶진 않았다. 하
지만 잠자고 싶지도 않았다. 카드 게임을 한다면 최소한 도미닉의 표
정이라도 바라볼 수 있을 텐데. 어쩌면 따뜻하게 빛나는 그의 특별한
미소를 볼 수도 있을 텐데. 그녀가 잠시 생각에 잠겼다.

"그럼 얘기해요. 오코틸로는 어떤 나무예요?"

그는 눈을 감고서 그녀에게 등을 돌렸다.

"얘기하기도 싫어."

"별로 사교적이지 못하시군요."

"그럴 기분 아니야."

그녀가 마지못해 드러누워 담요를 휘감았다.

"예의도 없어요."

예의? 도미닉은 크게 웃어젖힐 뻔했다. 지금 그는 그런 걸 챙길 상태가 아니었다. 제발 나한테 말 걸지 마, 그가 마음속으로 애원했다. 아무 소리도 듣게 하지 마, 당신을 바라보게 만들지도 마.

두 시간이 지난 후에도 빗줄기는 여전했고 엘스페스 또한 여전히 깨어 있었다. 도미닉은 고른 숨을 내쉬고 있었다. 저 사람은 잠이 오는 모양이야, 그녀가 슬프게 생각하며 똑바로 드러누워 오코틸로 나뭇가지들을 올려다보았다. 저걸 세어 보면 졸음이 올까?

하나, 둘, 셋, 넷…… 스물다섯까지 세고 나서 옆으로 돌아누워 도미닉의 머리 위쪽 나뭇가지로 시선을 옮겼다. 그 순간 셈하는 걸 잊어버렸다. 숨쉬는 것도 잊어버렸다. 나뭇가지 하나가 움직이고 있었다!

도미닉의 옆구리 위쪽 나뭇가지. 그것이 서서히 미끄러져 기둥으로 감기는 모양을 그녀는 멍하니 쳐다보았다.

뱀이야! 하나님 맙소사, 뱀이야!

천천히 기둥을 휘감아 흐느적흐느적 도미닉의 발치로 내려가고 있었다.

소리쳐야 한다고 생각하면서도 소리가 나오지 않았다. 안 돼, 저리 가. 제발 저리 가. 하지만 뱀은 계속 도미닉의 발을 향해 미끄러져 갔다.

"안 돼!"

그녀의 입에서 찢어지듯이 비명이 터져나왔다. 그녀는 나무토막 하나를 움켜쥐고 밖으로 몸을 굴려나가 벌떡 일어났다.

"안 돼!"

엘스페스는 나무토막을 휘둘러 기둥에 붙은 뱀을 후려쳤다.

"안 돼!"

또다시 나무토막을 휘둘렀다.

"엘스페스, 무슨 일이야?"

　그녀는 계속 뱀을 후려갈겼다.

　버팀목이 무너지면서 오코틸로 지붕도 같이 도미닉에게로 내려앉았다. 그의 욕설소리가 들렸지만 신경 쓰지 않았다. 뱀이 땅바닥에 떨어져 있었다. 그녀가 수도 없이 그 형체를 내리쳤다.

　"엘스페스……."

　도미닉이 간신히 폐허에서 기어나와 그녀의 공격도구를 빼앗으려 했다.

　"그만해."

　"뱀이에요."

　그녀가 그의 손을 휙 뿌리쳤다.

　"뱀이라구요."

　"이젠 죽었어. 그만해, 엘스페스."

　"아니에요, 또 덮칠 거예요. 내가……."

　그가 나무토막을 빼앗아 옆으로 던지곤 그녀의 어깨를 잡아 흔들었다.

　"죽었다구. 알겠어? 당신이 죽였어. 이젠 괜찮아, 엘스페스."

　"아니에요, 뱀이……."

　도미닉이 그녀를 풀어놓으며 한 걸음 물러났다.

　"내가 치울게. 여기 꼼짝 말고 있어."

　그의 손이 무언가를 집어올렸다. 그 손에 공포스런 뱀이 들려 있었다!

　"안 돼요! 물리면……."

　"괜찮아, 엘스페스."

　다음 순간 그가 어둠 속으로 성큼성큼 들어갔다가 곧바로 되돌아왔다.

　"됐어, 이젠 걱정할 거 없어."

　그제서야 그녀의 목에서 거친 흐느낌이 터져나왔다. 진흙탕에 털썩 무릎을 꿇고 몸을 감싸안았다. 쉴새없이 퍼붓는 빗발조차 느껴지지 않왔다.

"엘스페스……."

도미닉이 그녀의 앞에 무릎 꿇었다.

"이러지 마, 제발 울지 마."

멈출 수 있을 것 같지 않았다. 흐느낌이 아프게 계속 이어졌다.

도미닉이 그녀의 얼굴을 감싸쥐어 들어올렸다.

"왜 날 부르지 않았어? 나한테 맡기면 됐잖아."

그녀가 고개를 흔들었다.

"내가 해야 했어요. 아빠는 언제나 겁내면 안 된다고 했어요, 겁쟁이처럼 굴지 말라고……."

"당신은 겁쟁이가 아니야. 아주 용감해, 그걸 믿어야 한다구."

그의 손가락이 그녀의 뺨에 붙은 머리카락을 부드럽게 쓸어넘겼다.

"당신이 왜 겁쟁이라는 거야?"

"내가 그날 밤 우유를 안 먹었어요. 코브라가 내 방 창문으로 들어와 우유컵이 있는 침대 옆으로 기어왔어요. 난 비명을 질렀어요. 아버지가 달려와 하인한테 그걸 죽이게 하시고는 나한테 대단히 화를 내셨어요. 우유를 남기지 말라고 했는데 내가 잊어버렸던 거예요. 내가 잊어버렸어요. 그러려던 게 아니었는데."

"알아, 알아."

그녀의 뺨이 와락 그의 가슴에 눌렸다. 그녀는 젖은 셔츠를 통해 전달되는 그의 체온을 느꼈다. 그의 손가락이 그녀의 젖은 머리를 쓸어내렸다.

"당신 잘못이 아니었어."

"난 혼자 있기가 무서웠어요. 아버지한테 방에 있어 달라고 했어요. 아버진 나더러 겁쟁이라고……."

"그건 다 거짓말이야."

도미닉이 거칠게 가로막았다.

"그 잔인한 개자식이 한 말은 다 거짓말이야. 그런 말 하나도 믿지 마, 당신은 용감한 여자야.”

“실버처럼 용감하진 않아요.”

그의 셔츠에 대고 그녀의 입술이 웅얼거렸다.

“아니, 그만큼 용감해.”

도미닉은 그녀를 꼭 끌어안으며 머리에 턱을 부볐다.

“가장 두려워하는 것에 맞서는 게 진짜 용기야. 당신은 오늘밤 그 일을 해냈어. 호랑이처럼 용감하게 뱀을 물리쳤어.”

“그럼 나, 겁쟁이가 아닌가요?”

그녀가 속삭였다.

“그래, 절대 아니야.”

그의 목소리가 메어들었다.

그녀의 몸으로 한없는 안도감이 번져나갔다. 도미닉이 부끄러워할 필요가 없다고 했다. 겁쟁이가 아니라고 말해 주었다. 필사적으로 듣고 싶었던 그 말을 이젠 들었다. 차츰차츰 흐느낌이 딸꾹질로 잦아졌다.

“고마워요.”

“진실을 말해 줘서?”

“그 말을 진실로 믿게 해줘서요.”

그가 그녀의 몸을 풀어 주며 얼굴을 내려다보았다.

“이제 괜찮아?”

그녀의 끄덕임은 곧바로 이어진 딸꾹질 때문에 효력을 잃어버렸다. 그녀가 힘없이 웃음을 터트렸다.

“당신 흠뻑 젖어버렸네요. 미안해요.”

그의 손이 다정하게 그녀의 뺨을 어루만졌다.

“당신은 젖은 것뿐 아니라 진흙범벅이야.”

“아까 굴러서 나왔거든요.”

그의 손길이 계속되기를 바랐다. 너무나 따뜻하고 다정한 손길, 그 손바닥에 입술을 돌려보고 싶었다.

“이젠 어떡하죠?”

“우선은 씻어야지.”

그의 손이 떨어져 나가자 외롭고 쓸쓸해졌다.

무너져 내린 폐허를 돌아보는 순간 갑자기 그녀의 입에서 웃음이 새어나왔다. 조금 전까지의 비막이가 이제 장작더미로 전락해 버렸다.

“이 상황이 재미있나?”

“아니, 미안해요. 그냥 아까 저게 떨어질 때 당신 표정을 못 본 게 안타까워서요. 성전을 무너뜨린 삼손 같아 보였을 텐데.”

도미닉이 돌아서서 오코틸로 가지들을 긁어내기 시작했다.

“둘 다 여자가 파멸의 원인이었던 것만은 맞아.”

“그렇게 말하다니, 그런데 아까 그 뱀의 형제 자매들이 복수하러 오면 어쩌죠?”

“당신의 비명소리와 비막이가 무너지는 소리에 반경 5마일 안의 뱀들은 다 도망갔을 걸.”

“그럼 난 뭘 할까요?”

“몸부터 씻으라구.”

그가 마침내 안장 주머니를 찾아냈다.

“입을 만한 거 있어?”

“없을 텐데, 당신이 필요한 것만 챙기라고 해서……. 아참, 플래드가 있어요. 맥그리거 가문의 타탄.”

그녀가 안장 주머니 옆에 앉아 가죽끈을 풀어냈다.

“그 타탄을 꼭 필요한 걸로 생각했단 말이야?”

시선을 들어올리지 않은 채 그녀가 계속 안장 주머니 안을 뒤적였다.

“가문의 타탄을 놓고 다닐 순 없다구요. 아, 여기 있어요.”

그녀가 빨간색과 검은색의 플래드를 집어들고 일어섰다.

“이젠 이 진흙범벅에서 빠져나갈 방법을 찾아봐야겠어요.”

“난 비막이를 다시 세울 수 있을지 봐야겠어. 랜턴 줄까?”

어둠 속에 도사리고 있을 수천 마리의 뱀들을 떠올리며 그녀는 부르르 몸서리쳤다. 하지만 도미닉이 뱀은 없을 거라고 말했다. 게다가 핸턴은 그에게 더 필요할 것이다.

"아뇨."

젖지 않도록 가슴에 플래드를 꼭 안은 채 그녀는 몸을 돌려 짐승들이 묶인 나무 쪽으로 조심조심 걸어갔다.

진흙을 씻어내는 가장 간단한 방법은 옷을 다 벗은 뒤 머리를 늘어뜨리고 빗속에 서 있는 것이다. 원시시대의 조상들처럼 숲속에서 발가벗고 서 있는 것은 묘하게도 관능적인 경험이었다.

비를 막아 주는 나무 밑으로 다시 들어가야 한다는 게 아쉬울 정도였다. 그녀는 젖은 머리를 최대한 짜내고 나서 커다란 플래드를 몸에 감았다. 머리 위로 한 번 걸쳐서 가슴께에서 여민 다음 갈색 부츠를 신어 그런 대로 구색을 맞추었다. 두터운 모직이 안락하고 부드럽고 황홀하리만치 보송보송했다.

이제 빗줄기는 뿌연 안개처럼 잦아들었다. 놀랍게도 그녀가 도미닉의 옆으로 되돌아왔을 때 그는 이미 비막이를 다 세우고 불을 피우는 중이었다.

"빨리 끝내셨네요."

"더 이상 젖기 싫었거든."

드디어 불길이 피어오르는가 싶더니 이내 꺼져버렸다.

"빌어먹을, 소용없어. 나무가 다 젖었어. 그나마 담요가 젖지 않은 게 다행이야, 아까 지붕이 무너졌을 때 밑에 깔려서……."

시선을 들어올리는 순간 그의 말이 흐릿해졌다. 빨강과 까망의 플래드 타탄이 생생한 빛으로 그녀의 얼굴을 아름답게 감싸주었다. 그녀의 뺨에 빨간 빛이 살아나고 눈동자는 짙은 에메랄드 같았다. 눈부시게 치장한 앵무새처럼 이국적이었다.

"그거 괜찮군."

그가 흠흠 목을 가다듬으며 다시 불 피우는 일에 몰두했다.

"안으로 들어와."

십 분이 지나서야 모락모락 불길이 일어나기 시작했다.

도미닉이 수건으로 얼굴과 목을 닦아냈다.

"당신도 얼른 갈아입으세요."

"조금 있다가."

그가 불가로 두 손을 뻗으며 관능적인 쾌감에 빠져드는 듯 눈을 감았다.

"난 전생에 고양이였나 봐, 축축한 게 정말 싫어."

그녀는 홀린 듯이 그의 얼굴을 바라보았다. 그가 킬라라의 침대에서 자신을 내려다볼 때도 꼭 저런 표정이었다.

"어렸을 때 꼬박 삼 일 동안 폭우 속에서 소떼를 몰아 본 적이 있어. 얼마나 지긋지긋하던지……."

그가 그녀에게 시선을 들어올리다가 문득 날카롭게 숨을 들이켰다.

"안 돼! 이러지 마, 엘스페스."

그녀는 아무것도 한 게 없었다. 오히려 무언가가 그녀에게 영향을 미치고 있었다. 그녀의 뼈마디가 녹아내리고 아찔한 현기증이 일어났다.

"내가 뭘요? 당신 말을 듣고 있었을 뿐인데요."

"그만하라구. 나 혼자서는 안 돼, 당신이 도와줘야 돼."

"뭘 도와줘요?"

그녀의 목소리가 꿈꾸듯이 몽롱해졌다. 그의 아름다운 입술이 그녀에게 마술을 걸었다. 손을 뻗어 그 아랫입술을 만져 보고 싶었다. 누군가를 만져 보고 싶었던 적이 있던가? 어쩌면 아주아주 어렸을 때 아버지한테 혼나기 전에는…….

"엘스페스."

그가 충동적으로 손을 내밀었다가 다급하게 주먹을 틀어쥐었다.

"나한테 이러지 마. 약속을 지키려고 무던히도 애쓰는 중이야. 노력하는 중이라구, 빌어먹을."

이젠 그들이 함께 해야 할 시간이었다. 왠지 모르게 그 깨달음이 뇌리를 가득 메웠다. 하지만 그 일이 일어나기 위해서는 그녀가 대담해져야 했다. 용기를 내야 했다.

"그 동안 생각해 봤는데요."

그녀의 시선이 모닥불로 내려갔다.

"아이를 갖고 싶어졌어요. 학자로서의 인생은 가끔씩 외로울 거예요. 다시 결혼할 수 있을지도 의심스럽고, 어쩌면 지금이 마지막 기회……."

총에 맞은 사람처럼 그의 몸이 굳어졌다.

"무슨 말을 하는 거야?"

그녀의 뺨에 부드러운 홍조가 번졌다.

"합리적으로 분명하게 설명한 것 같은데요."

"아, 그래, 분명하긴 했어. 하지만 합리적이진 않아. 당신 말도, 생각도."

그가 털썩 그녀의 옆에 무릎 꿇고 앉았다. 창백해진 얼굴에서 뺨근육이 실룩거렸다.

"솔직해져 봐. 당신은 아이를 갖고 싶은 게 아니야, 날 갖고 싶은 거야. 내가 만져 주길, 당신 몸 속에 들어가길 바라는 거야. 이 천조각을 걷어내고 나와 같이 눕고 싶은 거야, 그렇지?"

그녀가 시선을 들어올려 그를 바라보았다.

"그래요. 그 말이 다 맞아요. 하지만 아이도 갖고 싶어요."

"왜?"

그가 멍하니 물었다.

그에게 거짓말하지 않을 것이다. 그녀는 깊이 심호흡을 한 다음 입을 열었다.

"당신을 사랑하니까요. 앞으로도 변하지 않을 것 같구요."

"맙소사."

"물론 의무감을 느낄 필요는 없어요. 하지만 마음이 내킨다면……

어떤 여자든 다 비슷하다고 했으니까…….”

그녀가 눈물 맺힌 눈으로 그를 바라보았다.

“전에 안아줄 때 당신이 날 아주 싫어하는 것 같진 않았어요. 열심히 노력할게요. 당신이 즐거울 수 있게 빨리빨리 배울게요. 히티어러들도 처음엔 능숙하지 않잖아요. 성전의 벽화를 보면 매력 없는 여자들도 몇 명 있었어요. 코가 괴물처럼 생긴 여자도…….”

그의 손가락이 그녀의 입술을 눌렀다.

“더 이상 말하지 마. 견딜 수가 없어. 무슨 정신으로 이 말을 다 들었는지도 모르겠군.”

그녀가 꿀꺽 침을 삼켰다.

“그럼 안아줄…… 거예요?”

그의 손이 그녀의 뺨을 어루만졌다.

“신사가 되는 건 포기해야겠어.”

그가 그녀의 머리에서 플래드를 끌어내리고, 길다란 머리채에 손을 넣어 천천히 쓸어내렸다.

“차갑고…… 매끄러워.”

그녀는 숨을 죽였다.

“마음에 들어요?”

“당신의 모든 게 마음에 들어……. 아, 아주퀴타, 지금 네 녀석이 필요한데.”

“뭐라구요?”

“아무것도 아니야, 어차피 이젠 늦었어.”

그의 한 손이 가슴자락을 여며 쥔 그녀의 손 위로 덮였다. 조심스럽게 그녀의 손가락을 풀어 타탄을 펼치고 그 안의 나신을 드러냈다. 그의 목덜미에서 맥박이 쿵쿵거렸다.

“아, 그래, 너무 늦었어.”

그녀는 눈을 감았다. 수줍음과 흥분, 그리고 확인받고 싶은 마음.

“날 동정해서 이러는 거 아니죠?”

“동정? 몰라도 너무 모르는군.”

도미닉이 그녀의 어깨에 걸린 타탄을 바닥으로 떨어뜨렸다.

“그럼 왜요?”

그가 그녀의 목덜미에 입술을 눌렀다.

“여러 가지 이유가 있어.”

“한 가지만 말해 봐요.”

“괴물 같은 코가 아니라서.”

그가 그녀를 드러눕힌 다음 부츠를 벗겼다.

“아.”

무언가 할 말을 생각하려 했지만, 도미닉의 모습만이 눈과 머리 속에 가득했다. 구릿빛의 피부, 회색빛의 푸른 눈동자, 부드럽게 반짝이는 미소. 다음 순간 그의 키스를 받으며 그녀의 생각은 완전히 사라졌다. 그가 고개를 들고 떨어져 나가자 그녀가 다급하게 손을 뻗었다.

“가지 말아요.”

“안 가.”

그가 엘스페스의 나신을 응시한 채로 셔츠의 단추를 풀었다. 빨간 플래드 위에 그녀의 황갈색 머리카락이 방패처럼 펼쳐졌다. 백 년을 산다 해도 이 순간을, 그녀가 내준 선물을 결코 잊지 못하리라. 아름다움과 사랑, 그리고 용기를.

도미닉이 젖은 셔츠를 벗어 옆으로 던졌다. 그녀의 수줍음도 사라졌다. 욕망과 기대감, 불안감은 있을지언정 부끄럽지는 않았다. 그녀의 시선이 사랑스럽게 그의 몸을 더듬었다. 너무나 아름다웠다. 복슬복슬한 가슴의 털이 저항할 수 없을 만큼 유혹적이었다. 살그머니 그곳의 털들을 손가락에 감아 보았다. 허리띠를 풀던 도미닉이 흘깃 시선을 들어올렸다.

그녀의 얼굴이 빨갛게 달아올랐다.

“머리카락하고는 다른 느낌이에요……. 내가 이러는 거 싫어요?”

“아니.”

그가 그녀의 손을 잡아 자신의 가슴에 펼쳤다. 그리고는 천천히 위 아래로 움직였다. 그의 매끄러움, 탄탄한 근육과 따뜻한 살갗, 다소 따끔한 털의 감촉, 그의 몸 속에서 진동하는 심장박동이 엘스페스의 손바닥을 통해 전해졌다. 그녀의 심장도 도미닉처럼 불규칙하게 고동쳐댔다. 그녀의 손이 가슴의 털들을 훑어가며 서서히 허리춤까지 이르렀다.

그의 몸이 부르르 떨렸다. 뱃가죽이 탱탱하게 뭉치는 걸 느낄 수 있었다.

"그만해, 이번엔 서두르기 싫어."

"왜요?"

그가 그녀의 손을 떼어내며 한 번도 본 적이 없는 표정으로 미소지었다. 거의 사랑스러움과도 비슷한 부드러움이 반짝거렸다.

"지난번에는 내가 너무 받기만 했어. 너무 거칠었어. 좀더 여유를 가졌어야 했는데."

"거칠지 않았어요. 아주…… 음, 적당했던 것 같아요."

"적당했다고?"

그의 입술에 미소가 떠올랐다.

"그 의견을 바꾸기 위해서 열심히 노력해야겠군."

그가 비막이 밖으로 나가서 재빠르게 남은 옷가지를 벗어냈다. 그런 다음 그녀의 옆으로 돌아와, 아까와 똑같은 미소로 그녀를 뒤흔들어놓았다.

"자, 이제 그 단어를 어떻게 바꿔야 할지 보자구."

그의 손가락이 예술작품을 창조하는 조각가처럼 섬세하게 그녀의 몸 위로 미끄러져 갔다. 그 손길이 닿은 곳마다 불이 붙었다. 가슴, 목덜미, 배……. 그의 손이 다리 사이로 쏘옥 들어가 여성을 감싼 부분을 희롱하듯이 매만졌다. 바로 머리가 뒤따라 내려오더니 그녀의 배에 뺨을 부볐다. 한 번, 두 번. 그 수염자국의 꺼칠한 마찰이 야성적인 흥분을 촉발시켰다. 부드럽게 잇사이로 깨물었다가 그 부분에 촉촉한 혀를 들이밀어 달래 주었다. 그녀의 배가 짜릿하게 탱탱해졌다.

"안 돼, 아직은 안 돼."

그의 두 손이 그 경직된 근육을 문질렀다.

"천천히, 느긋하게."

그의 손이 그녀의 허벅지 사이로 찾아들어 누르고 찰싹이며 회전하는 순간 그녀는 무기력하게 그의 머리를 움켜잡았다. 그녀의 몸이 바들바들 떨렸다. 갑자기 두 개의 손가락이 파고들자, 그녀의 입술이 열리며 소리 없는 신음이 터져나왔다. 그의 손이 묘한 리듬으로 움직이는 동안 그녀의 머리가 이리저리 뒤틀렸다.

"도미닉!"

"쉬이…… 알아, 조금만 더. 당신에게 더 해주고 싶어."

스스로도 놀라울 정도로 강렬하게 그녀를 즐겁게 해주고 싶었다. 언제나 여자들에게 만족을 주려 노력했었지만 이번엔 달랐다. 엘스페스의 모든 반응이 그의 반응과도 결부되어 있는 것처럼, 그녀의 즐거움이 곧 그의 즐거움이 되었다. 그가 충동적으로 고개를 내려 그녀의 입술에 키스했다.

"하지만 나도 더 기다릴 자신이 없어. 날 받아주겠나, 엘스페스?"

그녀가 화사한 미소로 대답했다.

"네."

그가 아주 천천히 그녀의 몸 속으로 미끄러져 들어갔다. 충만감. 황홀한 결합. 그가 움직이기 시작했다. 길게 혹은 짧게, 살짝 혹은 깊게, 빠르게 혹은 느릿하게.

거친 숨을 몰아쉬며 도미닉은 자제력을 유지하려 안간힘을 썼다.

"아, 엘스페스, 당신이 나한테 무슨 짓을 하는지 알아?"

그녀는 이제 알 것 같았다. 그리고 그 사실이 외설스런 충동을 불러일으켰다. 그녀가 물결치듯이 아랫부분을 꿈틀거렸다. 그가 헉 숨을 들이키며 몸서리쳤다. 도미닉이 주는 그런 경이로움을 그녀 또한 내어줄 수 있음을 알아차렸다. 그녀가 다시 한 번 그를 죄었다.

“맙소사, 이러지 마. 참을 수가 없어.”

하지만 그녀의 즐거움이 너무나 강렬했다. 자신의 힘을 느끼는 것도 새로운 경험이었다. 그녀가 그의 가슴을 어루만지며 자신만의 리듬으로 움직이기 시작했다.

도미닉은 질끈 눈을 감으며 헐떡이는 숨을 토해냈다.

“좋아, 당신이 원한다면…….”

그가 깊숙이 밀고들어왔다. 그녀를 가득 채우며 번개처럼 빠르고 뜨겁게 그녀를 불태웠다. 그녀의 엉덩이를 감싸쥐고 번쩍번쩍 들어올리며 더욱더 돌진했다. 그녀는 타는 듯한 쾌감에 흐느끼며 그의 팔뚝으로 손톱을 박았넣었다가 풀어놓았다. 그녀의 세상에는 오로지 루비가 담긴 은상자, 빨간 맥그리거 타탄, 도미닉의 정열적인 눈동자만이 존재했다. 도미닉과 그녀가 결합하면서 아름다움과 정열이 융합되었다.

그녀의 몸 속에서 무언가가 점점 차고 넘치고 있었다.

“엘스페스…….”

도미닉의 얼굴이 고통스럽게 일그러졌다. 다음 순간 차고 넘치던 긴장감이 그녀의 영혼까지 흔들어대는 황홀한 기쁨으로 폭발했다. 그와 동시에 도미닉의 낮은 신음소리가 울려퍼졌다.

도미닉이 힘겨운 숨을 몰아쉬며 그녀에게 입을 맞췄다, 다정함과 감사와 따뜻함이 담뿍 담긴 입맞춤 아, 이 사람 곁을 결코 떠나지 않으리라. 그가 싫증나서 떠나려 한다 해도 그의 곁에 머물 방법을 찾아내리라.

“나, 잘했어요?”

“그래.”

그가 부드럽게 그녀의 머리카락을 쓸어넘겨 주었다.

“당신은 기쁨이자 놀라움이야. 당신이 늘상 말하던 히티어러들도 이보다 더 나을 순 없어, 엘스페스 맥그리거.”

“엘스페스 딜레이니예요.”

그녀가 살포시 미소지었다.

“칭찬해 줘서 고마워요. 앞으로 더 잘할 수 있을 거예요.”

사랑한다는 말을 듣진 못했지만 그는 분명 즐거워했다. 지금으로서는 그것으로 만족해야 하리라.

“다시 한 번 연습해 볼까요?”

그가 고개를 젖히고 웃어댔다.

그의 웃음이 좋았다. 수년 간 쫓기며 살아오지만 않았더라면 이런 웃음과 즐거움을 빼앗기지 않았을 텐데. 그의 인생을 행복하게 만들어 주고 싶었다.

“지금은 안 돼. 조금 쉬는 게 낫겠어.”

그가 옆으로 몸을 굴려 그녀를 품에 안았다. 그녀의 머리를 어깨에 기대놓고 관자놀이에 입술을 부볐다.

그녀는 그의 어깨에 뺨을 묻은 채 가슴의 근육을 사랑스럽게 어루만졌다. 그리고는 이내 피곤한 잠 속으로 빨려들어갔다…… 미소지으면서.

도미닉은 그녀를 꼭 끌어안았다. 이런 짓을 하지 말았어야 했다. 그녀가 제안하는 걸 받아들이지 말았어야 했다.

하지만 어쩔 수 없었다. 그녀의 말을 듣는 순간 그의 자제력은 산산이 부서져 진실을 가리고 있던 베일을 찢어버렸다. 그녀를 안아버린 지금 다시는 그녀를 놓아주지 못할 것이다. 그녀가 내어 준 사랑이 가슴 깊이 아름답게 아로새겨졌다.

어쩌면 보답할 수 있을지도 모른다.

그녀에게 안전함을 줄 수는 없을지라도, 매 순간순간 그녀를 행복하게 해주려고 노력한다면…….

아니, 그 이상이 필요했다. 그에게 무슨 일이 생기는 경우 그녀를 보호할 만한 방법이 있어야 했다. 그녀를 안전하게 지켜 줄 방법을 찾아야 했다.

칸타란의 보물.

그 보물을 찾을 수만 있다면 그녀를 안전하게 해줄 수 있으리라.

그는 초점 없이 어둠을 응시하며 전설적인 보물이 제공해 줄 수 있
는 기회들을 생각했다.
  킬라라를 위해서가 아니라, 이 품에 안긴 여자를 위해서. 그가 사랑
하는 여자를 위해서.

21

"엘스페스, 일어나."

도미닉의 목소리였다. 그런데 왠지 달랐다. 정열과 웃음이 깃든 목소리. 그녀가 졸음에 겨운 눈을 떠보았다. 그의 얼굴도 달랐다. 인생의 기쁨으로 빛나는 눈이 그녀에게 웃음짓고 있었다.

"아침이에요?"

"아니, 하지만 시간이 됐어."

"무슨 시간?"

"히티어러로 교육받을 시간. 새로운 기술을 배우고 싶다고 했지?"

그가 그녀를 일으켜 앉혔다.

"제일 먼저 배워야 할 것은 주인님의 변덕에 순종하는 거야. 짐의 오두막에 당신을 데려가던 날부터 생각해 왔던 게 있어. 말 타러 가자."

그녀의 눈이 휘둥그레졌다.

"이런 밤중에요?"

그가 그녀를 안아 밖으로 옮긴 다음 세워 주었다. 그리고는 이미 안장을 얹어둔 블랑코에게 성큼성큼 걸어갔다.

"어때서? 비는 멎었고 달도 떴어."

"옷을 안 입었잖아요."

그녀가 당혹스레 반박했다. 엘스페스는 플래드만 걸친 상황이었고, 도미닉은 아까 사랑을 나눌 때처럼 황홀하게 벌거벗은 채였다.

그가 쿡쿡 웃음을 흘렸다.

"난 상관없어, 당신은 맥그리거 플래드가 따뜻하게 해줄 테고."

그가 그녀의 입술에 쪽소리가 나도록 입을 맞췄다.

"같이 가줄 거지?"

이렇게 매력적인 남자의 청을 어떻게 거절할 수 있겠는가?

"미친 짓이긴 하지만…… 당신이 원한다면."

"좋았어."

그가 재빠르게 그녀를 안장 위로 들어올리고는 단번에 그녀의 뒤로 올라탔다.

어두운 숲을 벗어나자 한 줄기 달빛이 은은하게 앞길을 밝혀 주었다.

엘스페스는 이상하고 신비로운 세상으로 들어선 느낌이었다. 땅에서 올라오는 뿌연 안개가 그들을 휘감으며 베일처럼 가려주었다. 태고적, 무엇이든 가능하고 금지된 게 아무것도 없었던 때의 은밀한 동산에 그들만이 존재하는 느낌이었다.

도미닉의 따뜻한 숨결이 그녀의 귀에 부딪혀 왔고 두 팔이 든든하게 그녀를 감싸주었다. 산들바람이 선선하게 그녀의 머리를 흩날리며 소나무와 축축한 대지의 향기를 전해 주었다.

"자주 이런 변덕을 부리시나요, 주인님?"

그의 이가 부드럽게 그녀의 귓불을 깨물었다.

"이렇게 특이한 변덕은 처음이야."

그의 손이 타탄 밑으로 들어가 그녀의 젖가슴을 감아 쥐었다.

"하지만 마지막일 것 같진 않아."

그의 엄지와 집게손가락이 민감한 젖꼭지를 집어냈다.

"기분 좋아?"

그녀의 허벅지 사이에서 펴덕이는 통증이 일어났다.

"그런…… 것 같아요."

그가 웃으면서 두 손으로 그녀의 젖가슴을 쓰윽 들어올렸다.

"그런 것 같다?"

"이상한 느낌이에요, 마치 아픈 것처럼."

"어디가 아프지?"

그의 한 손이 그녀의 배로 흘러내려가 살짝 부볐다.

"여기?"

그의 손 끝에 닿은 근육이 긴장되이 굳어졌다.

"네."

그의 손이 더 아래쪽으로 내려가 보드라운 털을 감아쥐었다.

"여기?"

"그래요."

그가 그녀의 몸을 뒤로 끌어당기며 더 은밀한 부분 안으로 파고들어가 엄지손가락을 눌렀다.

"여기는?"

그녀는 이제 숨쉬기도 힘들어졌다. 두근거리고 화끈거렸다. 몸 속으로 그를 받아들이고 싶었다. 하지만 지금 이렇게 말에 탄 채로는…….

"우리 돌아가요."

"내 질문에 대답 안 했잖아."

그의 엄지손가락에 힘이 들어갔다.

"그래요, 하지만…….."

"당신을 아프게 할 수야 없지. 아내의 고통을 덜어 주는 게 남편으로서의 도리야."

그가 뒤쪽으로 옮겨앉으며 그녀의 몸에서 타탄을 풀어내고는 겨드랑이에 손을 끼워넣고 번쩍 들어올려 그에게로 돌렸다.

그녀의 엉덩이를 감싸쥐고서 서서히 그녀의 몸을 자신에게로 내려 앉혔다. 그녀의 눈이 커다랗게 뜨였다가 스르르 감겼다. 그의 느낌을 제외하고는 모든 것을 잊어버렸다. 고개를 젖히고서 가볍게 숨을 몰아 쉬었다.

"나한테 다리 감아."

그녀가 즉시 그의 말에 순응하자 도미닉의 심장이 그녀의 젖가슴에 닿아 쿵쿵거렸다. 숨쉴 때마다 그의 가슴이 들썩이며 그녀의 달뜬 젖 꼭지에 부딪혔다.

그가 더 가까이로 끌어들이자 그녀는 무기력하게 그의 어깨를 움켜 잡으며 신음했다.

"도미닉."

"꼭 잡아."

갑자기 말이 전속력으로 달리기 시작했다.

다그닥 다그닥. 그가 그녀의 몸 속으로 파고들고 있었다. 매끈한 안 장 위로 그들의 엉덩이가 들썩이며 점점 더 가까워졌다. 비명이 터지 려 했다.

도미닉이 그녀의 젖가슴을 가득 빨아들였다. 몸 속의 그 느낌이 너 무나 뜨겁고 단단하고 강렬했기에 그녀는 흐느껴 울었다. 머리카락 한 올 한 올이 살아서 불타는 것 같았다.

영원히 계속되었다, 시간의 흐름도 없이. 굶주림이 차오르고 열병에 걸린 사람처럼 격하게 몸이 흔들거렸다.

"지금이야! 지금."

도미닉이 이를 악문 채로 신음했다.

그래, 지금. 지금 폭발하지 않으면 이 굶주림과 열기에 미쳐버릴지 도 몰랐다. 그녀가 비명을 질렀다. 원시적인 충족감으로 격하게 비명 을 내질렀다.

그리곤 도미닉의 가슴에 쓰러져 내렸다. 거칠게 숨을 헐떡이며 그의 가슴에 머리를 기댔다. 그가 한 손으로 그녀의 머리를 감싸쥐고 다른 손으로 말을 멈춰 세웠다.

도미닉이 엘스페스를 담요에 눕혔을 때, 작은 모닥불은 빨간 재로 변해 가는 중이었다. 그가 나무토막 하나를 불에 던져넣고 나서 그녀의 옆으로 돌아왔다.

"피곤해?"

그녀가 고개를 흔들었다.

"대단히…… 자극적이었어요."

그가 웃음을 터트렸다.

"전적으로 동감이야. 당신이 계속 날 놀라게 하고 있어, 나의 사랑스런 히티어러."

문득 그녀의 미소가 흐려지며 불길 쪽으로 시선이 돌아갔다.

"그런 말할 필요 없어요."

"무슨 말?"

"칭찬할 필요 없다구요. 솔직한 게 더 좋아요. 내가 평범하다는 걸 잘 아는 걸요."

그는 멍하니 그녀를 응시했다. 처음 만났던 날을 제외하고 엘스페스가 평범하다고 생각한 적이 있었던가? 사실 처음에도 왜 그렇게 생각했었는지 도저히 이해할 수 없었다. 볼품없는 안경과 형편없는 옷에 가려져 있다 해도 엘스페스의 아름다움을 알아차렸어야 했다. 그런데 그녀는 여전히 자신에게 매력이 없다고 굳게 믿고 있었다. 아버지라는 작자가 그녀의 자부심을 모조리 빼앗아버린 걸까.

"당신 아버지가 그렇게 말하던가?"

그녀는 시선을 들지 않았다.

"당연하죠. 하지만 나도 알고 있었어요, 거울을 보긴 하니까."

"그 거울에서 당신이 뭘 봤는지 궁금하군. 당신 아버지가 보았던 그런 모습일까? 그럴 리는 없을 거야. 그렇다면 전혀 비치지 않는 거울이었을 거야."

그의 손가락이 그녀의 턱을 잡아 자신에게로 돌렸다.

"당신 아버지는 장님이었어, 엘스페스. 잔인함과 이기심, 그리고 자신의 추악한 영혼밖에 볼 줄 모르는 장님. 왜 그런 사람 말을 믿어야 하지?"

그녀의 눈이 커다래졌다.

"그런 생각은 안 해봤어요."

"그럼 지금부터 생각해 봐. 내 거울에는 당신이 어떻게 비치는지 알아?"

그가 그녀의 머리카락을 잡아당겼다.

"당신이 고개를 돌릴 때마다 이 머리카락이 빛을 받아 반짝거려."

그의 손가락 끝이 그녀의 뺨에 스쳤다.

"이 살결은 너무 부드러워서 당신이 곁에 다가설 때마다 만지고 싶어져."

그의 집게손가락이 그녀의 눈썹을 쓰다듬었다.

"이 눈은 샴록의 들판처럼 초록색이야, 사랑스러워."

"흉하지…… 않아요?"

"아주 아름다워. 당신의 모든 게 아름다워. 내 말을 믿어, 엘스페스. 당신 아버지가 한 말은 다 거짓이야. 나에게는 아름다움과 힘만 보여."

환희가 폭포수처럼 그녀의 몸 속으로 스며들어 눈부신 물결을 일으키며 출렁거렸다. 믿어지지 않았지만, 그의 눈 속엔 정직함만이 담겨 있었다.

"당신 거울도 조금 문제가 있는 것 같아요."

그녀가 떨리는 미소를 지었다.

"하지만 내 거울보다는 당신 게 마음에 들어요."

눈물이 터져버릴 것 같아 얼른 시선을 내리깔았다.

부드러움, 상냥함, 웃음. 매순간 그는 사랑할 만한 자질들을 드러내며, 그녀의 영혼을 풍요롭게 해주는 또 다른 선물을 안겨주었다. 아, 이 남자를 진심으로 사랑했다. 그를 향한 사랑이 차고 넘쳐 허공으로

둥실둥실 떠다니는 것 같았다.

"이제 쉬세요."

그가 잠시 그녀의 얼굴을 응시하다가 눈꺼풀에 입을 맞췄다.

"그래. 잘 자, 엘스페스."

엘스페스에 대한 그의 사랑은 결코 마르지 않을 것이다. 이제 킬라라에·대한 열망처럼 그녀에 대한 사랑도 그의 일부분이었다.

"좋은 꿈꿔."

하지만 그 꿈은 칸타란에 대한 것이 아니리라, 엘스페스는 몽롱하게 생각했다. 도미닉과, 그가 자신을 아름답다고 말해 주었을 때의 그 표정이 나타나는 꿈이리라.

라이징 스타의 웃음소리가 울려퍼졌다.

"패트릭, 왜 안 들어오는 거야? 내가 뚱뚱하긴 해도 연못을 전부 차지하진 않는단 말이야."

패트릭은 먼 곳의 나무 꼭대기에 시선을 고정시킨 채 고개를 흔들었다.

"나중에요. 우선 캠프를 만들게요. 물 속에 너무 오래 있지 말아요."

그가 빙글 돌아서서 허둥지둥 숲속으로 걸어들어갔다.

라이징 스타는 흐릿하게 눈살을 찌푸렸다. 패트릭이 당황해하다니. 이 작은 연못을 발견했을 때 패트릭이 이런 반응을 보일 줄은 전혀 짐작조차 못했었다. 몇 주일 간이나 혹독한 사막지대를 거쳐온 후에 이 작은 오아시스는 그녀에게 저항할 수 없는 유혹이었다. 그래서 옷을 벗어던지고 차가운 물 속으로 걸어들어갔다. 패트릭이 열여덟 살의 청년이라는 사실을 잊어버리고 처음 킬라라에 와서 보았던 그 어린애로만 생각했었다.

그러니 지난 2주일 간 그녀의 옆에서 끊임없이 농담을 떠들어대고 웃음을 불러일으켰던 패트릭에게 어떻게 그런 반응을 예상할 수 있었겠는가. 패트릭이 아니었다면 그녀는 필시 영영 밝아지지 않을 영혼의 암흑 속으로 떨어졌을 것이다. 슬픔이나 피로의 흔적을 알아차릴 때마다 패트릭이 농담 한마디나 익살스런 표정으로 그 고통이 너무 날카로워지기 전에 쫓아 주었다.

그녀는 물 밖으로 나와 돌 위에 얹어 두었던 수건으로 구석구석 물기를 닦았다. 패트릭이 수줍어하는 기색을 보이지 않았다면 벌거벗은 채 산들바람과 저물어 가는 햇살에 몸을 말렸을 터였지만, 그 대신 그녀는 서둘러 얼룩무늬 치마와 가죽 튜닉을 걸쳐입고 가죽신을 신기 위해 풀더미에 내려앉았다.

"커피 끓어요."

패트릭이 커다랗게 소리치며 요란스럽게 연못 쪽으로 걸어왔다. 그녀의 모습을 보고는 그의 얼굴이 안도감으로 환하게 밝아졌다.

"거의 다 입었군요. 다행이에요, 난 또……."

그가 애매하게 말을 흐렸다.

벌거벗었을까 봐 걱정이었다는 거겠지? 라이징 스타가 슬며시 웃었다.

"신만 신으면 돼. 그런데 내 배 때문에 신발이 보이질 않아."

"내가 신겨 줄게요."

그가 무릎 꿇고 앉으며 그녀의 손에서 가죽신을 빼앗아갔다.

"진작에 말했어야죠, 앞으로는 아침마다 내가 신겨 줄게요."

그가 그녀의 발을 들어올려 부드러운 가죽신을 끼운 다음 종아리로 끌어올렸다. 두 손으로 가죽을 고르게 펼치고 나서 다른 짝도 집어들었다. 그의 얼굴이 빨개져 있었다.

"혼자 신기 힘들었겠어요. 여자들은 왜 이런 걸……."

"패트릭."

그녀가 부드럽게 가로막았다.

"날 봐."

그는 고집스럽게 가죽신만 내려다본 채 그녀의 종아리 위로 끌어올렸다.

"널 당황스럽게 해서 미안해. 네가 인디언이 아닌 백인이라는 걸 가끔씩 잊어버려. 항상 나한테는 어린애인 것만 같아서……."

"난 어린애가 아니에요."

그가 거칠게 반박하며 그녀의 치맛자락을 잡아내렸다. 그리고는 여전히 그녀의 신발만 응시한 채로 물러나 앉았다.

"알아."

어떻게 말해야 그의 자존심을 건드리지 않을까?

"내가 행복했던 시절로 돌아가고 싶어서 그랬나 봐. 달라진 건 아무것도 없다고 생각하고 싶어서…… 미안해."

"괜찮아요. 하지만 잊어버릴 건 잊어버렸으면 좋겠어요……. 당신을 불행하게 만들었던 일 말이에요. 조슈아 삼촌에 대해서 말하는 건 아니에요."

그가 고개를 들어올렸다.

그 순간 충격적인 전율이 라이징 스타의 숨을 앗아갔다. 오, 안 돼, 제발, 안 돼. 패트릭은 안 돼. 하지만 그 표정을 알아차리지 못하기에는 그녀가 너무나 수도 없이 거울 속의 그 표정을 보아 왔었다. 그 놀라움이 그녀의 얼굴에 드러났고, 패트릭도 이유를 알아차렸다.

그가 푸우 한숨을 내쉬었다.

"걱정 말아요, 귀찮게 굴지 않을 테니까."

"패트릭……."

"싫어요, 지금처럼 계속 여행하면 돼요."

이 아이가 언제부터 이런 고통을 짊어지고 있었을까?

"이런 식으로 느낀 게 언제부터였어?"

그가 어깨를 으쓱였다.

"모르겠어요. 항상 그랬던 것 같아요."

오, 하나님. 어째서 자비를 보여주지 않으시나요? 패트릭까지 고통받는 건 너무해요.

"넌 집으로 돌아가."

"싫어요! 당신이 날 사랑할 수 없다는 거 알아요. 하지만 내가 보살 피도록 해줄 수는 있잖아요. 당신에게는 도와줄 사람이 필요하다구요."

그녀가 슬프게 미소지었다.

"너한테 상처가 될 거야. 그 상처가 얼마나 아픈지 알기 때문이야, 패트릭."

그가 그녀의 왼손을 두 손으로 부여잡았다.

"하지만 이건 달라요. 난 희망이 없다는 걸 잘 알아요."

그가 애써 미소지었다.

"날 동화 속에 나오는 기사처럼 생각하세요. 그런 기사들은 숙녀에 게 바라는 것 없이 고약한 용을 물리쳐 주잖아요. 나도 그런 용맹스런 기사가 될 거예요."

그가 이번에는 장난스런 미소를 지어 보였다.

"숙녀의 여행에는 항상 기사가 대동해야 하는 법이에요. 내가 그 역 할을 맡아 볼게요."

그녀는 망설여졌다. 칸타란에 갈 때까지 그를 붙잡아 놓는 건 너무 이기적인 짓이다. 하지만 그녀에겐 패트릭의 따뜻함과 웃음이 간절히 필요했다.

"패트릭, 어떻게 해야 할지 모르겠어."

"나랑 같이 가요."

그가 그녀의 손을 힘껏 쥐어 주고 나서 풀어놓았다.

"동양의 무희를 살 만큼 엄청난 보물이 생기면 당신에 대해서는 다 잊어버릴지도 모른다구요."

그가 벌떡 일어나서 쉽사리 그녀를 일으켜 세웠다.

"설마 내가 죽을 때까지 당신만 바라보며 살겠어요? 그러니까 조금 더 같이 여행한다고 해서 손해날 거 하나도 없어요. 당신이 안전하고 행복하다는 걸 확인할 때까지만이에요."

그녀가 고개를 흔들었다.

"널 사랑하지만 패트릭, 조슈아에 대한 감정처럼 되진 않을 거야."
"말했잖아요, 바라는 거 아무것도 없다고."
그의 얼굴에 아름다운 미소가 번졌다.
"당신은 받아주기만 하면 돼요, 알았죠?"
"아니, 모르겠어……. 하여튼 칸타란까지는 같이 가자. 그 후에 다시 얘기하기로 해."
"좋아요."
그가 안도의 한숨을 내쉬며 바위 위의 수건을 집어들었다.
"커피가 끓어넘치기 전에 캠프로 돌아가자구요."
그리고는 보호하듯이 그녀의 팔꿈치를 잡아 캠프 쪽으로 돌려세웠다.

지평선에 먹구름이 몰려 있었다.
레이몬 토레스는 언덕 위에 멈춰 서서 눈살을 찌푸렸다. 골치 아프게 됐군. 빗줄기가 도미닉과 그 계집의 흔적을 씻어버리고 나면 하루 이틀 다시 그 흔적을 찾기 위해 공들여야 할 것이다. 로자리오에 도착할 때쯤 그들을 따라잡을 줄 알았는데 이미 이틀이나 앞서간 걸 확인해야 했다.
아, 하지만 지금까진 날씨가 그의 편이지 않았는가. 비가 내리기 전에 가능한 한 바짝 따라잡으면 되리라. 그 후에는 불을 피워 놓고 살인의 꿈을 꾸며 기다리리라. 너무 급하게 달려오느라 최근엔 그런 즐거움을 만끽할 기회가 부족했다. 어쩌면 사냥의 여신이 기다린 만큼 갈증이 채워지리라는 걸 상기시켜 주기 위해 이런 기회를 마련해 주었는지도 모른다.
피냄새가 이리도 가까워졌는데 며칠의 기다림이 무슨 대수란 말인가?

22

　도미닉이 담요 안에 들어와 엘스페스를 품으로 끌어들였다. 그녀는 긴장을 풀어내려 노력했다. 그가 돌아왔다, 안전하게 돌아왔다. 토레스의 흔적을 찾아 그가 왔던 길을 되돌아갈 때마다, 그녀는 블랑코의 말 발굽소리가 다시 들려올 때까지 두려움 속에서 기다려야 했다.

　"왜 그래야 하죠?"

　그녀가 속삭였다.

　"토레스는 우릴 따라오지 않을 거예요. 지금까지 아무 흔적도 없었잖아요."

　그의 손가락이 부드럽게 그녀의 경직된 어깨를 주물렀다.

　"조심한다고 나쁠 거 없잖아."

　"그자가 따라온다고 생각해요?"

　"… 그래."

　"왜요?"

　"모르겠어, 그냥 느낌이야. 저기서 기다리고 있는 것 같은 느낌."

　그녀의 몸이 떨렸다.

“전에도 그런 식으로 느낀 적 있었어요?”

그가 고개를 끄덕였다.

“맞았나요?”

그가 잠시 망설였다.

“그래.”

쫓기는 자의 동물적인 직감을 개발하기까지 그가 얼마나 많은 밤을 긴장과 두려움 속에서 보내야 했을까.

“왜 그런 짓을 내버려 두는 거죠? 더빈한테 이럴 권리는 없어요. 왜 그 사람한테 쫓아가서…….”

그녀는 자신의 뇌리에 스친 야만적인 생각에 몸서리치며 말을 멈췄다.

“그를 죽이라고?”

도미닉이 조용히 물었다.

“모르겠어요. 하지만 그자가 당신한테 이러는 건 옳지 않아요. 정정당당한 대결이었다면서요. 당신은 살인한 게 아니었어요.”

“내가 더 빨랐다는 이유만으로 그게 합리화될까?”

그의 입술이 뒤틀렸다.

“난 그 녀석보다 내가 더 빠르다는 걸 알고 있었어. 그놈이 결투를 신청했을 때 어떤 기분이었는지 알아? 기뻤어. 혈관으로 피가 용솟음치면서 아주 강해진 느낌이었어. 그 녀석에게 총알을 박아넣었을 때 조차도……. 어쩌면 난 진짜 살인자인지도 몰라.”

“아니에요, 아니에요.”

그녀가 그를 힘껏 끌어안았다. 그의 고통과 죄책감이 자신의 것처럼 느껴졌다.

“그건 당신 잘못이 아니었어요.”

“그럴지도 몰라. 하지만 더빈의 기분을 알 것 같아. 내 아들이 그렇게 당했다면 나도 똑같은 기분이었을 거야.”

그래서 토레스 같은 작자를 계속 보내는데도 묵묵히 당하기만 한단 말인가? 언젠가 그들의 목적이 이루어질 날까지? 그런 일은 생각하는 것조차 견딜 수 없었다. 수없이 반복되는 이 공포를 막을 방법이 있어야만 했다.

"오늘밤은 안전한 거겠죠?"

"그래, 아무 흔적 없었어."

그녀가 그의 머리를 끌어내려 절망이 깃든 정열로 키스했다. 입술이 떨어졌을 때 그들 둘 다 떨고 있었다. 그녀가 그의 셔츠 단추를 풀어내기 시작했다.

"그럼 방해받을 위험이 없는 거죠?"

땅이 흔들리고 있었다.

아주 미약한 움직임이었다. 그것 때문에 잠이 깬 것은 아니었다. 그럼 무엇 때문이었을까? 아주퀴타가 요란스럽게 울어댔다. 다른 짐승들은 불안하게 쿵쿵거렸다. 하늘로 날아오르는 새들의 날갯짓이 떠들썩했다.

다음 순간 잠기운이 달아나며 기억이 났다. 그녀가 벌떡 일어나 앉았다.

"달카!"

"왜 그래?"

도미닉이 팔꿈치로 몸을 일으키며 물었다.

"무언가 느껴지지 않았어요?"

"아니. 뭘 말이야?"

"모르겠어요. 그냥 뭔가가……."

떨림이 잠잠해졌다. 아주퀴타가 조용해졌다. 새들도 나무둥지로 되돌아왔다.

"꿈꿨어?"

"그런가 봐요."

그녀가 다시 드러누워 도미닉에게 다가들었다.

“너무 진짜 같았어요. 사얀은 태양의 아이가 떨리는 걸 느꼈어요. 그녀는 자신의 죽음은 두려워하지 않았지만 달카를 걱정했어요.”

그가 나지막이 웃었다.

“아직도 꿈을 꾸는 모양이군, 사얀과 달카가 누구야?”

“사얀은 칸타란의 최고 여사제였어요, 불길 속에서 환상을 보고 예언을 말해 주었던 사람. 당신도 알고 있을 줄 알았는데요.”

“라이징 스타가 사얀이라는 이름을 말한 적은 있었던 것 같아. 하지만 난 보물에 훨씬 관심이 많았어. 달카라는 이름은 기억나지 않고.”

“달카는 사얀의 연인이었어요. 그녀가 너무나 사랑하는…….”

“칸타란 꿈을 자주 꾸나?”

“사랑스런 꿈이에요. 가끔 슬퍼 보이긴 하지만 두 사람 다 언제나 아름다웠어요.”

“그런데 오늘밤에는 왜 두려워하지?”

“이번엔 달랐어요. 전혀 꿈 같지가 않았어요.”

하지만 틀림없이 꿈이었으리라. 땅이 흔들린다고 느꼈던 것도 꿈의 연장이었으리라.

“도미닉, 칸타란까지 얼마나 남았어요?”

“글쎄, 이 산을 통과하는 데 하루가 걸릴 테고 폭포까지 올라가려면 또 반나절쯤 걸릴 거야.”

가까워졌다. 너무나 가깝다.

“폭포를 찾지 못하면요?”

“그럼 통로가 없는 거겠지. 태양의 아이도, 칸타란도 없는 거야.”

“아무것도 없다는 거군요.”

“그래도 당신과 나와 킬라라는 남아 있어.”

땅이 또다시 흔들렸다. 하지만 도미닉은 그걸 느끼지 못하는 듯했다. 이번 것도 그녀의 상상력이 만들어 낸 산물일까?

“그래요.”

그녀는 눈을 감고 도미닉에게 안겼다. 다시 한 번 하늘로 날아오르는 새들의 날갯짓 소리를 무시하려 애쓰면서.

　폭포는 지도에 그려진 바로 그 지점에 있었다. 60미터 높이에서부터 폭포수가 넓은 호수로 힘차게 떨어져 내렸다.
　도미닉이 흠뻑 젖은 채 폭포 물살 뒤에서 빠져나와 엘스페스가 기다리고 있는 호숫가까지 블랑코를 끌고갔다.
　“통로가 있어. 저 너머 9미터 정도까지 호수를 건너면 거기에 바위 벽으로 이어진 좁은 길이 나 있어.”
　그가 그녀의 손에서 아주퀴타의 밧줄을 받아들었다. 그 노새는 즉시 땅바닥에 주저앉았다.
　“망할 놈의 자식.”
　도미닉이 짜증스레 뇌까렸다.
　“이틀 동안 악마처럼 까탈스럽게 굴더니 또 이 모양이군. 진작에 벼랑으로 밀어버렸어야 하는 건데.”
　엘스페스는 은빛 물살 너머의 어둠을 홀린 듯이 응시했다.
　“이놈이 저녁 때쯤이라도 일어나 주면 아마 다행일걸. 난 해지기 전에 도착하……..”
　그가 엘스페스의 얼굴을 홀깃 쳐다보며 말을 멈췄다.
　“왜 그래?”
　그녀의 시선이 어두운 통로 입구에서 떠나지 않았다.
　“사실이었어요, 모든 게 사실이었어요.”
　도미닉이 밧줄을 느슨하게 쥐며 걱정스레 바라보았다.
　“칸타란이 있다는 걸 철썩같이 믿고 있었잖아. 갑자기 왜 그래?”
　“모르겠어요. 왠지…….”
　그녀가 고개를 흔들었다.
　“아니에요, 어쩌면 너무 오랫동안 꿈꿔 왔던 게 실망으로 바뀔까 봐 두려운 건지도 모르겠어요……. 어서 출발해요.”
　그가 아주퀴타의 밧줄을 풀어 놓고 대신 당나귀의 밧줄을 움켜잡았다.

"아주퀴타는 어쩌구요?"

"꼬리가 썩어문드러질 때까지 앉아 있으라고 해. 이 설탕 조각한테
는 나도 참을 만큼 참았어."

엘스페스가 도미닉의 뒤로 따라나섰다.

시끄러운 노새 울음소리가 정적을 내갈랐다. 엘스페스가 흘깃 뒤돌
아보자, 아주퀴타는 여전히 궁둥이를 내려붙인 채 거의 분개에 가까운
표정으로 그들을 노려보고 있었다. 다음 순간 그 노새가 엉거주춤 일
어나 호수로 뛰어들더니 찢어질 듯이 소리쳐대며 도미닉의 뒤로 다급
하게 헤엄치기 시작했다.

엘스페스는 웃음이 터져나왔다. 그 경쾌한 소리가 폭포수의 우르릉
거림을 뚫고 통로의 바위벽까지 메아리쳤다.

"아주퀴타가 정말 당신을 좋아하나 봐요, 도미닉."

도미닉도 곧장 자신의 뒤로 돌진해 오는 아주퀴타를 알아보았다.

"무슨 소리야? 저놈은 날 익사시킬 기회를 잡으려는 거라구. 나한테
저주를 퍼붓는 거 안 보여?"

엘스페스가 다시 웃어댔다. 아주퀴타의 울음소리에 고약한 심술기
가 들어 있다는 걸 부인할 수는 없었다.

"그럼 당신이 빨리 물 밖으로 나가는 게 낫겠어요."

그녀의 가슴을 짓누르던 묘한 망설임은 이제 사라졌다. 다시 한 번
열의와 흥분이 부글거리기 시작했다. 도미닉이 통로로 올라서는 걸 지
켜보면서 엘스페스도 무의식적으로 무릎을 조여 암말을 재촉했다.

멀리에서부터 이미 웅장하고 장엄한 태양의 아이가 눈에 들어왔다.
초록의 산등성과 검은빛 회색의 바위로 구성된 정상이 주위의 산들보
다 600미터 가량 높이 우뚝 솟아 있었다.

그리고 그 정상에 올랐을 때 엘스페스는 눈앞의 광경 외에 모든 것
을 잊어버렸다.

칸타란.

그들의 앞에 그 도시가 펼쳐져 있었다. 고대의 건물과 피라미드들이 눈부신 금빛 햇살에 하염없이 휘감겨 있었다.

"아름다워요. 내가 꿈꾸던 그대로예요."

도미닉은 엘스페스만을 보고 있었다. 설사 이 도시에 보석이 한 조각도 없다 해도 칸타란에 온 것을 후회하지 않을 것이다. 엘스페스의 표정이 평생 기억에 남을 테니까.

"네 개의 강줄기라는 게 강이 아니었군요."

그녀가 태양의 아이 발치에서 흘러나오는 듯한 좁은 물줄기를 가리켰다.

"인간이 만든 수로였어요. 흥미롭지 않아요?"

"글쎄, 당신한테는 흥미로운 모양이군. 난 이유를 모르겠지만."

그가 관대하게 미소지었다.

"아틀란티스에 십자가 모양으로 교차되는 강이 네 개 있었거든요. 칸타란 주민들도 본토의 모습을 그대로 만들어 내려고 일부러 수로를 팠던 거예요. 이건 대단히 의미심장한 발견이에요. 아틀란티스가 문명의 발상지였다면 그 모체는 어쩌면 에덴 동산이 아니었을까요? 그 동산에 대한 전설에도 네 개의 강이 언급돼 있어요. 창세기에 '강이 에덴에서 발원하여 동산을 적시고 거기서부터 갈라져 네 근원이 되었으니.'라는 말이 있어요, 또 북유럽 신화에 나오는 신들의 고향에도 네 갈래의 젖줄이 있었다고 해요……, 아틀란티스처럼요."

"그리고 칸타란처럼 말이지."

그녀의 시선은 여전히 아래쪽 도시로 향해 있었다.

"칸타란에 아틀란티스의 모습이 있는 거라면, 그게 에덴의 일면일지도 몰라요. 어서 가요, 도미닉. 빨리 보고 싶어요."

그녀가 말을 재촉해서 다급하게 앞서나갔다.

"저 네모난 건물이 성전일까요?"

그녀가 가리킨 건물은 무성한 잡초들로 둘러싸였다. 하지만 점점 가

까이 다가갈수록 그것이 한때 정원이었으며 연못과 분수, 화단과 산책
로까지 곁들여진 고전적인 형태였음을 알 수 있었다.

그들이 육중한 3미터짜리 문짝을 열어젖혔다. 예상과 달리 그곳은
성전이 아니라 궁궐이었음이 분명했다. 하얀 대리석 바닥 위에 두터운
먼지층이 깔렸고, 설화석고 연단 위의 조각상들이 두 줄로 늘어서서
세 개의 계단 위쪽에 자리한 화려한 옥좌까지 길게 이어졌다.

“황금 옥좌예요.”

그녀가 속삭였다.

“뒤쪽에 박힌 보석들은 루비로군.”

도미닉이 고개를 끄덕이며 대꾸했다.

그녀의 시선이 거대하게 텅 빈 공간을 둘러보고 조각상 중의 하나
로 다가갔다. 금방이라도 코를 들어올리며 승리에 찬 울음소리를 내지
를 듯한 정교한 코끼리 조각이었다. 코부분을 그녀가 조심스레 만져
보았다.

“상아예요, 어디서 이렇게 많은 상아를 구했을까요?”

그녀가 갑자기 흥분하며 그를 돌아보았다.

“코끼리는 아프리카와 아시아에서만 살아요, 여긴 없어요. 직접 보
지 않고서야 어떻게 이리도 정교하게 코끼리를 조각할 수 있었겠어요?
위스콘신 마운드에도, 일리노이의 카호키아 역사 유적에도 이런 비슷
한 코끼리상이 있었어요. 그들이 이 조각상들을 갖고 온 게 틀림없어
요, 어떻게 가져왔는지는 모르겠지만. 아니면 코끼리를 볼 수 있는 곳
에서 태어난 사람들이었을 거예요.”

도미닉이 고개를 끄덕이며 옥좌 왼쪽의 화려한 문을 향해 걸어갔다.

“그 조각상들뿐 아니라 다른 것도 많이 가져왔겠군.”

“어디 가요?”

“여긴 궁궐이잖아, 왕실 보물이 있다면 바로 여기에 있을 거야.”

“어머나!”

그녀의 어조에 실망감이 배어났다.

"지금요?"

그가 놀란 듯 돌아보다가 이내 피식 미소지었다.

"성전으로 가서 다른 유사점들도 찾아보고 싶은가?"

"성전에 서판이나 다른 지식의 보고들이……."

그녀가 말을 멈췄다.

"하지만 당신은 보물이 있는지 확인하고 싶겠군요. 내가 기다릴게요."

그가 잠시 망설이다가 돌아서서 그녀에게 되돌아왔다.

"칸타란의 보물더러 기다리라고 해. 삼백 년이나 기다렸는데 몇 시간 더 못 기다리겠나?"

그가 그녀의 손을 붙잡았다.

"어느 건물로 가봐야 하지?"

"도시 가운데 있는 피라미드요. 이집트인들이 그런 형태를 중요시했으니까 여기서도 마찬가지일 거예요……. 나 혼자 가도 괜찮아요."

그가 고개를 저었다. 이 도시가 버려진 듯이 조용하긴 하지만, 뱀이나 야생 짐승이 튀어나올 경우 엘스페스의 옆에 있어 주고 싶었다.

"가자구."

엘스페스가 성전 밖으로 빠져나왔을 때 도미닉은 돌계단에 앉아 있었다. 그녀가 커다랗고 얇은 돌서판 두개를 끌어안고서 흥분되이 그에게 다가섰다.

"이 서판에 상형문자들이 쓰여 있어요. 해독하려면 몇 년이 걸리겠지만 여기 모든 이야기가 담겨 있을지도 몰라요."

그녀가 자신의 말에게로 다가가 안장 주머니에서 맥그리거 플래드를 꺼내서는 조심스럽게 서판들을 감싼 후 다시 안장 주머니에 넣었다.

"커다란 방에 천연자석도 있었어요. 그걸 무슨 용도로 사용했을까요?"

그녀가 빙글 그에게로 돌아섰다.

"아, 도미닉. 당신도 같이 들어갈 걸 그랬어요. 이상하고 놀라운 것들이 얼마나 많았는데요."

그는 가볍게 고개를 흔들었다.

"그건 당신 보물이야. 그 꿈이 실현되기까지 오래 걸렸잖아. 당신 혼자 즐길 자격이 있어."

그가 주는 또 다른 선물이었다. 그녀가 감격스레 그를 응시했다.

"고마워요."

"별 말씀을요, 딜레이니 부인."

그의 시선이 서쪽 산으로 저물어 가는 태양을 향했다.

"다시 들어갔다 올래? 아직 15분 정도는 더 볼 수 있겠어."

"아뇨, 다른 것도 다 보고 싶어요. 거리를 거닐면서 이 아름다운 곳에서 살았던 사람들을 상상해 볼래요, 그래도 되죠?"

"물론이지요, 마담."

고요했다. 도시 전체에서 들리는 소리라고는 자갈길에 부딪히는 그들의 부츠소리뿐인 듯했다. 건물들이 모두 놀랄 만큼 온전한 상태로 보존되어 있었다. 어제 지은 듯해 보이면서도 시간의 흐름을 잊은 듯한 분위기였다.

"사람들이 어디 갔을까요?"

그녀가 나지막이 속삭였다.

"해골이라도 있어야 하잖아요? 사얀의 경고를 받아들여서 칸타란을 떠난 걸까요?"

"그럴지도 몰라. 당신이 성전에 들어가 있는 동안 내가 둘러봤는데 골목에서 짐승 뼈다귀 몇 개만 찾아냈어. 집 안에는 먼지와 깨진 그릇들뿐이더라구."

"그럼 왜 돌아오지 않았을까요?"

도미닉이 어깨를 으쓱였다.

"다시 그런 일을 겪고 싶지 않았나 보지……."

엘스페스가 갑자기 죽은 듯이 멈춰 섰다. 창백하게 질린 얼굴로, 바로 앞쪽의 건물 2층을 뚫어져라 응시했다. 발코니가 딸린 당당한 돌집이었다.

"그들은 떠난 게 아니었어요."

그녀의 목소리가 거의 들리지 않을 만큼 나지막했다.

"그날 밤 희생을 드리러 태양의 아이로 올라갔어요. 거기서 내려오지 못했어요. 도시로 돌아오지 못했어요."

"어떻게 알아?"

그의 눈길도 천천히 그녀의 시선을 따라 발코니로 향했다. 금속으로 만들어진 묵직한 커튼이 세월의 때가 낀 채 집 안을 가리고 있었다.

"뭘 보는 거야?"

"달카와 사얀이 저기 있어요, 저 은커튼 너머에."

그녀의 목소리에 절대적인 확신이 서렸다.

"어떻게 알아?"

"느껴져요, 당신이 토레스의 미행을 느끼는 것처럼."

"안으로 들어가고 싶어?"

"아뇨."

그녀의 눈에서 스르르 눈물이 흘러내렸다.

"그들의 몸만 있을 뿐이에요. 태양의 아이가 칸타란 주민을 멸망시켰을 때 그들의 혼도 같이 떠났어요."

그녀가 똑바로 앞만 쳐다보며 재빠르게 거리를 걸어내려갔다.

"더 이상 얘기하지 않을래요. 내 상상일 뿐인지도 몰라요. 캠프를 만들어야죠, 식사도 준비하고……."

무엇이든 평범한 일상에 속한 행동들을 하고 싶었다. 사얀에 대해서, 그녀를 괴롭히고 파멸시켰던 사랑에 대해서는 생각하고 싶지 않았다. 죽음에 대해서도 생각하기 싫었다.

도미닉이 그녀의 옆으로 다가서서 다시 손을 붙잡았다.

"기다려, 나랑 같이 가야지."

그녀가 떨리는 숨을 들이켰다.

"언제까지요?"

"언제까지나. 그걸 아직도 모르겠나?"

그녀의 내부에서 폭발을 나누는 기쁨이 우울함을 쫓아보냈다. 다음 순간 갑자기 감정이 북받쳐올랐다.

"내가 어떻게 알겠어요? 당신이 말해 주지도 않았는데. 내가 아는 건 당신이 날 버리고 헬즈 블러프로 갈 생각이었다는 것밖에……."

그의 손가락이 그녀의 입술에 닿았다.

"그만, 그만. 당신이 내 눈앞에 없으면 안심이 안 되는데 어떻게 당신 곁을 떠날 수 있겠나? 내가 돌아섰다가는, 당신이 산에서 굴러떨어지거나 엘도라도를 찾으러 나설 텐데."

그의 말은 농담이었지만 그의 눈동자는 무언가…… 아름다운 걸 말해 주고 있었다.

"그 정도 이유로는 내 옆에 남아 있을 리 없어요. 나한테 할 말 있으면 큰 소리로 하라구요. 난 불길로 당신 감정을 읽어내는 마술사가 아니에요. 난 사양이 아니라구요."

그의 입술이 피식 뒤틀렸다.

"당신이 굳이 원한다면 큰 소리로 말해 줄게. 당신을 사랑해. 내 가족보다, 킬라라보다, 내 목숨보다 더 사랑해. 이젠 당신이 내 생명이야. 이 정도면 충분한가?"

"아, 그래요."

그녀가 눈물을 참으려 열심히 눈을 깜박였다.

"아주 충분해요."

와락 그에게 달려들어 부둥켜 안았다.

"하지만 너무 오래 걸렸어요."

그가 그녀를 마주 안아주었다.

"말하기가 겁났어. 내가 원한 것들이 다 없어지는 것 같았거든. 당신까지 잃고 싶지 않았어."

“그럼 지금은 왜 말했어요?”

“당신이 듣고 싶어하는 것 같아서. 당신이 바라는 걸 내 맘대로 움켜쥐고 있을 순 없잖아.”

그가 그녀의 허리를 감싸안으며 궁궐 쪽으로 돌려세웠다.

“이제 캠프를 만들어야지.”

그리고는 씨익 미소지었다.

“게다가 난 말보다 행동으로 보여주는 게 더 좋아.”

23

차가운 금속 같은 것이 그녀의 머리로 끼워져 가슴 위에 사뿐히 내려앉았다.

엘스페스가 눈을 뜨자 도미닉의 미소짓는 얼굴이 드러났다. 그의 눈동자가 세상의 모든 아름다움을 간직한 것처럼 반짝이고 있었다.

"내가 주는 선물이야. 이렇게 값비싼 보석을 여자한테 선물하는 건 처음이니까, 정중한 인사쯤은 들어야겠어."

그녀의 손과 시선이 가슴께로 이동해갔다.

"도미닉!"

커다란 에메랄드가 드문드문 박힌 다이아몬드 목걸이였다. 다이아몬드의 단면들이 불빛을 받아 찬란한 광채를 뿌렸다.

"어디서 났어요?"

그가 정원 맞은편의 궁궐로 고갯짓했다.

"왕실 보물창고. 보석과 황금이 가득 들어찼어."

그의 손가락이 에메랄드 하나를 건드렸다.

"이거 하나로도 킬라라를 하나 더 살 수 있어. 딜레이니 왕국이 멀지 않았다는 뜻이지……. 당신 눈엔 에메랄드가 어울릴 것 같았는데, 루비가 더 나을지도 모르겠군.”

그가 목걸이를 잡아당겨 그녀의 젖가슴 밑으로 걸쳐놓고는 분홍빛의 젖꼭지를 놀리듯이 깨물었다.

“루비를 좋아하시나요, 여왕마마?”

“전 도미닉 폐하가 더 좋아요.”

“흐음, 어디서 진흙 서판 하나 주워 왔으면 더 고마워했겠군.”

“싫다곤 안 했어요. 당신을 훨씬 좋아할 뿐이죠.”

그가 담요에 감싼 채로 그녀를 안아들고 궁궐 쪽으로 성큼성큼 걷기 시작했다.

“도미닉! 어디 가는 거예요?”

“보물창고에, 보여줄 게 있어.”

“내일 아침에 보면 안 돼요?”

“오늘밤에 보여주고 싶어.”

그가 흘깃 그녀를 내려다보았다.

“또 다른 변덕이라고나 할까.”

그의 지난번 ‘변덕’을 기억하며 그녀의 얼굴이 화끈 달아올랐다.

그가 목적지에 도착하여 조심스럽게 엘스페스를 내려놓았다. 이미 두 개의 횃불을 밝혀 놓았고 방 한가운데 있는 거대화로에 장작도 피워놓았다. 그 불꽃들이 하얀 대리석 벽에 그림자를 만들며 금과 은으로 만든 상자들을 화려하게 비춰 주었다.

엘스페스는 담요를 거머쥔 채 설화석고 위의 조각상들, 은과 금, 보석들이 박힌 접시와 꽃병들을 둘러보았다. 뚜껑이 열린 금상자 안에서 길다란 검은 진주와 에메랄드, 루비, 다이아몬드들이 저마다의 빛을 자랑하고 있었다.

그녀가 멍하니 고개를 흔들었다.

“굉장해요. 믿을 수가 없어요.”

“나도 그랬어. 하지만 그걸 보여주려는 게 아니야.”

도미닉이 그녀의 어깨에 손을 올려 남쪽 벽으로 돌려세운 후 하얀 대리석 위의 정교한 디자인을 가리켰다.

"저걸 봐."

"태양계. 맙소사, 우리 태양계잖아요!"

벽 전체에 태양을 중심으로 여러 개의 행성들이 그려져 있었다. 각각의 모양과 크기는 물론이고 토성의 고리까지 섬세하게 묘사되어 있었다.

"이게 왜 여기 있죠? 성전에 있는 게 맞지 않을까요?"

"왕실이 천문학에 관심이 많았나 봐. 지구의 보물들 한가운데 앉아서 별을 바라보는 게 좋았던 걸까? 이렇게 많은 보물이 있는데도 저 행성으로 날아갈 수 없다는 게 슬펐는지도 몰라. 그나저나 저 그림 어딘가 이상하지 않나?"

"뭐가요?"

그녀가 눈살을 찌푸리며 벽으로 시선을 돌렸다.

"다 제대로인 것 같은데……. 맙소사, 태양 주위의 행성이 열 개로군요."

"맞았어."

"하지만 발견된 행성은 여덟 개뿐인데."

"우리가 모르는 것까지 알고 있었던 모양이야."

그가 그녀의 팔꿈치를 붙잡았다.

"이쪽으로 가실까요, 마담."

그가 뚜껑 열린 금상자 앞에 멈춰 서서 루비와 진주들을 옆으로 내던지며 그 안을 뒤졌다.

"당신이 걸칠 만한 게 있어, 담요보다 더 우아한 거."

그가 금빛으로 반짝이는 옷가지를 끄집어냈다.

"망토의 일종인 것 같아. 마음에 들어?"

그녀가 조심스레 망토를 만져 보았다. 에메랄드와 진주를 엮어 금으로 짠, 그야말로 여왕이 입었음직한 옷이었다.

“입어 봐.”

그가 그녀의 담요를 벗겨내고 황금 망토를 걸쳐 준 후 동그란 에메랄드와 진주 브로치로 여며준 다음 이글거리는 눈으로 그녀의 모습을 살펴보았다. 그러더니 갑자기 돌아서서 다시 상자 안을 뒤지기 시작했다. 그리고는 네 개의 물건을 찾아냈다.

“이것도 해봐.”

“팔찌예요?”

도미닉이 널찍한 에메랄드와 진주 고리를 그녀의 왼쪽 손목에 채워 주었다.

“목걸이와 잘 어울려.”

그녀의 오른쪽 손목에도 팔찌를 채워 주고, 무릎을 꿇고 앉아 양쪽 발목에 각각 발찌를 끼웠다. 그리곤 물러나 앉아 미끈한 종아리와 날렵한 발목을 거쳐 흐르는 하얀 발을 쳐다보았다. 그 보드라운 살에 닿은 보석의 광채가 그의 욕망을 짜릿하게 자극했다.

그의 손이 그녀의 종아리를 살짝 움켜쥐고는 무릎 뒤쪽의 부드러운 살결을 매만졌다.

“당신 눈하고도 잘 어울려.”

그가 고개를 기울여 그녀의 허벅지에 코를 부비고 은밀한 곳에 훅 숨결을 불어넣었다. 그녀가 바르르 떨며 그에게 몸을 기대는 순간, 따뜻한 혀가 정교하게 찰싹 스며들었다. 그녀의 입에서 신음이 새어나왔다.

그가 그녀의 무릎을 매만지며 서서히 뜨거운 시선을 얼굴로 들어올렸다.

“이제 칸타란에 대해서 새로운 걸 가르쳐 줄게. 관능적인 기술에도 조예가 깊었다는 증거.”

그가 유연하게 일어나 그녀의 손을 잡고 방의 구석 쪽으로 이끌어 길고 낮은 대리석 탁자 앞에 멈춰 섰다. 그 위에 조각상들이 늘어져 있었다.

"이걸 봐, 인도 성전에서 이런 거 본 적 있나?"

엘스페스의 눈이 휘둥그레지며 뺨이 빨갛게 달아올랐다. 30센티미터 가량의 조각상들이 각기 다른 체위로 사랑하는 남녀를 그려내고 있었다. 여자들은 모두 커다란 진주로, 남자들은 은은한 흑단으로 만들어졌다. 그 재질들이 만져달라고 애원하는 듯이 부드러운 빛을 뿜었다.

"맙소사, 이런 건 본 적이 없어요. 놀라운 사람들이로군요."

그가 그녀의 귀에 숨결을 불어넣으며 뒤로 움직였다.

"당신도 놀랐나?"

그녀는 바로 눈앞의 조각상에 시선을 고정시킨 채 입술을 축였다. 그 당시의 남녀가 정말 이런 식으로 사랑했을까?

"놀랍다기보다 진짜로 이랬을지 궁금해져요."

"아, 호기심이라. 그런 여자를 침대에 들이는 건 남자의 크나큰 기쁨이야. 우리 그 호기심을 채워 볼까?"

그가 그녀의 귓불을 가볍게 깨물었다. 그녀가 부르르 떨며 그에게 몸을 기댔다.

"지금 보고 있는 게 흥미로울 것 같아요."

"흥미롭다고? 당신을 바라볼 때 난 흥미로운 기분이 아닌걸……. 이전의 어떤 느낌과도 달라."

"어떤 고양이든 어두운 데서는 다 똑같다면서요."

"아니야."

그의 두 손이 그녀의 어깨를 움켜쥐었다.

"절대 아니야."

"그럼 거짓말이었어요? 못됐군요, 그 말 때문에…… 얼마나 걱정했는데."

그의 손이 어깨에서 흘러내려 금빛 망토 위로 젖가슴을 감아쥐었다.

"당신이 리나네 집에 쳐들어온 후로는 다른 여자한테 전혀 손대고 싶지 않았어. 이 정도면 용서가 되겠나?"

그의 손이 부드럽게 위아래로 움직여 젖꼭지를 자극했다.

“웬만큼요.”

그녀의 시선은 에로틱한 조각상들에 머물러 있었다. 무릎을 꿇고 어깨를 웅크린 남자. 얼마나 아름다운 어깨인가. 그 어깨와 허벅지의 뭉쳐진 근육이 도미닉을 연상시켰다…….

그의 손이 망토 안으로 미끄러들어 젖꼭지를 잡아당겼다. 그녀가 낮은 신음을 흘려냈다. 그의 왼손이 배를 어루만지고 애무했다.

“저걸 만져 봐.”

“뭘요?”

아무것도 생각할 수 없었다. 뼈마디가 그의 열기에 녹아내리는 듯했다.

“조각상.”

그녀가 손가락 하나를 뻗어 남성적인 어깨의 근육을 쓰다듬었다. 따뜻한 나무의 느낌이 거의 살아 있는 체온과 비슷하게 전달되었다.

도미닉이 그녀의 손 위로 손을 겹쳤다.

“눈감아. 그 긴장을 느껴 봐. 그가 여자에게 무얼 하고 있을지 상상해 봐.”

그녀가 눈을 감고서 그의 어깨에 머리를 기댔다. 도미닉의 손에 이끌려 그 매끄러운 감촉을 음미하면서 그녀의 입술이 벌어지고 숨결도 불규칙해졌다. 손바닥이 얼얼해지고 허벅지 사이의 채워지지 않는 통증이 점점 강렬해졌다. 눈을 감고 있는데도 또렷하게 떠올랐다. 그 흑단나무 조각은 이제 더 이상 조각이 아니었다. 움직이고 있었다. 미끈하고도 뜨겁게, 꿈틀거리는 근육과 다그치는 허벅지.

“느껴져?”

그녀가 꿈꾸듯이 고개를 끄덕였다. 도미닉이 그녀의 젖가슴을 꼭 감아쥐었다.

“당신도 하고 싶어?”

그녀가 다시 고개를 끄덕였다.

도미닉이 그녀의 손을 매끈한 나무상에서 떼어냈다.

"지금?"
"네."
그녀의 어깨를 붙잡아 주며 한 걸음 물러났다.
"아직은 안 돼."
그녀의 눈이 퍼뜩 뜨였다.
"왜요?"
"기대감. 기대감이 게임을 훨씬 재밌게 해주거든."
그가 그녀의 망토를 어깨 뒤로 잡아당겨 늘어뜨렸다. 그녀의 머리채를 들어올렸다가 황갈색의 구름처럼 차르르 내려놓았다. 그런 다음 화로 앞의 대리석 벤치로 걸어가 그 위에 모직 담요를 펼치고 앉았다. 아름다운 나신으로, 조각상의 남자처럼 흥분된 채로.
그가 그녀에게 손을 내밀었다.
"이리 와, 내 사랑."
그녀가 천천히 그에게 걸어갔다. 발을 옮길 때마다 발목에서 반짝이는 보석이 시야에 들어왔다. 사락사락 금빛의 망토가 관능적으로 이끌려 왔다. 그녀는 아름다웠다. 그의 표정으로 그걸 알 수 있었다. 그가 그녀를 원하고 있었다. 그의 눈길이 손으로 애무하는 것처럼 그녀의 몸을 훑어내려갔다. 기대감.
그녀는 대담하고도 수줍은 느낌으로 그의 앞에 멈춰 섰다.
"지금이에요?"
"더 기다리면 미쳐버릴 거야. 당신은……."
그는 할 말을 찾지 못했다. 이교도의 여왕, 관능의 노예, 마술사, 유혹적인 요부. 하지만 그 어떤 말로도 그녀를 표현할 수 없었다. 단 하나, 그의 사랑이라는 것밖에는.
그가 두 팔을 벌려 끌어안으려 했다. 그녀가 문득 장난스레 미소지으며 그를 밀어냈다. 그리고는 목덜미의 브로치를 풀어 스르르 망토를 바닥으로 떨어뜨렸다.
"아직은 안 돼요. 기대감, 잊었어요?"

"엘스페스……."

갑자기 그녀가 그의 허벅지에 걸터앉아 아주 느릿하게 아주 조금만 그를 맞아들였다. 그가 그녀의 엉덩이를 붙잡고 재촉하려 했지만 그녀가 허락하지 않았다.

"제기랄, 엘스페스. 이러지 마."

그녀가 살짝 그를 죄어들었다. 그가 이를 악물었다.

"빨리……."

"이렇게요?"

그녀가 아주 조금 더 내려앉았다.

"됐어요?"

"아니, 더."

그의 얼굴이 고통스럽게 일그러졌다.

"기대감은 어쩌구요?"

"집어치워."

"내 생각도 바로 그래요."

그녀가 사랑스럽게 미소지었다.

"우리에겐 그런 거 필요 없어요, 도미닉."

다음 순간 그녀가 마음껏 그의 돌진을 허용했다. 이번에는 그녀가 숨을 들이켰다.

"도미닉!"

그의 엉덩이가 정신없이 들썩였다. 이전의 어느 때보다도 더 격렬하게 열정적으로 움직였다. 리듬이 빨라지고 긴장감도 부풀어 오르자 엘스페스의 머리가 사납게 흔들거렸다. 그녀가 도미닉의 어깨를 움켜잡았다. 그 촉감. 나무보다 더 따뜻했다. 하지만 왠지 그 둘이 그녀의 마음에서 하나로 혼합되었다.

그가 더 깊이 파고들어오자 긴장감이 절정으로 달음박질쳤다. 하얀 대리석 벽의 불길이 활활 타오르고…… 열 개의 행성이 이글거리는 태양 주위로 빙글빙글 돌았다. 보석, 진주, 황금 상자, 달카, 결합, 성전

안에서 타오르는 불길, 은세공 커튼, 약속…… 약속이 이루어졌다. 달카…… 도미닉!

아아!

서로를 끌어안은 채 그들의 거친 호흡이 서서히 가라앉았다.

"도미닉? 그 환상이 진실이었어요. 당신과 나."

그녀가 몽롱하게 속삭였다. 그는 그녀가 잠결에 중얼거리는 것이라고 생각했다. 그녀에게 살짝 입을 맞춰 주고는 그녀의 몸을 담요로 말아 주었다.

"이젠 캠프로 돌아가자."

자신의 옷도 걸쳐입었다.

"왜요? 여기가 좋은데."

도미닉도 이곳이 좋았다. 엘스페스가 경험하고 있는 그 신비로운 결속이 그에게도 느껴졌다. 이 도시로 말을 달려온 순간부터 무언가 특별함이 그들을 묶어 주는 듯했다.

'고향.'

난데없이 왜 그 단어가 튕겨나오는 것일까.

"벤치가 너무 딱딱하잖아."

그가 그녀를 안아들고 밖으로 걸음을 옮겼다.

그의 어깨에 입술을 부비면서 그녀는 무언가 물어 볼 게 있었음을 기억해 냈다. 처음 이 궁궐에 들어설 때 물어 보고 싶었던 것.

"왜 한밤중에 궁궐을 살펴봤어요? 내일 아침에 해도 되잖아요?"

"글쎄."

어린아이처럼 느긋하게 안겨 있는 그녀에게 괜스레 불안감을 심어 주고 싶지 않았다. 그가 이렇게 불안해할 근거도 전혀 없었다. 태양의 아이는 궁궐의 황금 옥좌처럼 흔들림 없이 당당하게 있었고, 칸타란도 생기 없이 조용하기만 했다.

바로 그 점이 마음에 거슬렸다. 생명의 부재. 쥐나 도마뱀, 새들이라도 있어야 당연할 텐데 아무것도 없었다. 어릴 적 회오리바람이 킬라라를 덮쳤을 때, 그 몇 분 전부터 새와 말과 소떼가 인간에게는 보이지 않는 위협으로부터 도망치려 소란을 일으켰었다. 그 예언이 맞는 걸까? 빌어먹을, 하여튼 이곳에서 무언가 이상한 일이 벌어지고 있었다.

그는 그녀를 안은 팔에 힘을 가하며 재빠르게 정원으로 내려갔다.

"잠이 안 와서 둘러봤을 뿐이야. 내일 아침에 난 보물을 실을 테니까 당신은 성전을 둘러봐. 저녁때쯤 출발하고 싶어."

"그렇게 빨리요? 며칠은 있게 될 줄 알았는데요."

그가 머뭇거렸다.

"그건 내일 다시 얘기하자."

모닥불 앞에 그녀를 내려놓은 후에 그가 그녀의 턱을 들어올려 잠에 취한 눈동자를 들여다보았다.

"오늘밤에는 다른 얘길 듣고 싶어. 날 사랑한다고 말해 봐."

그녀의 눈이 스르르 감겨들었다.

"말했잖아요."

"다시 말해 봐. 두 번 정도는 들어줄 만해."

그녀의 목소리가 아주아주 나지막하게 흘러나왔다.

"사랑해요. 이 세상에서 태양과 달이 사라질 때까지 사랑할 거예요."

다음날 아침, 엘스페스의 눈에 제일 먼저 들어온 것은 옆에 쭈그리고 앉아 장난스레 미소짓고 있는 패트릭의 얼굴이었다.

"잘 잤어요? 당신을 먼저 깨우는 게 나을 것 같아서요. 돔 삼촌은 총부터 빼고 보는 습관이 있거든요."

그가 도미닉의 잠든 모습으로 시선을 돌리며 눈썹을 들어올렸다.

"평소에는 잠귀가 밝은 편인데."

패트릭이 엘스페스의 벗은 어깨와 그 밑으로 도미닉의 손이라 여겨지는 젖가슴 부분을 홀깃 쳐다보았다.

"꽤나…… 피곤했나 봐요."

엘스페스가 빨개지는 얼굴을 의식하며 담요를 움켜쥐고서 일어나
앉았다.

"어젠 아주 피곤했어요. 아주퀴타가…… 궁궐이…… 성전도……."

"그렇군요."

패트릭이 진지하게 고개를 끄덕였다.

"여기서 뭐하는 거냐, 패트릭?"

도미닉의 입이 열렸다.

"나도 보물 좀 챙겨볼까 해서요."

패트릭이 가볍게 대꾸했다.

"엘스페스의 목걸이를 보니까, 이 여행이 헛수고는 아니었나 봐요."

"나랑 같이 왔어요. 동양의 무희를 거느리고 싶다는군요."

라이징 스타가 그들 쪽으로 정원을 가로질러왔다.

"라이징 스타!"

엘스페스의 눈이 휘둥그레졌다.

"어떻게 그 몸으로……."

라이징 스타가 미소지었다.

"난 괜찮아요, 내 아이도 백인보다는 인디언 쪽에 가까운 것 같아요.
말 타는 걸 좋아하던 걸요."

"하지만 킬라라까지 돌아가려면……."

"예정일이 아직 한 달이나 남았어요. 걱정할 거 없어요."

"조쉬도 이 일을 알고 있소?"

도미닉이 물었다.

"내가 킬라라를 떠난 건 알아요."

라이징 스타가 커피 포트를 집어들었다.

"커피 물 떠올게요. 패트릭, 넌 아침 준비해."

"알겠습니다, 마담."

패트릭이 엘스페스와 도미닉을 돌아보며 한숨지었다.

"내가 왜 하렘 여자들을 거느리고 싶은지 알겠죠? 내 시중 들어줄

사람이 하나도 없잖아요."

그가 일어서서 라이징 스타에게 절을 올렸다.

"다른 하명이 있으십니까, 마담?"

"아니, 없어. 지금은."

라이징 스타가 방향을 돌려 관목 숲으로 흐르는 수로 쪽으로 걸어 갔다. 그녀의 발소리가 멀어지자마자 패트릭의 얼굴에서 웃음기가 사라졌다.

"그녀가 조쉬 삼촌 곁을 떠났어요. 그러니까 꼬치꼬치 캐묻지 말아요, 알겠죠?"

도미닉의 시선이 라이징 스타의 뒷모습을 따라갔다.

"이유가 뭐라더냐?"

"삼촌이 아이를 원치 않는다고 했대요."

"맙소사, 그럴 리가……."

"사실이에요. 라이징 스타는 거짓말하지 않는다구요."

"그래, 그건 알아."

도미닉이 조용히 물었다.

"이 일이 너한테는 어떤 영향을 미치는 거냐?"

패트릭의 입술이 뒤틀렸다.

"달라질 거 없어요. 삼촌 부인인 걸요. 보물을 찾으면 아이가 안전해질 걸로 생각하더군요."

도미닉의 시선이 흘깃 엘스페스에게로 향했다.

"그건 이해할 만하군. 여기 보물로 안장 주머니 하나만 채워도 평생 떵떵거리며 살 수 있을 거다."

"다행이에요."

패트릭이 엘스페스를 돌아보았다.

"라이징 스타한테 앞으로 어떻게 할 건지 물어 봐 주세요. 조쉬한테 돌아가지 않을 거면 혼자 놔둘 수 없잖아요. 도와줄 사람이 있어야 돼요."

"알았어요."

엘스페스가 고개를 끄덕였다. 라이징 스타처럼 아름답고 상냥한 사람에게 이런 일이 일어나다니 너무나 안타까웠다. 자신의 사랑이 꽃처럼 피어나고 있는데 다른 여자의 사랑은 까맣게 시들어 간다는 것도 너무나 불공평했다.

"일단 옷부터 입고. 돌아서요, 패트릭."

"흐음, 하는 수 없죠."

패트릭이 돌아섰다.

"대단히 유감스럽긴 하지만."

몇 분 후 엘스페스가 라이징 스타 쪽으로 향하자, 패트릭이 부츠를 신고 있는 도미닉에게 시선을 돌렸다.

"토레스를 못 잡았어요. 삼촌을 계속 뒤쫓는 것 같아요. 할아버지와 우리 팀도 그 뒤를 쫓는 중일 거예요."

"삼백 년만에 칸타란이 번잡하게 생겼군."

"이 안으로 들어오진 못할 걸요. 지도 없이는 폭포 입구를 찾기 힘들어요."

도미닉은 그다지 확신이 서지 않았다.

"글쎄."

그가 일어섰다.

"아침 먹은 후에 보물창고를 보여줄게. 짐을 싣고 나서 넌 라이징 스타와 먼저 당나귀와 노새를 끌고 나가 호숫가에서 우릴 기다려."

"왜 이렇게 서둘러요?"

도미닉이 성마르게 어깨를 으쓱였다.

"무언가…… 무언가가 아주 잘못됐어. 엘스페스한테 최대한 시간을 주긴 할 테지만, 너와 라이징 스타까지 남을 이유는 없어. 해 지기 전에 칸타란에서 빠져나가고 싶다."

"그 예언을 믿어요?"

도미닉이 놀라며 패트릭의 얼굴을 응시했다.

"라이징 스타한테 들었나?"

"네, 아무것도 모르는 날 데려오는 게 미안했나 봐요. 이제 여기 네 사람이 왔어요. 예언이 이루어질까요?"

"몰라."

도미닉이 돌아섰다.

"하지만 뭔가 이상해. 넌 아침 준비해라. 난 궁궐로 짐승들을 끌고 갈 테니까."

"이젠 삼촌까지?"

패트릭이 한숨을 푹 내쉬었다.

"다들 나만 부려먹는군요. 기필코 무희들을 사들여야겠어요."

"네 몫으로 하렘 전체라도 사들일 수 있을 거다. 거기에 비하면 아침 준비가 무슨 대수냐?"

도미닉이 씨익 미소지었다.

정오쯤 두 마리 말과 당나귀의 안장 주머니가 보물로 채워졌고, 마지막으로 커다란 꾸러미가 아주퀴타의 반항적인 등에 얹혀졌다. 도미닉은 노새의 원한 맺힌 깨물기를 슬쩍 피하며 패트릭에게 돌아섰다.

"이 녀석을 당나귀 옆에 두지 마. 뱃대끈을 갉아먹을 거다."

"조심할게요."

패트릭이 호기심어린 시선을 보냈다.

"어디서 이 녀석을 데려왔어요? 삼촌은 노새를 끔찍이도 싫어하잖아요."

"말하자면 길고도 슬픈 얘기야."

도미닉이 인상을 찌푸렸다.

"언젠가 네 동정을 사고 싶을 때 얘기해 주마. 내가 얼마나 고상한 인간인지 알게 될 거야."

"그 정도로 고약해 보이진 않는 걸요. 삼촌이 다루는 법을 몰라서 그런 걸 거예요."

아주퀴타가 누런 이를 드러내며 씽긋 웃었다.
"그럴지도 모르지. 난 말 다루는 재주밖에 없으니까."
도미닉이 중얼거렸다.
"집에 가는 동안 네가 그 녀석을 맡으면 어떻겠나?"
패트릭이 불안하게 눈살을 찌푸렸다.
"글쎄요……."
"좋아, 그럼 결정됐다."
도미닉이 환하게 미소지었다.
"네 말대로 이 설탕 조각이 너한테는 얌전할지도 몰라."
그가 블랑코에 올라타며 아주퀴타의 밧줄을 패트릭에게 던졌다.
"둘이 행복하길 바란다."
"우린 결혼한 게 아니라구요."
"그래도 여행이 끝나기 전에 아주퀴타랑 아주 친밀해질걸, 형제처럼
말이야."
도미닉이 상쾌하게 정원을 빠져나갔다.

24

엘스페스는 흥분으로 눈을 반짝이며 성전 벽의 모자이크로 한 걸음 더 다가섰다.

"어머나, 야자수에 뱀이 감겨 있어요. 이걸 가져갈 수 있다면 얼마나 좋을까."

라이징 스타가 미소지었다.

"뱀을 싫어한다면서요. 그런데 왜 가져가고 싶어하죠?"

"이건 달라요."

엘스페스의 손가락이 야자수의 매끄러운 호박색을 매만졌다.

"이건 상징이에요. 야자수는 생명의 나무, 뱀은 악을 상징해요. 에덴 동산의 전설에 나오잖아요. 고대 페니키아에서도 이런 비슷한 그림이 있는 동전이 발견됐어요. 과테말라의 구리 동전에도 똑같은 뱀과 나무가 그려져 있구요. 그게 이제 칸타란에서 발견된 거예요."

"우연의 일치일까요?"

엘스페스가 고개를 저었다.

"우연의 일치로 보기에는 너무 많은 증거가 중복돼요. 동쪽에서 온

신들의 얘기도 그렇구요. 케찰코아틀도 톨텍의 신이 되기 위해서 '먼 동쪽'에서 왔다고 해요. 마야인들도 툴란의 출생지가 바다 건너 동쪽이었다고 하죠. 멕시코 전설에도 콕스콕스와 그의 아내가 처음 안틀란에 도착한 후에 멕시코로 여행해 왔다고 전해져요. 처음 정착한 곳을 안틀란으로 불렀다는 게 그들이 아틀란티스 출생이라는 뜻이 아니겠어요? 게다가 멕시코에 정착한 모든 인종들이 하나의 근원, 즉 아즈트란이라고 불리는 곳에서 유래된다고 하던 걸요."

그녀가 숨을 들이키고 나서 사과하듯이 미소지었다.

"미안해요. 아틀란티스 얘기만 나오면 흥분하는 버릇이 있어서."

라이징 스타가 고개를 흔들었다.

"나도 흥미로워요. 우리 모두가 아틀란티스에서 유래됐다구요? 그럼 내 부족도 마찬가지일까요?"

"처음에는요."

"그렇다면 우리 모두 같은 근원에서 출발한 하나로군요. 그 중에 어떤 이는 길에 남고 어떤 이는 영원히 방황한다니 슬퍼요. 우리가 서로 존중하고 도우면서 함께 여행할 수 있다면 얼마나 아름다울까요."

엘스페스가 가슴 아프게 그녀를 응시했다.

"언젠가는 그렇게 될 거예요."

"언젠가……."

라이징 스타가 돌아섰다.

"뭘 가져갈 거죠? 그 거대한 벽보다는 좀더 작아야 할 텐데."

"라이징 스타……."

엘스페스가 잠시 머뭇거렸다.

"패트릭이 당신을 많이 걱정해요."

"알아요. 마음이 따뜻한 아이예요."

"도미닉과 나도 당신을 돕고 싶어요, 돕게 해주세요."

라이징 스타의 목소리는 나지막했다.

"뭘 도와줄 수 있죠? 내 피부를 하얀색으로 바꿔 줄 수 있나요? 시간을 되돌려서 로리와 보이드를 살려낼 수 있나요? 조슈아의 사랑을 내 사랑만큼 키워 줄 수 있나요?"

엘스페스의 눈에 눈물이 맺혔다.

"그렇게 해줄 능력은 없지만, 당신과 당신의 아이에게 집과 친구로서의 애정을 줄 순 있어요."

라이징 스타가 흐릿하게 미소지으며 그녀를 돌아보았다.

"고마워요, 엘스페스."

"그럼 우리와 같이 갈 건가요?"

"모르겠어요. 나중에 생각해 볼게요. 지금은 상처가 아물 때까지 아무것도 생각하고 싶지 않아요."

그녀가 모자이크 쪽으로 시선을 돌렸다.

"날 위한 에덴도 어딘가에 있을까요? 그랬으면 좋겠어요. 실버와 같이 그곳을 찾아나서야 할지도 모르겠어요."

"우리와 같이 가요. 에덴까지는 못 된다 해도……."

갑자기 라이징 스타가 씩씩하게 돌아섰다.

"그 결정은 내게 맡겨 두세요. 때가 되면 이 슬픔을 걷어버리고 내 인생을 찾을 수 있을 거예요. 다시 만족스러울 수 있을 거예요."

그녀가 몇 가지 물건들이 올려진 테이블로 재빠르게 걸어갔다.

"이걸 다 가져갈 수는 없겠어요. 중요한 것만 골라요. 내가 배낭에 담을게요."

만족스러울 수는 있을지언정, 행복하지는 않으리라. 엘스페스는 위로할 방법을 찾지 못한 채 라이징 스타를 바라보았다. 그리고는 애써 미소지었다.

"나침반하고…… 하얀 가루가 담긴 상자. 그건 화약인 것 같아요. 아틀란티스에서 최초로 화약이 발명됐다는 학설이 있는데……."

도미닉과 엘스페스는 성전의 윗계단에 올라 패트릭과 라이징 스타가 멀어지는 모습을 지켜보았다. 문득 패트릭과 아주퀴타의 밧줄싸움을 알아차리는 순간 도미닉이 슬쩍 미소지었다. 그 노새가 고집스레 주저앉아 버렸다. 목소리가 들리지는 않았지만 분명 패트릭이 험악한 욕설을 퍼부어대고 있으리라.

"왜 이렇게 급하게 보냈어요, 도미닉? 둘 다 제대로 둘러보지도 못 했을 텐데."

"그들에게 칸타란은 별 의미가 없어. 라이징 스타와 얘기해 봤나?"

그녀가 고개를 끄덕였다.

"지금은 미래를 생각하기 싫대요. 너무 불행해 보였어요. 그녀가 앞 으로 어떻게 될까요?"

"내가 어떻게 알겠나. 어쩌면 패트릭이……."

"패트릭이요?"

그 의미를 알아차리자마자 그녀의 눈이 휘둥그레졌다.

"하지만 라이징 스타는 그를 어린애로만 생각해요. 나이 차이가 많 이 나는 걸요."

"라이징 스타 부족에서는 특별한 일도 아니야, 패트릭이 그녀를 사 랑하고."

"당신은 그걸 받아들일 수 있어요? 조슈아는 당신 형이잖아요."

"그래, 조쉬를 사랑해. 하지만 패트릭과 라이징 스타도 사랑해. 왜 셋 다 비참해져야 하지?"

그의 시선이 성전 입구로 향했다.

"가져갈 게 더 있나?"

"배낭에 몇 개 담아서 안장에 묶어 놨어요."

그녀가 무심하게 대꾸하며 앞쪽의 길로 시선을 돌렸다.

"이상해요. 도미닉, 아주퀴타 좀 보세요."

아주퀴타가 길다란 귀를 납작하게 내려뜨린 채 달려가고 있었다. 패 트릭의 손에 들린 밧줄이 찢어질 정도로, 패트릭과 라이징 스타의 옆 을 지나쳐서 전속력으로 뛰쳐나갔다.

"맙소사, 저놈이 저렇게 빠른 건 처음 봤어. 어떻게 된 거야?"

갑자기 발 밑의 돌계단이 튕겨올라 도미닉을 풀썩 쓰러뜨렸다. 계단들이 굶주린 아가리처럼 쩍쩍 갈라지기 시작했다. 도미닉의 시선이 태양의 아이로 날아갔다. 검은 연기 한 줄기가 허공으로 날아오르고 있었다. 독가스일까?

그가 벌떡 일어나 엘스페스의 손을 움켜잡았다.

"어서 가."

그녀를 계단 밑으로 끌어내려 말 등에 던져올리고 말 궁둥이를 찰싹 때렸다.

"패트릭 뒤로 따라가."

자신도 블랑코 위로 뛰어올라 엘스페스의 뒤를 따랐다. 거리가 살아 있는 생명체처럼 구불구불 휘어졌다. 거대한 뱀등을 타고 말을 달리는 듯했다. 집의 발코니가 산산조각나며 그들의 옆으로 떨어져내렸다. 블랑코가 앞발을 들어올리며 히힝거렸다. 그들은 떨어지는 기둥들을 피하느라 두 번이나 멈춰 서야 했다. 하지만 마침내 도시를 뒤로 하고 산등성을 기어오르기 시작했다.

검은 연기가 뭉게뭉게 피어오르고 있었지만 폭발음은 없었다. 땅이 요동치며 집과 궁궐과 성전이 우르르르 무너져 내리는 불협화음만이 들릴 뿐이었다.

"앞쪽 길은 안전할까요?"

엘스페스가 소리쳐 물었다.

"이렇게 흔들거리면 산사태가 일어날 수도 있어. 돌더미가 크지 않기만을 바래야……."

쾅! 세상이 폭발했다.

엘스페스의 말이 풀썩 무릎을 꿇었고 도미닉은 쓰러진 말을 피하기 위해 블랑코를 홱 잡아끌어야 했다. 간신히 균형을 잡고 일어난 엘스페스는 태양의 아이를 흘긋 쳐다보았다.

"하나님 맙소사."

산 정상의 3분의 1이 날아가고 주황빛 빨간색의 용암이…… 사악한 뱀 혓바닥처럼 칸타란 쪽으로 꾸물꾸물 흘러내렸다. 하늘에서는 남자의 상반신만큼이나 큰 불덩어리들이 빗발치듯 퍼부어 내렸다. 이젠 더이상 낮이 아니라 밤이었다, 계곡 전체가 검은 연기에 휩싸인 채 공중으로 날아오르는 불덩어리와 파멸의 조류로 흐르는 용암 줄기만이 살아 움직이고 있었다.

"입과 코를 막아."

도미닉이 얼굴 아래쪽에 스카프를 묶으며 소리쳤다.

"독가스가 아니라도……."

작은 불덩어리가 블랑코의 왼쪽 옆구리를 강타하자, 말이 날카로운 비명을 지르며 내달리기 시작했다. 엘스페스의 말도 공포스레 그 뒤로 따라붙었다. 하늘의 불덩어리를 피하기 위해 미친 듯이 달려나갔다.

통로에 도착했을 때 간신히 도미닉이 블랑코를 정지시켰다. 가파르게 나 있는 길. 한 걸음만 잘못 내딛어도 말의 다리뼈쯤은 간단히 두 동강날 것이다. 아직 산사태가 난 것 같지는 않았지만 그것이 장애물이 없음을 뜻하지는 않았다.

엘스페스가 스카프 위로 눈을 번들거리며 그의 옆에 도착했다.

"내가 먼저 갈 테니까 고삐 꽉 잡고 따라와."

"도미닉."

엘스페스가 다시 한 번 도시를 돌아보았다.

"칸타란이……."

도미닉도 뒤를 돌아보았다. 용암이 수로들을 가득 채워, 빨간 불길이 연기로 감싸인 암흑의 도시를 가로지르고 있었다. 서서히 수로가 넘쳐나면서 용암이 도시를 뒤덮었다.

"가야 돼. 어서, 엘스페스."

그녀는 질끈 눈을 감았다.

'안녕, 칸타란.'

엘스페스는 다시 눈을 뜨고 통로 쪽으로 돌아섰다.

"준비됐어요."

그가 고개를 끄덕이고 비탈길을 내려가기 시작했다.

처음 몇 백 미터의 길은 깨끗했다. 그 후에 작은 산사태를 만나긴 했지만 말이 피해갈 수 없을 정도는 아니었다. 4분의 3쯤 이르렀을 때 보다 심각한 장애물이 나타났다. 그들은 말에서 내려 1미터 남짓의 바위를 기어올라 그 위로 말들을 끌어올려야 했다.

땅이 여전히 흔들리고 있었지만, 이젠 서서히 희망이 생겨났다. 100미터 전방에 호숫가 드러나 보였다. 도미닉이 엘스페스에게 고개를 돌렸다.

"몇 분만 가면 돼."

그녀가 말없이 고개를 끄덕였고, 그가 다시 앞장서 나갔다.

또 다른 폭발음이 산을 뒤흔들었다!

빌어먹을, 거의 다 왔는데.

그들의 옆쪽 돌벽에 들쭉날쭉한 금이 생기며 쩍쩍 갈라졌고 백만 년쯤 그 안에 갇혀 있었던 공기들이 그들의 얼굴로 퍼부어졌다.

"뛰어!"

커다란 바윗덩어리가 그들의 뒤로, 앞으로, 사방으로 떨어져 내렸다. 그와 거의 동시에 그들은 호수의 차가운 물 속으로 뛰어들었다. 말들이 허겁지겁 헤엄쳐 갔다. 나무 크기만한 바위가 그들의 뒤로 첨벙 빠져들었다. 우지끈, 우르르 쾅쾅. 폭발적인 소리들이 난무하며 작은 돌조각들이 하늘로 휙휙 날아다녔다.

다음 순간 그들은 폭포 뒤에 도달하여 그 차가운 물살을 맞아들였다. 그리고 몇 분 이내에 폭포를 통과하여 잡초가 무성한 호숫가로 기어올랐다.

엘스페스가 숨을 헐떡이며 물었다.

"이젠 안전할까요?"

"그런 것 같아."

도미닉도 숨을 헐떡이며 얼굴의 스카프를 풀어냈다.

"당신, 괜찮아?"

그녀가 고개를 끄덕이며 폭포 쪽을 돌아보았다.

"칸타란이 사라졌어요. 하지만 우린 봤어요. 그 아름다운 곳에 우리가 서 있었어요, 도미닉. 평생 잊지 못할 거예요."

"칸타란이 완전하게 사라진 건 아니야, 여기 남아 있는 한."

도미닉이 그녀의 이마를 부드럽게 매만졌다.

"그리고 여기."

그의 손이 그녀의 왼쪽 젖가슴을 가볍게 쓰다듬었다.

"이제 패트릭과 라이징 스타를 찾아봐야겠어. 캠프도 만들어야 하고."

"그래요, 이 근처에 가까이 있을 거예요. 우리가 올 때까지……."

패트릭이 호숫가의 덤불 속에서 튀어나왔다.

"빨리 와봐요, 라이징 스타가 당장 아이를 낳을 것 같아요."

라이징 스타는 당장 아이를 낳지 못했다. 거의 18시간 동안 고통스런 산통을 거친 후에야 그녀의 아들이 세상 밖으로 빠져나왔다. 그 후에 즉시 조그만 여자아이도 뒤따라나왔다.

"쌍둥이로군요."

담요로 감싼 두 번째 아이를 바라보며 라이징 스타가 힘겹게 웃음 지었다.

"예상했어야 했는데. 딜레이니 가에는 쌍둥이의 피가 흘러요. 패트릭과 브리안느……."

그녀의 눈이 스르르 감겼다.

"인디언 여자라면 이보다 더 잘해 냈어야 했는데. 내가 너무 백인 여자가 돼버렸나 봐요."

"잘했어요."

엘스페스가 그녀의 땀 밴 이마를 수건으로 닦아 주었다.

"튼튼한 아들과 예쁜 딸을 낳았잖아요."

라이징 스타의 입술에 흐릿한 미소가 번졌다.

"아들에게는 백인 이름을 붙여야겠죠? 케빈이라고 할래요. 하지만
딸 아이는 코도라고 부를래요, 반딧불이라는 뜻으로."

"멋진 이름이오."

도미닉이 부드럽게 대꾸했다.

"그래요, 멋진 이름이에요……."

라이징 스타가 잠으로 빠져들어갔다. 도미닉이 엘스페스의 어깨를
그러쥐었다.

"당신도 이제 쉬어. 여기 일은 패트릭과 내가 알아서 할 테니까."

엘스페스가 고개를 흔들었다.

"둘 다 잠 한숨 못 잤잖아요. 얼른 씻기만 하고 올게요. 라이징 스타
가 깨어나면 무엇이든 먹여야겠어요. 너무 약해진 것 같아요."

패트릭이 공포스런 표정으로 라이징 스타를 내려다보았다.

"이젠 괜찮아질 거예요."

그가 날카롭게 되풀이했다.

"이런 고통을 겪은 후에도 나아지지 않으면 세상이 불공평한 거예
요. 꼭 괜찮아져야 돼요."

"우린 의사가 아니야."

도미닉이 꺼칠한 뺨을 부비며 힘없이 중얼거렸다.

"최선을 다할 뿐이다. 지금으로서는 잠이 최고의 치료약인지도 몰
라. 커피나 좀 끓여 올래?"

"삼촌이 해요."

패트릭이 라이징 스타의 옆에 털썩 내려앉았다.

"난 여기 있을 거예요."

도미닉이 조카의 굳은 얼굴을 응시하고 나서 천천히 돌아섰다.

"그래, 내가 끓일게."

두 시간 후, 조그만 여자아이 코도가 잠든 채로 평화롭게 세상을 떠
났다. 세상에 나와 한 번 인생을 반짝였다가 곧바로 떠나버렸다.

"어떻게 하죠?"

패트릭이 절망적으로 아이를 내려다보았다.

"라이징 스타에게 말할 순 없어요. 다른 아이도 죽으면 어떡해요?"

도미닉이 라이징 스타의 한쪽 품에서 그 갓난아기를 조심스레 떼어 냈다.

"아들은 충분히 건강한 것 같다."

"그 정도로는 안 돼요, 꼭 살아야 돼요."

패트릭이 험악하게 중얼거렸다.

한 시간 후 라이징 스타가 하혈을 시작했다. 모두들 필사적으로 지혈시켜보려 노력했지만 출혈은 멈추지 않았다. 저녁 때쯤엔 패트릭조차도 가망이 없음을 인정했다. 그가 할 수 있는 일이란 그저 그녀의 손을 붙잡고 얼굴을 들여다보는 것뿐이었다.

그녀가 딱 한 번 의식을 되찾았다. 무겁게 눈꺼풀을 열어 패트릭의 얼굴을 바라보았다.

"화이트 버팔로의 말이 맞아. 선택의 여지가 없었어."

그녀의 시선이 딸이 안겨 있던 자리로 움직여 갔다.

"코도는?"

패트릭은 목구멍이 꽉 막혀버려 대답을 하지 못했다. 그리고 말할 필요도 없었다.

"가엾은 아이."

그녀가 고개를 흔들었다.

"가엾은 패트릭."

그녀의 눈꺼풀이 다시 닫혔다.

"슬퍼하지 마. 어쩌면 내 그림자를 찾을 수 있을 거야…… 코도도. 코도가 있으니까 외롭지 않을 거야."

그녀의 말이 멈췄다.

"실버를…… 도와줘, 패트릭."

"알았어요, 약속할게요."

"내 아들도. 그림자를 빼앗기지 않게 해줘……. 그들이 빼앗아가지 못하게……."

말꼬리가 흐릿해지고, 몇 분 후 패트릭은 라이징 스타가 더 이상 그의 곁에 없음을 알았다.

도미닉과 패트릭이 라이징 스타와 코도의 관을 만들었다. 그날 밤 엘스페스의 플래드로 두 시신을 감싸 호숫가에서 몇 미터 떨어진 공터에 묻었다. 무덤을 응시하는 동안 아무도 입을 열지 않았다. 말이 필요치도 않았다. 묵묵히 서 있는 모습 자체가 그들의 슬픔을 대변해 주었다.

패트릭이 빙글 돌아서서 캠프 쪽으로 걸어갔다. 도미닉과 엘스페스는 좀더 천천히 뒤따라갔다.

패트릭이 말에 안장을 얹었다.

"아기한테 젖을 먹여야 돼요. 이 아이까지 죽게 하진 않을 거예요. 제일 가까운 마을이 어디죠?"

"마을은 없어. 인디노의 캠프가 그나마 마을 비슷해. 하루 종일 꼬박 달려야 할 거다."

도미닉이 땅바닥에 지도를 그려 주었다.

"내가 보냈다고 말해라."

"수통에 죽을 좀 담아 줄게요."

엘스페스가 힘없이 머리채를 긁어올리며 돌아섰다.

"잘 먹어 주면 좋으련만. 내가 할 수 있는 일은 그것뿐이에요."

십분 후 패트릭이 안장에 뛰어올랐고 엘스페스는 그에게 수통과 담요에 감싼 아기를 건네주었다. 패트릭은 뒤 한 번 돌아보지 않은 채 곧장 달려나갔다.

엘스페스가 빠르게 멀어지는 패트릭을 응시하며 도미닉에게 가까이 다가들었다.

"패트릭이 십 년쯤 늙어버린 것 같아요."

“백 년일지도 몰라.”
“우린 이제 어쩌죠?”
너무나 공허한 느낌이었다.
“몇 시간 눈 붙이고 나서 킬라라로 출발해야겠지.”
그가 뻣뻣한 목덜미를 주물렀다.
“라이징 스타…….”
엘스페스의 눈에서 눈물이 솟아나왔다.
“패트릭 말이 맞아요, 이건 불공평해요.”
“그래, 불공평해.”
그가 그녀를 껴안았다.
“아름답고 상냥한 사람이었는데, 도대체 왜…….”
그녀의 눈물이 그의 셔츠를 적셨다.
“알아.”
그의 목소리도 쉬어 있었다. 새벽빛이 어둠을 물리칠 때까지 그들은
서로에게 의지한 채 말없이 서 있었다.

25

몇 시간 뒤, 엘스페스와 도미닉은 킬라라로 출발했다. 무거운 짐 때문에 속도가 느렸고, 그들의 분위기도 침울하게 가라앉았다. 도미닉은 잠에 곯아떨어질 수 있도록 늦은 저녁 무렵까지 여행을 계속했다.

하지만 잠은 찾아오지 않았다. 그들 둘 다 말짱하게 깨어 생각에 잠긴 채 불을 쳐다보며 누워 있었다.

"내 잘못이었을까요?"

엘스페스가 입을 열었다.

"내가 칸타란으로 오지 않았더라면 이런 일은 생기지 않았을 거예요. 라이징 스타도 죽지 않았을 거예요."

"그런 말은 하지 마. 그녀가 어디서건 다쳤을 수도 있어, 어쨌든 칸타란으로 왔을지도 모르고. 아이를 위해서 보물을 찾고 싶어했다잖아. 라이징 스타는 아무도 원망하지 않을 거야."

"알아요."

엘스페스가 오랫동안 침묵하며 모닥불을 응시했다.

"이젠 그녀가 행복해졌을까요? 하늘나라에서는 모두 행복해지는 거겠죠?”

“성직자들이 그렇게 말하더군.”

그녀가 다시 입을 다물었다.

“사얀과 달카는 아마 행복할 거예요, 함께 있으니까. 하지만 라이징 스타는 혼자예요.”

“그래서 하늘이 코도를 함께 데려갔는지 몰라.”

“그래요.”

또다시 오랜 침묵이 흘렀다.

“살아 있다는 게 너무 다행스러워요, 도미닉. 아직은 하늘나라에 가고 싶지 않아요. 여기서 하고 싶은 일들이 너무 많아요. 당신이 딜레이니 왕국 세우는 것도 보고 싶어요. 당신의 아이를 낳고 그 아이들이 자라는 걸 지켜보고 싶어요.”

그녀가 그의 어깨에 뺨을 기댔다.

“당신도 꼭 살아 줘야 해요, 도미닉.”

“이제 와서 죽을 수야 없지.”

도미닉의 목소리에 칸타란을 떠나온 후 처음으로 흐릿한 웃음기가 나타났다.

“어마어마한 보물이 생겼잖아. 우리 집을 황금으로 도배할 수도 있어.”

“난 보물에 대해선 생각해 본 적이 없어요. 아틀란티스에 대한 이론을 증명하고 싶었을 뿐이었는데, 라이징 스타가…….”

엘스페스의 목소리가 울음기로 잠겨들자, 도미닉이 재빨리 주제를 바꾸었다.

“탐험대를 만들어서 칸타란으로 돌아오면 어떨까?”

“폐허를 발굴하려면 몇 년이 걸릴 거예요.”

“노력해 볼 수는 있잖아, 당신이 원하기만 하면. 난 칸타란에서 찾던 걸 찾았어. 당신 보물도 찾게 해주고 싶어.”

“나도 찾았어요. 그곳을 봤고, 그곳이 존재한다는 걸 알았는 걸요.

지금의 모습보다는 처음 봤던 그 모습으로 칸타란을 기억하고 싶어
요.”

“그럼 위스콘신이나 일리노이에 있다던 그 유적지에 가보면 어떨
까? 거기 가서 아틀란티스와 닮은 점들을 찾아보자구.”

“카호키아 유적이 더 적당할 거예요. 윗부분을 자른 피라미드처럼
생겼거든요.”

그녀의 들뜬 표정이 이내 흐려졌다.

“지금 당장 일리노이로 가자구요? 킬라라는 어쩌구요?”

“어차피 킬라라에선 오랫동안 떨어져 지냈어.”

“하지만 원해서 떨어져 있은 게 아니었잖아요. 아직도 가족을 보호
하려는 거예요?”

“내가 있어 봤자 위험만 더해 줄 뿐이야. 일리노이에 가서도 당신의
경호원들을 고용해야겠지만, 거기가 더 안전할 거야.”

그가 머뭇머뭇하다가 한마디 덧붙였다.

“당신과 행복한 시간을 보내고 싶어.”

마치 시간이 한정돼 있는 사람 같아, 그녀는 공포스럽게 생각했다.
한평생 같이 살 수 없을 것이기 때문에 가능한 한 행복한 순간들을 만
들고 싶다는 뜻이었다.

무언가 해야만 했다. 그녀는 사얀과 달카와 같은 운명을 넋놓고 받
아들이지 않을 것이다. 기필코 방법을 찾아내리라.

“좋아요, 우리 함께 일리노이로 가요.”

그녀가 몸의 긴장을 풀어내며 눈을 감았다.

“임신하기 전에 가보는 게 낫겠어요. 우리 아들은 킬라라에서 낳아
야 할 테니까, 그렇죠?”

우리 아들, 엘스페스, 그들이 함께 할 인생. 도미닉은 엘스페스가 잠
든 후에도 한참 동안 그 생각들에 빠져 누워 있었다. 아, 다시 희망을
가질 수만 있다면 얼마나 좋을까. 하지만 토레스 같은 자가 그의 뒤로
끊임없이 따라붙는데 어떻게 희망을 가질 수 있을까?

토레스. 그자가 가까이 있었다. 그걸 느낄 수 있었다. 여정을 되밟아 가는 지금 그자에게로 더욱 가까워졌을 것이다. 토레스가 내일, 아니면 내일 모레라도 덤벼들 수 있었다. 문득 그의 몸이 굳어졌다. 호랑이 밥으로 묶인 염소 같은 기분이라는 걸 깨달았다. 빌어먹을, 얌전하게 토레스의 총알에 가슴을 들이미는 격이 아닌가. 게다가 그가 토레스의 공격을 기다린다면 엘스페스에게 총알이 박힐 수도 있다.

그는 조심스레 엘스페스를 풀어내고 떨어져 나와 재빠르게 부츠를 신었다. 그녀의 관자놀이에 입을 맞춘 다음 총을 집어들었다. 그녀를 내려다보며 한순간 망설여졌다. 그녀의 곁을 떠나고 싶지 않았다. 하지만 그는 소리 없이 일어나 말이 묶여진 곳으로 걸어갔다.

이제 먹잇감이 사냥꾼으로 바뀔 시간이었다.

불길이 너울대는 동안 레이몬 토레스의 눈앞에 감미로운 영상들이 춤을 추었다. 언제나 이런 상상의 시간이 즐거웠다. 도미닉의 꿈을 꾸는 것만큼이나 만족스러웠다. 이제 곧 때라 되리라. 고대하던 살인의 순간이 임박했다, 당장 내일이라도…….

갑자기 모닥불의 불길이 요란한 소음을 일으키며 파파팍 솟구쳤다.

토레스가 당장 옆으로 몸을 굴려 총을 집어들었다.

"두려운가, 토레스?"

주위의 나무들 어디에선가 목소리가 울려나왔다.

"소나무 열매야. 폭죽만큼이나 요란스럽지 않나?"

"도미닉?"

"날 잡고 싶어했지? 와서 잡아 봐."

이런 식으로 되면 안 돼, 토레스가 분개하며 불빛이 미치지 않는 어둠으로 살금살금 기어나갔다. 그가 사냥꾼이었다. 도미닉에게는 이런 식으로 나타날 권리가 없었다.

관목숲에 도달했을 때 그는 어둠 속을 샅샅이 훑어보았다. 아무것도 없었다. 바스락 소리 하나 들리지 않았다. 도미닉의 목소리가 어디서

나왔더라? 저 커다란 바위 뒤쪽이었을까? 다시 그자를 유인해 내야 했다.

"나에게 미리 경고해 주다니 너무 어리석었어. 영리한 놈이면 내가 알아채기 전에 공격했어야지. 하지만 명예로운 자들은 좀처럼 그렇게 영리하질 못해. 너도 명예로운 사내고 말이야, 도미닉."

"내가?"

조롱 섞인 대꾸였다.

짐작대로 바위 쪽이 맞았다. 너무밤나무 옆쪽 바위 위에서 도미닉의 총구가 번득이는 것도 볼 수 있었다. 토레스는 격한 환희를 경험하며 조심조심 덤불 밑으로 기어가기 시작했다. 하지만 도미닉에게 말을 거는…… 먹잇감과 얘기할 수 있는 이 드문 기회에 저항할 수가 없었다.

"그렇다니까, 친구. 하지만 그런 특성은 대단히 위험할 수도 있어. 사내를 약하게 만들거든."

"왜 이렇게 날 잡고 싶어하지, 토레스?"

토레스가 더 가까이 접근해 갔다. 도미닉의 바위 뒤쪽에 더 커다란 바위가 있었다. 그리로 돌아서 뒤통수를 치리라.

"널 사랑하니까."

그건 사실이었다. 그 먹잇감으로 인해 얻게 될 기쁨을 생각하자 도미닉에 대한 강렬한 애정이 용솟음쳤다.

"넌 위대한 사냥꾼에게 죽을 자격이 있어, 도미닉. 나에게 죽을 자격이 있어."

"토레스, 넌 위대한 사냥꾼이 아니야."

토레스의 몸 속에 분노가 치솟았다. 그가 먹잇감에게 상냥함을 갖고 있는 이때에 도미닉이 그를 모욕한다는 건 불공평했다.

"이제 곧 알게 될 거야, 친구."

바위를 돌아가며 그는 입을 다물었다. 괜한 허영심에 빠져 위치를 노출시키는 실수 따윈 하지 않았다.

"내 말 들리나, 토레스? 위대한 사냥꾼이라면 교회에서 그런 식으로 쏘지 않았을 거야."

슬픔이 밀려들었다. 도미닉이 레이몬 토레스의 위대함에 이의를 제기하다니 얼마나 슬픈 일인가. 그것은 도미닉의 영광스런 죽음을 퇴색시킬 것이다.

때가 되었다. 그가 총을 들어올렸다. 도미닉의 모습이 보이지 않았지만 바로 앞에 있음을 알았다. 깊이 숨을 들이키고 바위 뒤에서 달려나가 무자비하게 연발 사격을 퍼부었다.

그런데 도미닉은 없었다! 바위에 기대어진 도미닉의 총만 있었다.

"토레스."

그가 빙글 돌아서자 너무밤나무의 가지에 앉아 미소짓는 도미닉이 눈에 들어왔다. 그의 손에 들린 권총이 똑바로 토레스의 가슴을 겨냥하고 있었다.

토레스의 몸 속에 공포감이 치달았다. 막다른 골목이었다. 무기력했다. 먹잇감이었다. 그가 반사적으로 총을 들어올렸다.

총알이 토레스의 가슴을 뚫고 지나가 그를 땅바닥으로 쓰러뜨렸다. 총을 든 손이 움직이지 않았다. 추워, 왜 이렇게 춥지? 그는 도미닉이 나무에서 기어내려와 자신의 앞에 우뚝 서는 모습을 멍하니 바라보았다. 달빛에 비친 그의 얼굴은 험악하고도 창백했다. 모든 게 잘못됐어, 토레스는 생각했다. 도미닉의 옆에 우뚝 서서 그의 눈에서 생명이 스러져 가는 걸 지켜봐야 할 사람은 바로 그였다. 그런 식으로 되어야 옳았다. 도미닉이 먹잇감, 토레스가 사냥꾼이었다. 모든 게 잘못됐다…….

새벽녘 도미닉이 캠프로 돌아왔을 때 엘스페스는 깨어 있었다. 그의 얼굴을 한 번 보는 것만으로도 그녀의 걱정스런 표정이 사그러들었다.

"토레스는요?"

도미닉이 블랑코의 안장을 걷어냈다.

"더 이상 귀찮게 굴지 못할 거야."

엘스페스가 몸서리쳤다.

"당신이 없는 걸 알았을 때 얼마나 무서웠는지 알아요? 다시는 이런 식으로 떠나지 말아요. 난 여기 앉아서 온갖 공포스런 상상에 빠져 있었다구요."

돌아선 그의 얼굴엔 황량함이 스며 있었다. 그가 그녀를 품에 안아 들였다.

"끔찍했어."

그녀가 격한 보호본능으로 그를 감싸안았다.

"이젠 괜찮아요. 모든 게 잘될 거예요."

"그래. 지금은."

다시는 이런 일이 일어나지 말아야 했다. 그녀는 그의 고통과 피곤함을 느낄 수 있었다. 다시는 그에게 이런 일을 겪게 하지 않으리라. 사랑스런 아이처럼 그를 부드럽게 토닥여 주면서도 그녀의 내부에는 단호한 결의가 뭉쳐들었다.

로자리오로 향하던 도중 패트릭은 할아버지와 그의 무리를 만났다. 그가 고삐를 죄어들이며 재빨리 콘수엘라에게 걱정할 거 없다는 신호를 보냈다.

샤무스의 얼굴에 나타났던 놀라움이 곧이어 빈정거림으로 바뀌었다.

"패트릭, 여기서 대체 뭐하는 거냐? 내가 마지막으로 들은 소식은 라이징 스타를 데려오겠다고 킬라라를 떠났다는 거였는데."

그의 시선이 등에 자루를 짊어진 멕시코 여자에게 옮겨갔다.

"이 여자는 누구냐?"

"콘수엘라예요, 인디노라는 산적의 여자친구죠. 케빈에게 젖을 먹여 줄 구세주예요."

"케빈?"

패트릭이 샤무스 옆의 조슈아를 돌아보았다.

"라이징 스타의 아들이에요."

조슈아의 얼굴이 창백해졌다.

"내 아들."

패트릭이 단호하게 고개를 가로저었다.

"라이징 스타의 아들이에요, 삼촌 아들이 아니라. 삼촌은 이 아이를 원치 않았잖아요, 기억나요?"

"무슨 소리야?"

조슈아의 목소리가 거칠어졌다.

"네가 어떻게 내 아들을 데리고 있어? 라이징 스타가 멕시코에서 뭘 하는 거지? 부족 마을로 돌아갔을 텐데."

"삼촌이 진작에 그녀를 따라갔더라면 그녀의 목적지가 마을이 아니라는 걸 알았을 거예요."

패트릭이 씁쓸하게 미소지었다.

"그녀에겐 부족이 없었어요. 우리 딜레이니들이 그것마저 빼앗았어요."

샤무스의 눈이 가늘어졌다.

"그 애도 도미닉처럼 헛된 망상을 찾아나선 거냐?"

"헛된 망상이 아니었어요. 칸타란도, 보물도 다 있었어요. 삼촌과 엘스페스가 미시시피 서쪽 전체라도 살 수 있는 엄청난 보물을 싣고 오는 중이에요."

"이런, 세상에."

"케빈의 몫도 인간으로서 살아나갈 만큼 충분해요. 딜레이니가 될 만큼은 아닐지도 모르지만."

"라이징 스타와 아이의 몫은 당연히 조슈아 거다."

"그렇겐 안 됩니다."

패트릭이 가로막았다.

"라이징 스타의 몫은 케빈이 물려받을 거고, 전적으로 케빈 거예요."

"그건 네가 상관할 일이 아니다."

조슈아가 조용히 말했다.

“스타와 내가 상의해서 결정할…….”

“라이징 스타는 죽었어요.”

조슈아의 목에서 낮은 신음이 새어나왔다. 그의 손이 고삐를 움켜잡았다.

“안 돼.”

패트릭은 흔들림 없이 삼촌을 응시했다.

“아이를 낳다가 죽었어요. 케빈의 쌍둥이 여동생도 죽었고요.”

“킬라라를 떠나지 말았어야 했어. 여행이 너무 무리였던 거야.”

“킬라라가 그녀에게 너무 무리였겠죠. 우리도 그녀에게 너무했구요. 그녀에게 뭘 기대했죠? 삼촌이 아이를 원치 않는다고 했잖아요…….”

그는 마음속의 격한 분노를 가라앉히려 안간힘썼다. 라이징 스타의 무덤 앞에 서 있었을 때부터 지금까지 폭발할 듯한 분노가 계속 부글거렸다.

“어떻게 그런 짓을 할 수 있어요?”

샤무스가 엄격하게 소리쳤다.

“패트릭, 삼촌에게 그런 식으로 말하지 말아라. 지금 비통해하는 거 모르겠냐?”

“나도 마찬가지예요. 우리 모두 그래야 하구요. 빌어먹을, 그녀가 얼마나…… 좋은 사람이었는데. 그걸 모르는 사람도 있었잖아요.”

조슈아는 비참하게 그를 쳐다볼 뿐이었다.

“패트릭, 계속 이러면 참지 않겠다. 가만 있어.”

샤무스가 호통쳤다.

“삼촌에게 하고 싶은 말은 다 했어요.”

패트릭의 시선이 샤무스에게 옮겨갔다.

“이젠 할아버지한테 할 말이 있어요.”

“삼촌한테 한 것보다는 좀더 예의 바르길 바라겠다.”

“그런 건 기대하지 마세요, 지금 미쳐버리기 직전이니 킬라라에 앞으로 몇 가지 변화가 생길 겁니다.”

샤무스가 눈썹을 치켜들었다.

"그래?"

"라이징 스타의 아들은 딜레이니의 한 사람으로서 존중받을 겁니다. 사랑하라고까지 말하진 않겠지만, 최소한 우리 중 하나로서 그를 받아들여야 할 겁니다."

"나한테 명령하지 말아라, 패트릭."

"안됐군요. 이 명령은 받아들이셔야 할 테니까요. 안 그러면 내가 할아버지를 킬라라에서 쫓아낼 수도 있어요. 난 이제 내 몫만 갖고도 어마어마한 부자가 됐으니 그 힘을 사용할 겁니다."

샤무스는 무표정하게 손자를 응시했다.

"흥분상태인 것 같구나, 패트릭. 킬라라에 돌아가서 다시 얘기하자."

패트릭이 고개를 흔들었다.

"앞으로의 일을 알려드리죠. 케빈은 칸타란 보물로 사게 될 왕국의 황태자처럼 자랄 겁니다. 내가 그렇게 만들 겁니다. 집으로 돌아가서 할아버지의 행동을 지켜볼 겁니다."

샤무스가 온화하게 미소지었다.

"네가 집으로 돌아오면 말비나가 좋아하겠구나. 마을에서 사는 걸 못마땅해했거든."

"난 진심입니다, 할아버지."

그 미소가 흐릿해졌다.

"알아, 나도 비합리적인 사람은 아니다. 아마도 합의점을 찾을 수 있을 거야."

"할아버지가 선택할 여지는 전혀 없습니다."

패트릭이 말을 출발시키며 흘긋 돌아보았다.

"돔 삼촌과 헤어질 때까지는 토레스의 흔적이 없었어요."

"로자리오를 거쳐갔어. 돔의 뒤를 쫓고 있다."

샤무스가 눈살을 찌푸렸다.

"어디 가는 거냐?"

"콘수엘라와 아기를 리안 신부님께 맡겨놓을 겁니다. 케빈이 너무 어려서 아직 킬라라까지 갈 수 없어요. 몇 달 후에 다시 돌아와서 그들을 집으로 데려갈 겁니다."

"우리가 토레스를 죽이고 돌아올 때까지 로자리오에서 기다리는 게 어떠냐?"

"아뇨, 할 일이 있어요."

패트릭이 샤무스의 눈을 똑바로 바라보았다.

"실버에게 갈 겁니다."

샤무스의 몸이 굳어졌다.

"이런, 이런, 그 애한테도 황녀 대접을 해줘야 하냐?"

"내 사촌을 제대로 대접해 주셔야 할 겁니다, 할아버지."

"사촌이라니! 그 애가 무슨……."

샤무스의 말이 끊겼다.

"너무 무리한 부탁을 하는구나, 패트릭."

"부탁이 아닙니다. 실버 딜레이니도 우리 집에 같이 살게 될 겁니다. 라이징 스타에게 했던 것처럼 그리 쉽게 무시할 수는 없을 걸요."

패트릭이 말을 달려나가려 했다. 조슈아의 목소리가 그를 불러세웠다.

"패트릭, 스타의 무덤이 어디냐?"

패트릭이 다시 돌아보았다.

"그건 왜 묻죠?"

"그녀를 집으로 데려가고 싶다."

패트릭은 어이없는 표정으로 그를 노려보았다. 이제 와서 라이징 스타를 집으로 데려가고 싶다고? 너무 늦어버린 이제 와서? 비난의 말들을 퍼부어 주려 입을 열었지만 차마 하지 못했다. 조슈아 삼촌의 얼굴에 깊은 고통이 아로새겨졌고 그 눈에 눈물이 맺혀 있었다. 나름대로의 방식으로 삼촌도 고통스러워하고 있으며 라이징 스타를 사랑했던 것이다. 빌어먹을, 충분치는 않았지만.

패트릭의 눈동자는 메마른 채였다. 라이징 스타가 죽었을 때에도 울지 않았다. 너무나 화가 나고 절망스러웠다. 그들 모두를 위해 울어버릴 수 있다면 좋으련만. 조슈아와 라이징 스타, 코도와 그 자신을 위해서. 이 지독한 사랑의 잔해를 위해서.

하지만 그에겐 눈물이 없었다. 목표만이 있을 뿐이었다. 이젠 그 목표를 이루기 위해 출발할 시간이었다.

"돔 삼촌이 무덤 위치를 가르쳐 줄 거예요."

나지막이 중얼거리며 그는 빠르게 달려나갔다.

그로부터 이틀 후 저녁, 샤무스와 그의 무리가 도미닉과 엘스페스의 캠프로 달려들어왔다.

"토레스는?"

그것이 샤무스의 첫마디였다.

"죽었어요."

도미닉이 대답했다.

"잘됐군."

샤무스가 간단히 고개를 끄덕이고는 엘스페스에게 시선을 돌렸다.

"오는 길에 패트릭을 만났소. 이 여행이 의외로 성공적이었다더군."

"그 말만 들으셨나요?"

엘스페스가 조용히 물었다.

"아니."

샤무스는 자신의 주위에 둘러선 네 남자를 가리켰다.

"이쪽은 내 아들, 조슈아, 신, 코트, 그리고 내 손자 윌리엄이오. 이쪽은 도미닉의 아내, 엘스페스다, 얘들아."

남자들이 인사말을 중얼거렸지만, 엘스페스는 거의 알아차리지 못했다. 그녀의 시선이 조슈아의 창백하고 비극적인 얼굴에 고정되었다. 그를 미워하게 될 줄 알았는데, 이미 슬픔으로 부서져버린 남자를 어떻게 비난할 수 있을까?

샤무스가 도미닉에게 돌아섰다.

"나하고 얘기 좀 하자."

그들의 캠프는 이내 작은 군대의 집결지와 비슷해졌다. 군대라는 표현이 맞으리라, 자신들 중 하나를 구하러 달려온 딜레이니 군대니까. 엘스페스의 시선이 샤무스와 도미닉에게 향했다. 모닥불 맞은편에서 근 한 시간 동안 얘기하는 중이었다. 샤무스의 표정으로 보아, 그 대화는 전혀 유쾌하지 않은 듯했다.

그녀가 지켜보는 사이, 도미닉이 벌떡 일어나 카드놀이를 하는 신과 코트에게로 성큼성큼 걸어갔다. 샤무스는 그 뒤를 매섭게 노려보다가 엘스페스에게로 행진해 왔다.

"내 아들을 또다시 어리석은 여행에 끌고 가겠다고? 그렇게 내버려 둘 순 없다."

그가 비난의 눈길로 그녀를 노려보았다. 그녀는 차분하게 그 시선을 마주 보았다.

"칸타란으로 갔던 여행은 어리석지 않았잖아요. 우리의 다음 여행도 성공적일지 몰라요."

"하지만 도미닉은 더 이상 돈이 필요 없다. 칸타란 보물로도 충분해."

엘스페스가 희미하게 미소지었다.

"그런 말을 듣게 되다니 놀랍군요. 당신은 충분하다는 말뜻조차 모르시는 분 같았는데요. 게다가 이 세상에는 여러 종류의 보물이 있답니다."

"도미닉을 킬라라에서 떼어낼 참이냐?"

"제가 어떻게 그럴 수 있겠어요?"

그녀가 두 손에 쥔 커피잔을 내려다보았다.

"도미닉은 킬라라를 사랑해요. 당신까지도 사랑하구요, 그 이유가 저로서는 이해되지 않지만요."

"그럼 도망치는 짓 그만하고 집으로 돌아가자고 말해."

그녀가 고개를 저었다.

"빌어먹을, 다들 정신들이 나간거냐?"

샤무스가 울분을 터트렸다.

"도미닉도, 패트릭도. 내가 우리 가족의 최선을 위해 이러는 걸 모르는 거냐?"

그가 진심으로 그렇게 믿고 있음을 그녀는 깨달았다. 그리고 처음으로 그 늙은 사자에게서 연약함의 흔적이 느껴졌다.

"우리의 최선은 우리가 결정해요. 당신은 받아들이시기만 하면 돼요."

"젠장할!"

샤무스가 좌절감과 분노를 가까스로 진정시킨 후에 억지웃음을 지었다.

"라이징 스타 일 때문에 화가 난 모양인데, 말비나와 내가 그 애한테 좀더 친절하게 굴었어야 했는지는 몰라. 하지만 그렇다고 못되게 군 적도 없어. 그러니까 너도 두려워할 필요……."

"두렵진 않아요."

엘스페스가 또렷하게 대꾸했다.

"당신이 무자비하고 완고하며 교활하다는 건 알아요. 또한 충실하고 보호적이고 가족을 사랑한다는 것도 알아요. 어느 부분에서는 당신을 존경하지만 또 다른 부분에서는……."

그녀가 어깨를 으쓱였다.

"하지만 두렵지는 않습니다."

그가 놀라움으로 눈을 깜박이다가 얼른 침착을 되찾았다.

"그럼 우리와 같이 살지 못할 이유가 없겠구나."

"그럴지도 모르죠."

그녀는 불 속에 남은 커피를 끼얹고 일어섰다.

"하지만 지금은 아니에요. 걱정 마세요, 딜레이니 씨. 당신 아들은 킬라라로 돌아갈 겁니다, 하지만 우리가 가고 싶을 때 갈 거예요. 이제 전 신과 코트에게 가봐야겠어요. 어떤 사람들일지 기대된답니다. 딜레이니 사람들 모두가 꽤나 흥미롭거든요.”

그녀가 방향을 돌려 도미닉, 신, 코트가 있는 곳으로 걸어갔다. 그 ‘흥미로운’ 딜레이니 가의 수장에게 좌절감과 당혹감을 남겨놓은 채.

도미닉은 형제들과 밤늦게까지 대화를 나누다가 자정이 가까웠을 때에야 엘스페스의 담요로 들어왔다.

“아버지랑 얘기하는 것 같던데, 기분 나쁜 일 없었어?”

엘스페스가 즉시 그의 품에 안겼다.

“없었어요. 조금은 불쌍하다는 생각이 들어요. 상황이 변하는데도 아직 그걸 모르시는 것 같아서요……. 우리, 킬라라에 먼저 들를 건가요?”

그가 고개를 저었다.

“이젠 그럴 필요 없어졌어. 아버지가 보물을 챙기실 테니까 우린 투손에서 마차를 잡아타면 돼.”

그녀가 바라던 대답이었다.

“투손에서는 얼마나 머물 거예요?”

“마차가 일주일에 두 번 있어. 운 좋으면 하룻밤만 기다려도 출발할 수 있을 거야.”

“난 그보다 좀더 오래 머무를 줄 알았는데. 투손에서 할 일이 있거든요.”

“뭔데?”

그녀가 재빠르게 머리를 굴렸다.

“쇼핑하려구요, 내가 가진 것들은 다 낡았잖아요.”

“세인트루이스에 가면 더 좋은 가게들이 많아. 어쨌든 거길 지나갈 거거든.”

“하지만 그때까지 뭘 입겠어요? 투손에서 며칠만 시간을 줘요. 피곤해서 좀 쉬고 싶기도 하고요.”

그 말이 도미닉에게 부드러움과 미안함을 불러일으켰다. 당연히 피곤하리라. 건강한 장정이라도 참아내기 힘들 시련을 겪지 않았던가.

"진작에 말하지 그랬어? 얼마든지 쉽게 해줄게, 한 달이라도."

엘스페스는 눈동자 속의 죄책감이 드러나지 않도록 눈을 감고는 졸린 척 하품을 했다.

"며칠이면 충분해요. 잘 자요, 도미닉."

26

유리창에 설립자의 이름이 금박글씨로 당당하게 쓰여 있었다.
'투손 은행 설립자 - 찰스 더빈과 그 아들들.'
엘스페스는 한동안 그 글씨를 응시하고 나서 정문으로 걸어가 레이스 양산을 접어들고 문을 열었다.
출납 창구에 두 명의 여자가 앉아 있었고, 모래빛깔 머리의 젊은 사내가 책상에 앉아 장부를 들여다보고 있었다. 그녀가 그 남자에게 시선을 보냈다.
"실례지만, 더빈 씨와 얘기하고 싶은데요."
그가 고개를 들었다. 그리고 다음 순간 민첩하게 벌떡 일어났다.
"제가 더빈입니다, 조지 더빈."
"아뇨, 당신 아버님 말이에요."
그의 얼굴에 실망감이 스쳤다.
"아, 네. 성함을 여쭤 봐도 되겠습니까?"
"엘스페스…… 맥그리거예요."
그가 고개를 끄덕이고는 출납 창구 오른쪽의 유리문으로 서둘러 발길을 옮겼다. 엘스페스의 시선도 그를 따라갔다. 그가 문을 열고 들어가 커다란 마호가니 책상 앞의 남자와 얘기를 나눴다. 찰스 더빈은 엘스페스가 예상했던 모습과 사뭇 달랐다. 50대 초반쯤의 나이로, 백발이 점점이 박힌 갈색머리의 소유자였다. 아들과 얘기하면서 통통한 뺨에 자애로운 미소가 나타났고 고개를 끄덕이면서도 그 푸른 눈에 부드러움이 흘렀다.

젊은 더빈이 사무실 밖으로 빠져나왔다.

"지금 만나시겠답니다."

엘스페스는 화사한 미소를 선사하면서 그 문으로 향했다.

"고맙습니다."

사무실 안으로 들어가 문을 닫는 순간, 그녀의 미소가 싸늘하게 바뀌었다.

"자리에 계셔서 다행이에요. 중요한 일로 찾아왔거든요."

찰스 더빈이 온화한 미소를 지으며 일어서서 드러나지 않게 눈 앞의 숙녀를 살펴보았다. 조지가 홀딱 반해버린 것도 이상할 게 없었다. 에메랄드 초록색의 드레스가 엘스페스 맥그리거의 절묘한 몸매와 깊은 초록의 눈동자를 유감없이 강조해 주었다. 한때는 연한 갈색이었을 듯하지만 지금은 햇볕에 퇴색되어 거의 금색으로 반짝이는 머리카락에 깃털 달린 세련된 모자가 내려앉았다.

"무엇이든 도와드리겠습니다. 계좌를 열고 싶으신가요?"

"아뇨, 계좌를 닫고 싶어요."

그녀가 그의 책상 앞으로 다가섰다.

"너무 오랫동안 열려 있었던 계좌죠."

그가 당혹스레 눈살을 찌푸렸다.

"아드님께는 사실을 말하지 않았어요. 당신이 만나 주지 않을 것 같아서요. 내 이름은 엘스페스 맥그리거 딜레이니예요, 도미닉 딜레이니의 아내랍니다."

더빈의 얼굴에서 미소가 사라졌다.

“그렇다면 만날 이유가 없겠군요. 당장 나가주시오.”

“하고 싶은 말을 다한 후에요.”

그녀가 책상에 손가락 끝을 대며 앞으로 몸을 기울였다.

“그만 두세요, 내 남편에게 토레스 같은 살인자를 보내는 짓을 그만
두세요.”

“나가시오!”

더빈의 얼굴이 증오감으로 일그러졌다.

“그놈이 나에게 애원해 보라고 하던가?”

그녀가 고개를 흔들었다.

“그 사람은 내가 여기에 온 걸 몰라요. 나도 우리의 대화 내용을 알
릴 생각이 없구요. 이 일은 우리 둘 선에서 끝내기로 해요. 도미닉은
지금껏 당신 아들을 죽였다는 죄책감 때문에 당신에게 제대로 대항 한
번 하지 않았어요. 하지만 이젠 모든 게 달라질 거예요. 난 무작정 당
하고만 있지 않을 겁니다.”

더빈의 통통한 얼굴이 붉으락푸르락 변해 갔다.

“여기서 쫓겨나야 정신을 차리겠군.”

“당신처럼 존경받는 신사분이 여자를 그런 식으로 거칠게 다루실
수 있겠어요? 참으세요, 오래 있지 않을 테니까요. 난 당신에게 경고하
러 왔을 뿐이에요.”

“경고?”

“그래요, 당신한테는 그게 필요하거든요.”

“도미닉 딜레이니는 살인자야, 길바닥의 개처럼 죽어 마땅한 살인자
라구.”

“내 남편은 살 자격이 있는 멋진 사람이에요. 그 사람한테 무슨 일
이 생기면 내가 가만 있지 않아요.”

그녀가 눈 한 번 깜박이지 않고 더빈을 노려보았다.

“내 말 잘 들으세요. 내 남편이 총에 맞거나, 칼에 찔리거나, 마차에
치이게 된다면 내가 당신한테 그 값을 받아낼 거예요. 독감에 걸리거

나 계단에서 구르는 일이 생긴다 해도, 당신한테 그 대가를 받아낼 거예요. 살고 싶으면 도미닉에게 아무 일 없도록 경호원이라도 붙여 주는 게 현명할 겁니다."

"당신이 날 어쩔 수 있을 것 같은가?"

"아, 그럼요. 도미닉과 나에게 막대한 재력이 생겼답니다. 당신이 상상할 수도 없을 만큼의 돈이죠. 은행가니까 돈의 위력이 어떤지는 당신이 더 잘 아실 거예요, 더빈 씨. 내가 당신을 파멸시킬 거예요. 당신 가정도 파멸시킬 거고요. 조사해 본 바에 따르면, 저 밖에 있는 아들 말고도 아들이 한 명 더 있으시더군요, 아주 상냥한 부인도 계시구요. 그들의 인생이…… 불편해지는 건 바라지 않으시겠죠?"

그녀가 깊이 숨을 들이쉬었다.

"당신과 당신 가정을 망친 후에는 내가 직접 당신을 쏴죽일 거예요."

"허풍이 지나치군."

"허풍이라구요?"

그녀가 사근사근하게 미소지었다.

"내 눈을 보세요. 이게 허풍으로 보이시나요, 더빈 씨?"

그가 그녀의 얼굴을 살펴보고는 헉 숨을 들이켰다.

"맙소사, 진심이로군. 살인자! 당신은 교수형에 처해질 거야."

"살인이 아니라 정의 실현이랍니다. 애리조나에 온 후로 내가 한 가지 배운 게 있다면, 이곳 사람들이 여자를 대단히 존중해 준다는 점이죠. 슬픔에 젖은 과부는 얼마든지 동정심을 끌어낼 수 있어요."

그녀가 몸을 세우고 한 걸음 물러났다.

"자, 이젠 떠나야겠어요. 30분 후에 도미닉과 동부행 마차를 타기로 했거든요."

그녀가 치맛자락을 너울거리며 문으로 걸어갔다.

"안녕히 계세요, 더빈 씨."

"괘씸한 계집. 악마의 자식새끼한테 딱 어울리는 계집이로군."

더빈의 입에서 짐승 같은 으르렁거림이 새어나왔다.

그녀가 흘깃 돌아보며 상냥하게 미소지었다.

"제가 바라던 바예요. 정말 그랬으면 좋겠어요, 더빈 씨."

그녀의 뒤로 문이 닫혔다. 조지 더빈이 튕기듯이 일어나 그녀에게 정문을 열어주었다.

"다시 뵙기를 바라겠습니다, 맥그리거 양."

"딜레이니 부인이에요, 도미닉 딜레이니 부인. 고맙긴 하지만 다시 만날 일은 없을 것 같군요. 당신 아버님과의 얘기가 다 끝났거든요."

더빈이 도미닉에 대한 처사를 그만 둘 정도로 겁을 집어먹었는지는 시간만이 알려주리라. 하지만 그 남자의 얼굴에 나타난 두려움과 충격은 대단히 희망적이었다. 그녀가 레이스 달린 양산을 펼쳐 햇빛을 가리고 보도로 걸어나갔다.

모퉁이를 돌아섰을 때 도미닉이 마차역 사무실에서 그녀를 기다리고 있었다. 그녀를 보자마자 그의 찌푸림이 사라지며 관대한 미소가 얼굴에 번져갔다.

"지금 막 찾아나서려던 참이었어."

"떠날 준비 된 거예요?"

"거의. 승객이 우리뿐이긴 하지만, 벤이 우편물을 기다려야 한다는군."

"벤 트래비스요? 그 사람이 우리 마부예요?"

도미닉이 고개를 끄덕이며 마차문을 열어주었다.

"당신이 어떻게 생각할지 걱정스럽긴 했어. 마조노프가 죽을 때 옆에 있었던 사람이라."

"그래도 당신 친구잖아요. 안드레에게 가한 짓을 용서할 순 없지만 이해해 보려 노력할게요."

그가 마차 안으로 들여보내 주며 그녀의 코에 가볍게 입을 맞췄다.

"빠뜨린 거 없이 다 가져왔어?"

그가 그녀의 손을 흘깃 내려다보았다. 세련된 레이스 손가방이 전부였다.

“짐은 어딨어?”

“없어요.”

그녀가 미소지었다.

“하지만 빠뜨린 거 없이 다 가져왔답니다.”

가슴속에 넘쳐나는 자신감, 정열, 사랑, 그리고 그 모든 것을 그녀에게 안겨준 이 남자.

“모두 다요.”

투손에서 불과 몇 킬로미터 떨어지기도 전에 요란한 총소리가 정적을 내갈랐다.

엘스페스의 심장이 철렁 내려앉았다. 더빈일까? 그 남자가 이제 포기할 거라고 믿은 게 잘못이었을까? 맙소사, 이 여행에 대해서 말한 건 바로 그녀 자신이었다! 마차가 멈춰 서며 벤 트래비스의 줄줄이 이어지는 욕설소리가 들려왔다.

도미닉이 재빠르게 권총을 꺼내들었다.

“바닥에 엎드려, 엘스페스.”

“망할 놈의 자식, 패트릭. 다시 이런 짓을 하면 내가 머리통을 박살내겠다고 했어, 안 했어?”

벤이 고함쳤다. 패트릭!

“진정해요, 벤. 투손에서 돔 삼촌과 엘스페스를 놓치는 바람에 작별 인사하러 따라온 거라구요.”

“입은 뒀다 뭐에 쓸 거냐? 그럼 빨리 끝내. 제기랄, 갈 길이 멀단 말이야.”

잠시 후 먼지를 뒤집어 쓴 채 패트릭이 마차 안으로 들어섰다. 그 모습은 엘스페스가 처음 그를 만났던 당시를 상기시켰다.

하지만 지금 그녀의 눈앞에 있는 사람은 그때의 소년이 아니었다. 패트릭의 짙은 갈색 눈동자에 새로운 성숙함이 깃들었다. 라이징 스타가 죽은 이후로 예전의 사랑스러움과 장난기를 모두 잃어버린 것처럼.

"실버를 데리고 킬라라에 막 돌아왔던 참인데, 두 사람이 동쪽으로 떠났다길래."

그가 도미닉에게 손을 내밀었다.

"너무 오래 떠나 있지 말아요. 우리한텐 삼촌이 필요해요."

도미닉이 그 손을 붙잡아 흔들었다.

"일이 년쯤 예상해라."

"한 가지 부탁할 게 있어요. 실버를 세인트루이스 학교에 보낼까 하는데……."

그의 입술이 비틀렸다.

"아, 물론 지금 당장은 아니죠. 할아버지가 포기하고 그녀를 딜레이니로 받아들일 때까지는 안 돼요. 하지만 그 후에 실버가 좀더 여성스런 방식을 배우면 좋을 것 같아서요."

"일개 학교가 그런 과업을 달성할 수 있겠냐?"

도미닉이 시큰둥하게 물었다.

"노력은 해봐야죠. 삼촌과 엘스페스가 감시 좀 해주실래요? 세인트루이스가 두 분 있는 데서 멀지도 않잖아요."

엘스페스가 고개를 끄덕였다.

"그럼요, 우리가 잘 보살필게요."

패트릭이 안도의 한숨을 내쉬었다.

"다행이에요. 나한테 이런 일은 쉽지가 않아요. 나 말고 다른 사람을 보살펴 본 적이 없어서요."

"잘하고 있는 걸요, 패트릭."

그가 그녀의 이마에 입을 맞췄다.

"잘 가요, 엘스페스. 그리고 고마워요."

"잘 있어요, 패트릭."

괜스레 눈물이 나올 것만 같아 그녀가 열심히 눈을 깜박였다.

그가 문을 열고 껑충 뛰어내렸다. 그들에게로 돌아섰을 때, 한순간 영원히 사라졌을 거라고 생각했던 그 장난기가 스치는 듯했다.

"아참, 잊을 뻔했네. 삼촌한테 선물을 가져왔어요. 탐사 작업할 때 아주 많은 도움이 될 거예요."

그가 마차문을 쾅 닫고 시야에서 사라졌다. 엘스페스는 눈살을 찌푸렸다.

"무슨 말이죠? 선물이 어디……."

벤 트래비스의 욕설소리가 무시무시하게 울려퍼졌다.

"패트릭, 망할 자식, 당장 돌아오지 못해!"

"싫어요. 빨리 킬라라로 돌아가야 돼요."

말발굽소리와 웃음소리가 차츰차츰 멀어져 갔다.

"이런 놈을 마차에 묶어 놓으면 어떡해! 갈 길이 바쁘단 말이야."

벤 트래비스가 악다구니를 썼다. 하지만 패트릭의 대답소리는 없었다.

"패트릭, 이놈이 길바닥에 주저앉았어!"

"오, 맙소사."

도미닉이 나지막이 신음하며 눈 위로 모자를 끌어내렸다.

"패트릭이 나한테 이런 짓을 할 리 없어."

창 밖으로 고개를 내밀어 직접 확인하고 나서 엘스페스가 걷잡을 수 없이 웃어대기 시작했다.

"벌써 해버렸는 걸요, 도미닉."

아주퀴타였다.

<끝>

생기 넘치며 멋지고 뜨거운 로맨스를 쓰는
수잔 앤더슨

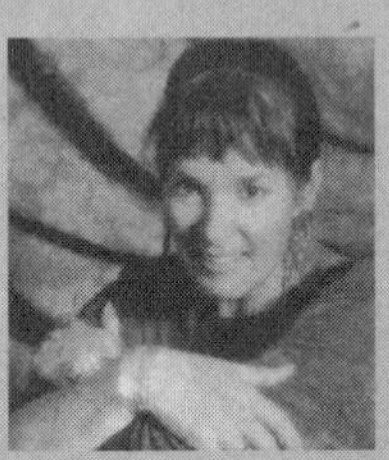

Susan Andersen

믿거나 말거나, 수잔 앤더슨은 태어날 때 한 손에 책을 들고 있었다고
한다. 그리고 어린 시절 그녀가 책을 읽고 있을 때 방해를 하면
아주 약간(?) 성질을 부리곤 했다고도 한다. 결국 커서 필연적으로 작가가
된 수잔은 섹시하며, 완벽하기보다는 약간 결점이 있으며,
가슴 졸이고 걱정하지만 그럼에도 불구하고 서로 이야기도 못하고
속앓이를 하는 주인공들이 나오는 진행이 빠른 로맨스 소설을 쓰고 있다.
수잔은 남편과 고양이 스틱스(지옥의 강 이름이다)와 함께
패시픽노스웨스트에 거주하며 계속해서 재미있는 로맨스 소설을 쓰고 있다.
그녀는 독자들의 이야기를 언제나 환영한다. 만약 그녀에게 팬레터를
쓰고 싶다면 P.O.Box 47375, Seattle, WA 98146으로 보내면 된다.
자신의 주소를 적고 반송우표를 붙인 빈 봉투를 함께 넣으면
답장을 받을 가능성이 더 높아진다.

작품 목록 :
Baby, Don't Go | Baby, I'm Yours | Be My Baby
Exposure | All Shook Up (…)

Be My Baby

줄리엣이 그녀의 로미오, 보를 만났을 때!

뉴올리언스 경찰 보는 10년 동안 세 여동생을 키우느라 노심초사,
제대로 청춘을 즐겨 본 적이 없었다. 이제 마지막 동생이 독립을 해나가자
독신 남성의 즐거움을 한껏 만끽하겠다고 꿈에 부풀어 있는데……
밉살스런 경찰서장이 상류사회의 거만한 숙녀 줄리엣을 보디가드하라는
명령을 내린다. 애보기는 이제 그만! 보는 줄리엣이 직접 보디가드를 바꿔
달라고 말하게 하려고 이상야릇(?)한 곳으로 데리고 다니는데…….
키스를 한 게 문제다! 가슴도 크지 않은 그녀가 세상에서
가장 섹시해 보이다니.

새침떼기 숙녀 줄리엣 로즈 로웰은 뉴올리언스에 세운 아빠의 새 호텔
개막식에 가는 데 보디가드는 필요 없었다, 특히 더할 나위 없는
마초 경찰 보 듀프리는 절대절대 사절이었다. 그는 너무 크고,
너무 뻔뻔하며, 너무 사내다운 데다…… 어쨌든 그의 전부 다가 너무 크다.
하지만 그의 굶주린 눈길이 그녀의 주의 깊게 갈고 닦은 얼음 같은 태도를
뒤흔들어 놓았다. 그녀의 마음 깊숙한 곳의 반항심을 끌어냈다!

언제나 화려하고 격정적인 로맨스를 선사하는
리사 클레이파스의 신작!

Where Passion Leads

낯선 두 타인을 한순간에 휩쓸어 버린 사랑!

연극 관람을 하던 중 극장에 불이 나는 바람에 어머니와 헤어져
런던의 밤거리를 헤매게 된 로잘리.
불량배들 손에 붙잡힌 그녀를 구출한 랜들 버클리 경은
순결한 로잘리를 헤픈 여자로 착각한다.
결국 랜들은 그녀에게 책임감을 느끼고 한동안 돌보아 주기로 결심한다.
프랑스에서 그들은 서로를 점점 더 알아가게 되고,
증오로 시작된 관계는 점차 사랑으로 변해 가지만……
점차 드러나는 로잘리의 출생의 비밀은 그녀를,
그리고 둘의 사랑을 위험에 빠뜨린다.

우 편 엽 서

보내시는 분

우편요금
수취인후납부담

발송유효기간
2001. 3. 1.~2003. 2. 28.

서대문우체국승인
제235호

도서
출판 큰나무

서울특별시 서대문구 충정로 3가 3-95 2층
TEL : (02) 365-1845~6   FAX : (02) 365-1847
e-mail : btreepub@chollian.net
http : // www.bigtreepub.co.kr

120 — 837

구입해 주셔서 감사합니다.
이 엽서는 좋은 책을 만드는 데 소중한 밑거름으로 활용될 것입니다.

이름:　　　　　　　(남·여)	주소: (　　　-　　　)
생년월일:	
직업:	
전화:	
독자회원번호:	e-mail:

■ 구입하신 책명

■ 구입지역 및 서점

■ 구독신문 및 잡지명

■ 좋아하는 작가, 작품

■ 이 책을 구입하게 된 동기
○지은이 이름　　○제목　　○표지　　○신문광고
○출판사 이름　　○주위의 권유　　○신간 안내·서평
○기타

■ 이 책에 대한 소감(내용, 제목, 표지, 편집체재 등)

■ 큰나무에 바라는 말(발간을 희망하는 책 등)